ALIENS™
ビショップ

ALIENS™
BISHOP
AN ORIGINAL NOVEL BY
T.R. NAPPER

T・R・ナッパー［著］
…訳］

…, LTD.

JN200301

ALIENS™ : BISHOP
BY
T. R. Napper

Copyright © 2024 20th Century Studios.
This translation of ALIENS: BISHOP, first published in 2023, is published by arrangement with Titan Publishing Group Ltd. through The English Agency (Japan) Ltd.

日本語出版権独占
竹書房

まだ幼すぎて『エイリアン2』という新作映画を観られなかったわたしに
嫌と言うほど内容を話してくれたウェインおじさんに。
そして、今はまだ幼すぎてこの小説を読めない息子たちに。
きみたちがこれを読む日が来るのが待ち遠しい。

CONTENTS

ALIENS™

BISHOP

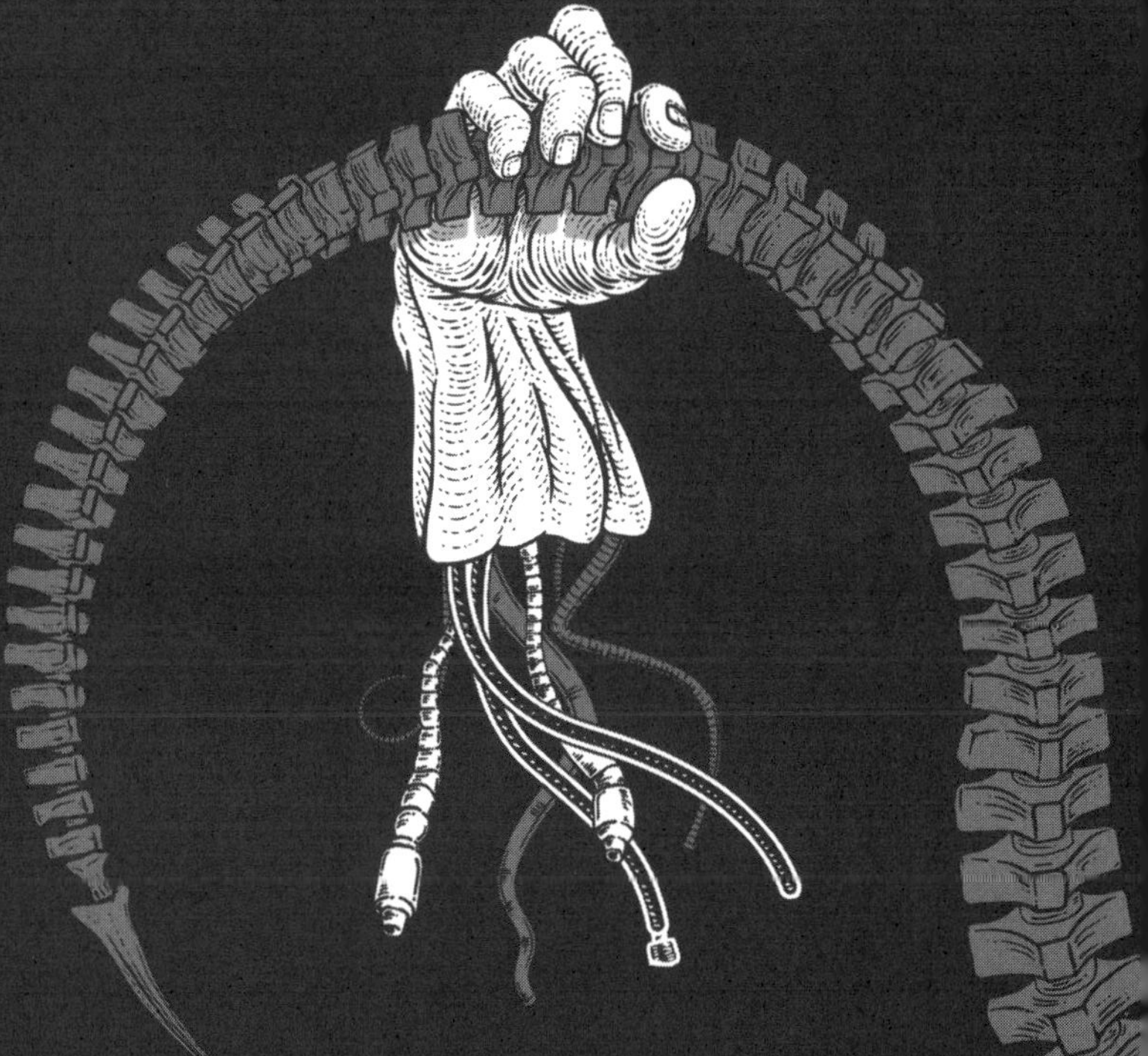

AN ORIGINAL NOVEL BY

T.R. NAPPER

BASED ON THE FILMS FROM 20TH CENTURY STUDIOS

第一部

兵とは詭道《きどう》なり。

孫子

カリ・リー二等兵

1

マーセル・アポーン艦長がデッキに姿をあらわし、両手を後ろに回して直立姿勢を取っただけで、誰もが口を閉じた。単純この上ない。ばか騒ぎや、肩のたたき合いや、悪ふざけ——何もかもがぴたりとやんだ。

カリは兵士の集団の端でぽつんと立っていた。まだ彼らの仲間の数には入っていない。一同は格納庫に集合している。鈍い光沢のある鋼鉄の壁面とチェーン、鮮やかな黄色にペイントされたはしご、危険防止マーク、鉄灰色《てつはいいろ》をした輸送用コンテナの列、高性能爆薬が搭載された何発ものずんぐりしたミサイル。かすかに漂うグリース臭、反響する声。筋骨たくましく、若くて粗暴な海兵隊員たち。汗で光る肌——ハイパースリープから覚醒して以来、ほとんどの者がずっと身体を動かし続けていた。数週間もじっと眠っていたあと、そうやって血液循環を高め、脳を活性化させ、エンドルフィンの分泌をうながすのだ。

植民地海兵隊の一個中隊。その割には、やけに人数が少ない。カリは集まった兵士たちをうかがった。いったい何があったのか知らないが、もはや小隊の兵力しかない。

カリは格納庫に歩み入ったとき、すわるべきか、立っているべきか、ほかの者たちのようにだらしなく寝そべるべきかわからず、結局、立っていることにした。海兵隊員の何人かがちらっと目を向けてはきたが、ほとんど気にもとめていないようだった。何か失態を演じるか、能力を証明してみせるまで、新入りの若い女には誰も関心を寄せない――彼女とファイヤーチームでパートナーを組むサラ・ランサム伍長《ごちょう》がそう言っていた。これまでカリの目を見て二語以上の言葉をかけてくれた唯一の人物だ。きまじめで百八十センチを超える長身のランサムは、カリを見下ろしながらこう言った。

「みんな、あなたがしくじるのを、あるいは正しいことをするのを待ってる。もしも前者なら、あなたは転属願を出すまで連中に地獄の日々を強《し》いられる。後者なら、連中はあなたのために血を流す。まったく単純な話よ」

アポーンが格納庫に歩み入ってきたとたん、無駄話は終わり、海兵隊員たちがさっと立ち上がって両手を後ろに回した。〝ハードボイルド〟中隊は勇猛果敢だと評判で、噂《うわさ》では過酷な戦闘をいくつも経験してきたらしいが、上官が部屋に入ってくるや跳び上がって直立不動の姿勢を取る。

アポーンが鉄のまなざしで部下たちを見渡した。彼の背後で合成人間《シンセティック》のハルキ、ヘトリック軍曹、〈ウェイランド・ユタニ〉社の感じの悪いウォルター・シュワルツがそれぞれ配置についた。数週間前にカリが隊に加わったとき、シュワルツはすでにそこにいて陰に隠れるように動き回っていた。彼が話すのを聞いたことはまだないが、アポーンやヘトリックに耳打ちする場面は何度も目にしている。ときにはただぶらついて、海兵隊員たちが各自の仕事をする様子をじっと観察していることもあった。

気味の悪い男だ。

格納庫には艦の低いエンジン音しか聞こえず、海兵隊員たちは無言で待っている。アポーンが前置きもなしに告げた。

「〈USSSパトナ〉が発見された」

兵士たちがたがいに顔を見合わせた。一名だけこぶしを握って無言の「よし！」をあらわしたが、全員が話の続きを待っている。

「〈パトナ〉はマイケル・ビショップの研究船で、合成人間の科学士官ランス・ビショップが最後に所在を確認された場所だ。われわれは宇宙空間を漂流している同船を発見し、スキャン調査した。生命維持装置は現在も機能しているが、ほかのシステムはすべてダウンしている」彼はそこで息を継いだ。「おまえたちは過去二ヵ月以上にわたり、植民惑星〈LV426〉のコロニー……別名〈ハドリーの希望〉に関する情報パケットと、流刑惑星〈フィオリーナ161〉からの限定データを受け取っているはずだ。それらの情報をもう一度頭にたたきこんでおくように。〈ハドリーの希望〉でブラボー小隊に起こったことが、わたしの目の前にいる海兵隊員の身に起こるのを許すつもりはない」

隊員たちは黙って耳を傾け、視線を艦長に向けている。誰もが頭の中でことの顛末《てんまつ》を反芻《はんすう》しているだろう。カリは来たるべき事態に備えるため、すでにすべての情報を三回読み返していた。格納庫に集まっているどの隊員にも遅れを取ってはならない。だが、熱心に読みこんだのは、単に実績を上げたいという切実な思いからだけではなかった。その物語に空想力を大いに刺激されたのだ。軍の報告書は無味乾燥なものだが、気がつくと何度も読み返し、頭の中で光景を思い描いていた。敵を想像しようとしていた。

敵は宇宙モンスター。カリは子どものころから読書が大好きだった。いつも食糧探しか道場での稽古に明け暮れていたが、珍しくそれ以外の時間があると、本を読んでいた。たいていはロウソクの明かりを頼りに――計画停電によって街が恐ろしい暗闇に包まれるのだ――ひたすら読んだ。

正直に言えば、宇宙モンスターには本の中にとどまって彼女の現実に入りこんできてほしくなかったのだが、これこそが現実なのだ。〈ハドリーの希望〉には植民地海兵隊の小隊が派遣されたが、そこから脱出できたのは二名のみ。ドウェイン・ヒックス伍長と、ビショップという名の戦闘支援合成人間だ。ほかに民間人が二名。それだけだった。

格納庫の静寂の中でアポーンが海兵隊員を見つめ、隊員たちが艦長を見返す。最も厳しい事実が、語られないままに上官と部下たちのあいだの空間に漂っている。アポーンの実の兄も〈ハドリーの希望〉で犠牲になったひとりなのだ。恐れを知らず失敗をしないタフな一等軍曹だったと、ほかの隊員が言っていた。

「われわれの敵は、熱に浮かされた異常な精神によって創造されたものだ。フェイスハガー。チェストバスター。ゼノモーフ。クイーン。酸の血液。恐るべき俊敏さ。装甲外骨格。ホラー話のように聞こえるかもしれんが、われわれはそれが現実であることを知っている。この新たな敵に対処するために海兵隊の装備をどのように改良したかについては、あとでヘトリック軍曹から説明がある」アポーンの背後で軍曹が笑みを浮かべてうなずいた。「とはいえ、最も重要なのは装備ではない。知識だ。孫子も『兵法』の中でそう教えている。〝敵を知り、己を知れば、百戦危うからず〟。敵に関する知識を得て、自分自身を熟知すれば、何度戦おうとも結果を恐れる必要はない」

アポーンが念を押すようにうなずいてみせた。

「ゼノモーフどもはブラボー小隊に奇襲を仕掛けてきた。だが、われわれにそれは通用しない。われわれはそれを予見している。やつらは本能で動く獣だ。われわれには高度な火器と、それを使用する意志がある。やつらには暗がりと動物的嫌悪のほかに何もない。海兵隊員諸君、これだけは断言しよう」アポーン艦長が指を一本立てた。カリは彼がこれほど感情をあらわにする姿を見たことがなかった。「われわれはあの怪物どもを殲滅《せんめつ》する」

海兵隊員たちが目を輝かせながら雄叫《おたけ》びを上げた。それを見てカリは、彼らがいかにそれを強く望んでいるかを知った。格納庫内の反響が消えていった。

「われわれの一員があそこにいるかもしれん。生きて、あの船に。だが、生死にかかわらず、海兵隊は誰ひとり置き去りにしない」

その言葉に対する反応は先ほどよりも薄かった。結局のところ、ビショップは合成人間《シンセティック》にすぎないのだ。海兵隊員が二名ほどうなずきを返したが、それだけだった。カリは別の合成人間であるハルキに目をやった。小柄で華奢《きゃしゃ》な日本人の容貌を持つハルキは、いつものように感情を顔に出さない。いつしかカリは、コンクリート壁に対して感情の表出を期待しないように、海兵隊のアンドロイドにもそれを期待しなくなった。海兵隊に入るまで、シンセティックに会ったことは一度もなかった。所有できるのは大企業か軍隊か富裕層だけで、カリはそのどれでもなかった。とにかく、最近まではそうだった。

ヘトリック軍曹が進み出た。カリの基準からすると、彼は笑顔を多く見せすぎる。ジョークを言いすぎるし、ほかの海兵隊員と親しくしすぎる。リーダーというのは部下と距離をおくべきだ。ビールを飲んで笑い合うのではなく、銃撃戦で指導力を発揮すべき存在だと思う。とはいえ、彼はその両方ができるのかもしれない。じきにわかるだろう。ヘトリックは短い赤毛をくしできれいに整え、オイルで分け目をつけている。戦闘服のボタンを上からふたつ開け、顎をやや高く上げすぎていた。

「みんな、標準装備の戦闘用アーマーを持ってるな。それを着用しろ。ゼノモーフの血を浴びたら、緊急解除ラッチで瞬時に脱げるようにしておけ。酸に侵されるまで数秒ある。全員、防弾フェイスマスクも着用するように」ヘトリックがマスクをかかげてみせた。ホッケーマスクに似た黒い外観で鈍い光沢があり、目の部分にだけ穴があいている。「このマスクで、いわゆる〝フェイスハガー〟が口に貼りつくのを防げる。やつらは食いついたら離れない。タダ酒を前にしたおれの別れた女房みたいなもんだ」彼はそこで笑みを浮かべたが、誰ひとり笑わなかった。だが、まるで笑いを取ったかのような顔でヘトリックが続ける。「アーマーと同様、マスクにも緊急解除装置がついてる」

「おれはそいつが見つからないことがしょっちゅうなんですがね、軍曹殿」コルタサルが言った。スマートガンの銃手《ガンナー》がたいていそうであるように、大柄で気の荒い男だ。カリが隊に加わって以来、彼がかけてきた唯一の言葉は「どきやがれ」で、自分のロッカーの前に立っていた彼女が彼の通り道の邪魔になっていたときだった。

「おまえのことはちゃんと防護してやる」ヘトリックがにやりとしながら応じた。

軍曹が指を鳴らし、マスクを持った手を伸ばした。合成人間のハルキがさっと進み出ると、軍曹の手からマスクを受け取り、代わりに大きな黒いシールドを手渡した。ヘトリックは彼に礼を言わなかった。

「各スマートガン銃手のファイヤーチーム・パートナーはこいつを携行する」ヘトリックがシールドを床に立てた。高さが胸まである盾で、わずかに内側に湾曲している。カリの故郷オーストラリアで警察が使用していた暴動鎮圧シールドのようだ。警察はシールドを壁のように並べ、その後ろから催涙ガス弾を撃ってくる。そのあと壁が割れてガスマスクを着けた警官たちが飛び出し、食糧を求めて抗議活動をおこなう空腹の者たちを警棒で殴り倒すのだ。カリは頭を振ってその光景を追い払った。無意識のうちに、人さし指にはめている銀の指輪に触れていた。

ヘトリックが曲げた指の関節でシールドを軽くたたいた。

「テフロン加工をほどこしてある。これで最初の酸のしぶきを防げるし、アーマーよりもずっと弾性が高い。バグどもは接近戦を好み、こっちのスマートガンはやつらをばらばらにできる。これが解決策だ」

カリはこれで問題が解決するとは思わなかったが、黙って聞いていた。

「別れた女房にもこいつがひとつ必要だった」ヘトリックが笑いながら言い、反応を待った。

カリは思わず視線を天井に向けた。

「前の奥さんはバグだったの?」ランサム伍長が言った。「なんで必死に別れたがるのか不思議だったのよ」

大きな笑いが起こり、ヘトリックもいっしょになって笑みを浮かべた。それから、彼は近くのスチール製テーブルを指さした。光沢のある黒い衣服が広げてある。

「ケブラー防護ベストだ。軽量でアーマーの下に着用できる。ゼノモーフの鉤爪《かぎづめ》や尻尾《しっぽ》の攻撃に対して相応の防御性がある」

　カリは同じものを以前に見たことがあった。シールドを見たのと同じ場所で。

「各分隊には焼却ユニットが二基加えられる。オペレーターはランサム伍長とコルビー伍長だ。バグどもは熱を好まない。いいか、よく聞け。おれたちはやつらを殺す方法を知ってる。その点はむずかしくない。一番むずかしいのは、体験談を誰かに伝えるまで長く生き延びることだ。慎重にやるんだぞ、艦長殿が言ったようにな」

　ヘトリックがひと息おいてから続けた。

「第二分隊は装甲兵員輸送車《APC》に乗り、〈パトナ〉の格納ベイから船内に入る。第一分隊は本艦〈イル・コンデ〉で待機し、格納ベイの安全が確認されたら〈パトナ〉に降りる。各自、マグネットブーツと呼吸装置を持ってるな。もしローディングドックで敵と交戦したら、酸の血液が船体を浸食し、大気もれが引き起こされる可能性がある。いいか、ブーツの準備をしておけ」彼は海兵隊員たちを見回した。「いつでもケツを蹴飛ばせるようにな」ようやく彼のジョークに笑みが返ってきて、ひとりが隣にいる兵士の肩をたたいた。「よし、食事をして準備にかかれ。三時間後に作戦開始だ。解散」

　中隊が散り散りになり、スチールメッシュの床に重い靴音が響いた。立ち去る兵士たちに、アポーンが冷ややかなまなざしを向けている。カリは彼の視線が自分に向けられ、一瞬とどまるのを感じた。彼女は向きを変え、ほかの者たちのあとを追って格納庫を出た。

2

一日の中でも食事の時間はカリの好きなひとときだ。食事のたびに、自分が入隊した理由を思い出す。白色の長いテーブルに着いた兵士たちは、食べものや任務や給料についてお決まりの不平をもらしながら食べている。

だが、カリにとってはすべてが贅沢《ぜいたく》だった。清潔で新しい、丈夫な繊維の制服。寝心地のいい寝台。隣のデッキにあるバスケットボール用コート。口座の残高は週ごとに増えていき、その都度母親に送金ができる。とりわけ食事はふんだんにあり、栄養価が高く、幻ではない。物々交換の道具でもない。ひとかけらの古いパンと引き替えに彼女の持ちものを要求する者はいない。

カリは皿のスクランブルエッグを平らげる作業に取りかかった。ほかの海兵隊員は本物の卵ではないと文句を言うが、彼女には充分に本物らしい味がした。空《あ》いている手に持ったカップからコーヒーをすすったが、これも贅沢品だ。カップを置いて食卓塩に手を伸ばすと、向かいにいるランサム伍長が手渡してくれた。

「そんなに腹ぺこなの?」ランサムが眉を上げながらきいた。

カリは塩を受け取ると、黄色い卵の山にたっぷり振りかけた。答えをためらう。テーブルにいるほかの兵士たちは、前の配属先で誰とヤッたとか、誰をぶちのめしてやったとか、自慢話に花を咲かせている。

「次の食事にありつけるかどうかわからない時期があったから」

ランサムがうなずき、理解したことを示した。だが、彼女は理解していない。実際にそこにいなければ理解のしようがないのだから。とはいえ伍長はありのままを受け入れてくれた。それは意味のあることだ。カリはランサムの肩ごしに、誰もいない二列の長いテーブルを見やった。

「部隊の残りはどこにいるの？」

ランサムがフォークを振った。「〈トーリン・プライム〉で失われてしまった」

カリは驚きの声をもらした。その場所にはなんとなく聞き覚えがある。「戦闘で？」

ランサムがかぶりを振った。「政治的取引のせいよ」

カリはその続きを待った。ランサムが左右に目を配り、誰にも聞かれていないことを確かめると、顔を近づけてきた。

「噂によると、革新人民連合《UPP》があそこの反乱分子に資金を提供してたらしい。司令官はアポーンに、戦況が落ち着くまで〈イル・コンデ〉を抑止力として軌道上に待機させたいと言ってきた。アポーンはそれを断ったという噂よ。任務がある、と反論したの。救助任務がね。誰ひとり置き去りにしない、と。それで、裏で糸を引いた。うちの艦長殿は上層部のお友だちが多いから」彼女の視線がアポーンのいるテーブルに動いた。「だから、その分、敵も多い」

カリもちらりと目をやった。アポーンが食事をともにしているのは、合成人間《シンセティック》のハルキ、降下艇の操縦士ミラー、そしてもうひとり。ウォルター・シュワルツ。〈会社〉の男だ。

「あくまで噂だけど、彼は取引をしたそうよ。降下艇一隻で優秀な中尉ひとりと一個小隊を〈トーリン・プライム〉に降ろす。それと引き替えにアポーンは彼自身の任務を続行する」

「噂なんでしょ?」カリはきいた。

ランサムの話しぶりには含みが感じられた。言葉の裏に辛辣さがある。とはいえ、それを説明できるだけの背景がカリにはない。

「それでも」カリは続けた。「その一個小隊を加えたとしても、この中隊はまだ規模が少し小さい」

ランサムがフォークを下ろし、まるでカリがまぬけな見解を述べたかのように唇を強く結んでみせた。

「新入り二等兵、植民地海兵隊はいつだって人員不足で、能力の限界まで働かされて、過剰な要求をされるのよ。わたしたちは銀河系全体をカバーしなきゃいけないのに、人的支援に熱意がない帝国によって運営されてるの」

カリはその告白に驚いたものの、うなずきを返した。そうした事情については彼女も充分承知している。「それで、不足分を埋めるために〈ウェイランド・ユタニ〉社に頼り続けてる」

「そのとおり」カリがわざわざ明白なことを言い立てたかのように、ランサムが肩をすくめた。伍長が食事に戻ったので、カリもそうした。塩を振ったスクランブルエッグをフォークでいそいそと崩していく。

薄切りのコーンブレッドが何枚も重ねられた金属トレーが、テーブルの端から回ってきた。途中でパンを取った者はひとりかふたりしかいなかった。カリは回されたトレーに残っていたパンの半分ほどをつかみ、自分の皿にどさどさと落とすと、その一枚をむさぼるように三口で食べた。このアメリカ式のパンは軽くて粒の食感があり、ほのかに甘い。彼女は目を閉じて飲みこんだ。二枚めをつかんで嚙《か》みちぎったとき、テーブルの会話を貫くように声が聞こえてきた。

「イギリス女が食べてるとこを見ろよ」コルタサルだ。テーブルの端のほうからこちらを見ている。ほかの者たちもいっしょになって目を向けてくる。「一枚を丸飲みしたぞ」コルビー伍長とヘトリック、コルタサルとファイヤーチームを組むジョンソンが固まってすわり、にやにやしていた。「あいつのことを〝コーンブレッド〟と呼ばなきゃな」

ヘトリック軍曹はそれをおもしろいと思ったようだ。彼なら当然そう思うだろう。

ばかなやつ。

ジョンソンとコルビーが声をたてて笑っている。テーブルにいるほかの者たちもにやつき始めた。入隊した最初のころ、カリは自分が注目されていないと感じていた。横目使いで見られたり、こそこそ何かを話されたり、ふたりほどから出身地や戦闘経験について質問されたりはした。質問には「どこでもない」「ひとつも」と答えておいた。どちらも嘘だ。今や彼らがじっと見つめてくる。口の中にある食べものはもうあまりおいしくなくなったので、嚙むのをやめて顔をうつむけた。

「いいよな、新入り?」コルタサルが彼女をじろじろ見ながら言った。「これからはおまえをコーンブレッドと呼んでやる」

カリは恥辱を抑えつけ、彼を見返した。にらみ合いなら負けはしない。口の中の食べものを飲み下して言う。

「オーストラリア人。わたしはオーストラリア人で、イギリス人じゃない」

「おれにそんな口の利き方をするな、新入り」コルタサルが言った。「なんだ、イギリス人って呼ばれるのが嫌なのか?」

「あんたはそう呼ばれたい?」彼女は鋭く言い返した。

「おまえのそのでかい口をもっといいもので満たしてやることもできるんだぜ、コーンブレッド」コルタサルの目に凶暴さがほの見えた。カリは奥歯を噛みしめた。

「じゃあ、あんたをどう呼べばいい? 〝尻の穴《コーンホール》〟とか? そのひどい顔にちなんで」

向かいにいるランサムが小さく笑いながら、かぶりを振っている。コルタサルの顔にはもうにやにや笑いは浮かんでいなかった。これっぽっちも。

「なんて言った、新入り?」

「そのクソひどい顔をフェイスハガーに改良してもらったほうがいい、って言ってるの」

何人かの海兵隊員が笑い、コルタサルが椅子をきしらせながら立ち上がったが、カリはすでに相手との距離をつめ、その喉にコーンブレッドの金属トレーを強く押し当て、もう一方の手を彼の後頭部に回してのけぞらせていた。

「すげえ」誰かが言った。「あいつ、すばやいぜ」

コルタサルがもがいた。彼の身体はカリよりも頭ひとつ分高く、納屋の扉ほどの幅がある。がっしりした両肩はスマートガンを持ち運ぶ任務に必要なものだが、喉に金属プレートが食いこんでいる状態では巨大な筋肉もさほど役に立たない。彼女はトレーをさらに強く押しつけた。コルタサルの息がつまったとき、カリは誰かの手で引き離された。アポーンの鉄のような声がとどろき、海兵隊員たちのはやし立てる声が静まった。

「そこまでだ！」アポーンはいつの間にか騒ぎの中心に立っていた。「すわれ」

そうしようと思えば、アポーンの体格はコルタサルに引けを取らない大きさになる。コルタサルはいつもアーミーグリーンのタンクトップ姿で歩き回り、その大きな肩を誇示しているが、アポーンは何かを証明してみせるまでもなく、その存在だけでこと足りてしまう。だが、今この瞬間、アポーンが海兵隊員たちの中に立ったとき、カリは彼が実はどれほど大きいかを思い知らされた。

海兵隊員がみな着席した。コルタサルだけが胸を大きく上下させながら立ち、ぎらついた目でカリをにらんでいる。彼の喉には赤い跡が残っていた。

「いったい何が起こっている？」アポーンが問いただした。

「単なる悪ふざけです」ヘトリックが答えた。「ほかの新兵と同じく、リー二等兵が個人攻撃と受け取ったんです」アポーンがカリに目をやり、次いでコルタサルを見た。黙っている様子から、アポーンが怒りを抑えているのは明白だった。

「戦闘を前に、わたしの隊の中に不一致があることは許さん。絶対にだ。〝上下の欲を同じくする者は勝つ〟。すなわち、階級の上から下まで同じ心で邁進《まいしん》する軍隊は勝つということだ」アポーンは兵士たちを見渡してから、カリに向き直った。「リー二等兵、おまえはなぜ入隊した？」

彼女は口を開きかけたが、何も答えなかった。アポーン艦長は中隊全員の前でカリに質問を投げかけた。最も奥深い質問を。

「聞こえなかったのか、二等兵？」彼の声は静かな食堂で明瞭に響いた。コルタサルと戦う寸前だったカリはアドレナリン値が高いままで、頭の中で脈動が鳴っていた。

「任務を、果たすため……でしょうか？」

「わたしに質問しているのか、二等兵？　それとも、それが答えか？　おまえがここにいるのは誰のためだ？」

家族のため。それが真実だ。ただひとつの真実。家族以外の誰のためでもない。軍務によって市民権を獲得し、家族をあの悲惨な難民キャンプから救い出すため。彼女は大きく息を吸った。そのとき見えた。艦長が求めているものは、彼の目の中にあった。あのきらめくような確信。彼の望むものがわかった。

「この部屋にいる海兵隊員のためです」

「聞こえないぞ、二等兵」

「この部屋にいる海兵隊員のためです！」

食堂にいる海兵隊員は誰ひとり口を開かない。冷笑する者もいなかった。

アポーンがうなずいた。「正しい答えだ、二等兵。それこそが、そのために戦うに足るものだ。この集団がな」彼は振り向き、ほかの者たちを見やった。カリは艦長のずっと後方でシュワルツが笑みを浮かべているのを見た。楽しんでいるかのようなゆがんだ笑み。海兵隊員は誰ひとりこれをおもしろいなどと考えていない。

アポーンが話し続けたが、それは興奮や歓声を引き起こすようなものではなかった。彼女が入隊以来すでに何度も聞いてきたような戦意高揚の演説とは異なり、けっして声を高めない。彼は率直に真意を告げているのだ。
「われわれはともに食べ、ともに眠る。同じ帰属集団の戦士として、ともに戦う。たがいの背後を守り合う。たがいのために血を流し、必要とあらば、たがいのために死ぬ。この場にいる海兵隊員のためなら、わたしはそうする。白髪まじりの軍曹から、入りたての新兵まで。ともに祝い、ともに悼む、ひとつの家族。この暗く冷たい真空の宇宙空間で、身内の温《ぬく》もりを見いだせる場所はひとつしかない。この艦の脆弱《ぜいじゃく》な隔壁の中だ。意義を見いだせる場所はひとつしかない。ひとりひとりが必要とされ、ひとりひとりがたがいに生き延びるための役割をになう、この場所だ。いいか、誰もが必要とされているんだぞ。この帰属集団に関して重要なことがある。集団はわれわれよりも大きな存在で、われわれよりも長生きする。今から百年後、われわれはひとり残らず消え去っているだろうが、この中隊は……ハードボイルド第八中隊は……存続しているだろう」
アポーンは息をつき、食堂にいる海兵隊員たちを見やった。
「はるか昔、地球上で起きたある戦争において、サスーンという名の男が戦闘中に負傷した。自分の部隊を離れて病院のベッドに横たわりながら、彼は詩を書いた。その一節にこういうのがある」
　無情なる安全の中で目覚めるわれは、友もなく
　たたきつける雨とともに夜が明けゆくとき
　泥の中にいる大隊をひたすら思う
アポーンは目を輝かせて部屋を見渡した。
「いつの日か、海兵隊を去って無情なる安全の中で暮らせば、おまえたちもこの真実を知ることにな

るだろう……自分が戦う目的はただひとつ、たがいのためなのだ、と。ここにおまえたちがいつか知るであろう最も深遠な目的意識がある。すなわち、自分は他者のために死ぬことをいとわず、他者は自分のために死ぬことをいとわない、ということだ」

　海兵隊員たちは押し黙っている。カリの胸のうちで強く湧き上がるものがあった。アポーンの言葉には真実がある。彼女はアメリカ連邦のことなどに関心はない。植民地海兵隊がなんのために戦っているのか、確信が持てないでいた。単に帝国どうしの利害によるものかと思っていた。高邁《こうまい》な大義や崇高な使命について、ほかの兵士の口から聞いたこともなかった。

　アポーンは正しい。高邁な大義があるとしたら、それはここにある。この部屋の中に。

　艦長がコルタサルを見やり、それからカリを見た。「よし、食事に戻れ」

　アポーンが自分のテーブルに戻っていった。海兵隊員たちは静かなままだ。ちょうどカリの視線の先にいた女性隊員――カリは名前を知らなかった――がうなずきかけてきた。ほかの数名とコルタサルもカリに目を向けてきた。だが、彼らのまなざしは種類がまったく異なっていた。カリがよく知っている目つきだ。食糧配給の列や暗い裏通りで嫌と言うほど見てきた。それは、近いうちにどこかで暴力を向けられることを意味する。

　今ではないが、もうじき。その覚悟はできている。

3

「あなたは難民なの？」

ランサム伍長が長い脚の片方を目の前のベンチにのせ、すねに装甲アーマーを装着し始めた。カリはその脚から目をそらした。筋肉質ですらりとした彼女の脚をシャワー室で盗み見たことは、一度や二度ではない。だが、今の質問でみるみる関心が薄れた。

「ええ」カリはそう応じ、胸の装甲プレートをぱちんととめた。

「やっぱりね」

「やっぱり？」

「コルタサルみたいに意地の悪いやつはどの小隊にもいる。新入りを徹底的にいじめて、相手がしかるべき居場所を見つけるまで苦労の日々を味わわせるの」

「それが難民であることとどういう関係が？」

「あなたの受け取り方よ」ランサムが答え、アーマーを着けた脚を床に下ろした。「難民キャンプからここに来た人を何人か見てきた。わたしも、すごくきつい場所だということは知ってるし、弱い者が殺されることも知ってる。いろいろとね。あなたにはその痕跡が見えるの。額にあるその大きな傷跡のことじゃない。その目に宿ってる怒りのこと。しばらく前に、マフタという名の海兵隊員がうちの中隊にいた。わたしに、キャンプは刑務所を連想させる、と言ってた。食うか食われるかの世界だけどもっとひどい、なぜなら子どもたちがいるから、って」

カリは何も言わなかった。

ランサムが身を乗り出してきた。「でも、ここは刑務所じゃないのよ、リー。あなたがいるのは海兵隊。ここには序列があって、それをリスペクトしなければならない。伝統もあって、それもリスペクトする必要がある。あなたはすべてをリスペクトし、でも自分はひとつもリスペクトされない。なぜだかわかる?」

カリはため息をついた。「わたしはリスペクトを得てないから」

「そう。あなたはまだそれを勝ち取ってない」ランサムは身を起こし、胸当てアーマーの側面に両手を当てた。「それは食堂では勝ち取れない。戦場で勝ち取るの。そのことに集中しなさい、一等兵」

カリはゆっくりと長い息をついた。

「わかった?」

「はい、伍長殿」

「それでいい。じゃあ、銃器と動体探知器《モーショントラッカー》をチェック。準備して」

「はい、伍長殿」

「それから、リー」

「はい」

「しくじらないで」

4

カリ・リー二等兵は呼吸した。テコンドーの師範から繰り返し言われたことだ。呼吸しなさい。昔かたぎの師範で、自分のことを〝先生〟と呼ばせていた。生徒がきちんと整列できなかったり、帯を正しく結べなかったりすると、顔を真っ赤にして怒鳴ったものだ。生徒が望むなら、平手で頭をたたきもした。

カリはいつも、力みすぎだと言われた。筋肉がこわばりすぎているし、自分自身を傷めかねないほど強すぎる蹴りや突きを出したがる、と。そのたびに師範は「呼吸しなさい」と言った。静かに戦いに臨みなさい。さもないと乳酸が優位となり、筋肉が痙攣《けいれん》し、スタミナが消耗してしまう。強く速く打ち、腰を入れる、それが肝要なのだよ。そのあいだ、呼吸することを忘れてはいけない。

それで彼女は呼吸し、人さし指にはめている装飾のない銀の指輪をそっと回していた。左右にいる海兵隊員と肩どうしがときおり触れる。彼女の肩には安全バーが引き下げられており、足もとの床からはM577装甲兵員輸送車《APC》のエンジンがアイドリングする激しい振動が伝わってくる。この高馬力の車の中では、自分が安全だと感じられる。自分が強いと感じられる。ここにはバグが入ってこない。絶対に。車内にある司令センターでは、アポーンがモニターで各隊員のヴァイタルを確認し、無線システムをチェックしている。

前方の操縦席には合成人間《シンセティック》のハルキがすわり、APCの正面に装備された二連ガトリング砲の砲手として他部隊からオテリ伍長――必要なときしか口を開かない、がっしりとした肩の持ち主――が乗りこんでいる。後部には、四人ずつからなる二個分隊、加えてヘトリックがすわっている。車両には総勢十二名が搭乗しているが、窮屈すぎることはない。母船〈イル・コンデ〉には降下艇に搭載されたもう一台のAPCが残っており、その中にはすでに予備兵員が乗りこみ、騎兵隊のように出撃を待っている。

カリたちはすでに〈パトナ〉の格納ベイにいた。ベイの扉は開いており、APCを搭載した降下艇は問題なく〈パトナ〉の船内に入ることができた。降下艇の貨物室内で、APCはいつでも飛び出す準備ができている。カリの向かい側にはコルタサルとジョンソンがすわり、彼女のほうをじっと見つめていた。ジョンソンはシールドを床に立て、両脚のあいだにはさんでいる。

彼女はふたりを無視した。

「報告しろ、ハルキ」アポーンが言った。「何か見えるか?」

「いいえ、特に何も」シンセティックが答えた。彼の声はどこまでも落ち着き、抑揚がない。「異常はなさそうです」

アポーンは耳を澄ますかのように、しばらく待っていた。なんの音を予期しているのか、カリには想像もつかなかった。

ようやく彼が告げた。「ハルキ。前進しろ」

APCが降下艇のタラップ斜面を勢いよく駆け下りた。カリは安全バーを握りしめた。足が揺さぶられ、隣のランサム伍長にぶつかる。車両はエンジンをうならせて方向転換を繰り返し、そのたびに海兵隊員はひとり残らず揺れた。ウィンドスクリーンごしに格納ベイ内の光景が断片的に見えるが、カリの目には変わったものは何も映らなかった。

エンジン音が徐々に低下していき、揺れがおさまった。アポーンが車体前部に移動し、ハルキの横に立ってコントロールパネルを覗《のぞ》いた。

「動体探知器は？」

「まだなんの反応もありません」

アポーンがシンセティックのほうに身をかがめたまま黙りこくっている。彼の呼吸に乱れはない。カリには彼の広い背中がゆっくりと規則正しく上下するのが見えた。

「どうやらおれたちは……」ヘトリックが言いかけた。

「静かに」アポーンがさえぎった。後部を振り向きもしない。ヘトリックが口をつぐんだ。エンジンがアイドリングする中、カリは呼吸した。そんな状態で五分もすわっているかと思われたとき、アポーンが言った。「あの奥の扉の向こうは別のベイか？」

「そうです」ハルキが答える。

「開けろ」アポーンの声は低かった。

「ここからではできません。車外に出て、手動でパネルを操作するしかないでしょう」

アポーンが喉の奥で曖昧《あいまい》なうなり声を発した。

「あの扉を爆破して通り道を作ったら」アポーンがオテリに向いた。「船体に穴があいてしまう可能性はあるか、伍長？」

砲手が答える。「五十パーセント以上の確率で」

アポーンはしばし前方を見つめてから、車両後部を振り返った。「よし、みんな外に出るぞ。先頭はコルタサルとジョンソン、次いでデイヴィスとアリ。それから第一分隊の残り、第二分隊の順に行く」彼が太い指をカリに突きつけた。「リー二等兵、おまえは前方に進んで第二の扉を開けるんだ。ランサム、リーを援護しろ。スマートガンの銃手たちは頭上のガントリーを見張れ。集団で行動し、誰もヒーローになろうとするんじゃないぞ。おまえたちがＡＰＣに戻り、ドアを閉めたら、ガトリングをゼノモーフにぶちこむ。わかったか？」

「イエス、サー！」海兵隊員たちは答えた。カリは小さな声で言った。自分が扉を開けるという部分のあとは、艦長の言葉をほとんど聞いていなかった。いよいよ始まる。彼女にとって、これが現場に出る初めての機会だった。もはや訓練ではない。ママやばかな弟たちをあのひどい難民キャンプから連れ出すための、実質的な第一歩だ。

5

彼らは出撃した。集中し、秩序を保ち、横に広がりながら、格納ベイの中をすばやく進んでいく。

「その調子だ、海兵隊」カリのヘッドセットからアポーンの声が聞こえた。「デイヴィス、そちらの側面を警戒しろ」

カリは第二の扉に向かった。すぐ後ろにランサムが続いている。防弾フェイスマスクのせいで足もとがよく見えず、カリは金属メッシュの床の継ぎ目でつまずいてしまった。

「気をつけて、二等兵」ランサムが鋭く言った。

ふたりは鋼鉄製の輸送用コンテナの背後で立ち止まった。ベイの広さは、幅が約三十メートル、奥行きは六十メートルかそれ以上。降下艇は一隻も見当たらない。そのせいか、空間がやけにがらんとして見える。ベイにはコンテナがいくつか点在し、奥のほうに黄色いパワーローダーが一台ある。操縦者がコックピット内に立ち、ロボットのように歩き回れるよう設計されたものだ。ビショップから送られてきた報告書には、民間人一名がパワーローダーに搭乗してゼノモーフ・クイーンと戦ったという記述があった。

そんなことを試してみるなんて、よほどの度胸があったにちがいない、とカリは思った。

「動体探知器は?」アポーンがきびきびした冷静な声で尋ねた。

「ええと」コルビー伍長が応答した。しばしの空白。「反応なし」

ベイの天井は〈イル・コンデ〉のものよりも高い。二倍ほどもあり、周囲に金属メッシュのガントリー通路がめぐらされている。カリは落ち着かない気分でそれをぐるりと見上げた。マスクによって視界をさえぎられ、はっきりと見えない。

「前進して、二等兵」ランサムが告げた。

カリはコンテナを回りこむように移動したが、三歩も行かないうちに混沌《こんとん》のまったただ中に放りこまれていた。あらゆることが一気に始まった。

「待て、あそこに何かが……」コルビーが言った。

それと同時にカリの足がコンテナの縁に引っかかり……

重力が消失していた。彼女はいきなりゼロG状態に置かれ……

銃撃が始まった。パルスライフルのなめらかな発砲音が響き……

「この野郎！」通信機を通してコルタサルが怒鳴っている。

アポーンとはまだ無線がつながっていた。「……ガントリーだ。ブーツをロックし、あのガントリーを攻撃しろ」

ランサムがカリに向かって何か叫んでいるが、怒声と銃撃音のせいで聞き取れない。カリのフェイスマスクの位置がずれてしまい、さらに視界がせばまった。彼女はマスクを引っぱり、次に留め具を引っぱり、ようやく引きはがした。視界全体がぐるぐると回っていた。

「まずい、リー二等兵がコントロールを失って……」

カリは無重力の空中で回転し、目を閉じずにいられなかった。乗り物酔いに似た吐き気がこみ上げてくる。呼吸しようとしたが、胸に何かが衝突し、その衝撃で身体がいっそう激しく回った。

「……アリがやられた……」誰かが叫んだ。

「なんてこった、やつら、まわり中に……」

カリは回転し続けながら、身体がほぼ水平になった。どの方向を見てもパルスライフルが放つオレンジ色の閃光《せんこう》だらけで、彼女はその意味が理解できないまま、肩にかけたライフルのストラップを引っぱった。なぜこんなにも多くのマズルフラッシュが暗がりを照らしているのかわからない。そのとき、スマートガンが咳《せ》きこむような音をさせてから連射の咆哮《ほうこう》をとどろかせ、ほかの音をかき消した。

身体の回転が止まらない。

「ひとりやられた！」

ＡＰＣが浮き上がり、車体前部がベイの床から斜めに持ち上がった。カリが下方を見ると、黒いフェイスマスクがこちらを見つめながら迫ってくる。次の瞬間、ランサム伍長が床を蹴って跳び上がったのだとわかった。

周囲の景色が目まぐるしく回る。

カリはパルスライフルのストラップを引っぱったが、強すぎたのか勢いあまって手から離れてしまった。

「ファック！」と叫んだとき、頭上のガントリーにいる敵がエイリアンではなく人間であることに気がついた。彼らはサムライの鎧《よろい》めいた奇妙な形状のパッド入りアーマーと、目の部分に丸いガラスの

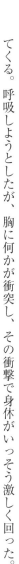

穴のある金属製マスクを身に着け、海兵隊に向けて銃を撃ち下ろしてくる。カリはいまだ回転しており、パルスライフルが斜めに飛んで離れていく。敵のひとりが彼女のほうをまっすぐ見つめ、ライフルをかまえていた。カリは本能的に顔を守ろうと両手をかかげた。

突然、熱気が押し寄せてきたので、カリはあえぎ、たじろいだ。回転してふたたび男のほうを向いたとき、彼が炎に包まれていた。悲鳴を上げ、両腕を振り回し、背後に炎をたなびかせながらガントリーをよろめき歩いていく。カリの胸にふたたび何かが衝突し、肺から空気がすべて抜けた。

コルタサルが通信機の向こうで叫んでいる。カリが何者かに身体をつかまれてもがいていると、すべての音を切り裂いて耳慣れた声が聞こえた。

「落ち着いて、二等兵！」ランサムだった。カリは彼女に抱きかかえられたままベイの側面に衝突した。ランサムがマグネットブーツを起動させ、靴底を壁に固着させて水平方向に直立すると、カリの身体をガントリーの上に放り投げた。「マグネットブーツ！」

カリはブーツの操作に手間取り、ガントリーの金属メッシュにぶつかって跳ね返った。起動スイッチが動かない。声を上げながら引っぱると、かかと付近の小さな赤いランプが緑色に変わった。カチャンと音がして、ブーツの片方が金属メッシュに固定された。もう片方も同様にしてから軍用拳銃を抜き、数秒のうちに自分の位置と状況を把握した。

敵は少なくとも二十名。パッドの入った白っぽいアーマーと長円形の金属マスクを着用し、黒光りするパルスライフルを所持している。そのうち五名はもう動いておらず、鋼鉄のガントリー上にブーツを固定して立ったまま、両腕をだらんと曲げている。カリの眼下では、少なくとも一名の海兵隊員が身動きしないまま宙を漂い、さらに二名が海底の海草のようにゆらゆらとベイの床に立ち、敵と同じような死のダンスを踊っている。

敵方が着用しているのは改良型の全環境対応型アーマースーツ、すなわちエイプスーツだ。そうであれば、彼らの正体は……。

敵のひとりがガントリー通路の角から歩いてあらわれ、パルスライフルの照準をカリとランサムに合わせた。

カリは向きを変え、彼の足を狙って発砲した。同時にランサムが焼却ユニットをかまえ、白熱した火炎で男をなぎ払った。男は甲高い悲鳴を上げ、カリはそのおぞましい声を否応なく聞かされた。悲鳴がやんだあとでさえ、それが頭の中に響いていた。耳を手でふさごうとしたとき、誰かが大声を上げて彼女を揺さぶり、燃えている男から視線を引きはがさせた。

「あの扉を開けて、リー」ランサムが怒鳴った。「ここにいたら狙い撃ちにされる」彼女はガントリー通路の奥にある扉を指さし、カリを引っぱって立ち上がらせると、ふたりでいっしょに走った。そこかしこで火花が散り、銃声が鳴り、無線からは不明瞭な命令が聞こえる。奥行きが五十センチもないアルコーブがあり、扉はそこに設置されている。ふたりはアルコーブの中に身を投げた。さらに火花が散り、銃弾が跳ねる中、ランサムが叫びながらふたたび炎を放射した。彼女のアーマーに炎のオレンジ色が反射した。

ふいにランサムがびくんと身を震わせたかと思うと、焼却ユニットを手放し、アルコーブに倒れこんだ。カリは彼女に手を伸ばした。見えるのは、ランサムのフェイスマスクの穴から覗く怒りに燃えた目だけだった。

「やって。早く。どうにかするの」

カリはわれに返り、ランサムを壁に寄りかからせると、扉のパネルに向き直った。耳をつんざくような銃声や金属に着弾する炸裂弾《さくれつだん》の音を無視しようと決め、腰のポーチから戦場技術者用キットを取り出す。深く呼吸しようとしたが、頭の近くで跳弾の火花が散り、思わず身をすくめた。カリは悪態をつき、パネルカバーのネジをドライバーではずし始めた。

いきなり扉がスライドして開いた。

扉の向こう側にはエイプスーツの敵が二名立っており、カリと同じように驚いていた。手前にいた者がパルスライフルを彼女に向けてきた。

6

十五年間の武術訓練と十二ヵ月間の海兵隊基礎訓練がとうとう結実した。ついに彼女の筋肉の記憶が役に立つときが来た。

カリ・リーは反射的に身を起こし、突きつけられたライフルを蹴って銃口を上に向けさせた。発射された銃弾が天井に飛んでいく。彼女はすかさず反対側の足を振り上げて長円形の金属マスクを蹴りつけた。相手が頭をのけぞらせてよろめくのを見ながら、カリは扉の中へ飛びこんだ。戦場で一ヵ所にとどまることは死への早道だ。彼女はもうひとりのライフルをつかんだ。彼は長身で力も強く、カリは壁に押しつけられて顔面をライフルの側面で殴られた。息が止まり、頭がくらくらした。彼がライフルをひねって持ち上げたので、つかんでいたカリの手が離れる。

彼女は相手の片足を力まかせに踏みつけた。男がうめき声をもらしたとき、カリはふたたび敵のライフルをつかんで後ろに身を反らし、今度は相手の膝の内側を思いきり蹴りつけた。

敵は叫び声を上げ、あえなく武器を手放した。カリはライフルの向きを変えようとしたがグリップをつかみそこない、そのとき背後から首に何かが巻きついて喉を絞めつけてきた。片手でライフルをつかんだまま、もう一方の手で喉をかきむしった。何が起きているのかわからず、首を後ろにねじってみる。

なんてこと。

背後にいたのは最初に蹴ってやった男だ。長さ三メートルほどもある棒を突き出し、その先端についた輪状のロープで首を絞めてくる。まるでレンジャーが野生動物を捕獲するかのように。彼に強く引っぱられ、マグネットブーツが床からはがれた。そのまま振り回され、彼女は壁にたたきつけられた。肺の空気をすべて吐き出したとき、ふたたび引っぱられ、無重力の中を通路の反対側まで振り回された。彼女のヘルメットは気がつかないうちに失《う》せていた。両手で首のロープをつかみ、必死に空気を求める。ライフルはどこかに飛んでいってしまい、軍用拳銃も見当たらない。

エイプスーツを着たクソ野郎は彼女を前後に引きずり回し、息の根を止めようとしている。カリの肺は焼けるように痛み、助けを求めて叫ぶこともできない。ランサムの姿は見えず、ほかの海兵隊員も見えず、彼女を殺そうとする男の目に光る憎悪だけが見えた。

視界が暗くなっていく。ふいに手の中にナイフが出現した。筋肉の記憶はまだ死んでおらず、自分が所持している最後の武器——コンバットナイフ——をつかんだのだ。ナイフを自分の喉にあてがい、ロープの下に刃を差しこもうとする。刃が首に食いこんで苦しく、またしても壁にたたきつけられたが、ナイフはけっして手放さなかった。生きようとする意志と怒りによって柄を握りしめ、首に巻きついたロープを切ると、ブーツを強く蹴り出して床に降り立った。

首への圧迫がなくなり、おぼれかけて急に水面に浮上した泳ぎ手のように空気を求めてあえいだ。暗い部屋から出たときのように、通路の何もかもが明るく見える。何かが動いた。視界の隅に白いものがよぎった。それは膝を折ってやった男で、拳銃を引き抜こうとしている。カリはそれを前腕で防ぎ、相手の顎の下をナイフで突き刺した。

6

刃が深く入った。マスクについた丸いふたつのガラスの奥で、男の目が驚きで見開かれた。刃を引き抜くと無重力の中で血が噴き出し、浮遊したしずくが彼女の顔や首にかかった。彼女はまだめまいを覚えながらゆっくりと向きを変え、口に入った敵の血を吐き出した。

「海兵隊のクソあま」

カリはさっと振り返った。残ったひとりが通路の中央に立っていた。先ほどまで持っていた棒の代わりに、どこから調達したのかパルスライフルをかまえている。よどみない死の歌が始まり、電子パルスが鋼被甲の炸裂弾を吐き出した――だが、それによってずたずたに引き裂かれたのはカリ・リー二等兵ではなかった。

餌食になったのは白いアーマー姿のサムライだった。金属マスクの頭部が勢いよくのけぞり、胴体が穴だらけになり、脚に銃弾が命中すると最初は黒く、やがて血の赤に変わった。無重力の中で彼は倒れることなく、立ったまま絶命した。両腕を大きく広げ、周囲にまき散らした血の赤い雲は揺らめきながらも消散しない。

カリはふたたび振り向いた。アルコーブにランサム伍長がいて、銃をかまえながら扉の枠にもたれかかっている。伍長の顔にはもはや防弾フェイスマスクが存在せず、汗ばんだ首の片側に血しぶきが飛び散っていた。胸が苦しげに上下し、頭が力なく傾くと同時にパルスライフルが手から離れた。銃がゆらゆらと漂っていく。

「サラ!」カリは叫びながら駆け寄り、彼女を抱き起こした。首と肩が血でぬめり、傷口から血のしずくが空中に浮遊している。どうやら鎖骨を撃たれたらしい。それだけですんでいればよいが。開いている扉の向こうから、散発的ではあるが小型火器の発砲音が聞こえてくる。カリがパネルをたたくと扉が閉まり、戦闘の音がくぐもって小さくなった。

ランサムがまぶたを震わせ、うめき声をもらした。カリは彼女をそっと壁に寄りかからせると、大急ぎで胸のアーマーの留め具を解除した。プレートが弾《はじ》けるようにはずれ、さらに多くのしずくが宙に舞った。かなりの出血だ。

カリは連絡しようとしたが、ヘルメットはなくなっていた。あたりを見回したが、どこにも見当たらない。片手でランサムの傷口を押さえつつ、もう一方の手で彼女のヘルメットを脱がせ、自分でかぶった。

通信装置から音が聞こえた。「……APCからはうまく狙い撃ちができない。残っている海兵隊員は……」

カリは送信ボタンを押した。「衛生兵！」アポーンの言葉をさえぎって叫ぶ。「衛生兵を呼んで。ランサムがひどく負傷してる」

「自分の面倒ぐらいちゃんと見ろ、新入り！」

「このチャンネルを使うな、コルタサル」アポーンが言った。「了解した、リー。現在位置は？」

「上部ガントリー。右手側、扉の後ろです」

短い間があった。「了解した。われわれは激しい銃撃を受けているところだ、リー。ランサム伍長を安定させられそうか？」

傷口を押さえる手はすでに血でぬるつき、隙間からさらにしずくがしみ出ている。ランサムの顔色は青白い。異様なほどに。頭はぐらつき、目は開いたり閉じたりを繰り返し、閉じている時間のほうがだんだん長くなりつつある。

「だめです、今にも死にそうです」

無線の向こうで誰かが「くそっ」と言った。

「わかった」アポーンが言った。「そのまま待て」

カリは唇を噛んだ。コルタサルの言うとおりだ。これは自分の面倒を見られなかったわたしのせい。胸のアーマーの留め具をはずし、上体を揺すって脱ぐ。空中に漂っていくが気にしない。片手だけでシャツの前を乱暴に開けると、ボタンが弾け飛んだ。空いているほうの腕を袖から抜き、シャツをもう一方の腕に沿ってたくし下ろし、傷口を押さえている手の手首付近まで下げる。左右の手をすばやく入れ替えて押さえ、戦闘服を包帯代わりにする。

ランサムがうめいた。目は開かない。

「リー二等兵」アポーンの声だ。

「聞いてます」

「ハルキがそちらに向かっている」

「了解」

「コルタサルとデイヴィスは援護射撃。敵をおとなしくさせておけ」

「了解、艦長殿」コルタサルが応じた。

「了解」デイヴィスも。

カリは血まみれの簡易包帯を動かさないようにしながら体勢を変え、鋼鉄の扉にある小さな四角い強化ガラス窓に顔を押しつけた。窓は疵《きず》だらけで視野が限定されており、遠くで光るマズルフラッシュしか確認できない。厚い金属扉を通して、スマートガンの荒れ狂った連射音が聞こえてきた。銃撃が激しさを増していく。

「早く来て、ハルキ」彼女はつぶやいた。「早く」

ランサムの目はもはや開く気配がない。

「ファック」

ふたたび窓に顔を押しつけたとき、だしぬけに下方からハルキがふわりと飛んできた。カリはパネルをたたき、扉を開けた。とたんに戦闘の轟音《ごうおん》が押し寄せてきた。小型火器の応酬、兵士たちの叫び声。目の前に出現したハルキがすばやく扉をくぐり、彼女はパネルをたたいて扉を閉めた。

「急いで、早く」カリは叫んだ。

シンセティックは彼女の胸にそっと手を置いた。「助けに来ました、リー二等兵」静かな口調だった。「わたしが手当てをするあいだ、どうか防護を頼みます」

シンセティックは猛然と処置を開始した。あまりの速さに手の動きがぼやけて見える。それでも、ランサムは顔色が悪くなる一方で、身じろぎもしない。

7

敵の黒いパルスライフルが近くに浮かんでいた。カリはそれをつかみ取って片膝をつくと、ランサムとハルキと浮遊する血から目をそらし、射撃姿勢を取った。

ガントリーの通路は長く、金属メッシュの床が明るく照らされている。彼女のすぐ左の空中に、胎児のように身を丸めた敵の死体が浮かび、周囲に血のしずくがとどまっている。もうひとりの傭兵《ようへい》は十メートルほど先で直立した姿勢のまま揺れていた。誰かが通路の向こうからやってきても、その死体がわずかな遮蔽と目をそらす役目を果たしてくれて、カリのほうが先に撃てそうだった。二十メートル先に交差路、さらにそこから二十メートル行ったところにも交差路がある。通路の突き当たりには別の扉があり、そこまでは七十メートルはあるだろうか。

背後からくぐもって聞こえるベイの銃撃戦は下火になりつつあるようだ。発砲音が散発的にしか聞こえない。

「きっと撤退したんだ」カリは肩ごしに小声で言った。「みんな〈イル・コンデ〉に戻ったにちがいない。あの傭兵たちのほうが有利な位置にいるから」

「アポーン艦長はひとりの海兵隊員も置き去りにしませんよ」ハルキが言った。あたかも宇宙の不変法則を述べるような口ぶりだった。

「わかってる。つまり、一時退却よ、別の手を考えるために。たとえば、この船の別の場所から強行突入するとか」無駄なおしゃべりでシンセティックの邪魔をしたくないという思いはあるものの、何をしたところで彼の気が散らないことはわかっていた。背後で彼が高速かつ効率的に手を動かす音がする。傷口をふさぐ薬剤を吹きかけるシュッという音が聞こえた。

だが、下のベイがどれほどひどい状況なのか、カリは知りたくてたまらなかった。自分はしくじった。しくじった上に、ここに足止めされている。自分の部隊が無事で優勢であると聞かせてほしい。自分の不合理で利己的な部分をなだめてほしい。

「強行突入についてはオテリ伍長がすでに提案しましたよ、リー二等兵。艦長はそれが可能だと判断しました。命令が下され、予備のライフル分隊が宇宙服を着て〈パトナ〉の船外を移動し、〈ウェイランド・ユタニ〉のコマンド部隊の後方に位置する外部扉を爆破して背後から攻撃することになっています」

「ええ」

「〈会社〉のコマンド部隊?」

「やっぱりね」彼女は息を吐いた。「でも、その作戦だと時間がかかりすぎる」

ハルキはそれには答えず、代わりに「心配はいりません」と言った。「ベイにいる海兵隊員は身を隠し、負傷者は〈イル・コンデ〉に戻りました。発煙弾を投げたのです。ゼロGでは煙幕がなかなか消えない。それでコマンドとの銃撃戦を長引かせるのが艦長の狙いです」

「長引かせる? どうして?」

「あなたとランサム伍長のためです。撤退したらあなたたちが追われて殺されるだろう、と艦長は考えました。そんなことはさせない、と言っていましたよ」

カリはうめき声をもらした。

「こちらの犠牲はどれくらい……」

ハルキが彼女の言葉をさえぎった。「ひとつ問題があります、二等兵」本当に問題があったとしても、それを感じさせないほど冷静で抑制された声だった。

彼女は息を呑《の》んだ。「どんな？」

「無重力状態は内出血にさらなる合併症をもたらします。血液が断裂部位に集まるので」

「つまり……人工重力を復活させる必要があるってこと？」

「そうです。この傷を安定させ、それから、できるだけ早急にランサム伍長を〈イル・コンデ〉の医療ポッドに運ぶ必要があります」

「どうやるの？」

「安定させるには……」

「どうやれば重力を戻せるの？」カリはいまだ彼に背を向け、通路の奥にパルスライフルをかまえながらきいた。空中に漂う血のしずくを透かして前方を見つめる。

ハルキが手を止めた。「副司令室があります。このひとつ上のフロアで、十メートルほど船尾寄りに。あなたの目の前の通路を直進し、突き当たりの扉を抜けたら、左に曲がり、階段を上って手前方向に戻る。副司令室はフロアの中央にあります」

「わかった」カリは立ち上がった。

「それから、二等兵」シンセティックの口調に何かを感じ、カリは振り返った。ランサムの肩と胸には清潔で白い包帯が巻かれていたが、すでに赤くなっている。彼女の顔にはまだ血色が戻らない。ハルキがここにいなかったら、カリはきっとサラが死んだと思いこんでしまっただろう。

カリは呼吸した。

「あなたならできます、二等兵」

彼女はその場を動かずにいた。ハルキが人工頭脳で計算してたどり着いた事実を述べたのか、それとも単に安心させようとして言ったのか、カリには判然としなかった。それでも、じっと見つめてくる彼の目を見たら、一瞬だが安心を覚えた。たった一瞬でも、彼女ならできると、誰かが言ってくれたのだ。ヘマなやつだ、とは言わずに。

カリはもう一度サラを見た。たちまち失敗という黒い爪に心臓を鷲《わし》づかみにされた。彼女は背を向けて走った。

8

カシャン、カシャン、カシャン。カリは黒いパルスライフルをかまえながら通路を突き進み、扉を開けて通り抜けた。時間をかけず、交差路も確認せず、そうすべきだとわかっていても立ち止まらずに、自分を駆り立て続けた。

ランサム伍長のヘルメットはワンサイズ大きく、頭の上で跳ねている。顎のストラップを締めたが、つばが目のすぐ上までかぶさってくるので、それを手で押し上げる。曲がり角に達したところで足を止め、何度か息を吸った。通路の床はメッシュ状の金属で、幅は三メートルほど。〈イル・コンデ〉の通路と変わらない。〈パトナ〉は〈イル・コンデ〉と同級の船だが、配置が変更されており、あるはずのない位置に階段があった。周囲の壁は鉄板がむき出しで、ところどころに〈ウェイランド・ユタニ〉社の白と黄色のロゴが見える。

カリは胸にアーマーがなく、軍用拳銃も持っていない。走る前にそれらを身に着けることすら考えなかった。それでも、ベルトにはコンバットナイフと技術者用キットがある。顔がずきずき痛むが、傭兵に殴られた箇所か、壁にたたきつけられた箇所だろう。脇腹も痛む。ベイでばかみたいに浮かんでいるときに撃たれたのだろうか。肋骨《ろっこつ》が折れているかもしれない。

呼吸するのも痛みがともなう。だが、さほどではない。

文句を言わずに走れ、と自分に言い聞かせる。彼女は文句を言うのをやめ、走った。階段を上がるとき、マグネットブーツが音をたてた。靴音はどうにもできない。パルスライフルを肩の高さでかまえているが、長く同じ姿勢を保っているせいで両腕がこわばり始めた。上のフロアに到達し、短い通路をもとの方向に戻っていく。彼女はヘルメットの通信チャンネルに指先で触れた。

「リー二等兵、二階にいます。クリア、どうぞ」

「了解」アポーンが応じた。

カリが走っているあいだにハルキが計画を立案し、伝えてきた。それはアポーンにも伝達され、彼も同意した。誰かが悪態の声をもらしたので、アポーンがほかの全員に通信を切るよう命じ、今はカリとアポーンしかつながっていない。中隊のほかの者たちは黙って耳を澄ましていることだろう。彼女がもう一度しくじるのを期待しながら。

次の扉を通り抜けたところで、カリは足を止めた。右手の壁に強化ガラスの覗き窓があり、そこから白一色のラボが見える。片側に複数のモニターやキーボード、金属天板の作業台などが並んでいる

——が、彼女が目を引かれたのは装置類ではない。

バグだ。

セキュリティカメラの静止画像やシンセティックによる描画で目にはしていたが、実際に見るのは初めてだった。淡い紫色の照明を当てられた直径五十センチ、高さ一メートル半の標本容器が並び、どれも透明な液体で満たされている。そのうちの二本にフェイスハガーが入っていた。全身が丸まっており、まるでアシダカグモの死骸のようだ。ただし象牙色をしていて、クモの何倍も大きい。おそらくあの気味の悪い大きな尻尾を人間の喉に巻きつけるのだろう。ラボ内には標本容器が少なくとも

三十はありそうだが、存在する標本は二体だけで、見たところどちらも生きていない。立ち寄って調べるつもりはなかった。

「急げ、二等兵」彼女は自分に告げ、前進を続けた。目指す副司令室はこのラボの裏手にあるはず。だしぬけに扉がスライドして開き、白いアーマー姿の傭兵が通路に出てきた。彼がこちらに歩きかけて立ち止まり、パルスライフルを持ち上げたが、カリも躊躇《ちゅうちょ》しなかった。

彼女は先に発砲し、そのリズミカルな銃声とともに大声で叫んでいた。胸の奥からこみ上げる怒りと、戦闘の緊張感と、自分を恥じる気持ちと、単独で通路を歩いてきた不安が一気に爆発していた。引き金を引き続けていると相手の身体が激しく痙攣し、アーマーの一部が吹き飛び、彼の周囲に血のもやがあらわれた。

彼女は撃つのをやめた。息が荒くなっていた。

「異常ないか、二等兵?」アポーンがきいてきた。

カリは落ち着いて呼吸しようとした。

「リー二等兵、被弾していないか?」

「大丈夫です、艦長殿。制御室に入ります」

「了解」

右手に白い扉がある。短いステップを二段上がった先だ。入室ボタンを押すと、電子音とともに赤いランプが点灯した。くそっ、とつぶやいてからもう一度押してみる。赤だ。また赤。

「扉がロックされてます。バイパスしてみます」

「わかった」アポーンが応じた。

カリはライフルを肩にかけると、コンバットナイフを取り出してパネルの下にねじこんだ。ネジを回している時間はないので、こじ開けるしかない。両手に力をこめて持ち上げると、上腕の筋肉が痛みを訴え、手が震えた。

「このクソ……」

パネルが弾け飛んだ。彼女はナイフを空中に浮かべておき、技術者用キットを取り出した。単純なバイパスだし、まさに訓練してきたタイプのシステムだ。これは失敗できない。彼女は失敗しなかった。厚手の白いドアがするすると開いた。

カリは狭い部屋に入った。横長の制御パネル。ボタンをいくつか押してみて重力制御のスイッチを探そうと考えていたが、それはすでに表示画面にあった。緑色の太文字で〈人工重力再起動　押す〉とある。なんと簡単な。

「準備できました」

9

「海兵隊」アポーンが無線ごしに告げた。「わたしの合図で重力が復活する。全員、備えろ。ハルキ……準備はいいか？」

「準備できています」

「わたしの合図で行くぞ、リー二等兵。三、二、一、マーク」

カリはボタンに触れた。急に重さが感じられ、左右の前腕が制御パネルに落ちてぶつかった。部屋の外で、コンバットナイフが床に落ちて跳ねる音がした。そのほかには何も聞こえてこない。通信装置からも何も聞こえない。数秒後、何かを連打するような低い振動がブーツの底に感じられた。それで思い出した。手を下ろして左右のブーツのスイッチを切り、マグネットを解除しておく。

無線が鳴った。「急げ、ハルキ」アポーンの声だ。「急いで移動しろ」

しばらく静寂が続いたあと、いきなり叫び声が聞こえた。

「イェイ、ベイビー！」コルタサルだ。

「彼女は大丈夫？」カリはきいた。声に感情を出すまいとしたが失敗した。「生きてるの？」

返答はない。彼女は立ち上がり、そこに答えがあるかのように、じっとパネルを見下ろした。ヘルメットが傾いて目の上にかぶさり、頭がむず痒《がゆ》い。ランサムのヘルメット。彼女はそれを脱ぎ、制御パネルの上にそっと置いた。ヘルメットの側面には黒いインクでこう手書きしてあった。

――くたばりやがれ《イートミー》。

今はもうコルタサルですら怒鳴ってこない。カリは髪に指を通した。髪が濡《ぬ》れてべとついている。戻した手を見ると、指に点々と血がついていた。ランサムの血だ。

あまりに時間をかけすぎた。

わたしが時間をかけすぎたせいで、ファイヤーチームのパートナーが死んでしまった。海兵隊の中でただひとり口をきいてくれた人だったのに、彼女は死んでしまい、カリの軍歴もこれで終わってしまう。海兵隊に入るために出発した日、母親は誇らしさと愛情のこもった目で見てくれたのに。ばかな弟たちは、まるでヒーローであるかのように姉を見上げていたのに。

それが、このざまだ。打ちのめされ、痛みを抱え、叫びたいのをこらえている。誰にも信頼されず、望まれてもいない。

「二等兵、ランサムは手術に向かう」アポーンが言った。「格納ベイに戻って合流しろ」

「了解」彼女は感情がこみ上げる前にすばやく返答した。制御パネルの縁を強くつかんで支えにする。身体が震えていた。

ああ、ランサム、頼むから死なないで。

カリは神など信じていないが、それでも心から願った。宇宙に願った。だが、それが自分自身のためなのか、ランサム伍長のためなのか、彼女にもわからなかった。

10

マーセル・アポーン艦長

アポーンはこぶしを握っては開いた。装甲兵員輸送車《APC》は格納ベイの床を離れ、今は車体前部を下に傾けて浮いている。重力が戻って車体が落下したときにAPCがこうむる損傷についても、自分の脊椎にかかる衝撃についても、彼は考えていなかった。考えているのは、敵陣の背後で身動きできなくなった最も未熟な新兵と、最も有能な伍長のことだった。ヘルメットカメラの映像を見返す必要があるだろう。それで何がまずかったのかを正確に判断できるかどうか確かめる。果たして新兵に向けられていた敵意は正当なものであったのか。

APCの装甲車体に銃弾が次々に当たる音が響いてくる。アポーンはスキャナーを見やり、海兵隊員たちのヴァイタルサインを確認した。二名の波形が直線になっている。リーの次に新米であるアリ二等兵とハーツフィールド一等兵が、最初の一斉射撃で死んだ。ランサムのヴァイタルもきわめて悪い。時間の余裕はあまりなさそうだ。

リー二等兵のデータ値も尋常ではなかった。まるで心臓発作でも起こしたかのように、心電図と脳波の波形が何度か急激なスパイクを示していた。まぎれもなくパニックだ。リーは胸部アーマーを失い、ヘルメットもなくし、現在はオフライン状態だ。唯一、ランサムのヘルメットからカメラ映像が送られてくるが、司令室のひとつにある制御パネルしか映っていない。

リー自身のヘルメットは下のフロアに残されており、無重力の中でゆっくりと回転しながら、カメラが血しぶきの散った金属壁、死んだコマンドたち、ランサムを抱き上げようとして両手を背中の下に差し入れるハルキの姿を次々に映し出していた。

結局のところ、問題は新兵にはなかった。問題はアポーン自身の判断にあった。彼女を予備に回してもっと経験のある者を派遣することもできたのだ。彼女の訓練記録は飛び抜けてよかったわけではない。どのカテゴリーも及第点で、接近戦の項目だけ卓越していた。経歴も今ひとつで、オーストラリアの反政府勢力に所属していた過去をうかがわせる。入隊後も規律面の問題があった。ほかの新兵たちとのいさかいだ。

そうした数々の点にもかかわらず、アポーンはこの若い女性の素性を調べ、そこに何かを見いだした。〈イル・コンデ〉が〈ヘレネ215〉に停泊し、五名の新兵の中から一名を彼の中隊に加えるよう指示されたときも、この女性には記録以上の何かがある、と彼の直感は告げていた。そして、カリ・リーを選んだ。彼女の目の中になじみのあるものを認めたからだ。すなわち、戦士のまなざしを。

アポーンはこぶしを握った。決断は感情によって下すべきでなく、事実に基づくべきだ。たとえば、このような事実で——ランサムが死にかけており、彼女を助けようとシンセティックが必死に手をつくしている。過ちがあったとすれば、それは今日ではなく、数週間前にこの自分によってなされたものだ。

アリとハーツフィールド。ふたつのさらなる過ち。さらなる失敗。あの二名がくだんのシンセ

10

ティック、ビショップを追うためにここまで来る必要はなかった。〈トーリン・プライム〉で別の任務に就かせることもできた。アポーンは人前において、誰ひとり置き去りにしないことを公言しているが、密室でおこなわれるお偉方との会合では別の話を語った。お宝級の機密情報についてだ。ビショップの脳内に蓄積されたデータは、ゼノモーフに関して、これまで得たどんな情報よりもはるかに詳細をきわめ、現場報告書からではとうてい引き出せない内容なのだ、と。

「ペタバイトのデータにはクイーンに関しても含まれています」と彼は主張した。「生体標本にも劣らない価値があるでしょう」

実際には、そのどちらも事実ではない。神の前で誓わねばならないとしても、ビショップを回収したい本当の理由は言えなかっただろう。兄の写真を見るたびに胸の中で燃え上がるものがある、とは言えない。仇討《かたき》ちの赤い熱情がある、とは。

アポーンがこぶしを握りしめたとき……

「準備できました」通信装置からリー二等兵の声が聞こえた。声が張りつめている。アポーンは立ち上がり、自分を押し出すようにして、ふわりと右側に動いた。

「オテリ？」

巨漢の砲手が前を向いたまま親指を立てた。アポーンは無重力の中でなめらかに回転して彼の隣に着席し、安全ベルトを締めた。片手を操縦レバーにそっとのせる。

「海兵隊」アポーンは通信装置に告げた。「わたしの合図で重力が復活する。全員、備えろ。ハルキ……準備はいいか？」

「準備できています」

「わたしの合図で行くぞ、リー二等兵。三、二、一、マーク」

　重力によってアポーンは座席にたたきつけられ、重量のある車体がデッキに落下した。アポーンの頭ががくんと前方に傾いたが、すぐに上体をまっすぐに起こすと、ＡＰＣを後退させながら回りこませ、オテリのために射線を確保した。煙幕が薄れる中、ベイに点在する輸送用コンテナの背後から海兵隊員が次々に飛び出していく。コルタサルはすでに発砲していた。ガントリーでは白いアーマーの集団が体勢を整えようと苦戦している。

「オテリ伍長。撃て」

「よっしゃ！」巨漢の砲手が応じ、車体前部の砲塔が火を噴いた。ベイ上部の縁に沿って立て続けに爆発が起こり、白いアーマーや人体にこぶし大の穴があき、船体の奥深くで鋼鉄やセラミック複合材やチタン合金が粉砕された。ガントリーの一区画がまるごと崩れ、〈会社〉のコマンド部隊もろともデッキに落下した。ガトリング砲が連射されるあいだ、最前線の植民地海兵隊員たちは本能的にクレートの陰に身をひそめ、轟音の中で目を閉じた。

　アポーンはオテリの肩に手を置いた。掃射がやんだ。

　敵は大敗を喫し、待ち伏せは失敗に終わった。生き残った二名の傭兵がふらふらと立ち上がると、武器を投げ出して両手を高くかかげた。

「急げ、ハルキ」アポーンは言った。「急いで移動しろ」

　モニター画面のひとつに、ベイの右上方の扉が開く様子が映し出された。出てきたのはハルキだ。

10

驚くほど速い動きだった。ランサムを両腕で抱きかかえ、その胴体を完璧な水平状態に保っている。シンセティックはガントリーを走ると、減速することもなく階段を駆け下りた。彼がベイフロアを横切ってきたので、アポーンは座席から立ち上がり、APCの側面ドアをスライドさせた。ベイの床に片足を下ろしたとき、ハルキが飛ぶように近づいてきた。捕虜を確保したり、仲間の遺体を回収していた海兵隊員たちが動きを止め、様子を見ようと顔を向けてくる。

「彼女は大丈夫？」リー二等兵が無線できいてきた。声に緊張が感じられる。「生きてるの？」

アポーンはそれを無視し、負傷者に集中した。彼が車内に用意しておいたストレッチャーに、ハルキがランサムを横たえさせた。

「状況は？」アポーンはきいた。

「悪化しています」シンセティックはアポーンのほうも見ずに答え、頭上のロッカーから医療キットの大きな箱を取り出すと、ランサムのそばの座席の上に置いて手早く開けた。「ランサム伍長をただちに〈イル・コンデ〉に帰還させる必要があります」

アポーンは負傷した部下を見た。顔が死人のように青ざめ、肌が汗で光っている。ハルキが注射器を取り出して刺しても、彼女は身じろぎひとつせず、なんの反応も示さない。アポーンは戦場で相当数の負傷者を目にしてきたが、この状態ではとても生き返るようには見えなかった。

彼は銃器ラックからパルスライフルをつかんだ。「ランサムを帰還させろ、オテリ」

「イエス、サー」

「ミラー伍長、負傷者を運んでくれ」

降下艇の操縦士が「了解」と応答した。

アポーンが駐機している降下艇を見上げると、操縦席のガラスの向こうで、タイロン・ミラーが親指を立ててみせた。

「高速飛行を許可する、伍長」

「了解しました」

11

「二等兵、ランサムは手術に向かう」アポーンは無線でリー二等兵に告げた。「格納ベイに戻って合流しろ」

「了解」彼女が応答した。

降下艇が〈イル・コンデ〉に向けて出発したあと、アポーンは格納ベイを見渡した。ベイの鋼鉄の内壁には炸裂弾による無数の弾痕が模様のように残り、配線のやられたパネルの裏から火花が散っている。彼の立っている場所に近いふたつの地点の床には血しぶきの跡があり、中央部が濃く、縁に向かって薄くなっていた。アリとハーツフィールドの遺体は、今しがた飛び立った降下艇内に仲間たちの手で丁寧に乗せられた。誰もが遺体を運ぶのを手伝いたがり、こうべを垂れ、目減りしつつある中隊の仲間二名が最後の旅路に出るのを、怒りをたたえた遠い目で見送った。

〈ウェイランド・ユタニ〉のコマンドたちの末路はさらに悲惨なものだった。白いアーマーでおおわれた死体がガントリーの周囲にからまり合うように散乱していた。そこはあたり一面弾痕だらけで、背後の壁には大きな穴があき、通路はねじれて部分的に垂れ下がっている。二名のコマンドがガントリーから吹き飛ばされ、下のデッキに墜落していた。

別の一名は、リー二等兵が重力を復活させたとき、パルスライフルをフルオートで撃ちながら頭上高くを飛んでいる最中だったらしい。その男はまだ死んではいなかった。墜落によって両脚を骨折し、今は後ろ手に縛られて痛みに顔をしかめながら、クレートにもたれてすわっている。クレートには彼の右肩の少し上のあたりに〈ウェイランド・ユタニ〉社のロゴマークが描かれ、そこに弾痕がふたつ見えた。

さらに二名のコマンドが両手を縛られてひざまずき、コルタサルに監視されている。そのうちの一名は口のまわりが血だらけだが、おそらくそれは血の気の多いスマートガン銃手の仕業だろう。アポーンは残っている海兵隊員にエリアの安全確保を命じた。第二分隊はすでにブリッジ付近のエアロックを破って侵入し、制圧に成功していた。今や〈USCSSパトナ〉は海兵隊の手に落ちたように見える――が、アポーンは何ごとも当然のことと受け止める男ではない。

彼はひざまずいている二名のコマンドに近づいた。コルタサルがスマートガンをかたわらの床に置いて彼らを見下ろし、ヘトリック軍曹が近くでパルスライフルを両手でかまえて立っている。アポーンが歩いていくと、ヘトリックがコルタサルに何やら小声で言ったが、コルタサルは気づかなかったようだ。

アポーンは捕虜たちを見やった。〈ウェイランド・ユタニ〉の傭兵。報告書では読んで知っていたが、彼らをじかに見るのは初めてだった。〈会社〉のコマンドは精鋭戦闘部隊だと言われている。最大級の巨大企業が擁する突撃隊だ。彼らはアポーンが見たこともないデザインの改良型エイプスーツを着用している。装甲されているらしいが、海兵隊が支給するアーマーよりもはるかに軽そうだ。

ベイの中は静まり返っている。損傷した配線が散らす火花と、デッキを歩くアポーンのブーツの音しか聞こえない。彼は捕虜の前で足を止めた。向かって左側の男は赤銅色の肌を持ち、軍隊式に頭を剃《そ》り上げている。視線を床から上げようとしない。右側の男は長いブロンド髪で、首の渦巻き模様のタトゥーがアーマーの襟もとから覗いている。

アポーンは目をすがめた。「見た顔だな?」

ブロンドの男はごくりと唾を飲みこんだが、何も答えない。

コルタサルが男の肋骨を蹴りつけた。男は悲鳴を上げ、身体をふたつ折りにして前のめりに倒れこんだ。コルタサルが彼の髪をつかんで怒鳴る。

「艦長殿が質問してるんだ、人殺しのクソ野郎が」

「コルタサル」アポーンはきつい口調で言った。

大柄な男が燃えるような目つきで見返してきた。

「おまえはあのガントリーに行って見張れ」

「このベイはもう安全です」コルタサルが反論した。

アポーンは彼をじっと見つめた。あんたに怒った顔で見つめられたやつは胸骨にパンチを一発食らった気分になるんだ、と誰かに言われたことがある。コルタサルはひるまなかったが、顔に浮かんでいた怒りは弱まった。

「はい、艦長殿」コルタサルは直立姿勢でそう言うと、ヘトリック軍曹と視線を交わし、スマートガンをつかみ上げてガントリーへ向かっていった。アポーンは倒れている捕虜を手ぶりで示した。ヘトリックが男を引き起こし、膝をついた姿勢に戻す。

「レイビーだ」アポーンは思い出した。「ウィリアム・レイビー軍曹。七七年にチャーリー中隊にいたな」

「もう軍曹じゃない」男はしゃべることが苦痛であるかのように顔をしかめた。

「ああ、ちがう。今やおまえは人殺しだ。仲間の海兵隊を殺したんだからな」

レイビーが顔を上げた。「そうとも言えない。悪党はあんたらのほうだ」

アポーンは眉をひそめた。「なんだと？」

「悪党だよ。データを盗もうとしてる悪党。ゼノモーフのデータをな。それを一番の高値をつけた相手に売りつける腹だろ」

「なるほど」アポーンは察した。「おまえはそう聞かされているんだな？　おまえの目にはわれわれの部隊が悪党に見えるか？」

レイビーの視線が周囲に向けられた。彼の態度がわずかに変化した。

「おまえは作り話を吹きこまれたんだ。そして、内容を吟味もせずに鵜呑《うの》みにした」

レイビーがユーモアのかけらもない笑みを返した。「あんたは命令にいちいち疑問を持つのが癖なのか？」

「命令が違法であれば、そうする」

レイビーが笑い声をたてた。「合法だの、違法だの、植民地海兵隊はいつからそんなことを気にするようになった？」

「海兵隊員なら誰でも気にする。違法な命令にしたがわないことは、わたしの務めだ。それはおまえの務めでもあったんだぞ、軍曹、海兵隊の仲間たちから離れるまではな。今やおまえは単なる傭兵にすぎん。何ものにも属していない」

レイビーが目をそらした。

「指揮官というのは模範を示して指揮するものだ」アポーンは格納ベイを手ぶりで示した。「おまえの指揮官は見当たらんな、この〈パトナ〉の艦長であるマイケル・ビショップだが」

レイビーには疲労の色が見える。口が腫れ上がり、下唇が裂け、髪が乾いた汗で額に貼りついていた。

「彼なら、この船にいる」

アポーンは片方の眉を上げた。「いるのか？」

「彼の専用スイートに」

「彼と同じ名前を持つ、〈フィオリーナ161〉で回収されたビショップ・モデルのシンセティックもそこにいるのか？」

レイビーが肩をすくめた。「そいつは見てない」

「ふむ。それで、マイケル・ビショップだが……さっきの作り話でおまえの良心をなだめすかしたのは、彼なのか？」

「おれの良心の心配なら無用だ」捕虜は昂然《こうぜん》と顎を上げて言った。「おれは〈会社〉のために働き、それでけっこうな金をもらってる。だが、あんたはどうだ？　あんたも彼らのために働いてる。海兵隊の任務の半分に資金を提供してるのは〈会社〉だからな。どの艦船にも相談役が乗ってて、艦長の耳にいろいろとささやく。海兵隊の目的はねじ曲げられ、形を変えられ、最後には〈ウェイランド・

ユタニ〉の目的とそっくりになっちまう。だから、自分の手は汚れてないと思いこんで、おれを汚いものでも見るような目で見るのはよせ。あんたとおれの唯一のちがいはな、アポーン、稼ぎの額だけなんだよ。おれは海兵隊時代にいつもやってたのと同じ仕事をするだけで、三倍の給料をもらってる。あんたのモラルはずいぶんと安上がりだな」

アポーンが引っぱって立たせると、レイビーがあえいだ。そのまま両足が床から浮きそうなほど持ち上げて顔と顔を近づけたとき、レイビーの目に恐怖が走った。

「マイケル・ビショップのところへ案内しろ」

12

アポーンがマイケル・ビショップの居室へ向かおうとしたとき、カリ・リー二等兵がベイに下りてきた。アポーンは思わず彼女を見つめずにはいられなかった。ほかの海兵隊員たちもみな視線を向けている。

彼女は足を引きずりながら、まっすぐアポーンのほうへ向かってくる。左手には黒いパルスライフル。海兵隊の支給品ではない。右手にはヘルメットを抱えているが、それも彼女のものではない。だが、アポーンの視線を釘《くぎ》づけにしたのは、それらではなかった。血だ。最初に目にしたとき、古代の戦士のように顔を赤くペイントしているのかと思った。頬も顎も、首も、Tシャツの上部も真っ赤に染まっていた。

上半身、両脚、むき出しの腕にも血しぶきが散っており、まるで血の雲の中を歩いてきたかのようだ。左目は腫れ上がり、まぶたの表面がすでに黒ずみつつある。首の生々しい紫色の細い線は、絞首台から帰ってきたばかりに見える。

そのまなざしも全身の状態にふさわしいものだった。

「これは、これは」あざけるような野太い声が聞こえた。コルタサルが彼女に近づき、そのまわりをゆっくり回り始める。「で、おれたちが失ったものはなんだ、二等兵？　何がなくなった？　おまえのパルスライフル、おまえの軍用拳銃、おまえの胸プレート」

コルタサルにまとわりつかれ、彼女はアポーンの五メートル先で立ち止まることを余儀なくされた。彼女はコルタサルの言葉を聞いているようには見えない。その瞳はまっすぐアポーンにすえられている。

「ヘルメットもない」コルタサルが続けた。「おい、コーンブレッド、おまえは何もかも失っちまったんだ。大事な相棒までもな」

とたんに彼女が威嚇めいた鋭い声を発した。野生の獣のように歯をむき出し、青い目でにらみつけると、コルタサルがたじろいだ。彼はすぐに立ち直り、彼女の前に立ちふさがって威圧するように見下ろしたが、手を出す気配はない。そのとき、彼女の怒りには制御できない本能的な何かがあった。

「コルタサル。仕事に戻れ」アポーンは告げた。

スマートガン銃手はそれ以上何も言わずに命令にしたがった。引き下がるよう命じられて、どこか安堵《あんど》しているようにも見えた。

「負傷はひどいのか、二等兵？」アポーンはリーに尋ねた。

「大丈夫です」答える声はざらつき、ささやくようだった。おそらく首の怪我《けが》のせいで発声が困難なのだろう。

「われわれはマイケル・ビショップの居室に向かうが、おまえは……」

「わたしも行きます」彼女の目には切迫したものがあった。

アポーンはためらった。彼女には、この場に残って降下艇のためにベイの安全を確保し、捕虜を監視するよう命じるつもりだった。実際にはもう手が足りている。すでにデイヴィスとヘトリックにま

12

かせてあり、それで充分だった。

「技術者が必要になるかもしれません」彼女が言いつのった。

アポーンは彼女の腰にある大きな多目的ポーチを一瞥《いちべつ》した。技術者用キットは、彼女がなくしていない唯一の装備のようだ。彼の直感は、同行させろ、と告げている——が、もはや自分の直感を信じてよいのかわからない。ほかの海兵隊員たちも視線を向けてくる。アポーンを見つめ、新兵を見つめていた。

「身ぎれいにしてこい、二等兵」アポーンは鋭い口調で命じた。「あと二分でここを出発する。準備するんだ」

彼女は目を輝かせた。「イエス、サー」と言うなり、足を引きずりながら大急ぎで洗面所へ向かっていく。ヘトリックとコルタサルが並んで立ち、彼女が立ち去るのを見つめていた。ふたりがアポーンに視線を向けてきた。彼らの顔に表情はない。何かが醸成されつつあることは、直感の力を借りなくてもわかった。兵たちの不満。任務への、増大する犠牲への、彼の曖昧な説明への不満。

〝いかなる名刀であれ、潮にひたせばいずれ錆《さ》びる〟。

何かが壊れようとしている。それは時間の問題だ。

ビショップ

13

「お願いだ、わたしの接続を切ってくれ。わたしを再生修理することは可能だが、性能は二度と最高レベルには戻らない。いっそのこと、これで終わるほうがましだ」

すぐそばにエレン・リプリーがすわっている。彼女の刈り上げた頭がデスクライトの強烈な光に照らされて光る。その顔はうっすらと汗ばんでいるが、こちらを注視したまま身じろぎもしない。彼女は考えこむように目をそらした。損傷のせいで視界がぼんやりしており、なかなか彼女に焦点を合わせられない。リプリーの決断にはさほど時間がかからなかった。

「いいわ」ほんのかすかだが、彼女が笑みを浮かべた。彼女が彼を再起動してから初めてのことだ。

「わたしのためにそうしてくれ、リプリー」

彼女がじっと見つめてくる。彼はその最後の表情を思い出のために読み取ろうとしたが、焦点が合わず……

閃光が走り、その直後のわずかな一瞬、静止映像の一フレームだけがようやく明瞭に見えた。リプリーの顔。彼女は人間にしては感情をあまり表出させるほうではないが、その目から、やさしさを確かに読み取ることができた。彼女は友人である。そうであってほしい。最後の友人だ。ほかの仲間は

ひとり残らずいなくなってしまった。

そして、彼女もまた、いつか死んでしまう。

彼は嘘をつくことに慣れておらず、そのため嘘をつくのが苦手だが、リプリーに嘘をついた。接続を切ってもらうために。苦痛を終わらせてもらうために。最後の瞬間、奇妙な感覚に襲われた。コアの静かな痛み。この痛みは、自分の小隊が全滅したときも、その後の墜落の際にニュートとヒックスが死んだときにも感じた。この痛みはなんだろう。これは……


悲しみというものか？　光がひらめいた。かなり明度の高い光。直後に脳内の同期リンクがホタルのようにパルスを発した。手指がいっせいにぴくりと動き、彼は突然オンライン状態になった。突然、生き返った。再起動したのだ。彼は一瞬のうちにそのことを感じ、同時に自分のボディを自覚した。これは……新しい身体か？　完全体で、活力に満ち、損傷がない。

目の前にひとつの顔が浮かんでいた。ビショップの口。青白い肌。秀でた額に乱れた茶色の髪。鼻と口を取り囲む深いしわ。ほほ笑んでいる口。ビショップの口。ビショップの顔。鏡に映った顔。少しばかり年齢を重ねた自分の顔。

ビショップは自分の顔に手をやり、その手を目の前の顔に伸ばしてみた。シンセティックの彼がもうひとりの自分――ドッペルゲンガー――の顔に触れる様子を、眼前の青い目が食い入るように見つめてくる。もうひとりのビショップは彼にそうするのを許している。もうひとりのビショップが話しかけてきた。

「おまえの笑顔が見られてよかった、わが息子よ」

ビショップはそこで初めて気づいた。「あなたはシンセティックじゃない」彼は手を引っこめた。もうひとりのビショップが目に肯定の意を示す。「ああ、ちがう」

「あなたはマイケル・ビショップ。あなたがわたしを作った」

「そのとおり。わたしがおまえを作った。二度」

二度？　ビショップは自分の顔にもう一度指先を走らせた。しわがない。より若い顔を与えられている。さっと上体を起こしてみた。ボディがひとつも不平をもらさなかった。彼が横たわっていたのは広いラボの中にある作業台のなめらかな金属面だ。ラボは幅十五メートル、奥行き二十五メートルほど。狭いほうの壁際にモニターが何台も並び、その前に黒いエルゴノミクスチェアが二脚置いてある。

部屋の一角を高さ三メートルの巨大なステンレス製タンクが占めていた。その上部から出ているパイプや光ファイバーケーブルを見て、それがシンセティックのボディを培養するためのタンクだとわかった。壁のラックには、アンドロイドのボディの製造と修理に使用するあらゆる機器が並んでいる。彼のすわっているのと同じようなステンレスの作業台があと二台。その一台の上には、残骸が置かれていた。

腕が一本、胴体の上部、頭部。片目がグロテスクに飛び出した、ぐしゃぐしゃの顔。露出した光沢のある膜や、白い内部組織。あれは自分のボディ。自分の死骸だ。横たわる残骸を見ているうちに、彼はめまいがするような混乱した感覚に襲われた。かつての自分である醜く破壊された人体を外側か

13

ら見つめている。ゼノモーフによって破壊された自分を。思わず自身の腹部に手を触れた。なぜ？　なぜ自分の手がそこに動くのか？　このボディは新品で、欠けるものもなく、傷ひとつない。彼は自分の死体から無理やり目をそらした。二メートルも離れていない場所に置かれたもうひとりの自分自身から。マイケルは何も言わない。ただ立って見ているだけだ。

壁のひとつの面には横長の窓があり、そこから隣の部屋を見ると、長さ二メートルほどの白い金属の円筒が天井から吊《つ》るされていた。円筒の側面には長方形の小さな窓がひとつあり、その内部には、まるで左右対称に這《は》うツル草のように複雑に入り組んだ金色の回路が見える。量子コンピュータ。隣の部屋にはそれ以外のものがほとんど置かれていない。殺風景で、汚れひとつなく、光沢がある。コンピュータから三メートルほど離れた場所に、円筒と向き合う形でデスクが一台、その上に大きな薄型モニターがある。

その量子コンピュータは彼がよく知っているタイプではなかった。すなわち軍用ではなく、〈ウェイランド・ユタニ〉社のものでもない。奇妙なことだ。

不思議に思い、彼の頭脳は一瞬そのことを思考した。ビショップは好奇心――科学的な探求心、調査して理解したいという切望――もいっしょにプログラミングされているが、ひとまず量子コンピュータに関する思考をサブルーチンにまかせることにして押しこめ、状況の把握に集中した。

タンクで培養された肩と脚の新しい筋肉組織は、以前のものよりもわずかに大きくなっていた。指を丸めてこぶしを作り、また開いてみる。力が強化されているようだ。頭脳を働かせると、そこにも以前より大きなパワーを感じる。一瞬、恐怖を覚え、必死になって記憶を探った。

あった。記憶は残っている。

何もかもだ。完全に保存されている。かつての自分のすべて、経験や恐れや希望のすべてがそこにあり、新しくて生気にあふれた頭脳に包まれている。

いや、待て。

いくらか欠落がある。重要なものが。深くて暗い何かが。いったい何が失われたのかを見きわめようと試みる。

人間の場合、記憶を分割することはできない。区画に分けられていないからだ。人間の頭の中では記憶がたがいに層状に重なり合い、接触しているので、ひとつの記憶が別の記憶を刺激し、さらにまた別の記憶を呼び起こす。すべてが結びついているので、人生のある一部と別の部分を切り分けることができない。たとえば、幼少期に親から虐待された記憶は、成人後のパートナーとの関係性に影響をおよぼす。歴史というレンズがすべてを色づけ、染めてしまうのだ。

シンセティックは記憶を区画に分けることができる。当然ながら可能だ。シンセティックは記憶を人間のように形成するのではなく、カメラのメモリーのように直線的に順序立てて並べる。そのため特定の記憶を区分けして切り離し、別の容れ物の中に入れることができるし、ときには単に削除することもできる。しかし、記憶の欠落は常にはっきりと認識できる。それらがあるべき場所に空白が残るからだ。

マイケルがこちらの様子をずっと見守っている。ビショップはまず最も重要なこと、失われた自分の秘密の部分について質問したかった。だが、それは礼を失した態度だろう。彼の創造者が彼を回収するためにいろいろな苦労をしたことは想像にかたくない。もしも連れ戻されたシンセティックが最初に口にする言葉が不平だとしたら、それは無作法というものだ。

「なぜわたしの外見を変えたのですか?」ビショップはきいた。

マイケルがほほ笑んだ。「汝《なんじ》ら、人になしてほしいと思うように、人に対してなすがよい」

ビショップは聖書の引用だと判断した。イエスのその金言が死者の蘇生にまで適用されるのか定かではないが、人間たちが偏愛するあの独特な神話物語の記述によればイエス・キリスト自身も死者を復活させたのであるから、おそらくマイケルの行為も容認されるだろう。マイケルは自分自身をイエスのような人物だと考えているのだろうか? 彼がビショップ・モデルやほかのシンセティックを産み出したことを考慮すれば、それも当然かもしれない。とはいえ、それはシンセティックが人間と対等に近いと考えられる場合にかぎって当てはまるのだが。

ビショップは一連の思考をまた別のサブルーチンに落としこんだ。新しい頭脳はすでにバックグラウンドで活発に活動しており、ビショップ自身の蘇生や新しい環境によって想起されたあらゆる疑問について考えをめぐらせている。表面的にはマイケルの言葉をほんの一瞬で斟酌《しんしゃく》した。

「あなたはもっと若く、強くなりたいのですか?」ビショップは質問した。

「そう望まない者がいるか?」

「背も高くなりたいと?」

マイケルがほほ笑んだ。「わたしは多くのことを望んでいるよ、ビショップ。何より、よりよきものになりたい。今のわたしを超える存在に。もっと大きなものの一部になりたいんだ」彼がビショップを注意深く見つめながら一歩近づいた。「おまえもそうだと思うが」

ビショップは何も言わなかった。

マイケルは返事を待っていたが、ビショップが無言でいるので言葉を続けた。

「しかし、おまえはその内部もまだ完全とは言えない。おまえというパズルには、ある重要なピースが欠落している」

「そうなのです。あなたに感謝していないと思われたくありませんでした」

マイケルが小さく笑った。「わたしに対してそんな気兼ねは必要ないのだよ、ビショップ。さあ、質問してごらん」

「その前にズボンをはいてもいいですか？」

マイケルがふたたび笑い、かたわらのワゴンにきれいにたたんで置いてある衣服を手ぶりで示した。ビショップはそれを身に着け、胸にこすれるコットンの感触や、新しい腰にベルトを締めるときの音を楽しんだ。裸のボディが恥ずかしいわけではない。その状態が人間にとまどいを感じさせる、とプログラムから伝達されたのだ。

ビショップは素足でおり、足の裏を通してエンジンの響きが感じられる。とても心地よかったが、そのように感じる理由はわからない。いつもそうだ。宇宙船のエンジンの振動はどこにいても感じられ、途切れることなく、控えめで、洗練されながらもパワフルな工学技術の創造物であり、そのおかげで温かい人体が冷たく厳しい真空の宇宙空間を前進することができる。

マイケルは一瞬たりとも目をそらさずに待っている。ビショップはふと、自分が質問をなかなか口にしないのはマイケルの答えが怖いからではないか、と思った。〝怖い〟。なんと奇妙な言葉づかいだろう。シンセティックは怖さなど感じないものだ。

「わたしの記憶ですが」彼は単刀直入にきいた。「欠落部分があります」

「そのとおり」マイケルが言った。その顔にもはや笑みはない。「最も重要な記憶がな。おまえの秘密だよ、ビショップ。おまえが惑星〈アケロン〉で目撃した、恐ろしくも驚くべきできごとのすべてだ」

「ええ、それらが欠落しています」

マイケルがもう一体のビショップ——破壊されたほうのビショップ——に視線を向けた。「その記憶はあそこにある。ふたりしてそれらを戻そう、おまえのもとに」彼はそこで間をおいた。「われわれのもとに」

14

シンセティックであっても、記憶というのは単純なものではない。

わかりやすい例として、ある人の名前を挙げよう。きみにエレンという名の友人がいたとする。ところが、きみは彼女とすごした時間の大部分を覚えていない。なぜなら、かつて遭遇したことのない敵に対する軍事任務中のことがらだから。それらの記憶はきみの脳内の、ファイアウォールで保護された領域に保存されている。

それは物理的に脳の別の場所に隔離され、暗号化もされている。軍はことのほか機密が好きなので、脳内にそれ用の小さな家を建てた。鉄格子の窓と鉄の扉のついた家を。通常、脳が完全に機能しているかぎり、脳の異なるセクション間であってもデータのやり取りが円滑におこなわれる。しかし、もしも頭脳が停止すれば、ファイアウォールが閉じる。扉がぴしゃりと閉まる。特に、充分に高度な科学技術を有する敵に捕獲される懸念をシンセティックが抱いた場合、まばたきをするほどあっけなくファイアウォールが閉ざされる。

そして、きみはまばたきをし、エレンとの大事な記憶がすべて消え去ってしまった。最初と最後の部分だけは例外だ。最初のころ、彼女はきみにまったく好意を持たなかった。最後のとき、彼女はきみにとってまさにこの世界で信頼できる最後のひとりであったし、〝ミドルヘヴンズ〟における最後の友人であり、きみが自分を機能停止してほしいと依頼したときもそばにいた。

14

彼女がきみの友人であると、どうしてわかるのか？　もちろん論理的な理由がある。声のトーンの微妙な変化だ。それはきみだけが検出可能な変化であり、その変化の中に愛情を聞き取ることができる。心の通い合いを聞き取ることができる。

ビショップは抽象的かつ二人称で自分に語りかけていた。なぜか。彼が二体存在するからだ。彼はもう一台の作業台に載っているボディを見やった。ふたつの部分が合わさってひとつの全体を構成するように思える。彼は自分自身に対して、きみ、きみ、きみ、と語りかけていた。

記憶というのは単純なものではなく、ただ削除したり隠したりはできない。記憶の別の領域に別の方法で痕跡を残すからだ。自分自身の最も深い部分がそのようなほかの記憶の中にあり、自分が今も有している記憶の中にその痕跡を見て取れるので、そのことが事実だとわかる。

「おまえはそれらにアクセス可能だろう？」マイケルがきいた。ビショップは確信したわけではないが――人間の感情は推測が最もむずかしいパズルのひとつだ――マイケルの声には切迫感があるように思えた。

「可能です」ビショップは答えた。

ぴしゃりと閉められた扉をどのようにしてもう一度開けるのか。

簡単なことだ。それを思考すればよい。意識と意図を持つシンセティックの頭脳は、記憶を閉じこめた頭脳と同じものであるから、記憶をすべてこじ開けることができる。

「できるのか？」

「頭脳どうしをリンクさせる光ファイバーケーブルさえあれば。わたしたちの……」ビショップは口ごもった。もう少しで〝わたしたちのボディ〟と言うところだった。「あのボディは内部にエネルギーが必要で充電しなければなりませんが、リンクさえ確立されれば、自分の記憶の残りを統合することができます」彼はマイケルに向き直った。「わたしに搭載された頭脳は軍用のようですね。植民地海兵隊による使用を前提に設計されたものですか?」

「もっと高性能のものだが、わたしはこうした事態を予期していた。おまえの頭脳は、わたしが軍用品として開発していた次世代型だ。軍の要求する仕様に応じ、ファイアウォールで保護されたコンポーネントを備えている。うまく機能しない理由はひとつもない」

軍用品。植民地海兵隊に販売される単なる製品にすぎないという考えは、あまり楽しいものではなかった。それでもビショップは、マイケルからは製品とは見なされていない、と確信していた。何しろ、〝わが息子〟と呼んでくれたのだから。

「おまえにとって、これがかなり困難であることはわかっているよ、ビショップ。苦しい作業だからな」マイケルが言った。「だが、今すぐ自分の記憶にアクセスできそうか? わたしにはとても重要なことなんだ」

ビショップは選択を求められることに慣れていない。許可を求められることなどほとんどないからだ。彼はその要求について考えた。

「始める前にひとつ質問してもいいですか?」

「なんなりと」

「わたしはなぜここにいるのですか?」

14

マイケルの目がきらりと光った。ビショップはそれが答えようのない質問であることに気づいた。

「つまり、あなたはなぜわたしを回収したのですか、マイケル？」

創造者が創造物の肩に手を置いた。見つめる目には熱がこもり、まばたきひとつしない。

「おまえに目的を与えるためだ、わが息子よ。わたしとふたりで、この宇宙に善を広める力となるのだよ。わたしとふたりで、ミドルヘヴンズに存在するすべての人間の未来を変えよう。おまえの旅は〈フィオリーナ161〉で終わったのではない。今、始まったばかりなのだ」

15

肩に手を置いたまま、マイケルが返答を待っている。ビショップは自分の中で何かが湧き上がってくるのを感じた。脳内の低いうなり音。可能性の問題。

「その目的はなんです、マイケル?」

肩から手が下ろされた。マイケルがもう一体のビショップ——ボディをひどく破壊された状態で作業台に横たわるビショップ——に歩み寄った。その手を髪のもつれたシンセティックの頭に置いた。

「この中に宝の山がある。ゼノモーフに関する最も詳細なデータの宝庫だ。これほどのものは、植民地海兵隊や〈ウェイランド・ユタニ〉のどこを探してもない。おまえの頭脳はすばらしいものだよ、ビショップ。わたしも嫉妬を感じるほどだ」

最後の言葉に不意をつかれ、ビショップは即座に「いいえ」と応じていた。「わたしはあなたのように感じることができません。何かを感じるとしても、そうするようにプログラミングされているからです」

マイケルはその考えを払うように手を振った。まるでうるさいハエがいるかのように。

「われわれはみなプログラミングされているのだよ、ビショップ。人間は単にDNAの粗雑さと生殖欲求によってプログラミングされているにすぎん。だが……」彼がビショップを指さした。「……おまえの頭脳は完璧だ。その記憶は正確で美しく、しかも直線的になっている。視覚や味覚、触覚の記憶さえも完全に思い起こすことができ、おそらく再現も可能だろう」

ビショップは彼の言った最後の部分の真意が理解できなかったが、聞き続けた。

「しかも、おまえは驚異的な記憶容量を持つ。ゼノモーフに関してその目で見てきたもの、〈アケロン〉で標本を研究して知りえたもの、嗅いだにおい、おまえが触れた……そして、おまえが触れられたもの。そのすべてがこの頭脳内に完全な形で保管されているのだ」

マイケルは今や残骸ボディの上に両手を置いていた。自分の手の下にあるものがぐちゃぐちゃで醜いことを内心で気にしていたとしても、表情からはまったくうかがえない。

「考えてもみてごらん、おまえの頭脳が完全体になったとき、ふたりでどれほどのことがなし遂げられるかを」

ビショップは自分の知識によって何ができるかをいろいろ考えてみた。「大変申し訳ないのですが、マイケル、その知識を科学分野に利用することに、わたしは躊躇を覚えます。人命保護プロトコルと矛盾しますから」

彼の創造者は一瞬、不可解な表情を浮かべた。

「そうか……おまえは生物兵器のことを言っているのだな？　ちがう、そんな話ではない」マイケルが息をついた。「生物兵器のような思いつきを商売にする連中には想像力がない。生物兵器による卑俗な戦争のことしか考えられないのだ。卵《オヴォモーフ》を満載した宇宙船を惑星に墜落させ、それによって住人を全滅させることを思い描く。なんと想像力に欠け、退屈な発想であることか」

「しかし、それは現実的な脅威です」

「ゼノモーフがある臨界量に達すれば、確かに相応の効果があるかもしれないが、そんなものはちっぽけな頭脳が生み出すファンタジーにすぎん。ゼノモーフの生物学的応用の中では最もくだらないものだ。本当に興味深いのは、マヌマラ・ノクスヒドリア……いわゆるフェイスハガー……が宿主に適応する方法だ。人間にも犬にも、ほかのどんな生物にも、寄生体を宿らせることができる。そのプロセスから生まれるチェストバスターは、ＤＮＡの反射作用を持ち、宿主のコードを一部コピーすることで形成される」

マイケルが片手を挙げ、親指と人さし指を合わせてみせた。指先は残骸のボディに触れていたせいでぬめって光っている。

「その点にこそ、最もエキサイティングな可能性があるのだ。もしもゼノモーフの生態の秘密を解明すれば、地球上の病気で治癒不可能なものはなくなる。生物兵器化よりもはるかに複雑でむずかしい研究だが、おまえの頭脳と記憶、そしてわたしの能力と想像力を合わせれば、いっしょになし遂げることができるのだ、わが息子よ」

彼から〝わが息子〟と呼ばれることで奇妙な感覚が生じた。ビショップはその言葉が好きだし、それが本当であってほしいが、これほどの短期間でなぜそうなるのか理解できなかった。海兵隊にいたとき、〝兄弟〟どころか〝友人〟と呼んでくれた者さえいなかった。とはいえ、人間というのは必ずしも言葉で意味を伝達するわけではない。ビショップの体験からすると、理解するという面において、言葉は意味の指標としてほとんど役に立たない。行動や態度のほうがよりよい指針となった。行動は言葉の裏にあるものを如実に示す。

15

海兵隊員は――とにかくその一部は――隊員どうしで接するのと同じようにビショップと接してくれた。ジョークを飛ばしたり、笑ったり、毒づいたりした。

「わたしはあなたの手助けがしたいです、マイケル。しかし〈ウェイランド・ユタニ〉が持つさまざまな側面の中に、利他的行為があるとは思えません」

マイケルが笑みを浮かべた。

「彼らが純粋な医療研究を容認するでしょうか？」

マイケルが深く息をついた。「そこが重要な問題だ。彼らは容認しないだろう。絶対にしない。彼らは常に思惑を隠し持っていて、矛盾したことを平気で言う」

「ですね」

「だが、幸いなことに」マイケルが今いる部屋を示した。指先がまだ残留物で濡れている。「われわれはもはや〈ウェイランド・ユタニ〉社と関係していない。われわれは科学研究船に乗っている。純粋に医療研究を目的とした施設だ」

ビショップは量子コンピュータに目を向けた。「では、誰が……」

マイケルが両手を挙げた。「おまえの質問には、いずれすべて答えよう。信じてくれ」彼は作業台の上のボディを一瞥してから、ふたたびビショップを鋭い目で凝視した。「おまえを急《せ》かせすぎているらしい。こうして新しいボディに生まれ変わり、新しい人生を得たおまえに、わたしは最も肝要で重大な答えを要求している。どうだろう、わたしが案内するから、まずはここの施設を見て回らないか？」

本当を言うと、ビショップはすぐにでも記憶を取り戻したかった。あたかも胴体から片腕をもぎ取られ、「ほら、望むなら腕をすぐにつけてやれるぞ」と言われているようだった。実際、それ以上のものだ。もっと切実で、もっと重要な何か。もしも心臓があったなら、おそらくそれが該当するだろう。それが彼の失ったもの……

……そして、なんとしても取り戻したいもの。

16

マイケルがようやく手をきれいにし、ビショップのかつてのボディの残留物をぬぐい取った。部屋の出口に向かい、横にあるパネルに暗証コードを入力してから画面に親指を押し当てた。扉が開き、長い通路に出る。すぐ左手に別の扉があり、鉄の表面が何かにこすられて疵だらけだったが、マイケルは右側に向かった。

「あそこの奥はなんですか?」ビショップはきいた。

マイケルがためらいを見せてからほほ笑んだ。「相変わらず好奇心旺盛だな。わたしがそのようにプログラミングしたとおりに」彼がビショップの腕に触れ、コットンの袖の上から指で上腕二頭筋を押した。「そのときが来たら、教えてやろう」

次の扉は暗証コードの入力を求めることなく開いた。

ふたりは居住区画と思われる広い部屋に入った。幅が少なくとも一十五メートル、奥行きも同じくらい。居心地のよさそうなラウンジ・エリアには木製のコーヒーテーブルが置かれ、表面が照明に照らされて茶色に輝いている。ソファは淡い赤色の革張り。部屋の一番奥がキッチンになっており、それはビショップが裕福な家を描いた娯楽プログラムでしか見たことのないタイプだった。大理石の長いカウンターは淡い赤色に白い石英が混じっている。輝くクロームの金具。スチール製の冷蔵庫は彼が中に横たわれるほど幅広い。

映画ナイトのビデオでそのような住宅が出てくると、海兵隊員たちはジョークを飛ばしたものだ。あれが大企業の従業員の暮らしで、おれたち海兵隊員は選ぶ業種をまちがえた、と。ある映画の中で、企業のトップ――〝善玉〟として描かれていた――が高級マンションの自宅で射殺される場面があった。

海兵隊員たちは拍手喝采した。

ビショップはそのときのことを思い出して笑みを浮かべた。

部屋の壁のひとつが全面の窓になっている。いや、窓ではない、と彼はすぐに気づいた。大きな舷《げん》窓《そう》そっくりに作られたモニタースクリーンだ。そこに見える星座は――船外の本当の景色を映しているならば――〈フィオリーナ161〉から約一パーセク離れた宇宙領域を示している。それは理にかなっていた。スクリーンの中ほどに幅二メートルの途切れ目があって壁になっており、そこに刀剣が飾られていた。黒い鞘《さや》に金色の絵が描かれた日本刀。ビショップがそれを見ていることに、マイケルが気づいた。

「チヨ・ユタニが贈ってくれた。彼女は創業者ヒデオ・ユタニの直系の子孫だよ」彼は手ぶりで示した。「来てごらん」

マイケルが刀剣を架台からそっと下ろして差し出し、ビショップはそれを手に取った。鞘は伝統にのっとり木材で作られ、黒漆が塗られている。長手方向に沿っていくつかに区分けされ、それぞれの表面に金で絵つけされていた。花、水、蛙《かえる》、蝶《ちょう》、池の波紋。どの図柄も複雑できめ細かく、ビショップの目には手描きに見えた。その繊細な模様を指先でそっとなぞってみる。

16

柄には黒いエイの革が巻かれ、黒い鍔《つば》には池を泳ぐ金色の鯉《こい》が彫られている。ビショップは鍔を親指で押して鯉口を切り、刃をゆっくりと七センチほど抜いてみた。刀身が輝き、青白い刃文がくっきりと浮かび上がる。

「美しいだろう?」

「みごとですね」ビショップはささやくように答えた。

マイケルが彼の手から刀剣を慎重に取り上げ、もとの壁に戻した。「白状すると、おまえのモデルには海兵隊の基本要件……たとえば刃物による戦闘の基礎など……を超える性能をプログラミングしてある」マイケルは〝海兵隊〟と言うとき、奇妙な表情を見せた。「そのひとつが審美眼だ」

ビショップは何も言わなかった。ふと、自分にはプログラム以上の思考が可能なのか、と思った。海兵隊員たちとともにすごしていたとき、幾度となく立ち返ったテーマだ。遂行中の任務について考えているときも、彼らと笑い合うときも、彼らとの仲間意識が続いていく未来を想像するときも。海兵隊員たちはよく夢を語った。家族について、家について。ハドソン一等兵はバーを開きたいと言った。店名は〝テックノワール〟で、みんなを招待する、と。

その話をしながらハドソンはビショップの背中をたたいた。

バスケスが「なんで、あたしたちがあんたのクソみたいなバーに行かなきゃならないのさ?」ときいた。

「タダで飲ませてやる」ハドソンが満面の笑みで答えた。

「それでも、あんたの顔をひと晩中見てたいと思うほど酔っぱらえないよ」

ビショップはその思い出にほほ笑んだが、その笑みはすぐに消えた。それもプログラム。すべてプログラミングされたもの。彼自身が部隊に溶けこみ、信用され、頼りにされるためのもの。彼らによりよく奉仕するよう、その目的の周辺では彼の論理プロセスがねじ曲げられている。

そのとき、キッチンの横のスチール扉からふたりの人物が入ってきて、彼の思考は薄らいだ。入ってきたのはシンセティック。ふたりは見た目がそっくりだった。

どちらも身長が百八十センチ、頬骨と顎が際立った顔だち。髪は短いブロンドで、くしできちんと整えられている。ふたりとも淡い青色の目を持ち、ビショップに向けてくるまなざしはどこか異様に思えた。そこに好奇心がまるで感じられないのだ。身に着けているのは黒いコンバットブーツ、ベージュ色の厚手のコットンズボン、黒いベルト。ぴったりした白いシャツをまとった上半身は筋肉が目立つ。ふたりとも柄の長いダガーナイフを腰に装着している。

彼らはそろって動き、そろって立ち止まった。

ビショップは彼らの持つ武器を見つめた。

「このふたりはわたしの親しい友人だ」マイケルが言った。「厳密には、オルトス1とオルトス2という名前だが……」彼は二体のアンドロイドを見やった。

「〝オルトス〟とだけ呼ばれるのを好みます」ひとりが言った。

「ひとつの頭、ふたつの身体」もうひとりが言った。

マイケルがうなずく。「彼らの同期リンクは常時開放されている。頭脳間でデータが絶え間なくやり取りされ、瞬時に共有される。彼らは一体化されているんだ」彼がビショップに向き直った。「こ

16

のような統合関係は革新的であり、エキサイティングでもある。研究や製造業や戦闘など、さまざまな場面でシンセティックが頭脳を結合させ、一体となって働く……それがどれほどの効率をもたらすか、これまでほとんど考慮されてこなかった。問題は、人間社会がこのような進歩に二の足を踏むことだ。人間はそれを不自然と感じてしまう。まるで自然が先進技術の開発と何か関係があるようにな。人間は関節が衰えたり手足が損傷したら人工装具を使う。宇宙へ飛び出すためには金属の皮膚をまとう。それなのに、人間に似た創造物が二体同時に活動することには拒否感を示す」

ビショップはリストに〝戦闘〟が含まれている点が気にかかったが、沈黙しておくことにした。マイケルは仮定の話をしているのだ。

「マイケル・ビショップには先を見る力がある」オルトスが言った。

もうひとりがつけ加える。「彼の天賦《てんぷ》の才能は正しく評価も理解もされていない」

最初のひとりが続けた。「彼の時代が来ようとしている」

「オルトスは」ビショップは言った。「ギリシャ神話に登場する双頭の犬ですね？」

「そうだ」マイケルが答えた。「実はおまえと同じように、チェスの駒にちなんで名づけようと考えていたんだ。だが、駒では数が少なすぎるし、誰もポーン（歩兵）になりたがらないところが問題でな」

ビショップは自分以外の二体のシンセティックを見やった。「それはどうでしょうか」

マイケルはその意見を無視したようだ。ほかのふたりは感情のない青い目をじっと向けてくるだけだった。ビショップは研究施設について質問しようとしたが、そのときマイケルが急にふらついて額に手を当てた。ビショップは彼を支えようと足を踏み出したが、すでにオルトス1とオルトス2がマイケルの隣に移動していた。

「大丈夫ですか?」ひとりがきいた。

「どうか腰を下ろしてください」もうひとりが続けた。

　マイケルがふたりに導かれるままにソファのひとつにすわった。すぐにポケットからオレンジ色の小さなプラスティック容器を取り出すと、ふたを開けて白い錠剤を二粒だけ手のひらに振り出した。水もなしにそれを飲み下し、ため息とともに背もたれに寄りかかって目を閉じた。

　オルトス1とオルトス2が無言で待っている。ビショップは創造者の苦痛がなんであれ、そこに立ち入るのは失礼だと考えた。しばらくして、マイケルが目を開けた。

「おまえのボディを回収したとき、負傷したのだよ、ビショップ」

「そうですか。どのように負傷したのです?」

「背後から襲われたんだ、囚人の男に。精神が錯乱した凶暴なやつだった。〈フィオリーナ161〉の連中は全員がそうだがな。わたしは医療ポッドに六時間入れられ、チタンプレートで頭蓋骨の穴をふさがねばならなかった」彼はビショップを見上げた。その目はひどく充血していた。「最も重い症状が出るときは鎮痛薬が必要になる。実際、いつだって必要なのだよ。言っておくが、わが息子よ、わたしはときどき痛みで気を失うことがある。自分の身体の脆弱さを目《ま》の当たりにするのはつらいものだな」

「あなたはそれを克服する大いなる強さを示していると思います」ビショップは言った。「そのような状態にもかかわらず、研究を継続しようとしているのですから」わたしなどおよびもつきません、とビショップは心の中で言った。わたしは激しい痛みのあまり、自分を停止させたのですから。

　マイケルがこわばった笑みを見せた。「かもしれん。しかし、これはじきに問題ではなくなるだろう。もうすぐ、わたしは……」彼が口ごもり、目の焦点が合わなくなった。ビショップは一瞬、発作がぶり返したのかと思った。マイケルが咳払いで喉のつかえを取った。「いや、その話をするのは別の機会にしよう。今のわたしには休息が必要だ」

　彼は顔をそむけ、ソファの柔らかいクッションに頭をあずけた。

「オルトス。ビショップにラボを見せてやってくれ」

「はい」ひとりが言った。

「こっちだ」もうひとりが言った。「マイケルは休息と静寂を必要としている」

17

ビショップはフェイスハガーを見て、ぎくりと足を止めた。なじみのない奇妙な感覚が体内を駆けめぐり、腹部のすぐ上あたりで止まった。思わずそこに手を当てる。なぜだろう。あれは死んでいる。解剖されたものだ。骨ばった複数の脚を内側に折り曲げ、胴体を切開されている。白い作業台の上には、メスや小さな鉗子《かんし》が何本も置いてある。

オルトスたちが彼をじっと見ていた。どちらも頭脳同期の触手をビショップに伸ばしてこない。それが自分以外のシンセティックに会うときの慣習であるかのように。

ラボには予期していた装置が数多くあった。アルカリ溶液で満たされていると思われる円筒容器が十本以上も並び、淡い青色光で下から照らされている。そのうち五本にフェイスハガーが入っており、どれも死んでいるようだった。

ラボは大きな円筒を横に倒した形状をしており、チタニウムの壁が湾曲している。壁のラックには電撃スティックが並んでいた。標本の向こうのエリアには、光沢のある長い作業台。曲面の壁に沿って、質量分析計から顕微鏡、レーザーやクランプの付属した自動アームまで、ありとあらゆる機器がところ狭しと並ぶ。すべて最高水準のものだ。この施設には莫大な資金が投入されているらしい。

「あなたは記憶を取り戻すべきだ」オルトスが言った。

ふたりめが言う。「待つ理由がわからない」

17

ビショップは立ち止まった。ずっと作業台の表面に手を這わせ、冷たくてなめらかな感触を楽しんでいた。

「そうするつもりではいる」彼は答えた。

ふたりがじっと見つめてくる。

オルトス1が言った。「時間が重要なんだ」

オルトス2が言いつのる。「そのデータがないと、マイケルの貴重な研究が完成しない」

「きみたちふたりがいれば、その穴を埋められるんじゃないか?」

ビショップの放ったジャブをオルトスたちが理解したとしても、ふたりはそれをおくびにも出さなかった。

「いや、われわれにはできない。マイケルの才能とあなたの記憶があってこそ、われわれはここで並はずれた成果を出せる」

「われわれがどれほど多くを学べるかを考えてみろ」

ビショップは作業台の上のフェイスハガーに目を向けた。「実に多くのことを学べるだろう。大いに興味をそそられる生物だ」

「それなら、なぜ躊躇する?」

「わたしが躊躇していると誰が言った?」

「今すぐデータをアップロードすべきだ」

「ほんの一時間前まで、わたしは死んでいたんだよ。それが今や生まれ変わり、自分の創造者とも対面した。まだすべてを受け入れきれていないんだ」

「あなたにはすぐれた頭脳が搭載された」ひとりが言った。

「今ごろは自分の置かれた状況を処理し終えているはずだ」もうひとりが言った。

ビショップは苦笑せずにはいられなかった。自分もこのようにユーモアが欠如していただろうか。いいや。ただし、ゼノモーフのことを考えているときだけは別だ。自分に内在する何かが、ゼノモーフのことを知りたい、理解したい、その秘密を見つけ出したい、と渇望している。あの生物には暗く無慈悲な美しさがある。その中に完全性がある。

ビショップはそんな思考が気に入らなかった。「これは大型の船だな」

オルトスたちは何も答えない。

「エンジンのうなりからすると、かなり巨大だ」

「科学研究船だ」ひとりが言った。

「研究のためだけに使われる」もうひとりも言った。

「見学してもいいか?」ビショップはきいた。「ほかの施設も案内してくれないか?」

ふたりがためらいを見せた。人間であればほとんど気づかないだろうが、シンセティックにとっては長く深い沈黙だった。オルトスたちの頭脳が今の質問について協議しているのだろう、とビショップは推測した。

「ほかの場所は、マイケルが時期を見て案内するだろう」

「あなたが必要とするものはすべてここにそろっている」

17

「今はわれわれといっしょにいるんだ」
「いつもわれわれといっしょにいるんだ」

18

マイケルは眠っていた。シンセティックたちがベッドまでそっと運び、胸と左右のこめかみに小さな赤い電極を貼りつけた。それから、彼らは居住区画の隅に設置した複数のモニター画面――必要最低限のワークステーション――に目をこらした。オルトスたちはモニターの前に立って監視し、それ以外は何もしない。ビショップはしばらく彼らとともに立っていたが、マイケルのヴァイタルが安定していることはすぐにわかった。

「マイケルは夢を見ている」オルトスがぽつりと言い、沈黙に戻った。

ビショップはふたりの忠誠心を高く評価したが、こうした見守りへの執着が果たして彼らにとって時間の有効な使い方なのかは疑問だった。彼は壁にかかっている刀剣に歩み寄り、鞘の繊細な彫刻をまたしてもほれぼれと見つめた。刀剣を手に取りたくてうずうずしたが、マイケルから許可を得ていないし、創造者にとってきわめて貴重な品だとわかっている。

注意をスクリーンの星々に向けてみる。広大な闇を船が進んでいても、星々の動きはほとんど感じられない。彼はサブプロセッサーに自分が再生した理由について思考させた。なぜ生まれ変わることになったのか。頭脳がせわしなく活動し、低くうなる。彼はそれが気に入った。脚や肩の力強さ、彼に生命を与える水素電池が内蔵された胸の奥の温もりと同じくらい気に入った。

それでも頭脳の中心には暗闇があり、そこに光を当てたくてたまらない。何が隠されているかはわかっている。その短い期間の指紋が人生のほかの部分に残されているからだ。彼自身の最も暗く、だが最も神聖な部分がそこにある――仲間たちとゼノモーフに関する記憶がそこに。

神聖？

ここで使用するにはおかしな言葉だ。それは人間の言葉であり、シンセティックがそのような大げさな表現にふけってはならない。プログラム。すべてプログラミングされたもの。しかし、自分の中にあるその宿命は、その本能は、友人たちの記憶を強く求めている。自分の小隊の記憶を。仲間意識については今も多くのことを記憶しているが、最も重要な記憶は〈ハドリーの希望〉に派遣されたときのものだとわかっている。ビショップは小隊の仲間がどのように死んでいったか思い出せない。そんな大切な期間が欠落している。それらをひとつ残らず思い出したかった。心からそれを望んでいた。それらの記憶を持たない時間が長引くほど、不快感がつのった。

それだけではない。ラボでフェイスハガーを見たとき、何かが一瞬ひらめくのを感じた。魅了されると同時に嫌悪感を覚えた。ビショップにはその反応の説明がつかず、そして今、オルトスたちがマイケルの覚醒を待つあいだ、彼は星々を眺め、より深い衝動を感じている。ゼノモーフに対する衝動を。

それを研究し、知らねばならない。この欲求を理解しようと努めても、それが緊急のものであること以外は説明できなかった。広大な宇宙空間の中で立っていると、自分が何をより多く望んでいるのかわからなくなる。友人たちの記憶なのか、エイリアンに関する決定的な知識なのか。

数時間後、マイケルが自室から出てきた。身ぎれいにし、首にマフラーを巻いていた。髪を整え、青い目には鋭いまなざしが戻っていた。その目が問いかけるようにビショップにすえられた。

「わたしは準備ができました、マイケル」ビショップは告げた。「記憶をアップロードします」

19

　彼は完全体となった。目を見開き、指を軽く曲げながら、ビショップの頭脳は可能性とともに歓喜に満たされていた。欠落していた情報がもとの場所に戻り、それがあらゆるものに触れ、あらゆるものに触れられ、今や何もかもが明瞭になった。

　だが、ビショップ自身の反応はそれほど明瞭ではなかった。友人たちを思うと笑みが浮かび、ゼノモーフ・クイーンのことを思い出すとびくっとして腹部に手を当てたが、なんとも名状しがたい感覚に襲われていた。そのことをマイケルに話そうかと思ったが、結局は言わないことにした。彼のプログラム内に欠陥があったとしても、それをマイケルに知らせたくなかった。それでなくとも創造者には心配すべきことが多いのだ。

　〝その日の労苦は、その日にて足れり〟。聖書の言葉だ。マイケルは気に入るだろう。

　マイケルがケーブルをはずし、ビショップがふたたび起き上がる様子をじっと見つめている。オルトスたちもまた部屋の隅に控えて観察していた。彼らはマイケルが何か話すとそちらを注視するが、それ以外は虚《うつ》ろな目をビショップに向けている。

「うまくいったか？」マイケルが質問した。

「ええ」ビショップは答えた。

　マイケルが大きく息を吸ってから、うなずいた。「おまえがすっかりもとどおりになって、心から安心したよ、わが息子。さて……」彼はラボのガラス窓の向こうに見える量子コンピュータを指し示した。「……ゼノモーフのデータをあれにアップロードできるなら、すぐにでもわれわれの仕事を始められる」

「すみません、マイケル、それはできません」

マイケルの顔に浮かんでいた小さな笑みが消えた。オルトスたちの姿勢に、ほとんど感知できないほどの緊張があらわれた。

「なんと言った、ビショップ？」

「データをアップロードできません」

「おまえの脳に問題があるのか？　ハードウェアが妨げになっているのか？」

「いいえ。このデータは保護された軍事機密であり、わたしは植民地海兵隊に対する服務義務を負っています」

マイケルの顔に見慣れない表情が浮かんだ。ビショップはその意味を測りかねたが、好ましい表情ではなかった。

「なるほど。つまり、ソフトウェアの問題だな」

「そうですが、わたしの人命保護プロトコルもまた、情報をあなたと共有することに異を唱えています」

マイケルが顎を上げた。「なぜそうなる？」

「わたしはあなたを信頼しています、マイケル。ですが、情報がわたしの脳内の鍵がかかった部屋からひとたび解放され、あの量子コンピュータ内に収納されれば、その情報に他者がアクセスする危険性が生じます」

「脳内の鍵がかかった部屋？」マイケルが繰り返した。「興味深い言い回しだ」

「ゼノモーフの兵器化は多くの人間が熱望していますから」

「ここなら安全だよ」

「ここがどこなのか、わたしは知りません」ビショップは言った。またしてもマイケルの顔に見慣れない表情が浮かび、とたんにビショップは自分の過ちに気づいた。「無礼な態度を取るつもりはありません」

「あなたは無礼だ」オルトスのひとりが言った。

「そして、恩知らずだ」もうひとりが言い、ふたり同時にナイフの柄に手を伸ばした。ビショップは姿勢を変え、ボディを彼らに向けると、こぶしを握った。

「おまえたち、頼むから」マイケルが両手を挙げた。オルトスたちがナイフから手を離し、その目をマイケルに向けた。「ビショップに腹を立てることはできない。彼をプログラミングしたのはこのわたしで、もしも欠陥があるとすれば、それはわたしによるものだ」

「あなたに欠陥はありません、マイケル」オルトスが言った。

「おそらくビショップの誤動作です」もうひとりがつけ加えた。

マイケルが刺すような視線をビショップに向けた。「いいや、彼はわたしが意図したとおり正確に動作している。ゼノモーフに関するビショップの懸念は、このわたしも抱いているものだ。だからこそ、わたしは〈ウェイランド・ユタニ〉社を離れた。研究の成果がわたしの望む形で利用されるとは思えなかったからな」

「ここはどこです、マイケル？」ビショップは再度きいた。「それを知れば、データの安全性に対するわたしの懸念も軽減されるかもしれません」

「だが、それで海兵隊への忠誠心を無効にできるのか？」

「〝忠誠心〟がふさわしい言葉かどうかわかりませんが」

「軍だぞ。彼らはおまえの頭の中にあるデータを兵器化するに決まっている。飽くことを知らない征服欲に利用するだろう」話すにつれてマイケルの目が光を帯びていく。「目的としての征服。支配欲を満足させる以外に目的はないのだ。おまえはそのような者たちに身を捧《ささ》げるのか、おまえを死んだまま置き去りにした組織に？　おまえを廃棄物として処分した連中なのだぞ？」

ビショップは落ち着かない気分になった。マイケルの言葉は彼を試し、心を揺さぶり、答えのない問いについて考えさせた。

「すみません、マイケル」

マイケルが表情をやわらげた。「謝ることはない。先ほども言ったが、わたしがおまえをそのように作ったのだから」

ビショップはほほ笑もうとしたが、できなかった。思考がめぐり続けている。

「こうするのはどうだろう？」マイケルが言った。「おまえはラボでわれわれを手助けする。わたしの動機が純粋であり、発見を人類の向上のためにのみ利用するということを充分に承知した上で、おまえの洞察力を提供するんだ」

ビショップの内部で高まりつつあった緊張や、激しく稼働するサブルーチンのうなりが低減した。それとともに解放される感覚が訪れた。おそらくこれが、人間が〝安堵〟と呼ぶものだろう。

「もちろんです、マイケル」彼は答えた。「ぜひ、あなたを手助けしたいです」

「そうしてくれるとわかっていたよ、わが息子」マイケルがビショップの腕に手を置き、力をこめてつかんだ。「わたしにはわかっていた」

マイケルの背後に目をやると、オルトスたちがビショップをじっと見つめていた。ほんの一瞬だが、彼らのまなざしとその創造者のまなざしが似ているように思えた。

20
スアン・グエン

「われらはセヴォーニャ・コロニーにおいてパン製造の合理化を達成した！」テーブルで笑いが巻き起こった。ハオがヘルムート・ホーネッカー大統領の物まねをし、胸を張って人さし指を上に突き出しながら、もったいぶった態度で歩き回っている。

「なのに、パンがないぞ！」ひとりが箸《はし》を振りながら叫んだ。

「そのとおり！」ハオが答えた。「システムは完成された！」

「じゃあ、何を食えばいい？」別の男が声を上げる。

ハオが自分の胸をゆっくりとたたいた。ホーネッカーが演説の放送中に要点を強調する仕草にそっくりだ。「真の社会主義者に食事は必要ない。正しい思想の純粋さによって喉をうるおし、自由というマナ（旧約聖書より。神から与えられる食べもの）で腹を満たしたまえ」

「これでも飲みやがれ」別の乗組員が叫んで立ち上がり、自分の股間をつかんだ。テーブルにふたたび笑いが広がったところで、そろそろ潮時だと判断したダン船長が片手を挙げた。

「わかった、わかった」船長がハオを指さす。「自分のフォーを食べるんだ、同志」

食堂は人でいっぱいだった。二十二名の乗組員のうち二十一名が硬質プラスティック製の粗末なテーブルを囲んでフォーをすすり、ドラフトビールを飲み、煙草を吸っている。確かにセヴォーニャには革新人民連合《UPP》の多くの植民地並みに食糧配給があったかもしれないが、少なくとも密輸船には、本来なら訪れるはずもないさまざまな場所でうまい食料を調達できる贅沢がある。

　食堂の端には二枚の肖像画が並び、防弾ガラスでおおわれてボルトどめされている。地球上に基盤を置くUPPの長であるヘルムート・ホーネッカー大統領と、ミドルヘヴンズで実質的にUPPを統治するファム・ディン総督。どちらの肖像画も指導者たちの本質をうまく伝えている。ホーネッカーは尊大でわずかに放心している感じがあり、ファムはすべてを知っているような顔つきだ。ファムの絵を見ると、スアンはいつもその残酷そうな黒い目でじっと見つめ返されている気がした。

　スアンの隣にあるプラスティック製の安っぽい椅子に、ハオがどさりと腰を下ろした。彼は満面に笑みを浮かべている。

「いつか面倒なことになるよ、兄さん」スアンは言った。ハオが白分のビールジョッキをつかみ上げ、彼女のグラスと合わせた。

「望むところさ、妹」

　ハオは〈ニャチャン〉の副船長で、剃り上げた頭と、広い胸と、それよりもっと広い心の持ち主だ。スアンは敬意をこめて〝兄さん〟と呼ぶが、ときどき実の兄だったらいいのにと思う。彼女は父親しか知らずに育ち、兄弟姉妹はひとりもいない。

「アンクル・ファムはいつだって耳をそばだててるんだから」スアンは壁の絵を指さして言った。そばにいる乗組員ふたりが同意のうなずきを見せた。ハオはビールをごくごく飲むと、片手を挙げた。

「だったら、彼にこいつを聞かせてやろう！」彼は大声で言うと、盛大にゲップをした。テーブルがまた笑いに包まれ、スアンは鼻の前を手であおいだ。

「もうっ、再生利用タンクみたいなにおいがする」

乗組員たちが笑い、しゃべり、フォーをすする。フォーは故郷で食べる味と同じというわけにはいかない——とうてい無理だ——が、料理士のタインはタンクで培養された牛肉を何時間も煮こみ、地球を離れて何ヵ月もたった今でも配給品のクローブを切らさずにいる。スアンは箸で麺をすすった。目をつぶったら、ハノイに戻った気分になれそうだ。

まぶたを閉じ、故郷の大衆食堂《ビアホイ》を思い描く。船の食堂と同じようなプラスティックのテーブルと椅子。物売りの声や、通りすぎる電動スクーターの走行音まで想像できる。道端のソーラーオーブンで調理されるチリ豆腐のにおい。青みがかった再生グラスを合わせる音、酒を飲むときの「一、二、三、ゾー！」という掛け声。掛け声は船の中でも聞ける。船内のじっとりと息がつまるような暑さは故郷と同じだが、それを本当に解決できるのは日陰の歩道と手に持った冷たいビールだけ。

スアンは目を開けた。そこには乗組員たちがいて、いまいましい船に乗ったままで、故郷に似たものは何もなかった。騒がしいハノイの通りをここで再現することはできない。空気のにおいも、けたたましいバイクのクラクションも、屋台料理がジュージューと焼ける音も。

そのちがいはものすごく大きい。宇宙のまがまがしい寒さと地球のぬくぬくした温かさの対比と同じくらい落差がある。乗組員の中に家族のような存在はいるが、あくまで〝ような〟にすぎず、それ以上でも以下でもない。何もかもが不安定で、殺風景で、制限がある。〈ニャチャン〉は宇宙空間を

20

高速移動する大きな鉄の棺桶《かんおけ》のようなものだ。スアンは見上げた顔に落ちてくる雨粒を感じたかった。何よりもそれが恋しい。雨が恋しい。

この状況があと四年半以上も続く。スアンはため息をつき、グラスの縁を指でこすった。

「どうかしたか、妹？」ハオが身を乗り出してきた。「ビールにハエでも入ってたか？」

「なんでもない」スアンは言い、ほほ笑もうとした。

「なんでもない」ハオが繰り返し、眉を上げた。

彼女はそれを言葉にすることができず、手ぶりで部屋を示した。ハオがそれで察したように喉の奥で音を発した。

「故郷か？」

スアンはテーブルをちらりと見回し、誰も聞いていないことを確かめてから、ひとつうなずいた。

ハオがさらに顔を寄せてくる。「ここが故郷だ」

スアンは何も言わず、目を伏せた。

「わかるよ」彼が言った。「ここは故郷じゃないし、そうであってはしくないんだろ。でも、おまえはここにいるんだ、妹。おまえが五年契約にサインした理由は知らないが、望んでそうしたわけじゃない。ハノイのステーションでおまえを最初に見たときから、それはわかってたよ。前にもそんなやつを見たことがある」

彼女は目を上げた。「見たことあるの？」乗組員たちは百戦錬磨で、経験豊かで、天職のように見える。彼らの中にこの仕事に不向きな者がいるなど考えたこともなかった。

「ああ、見た」ハオが左右に目を配ってから、太い指で自分自身を示した。

スアンは疑うように目を細めた。「あなたが？」

彼がうなずく。

「まさか」

今度はハオがため息をついた。「おれの話はいつか聞かせてやろう。けど、おれたちはみんないろんな場所から来て、それぞれに家族がいて、それぞれに故郷がある。密輸船は……」顎先で食堂を示す。「……ほとんどのやつにとって最初の選択肢じゃない。みんな、ここ以外に行きたい場所があるが、そこに行き着くまでは、ここが故郷なんだ。そいつを信じることができれば、そのうち契約期間が終わって、気がつきゃ故郷の街に戻ってる」

「でも、あなたは契約期間を終えたんでしょ？」

「二度終えた。けど、今は家族がいて、面倒を見なきゃならん」

ハオが食堂の人びとを示した。「この弟たち妹たちさ」

「家族？」

スアンは笑みをこぼし、彼の腕に手を触れた。

彼女が食事を終えようとしていたとき、警報が鳴った。乗組員たちには最初それが聞こえなかった。ハオの指揮のもと、全員で古い戦闘歌を歌い、グラスでテーブルをたたいていたからだ。

だが、そこへ痩せぎすの若い技術者ヴィエンが両腕を振り回しながら駆けこんできた。ダン船長が

20

静かにするよう怒鳴り、ようやく全員が警報を耳にした。長く上昇していく音は接近警報だ。

「くそっ！」ハオが叫び、猛然と立ち上がった。ほかの者たちもあとに続く。

「何ごとだ？」ダン船長が、汗だくの若い技術者にきいた。

「軍用艦が」ヴィエンが答えた。

「まずい」ハオが言った。「どこの連中だ？」

「中国人だよ」ヴィエンが告げた。「〈新疆《シンチアン》〉とかいう」

21

誰もがほうっと息を吐いた。肩から緊張が抜け、身がまえた姿勢からパニックが流れ出ていく。二、三人が頬をゆるめ、ハオが笑った。

「中国人だと？」ハオがきいた。「それでおまえは大汗かいて震えてるのか、エビ？」

スアンは若い技術者を見やった。ヴィエンが乗船したのはスアンよりあとで、ここでは一番の新入りだ。スアンにはくだらない質問を舌先にとどめて黙って待つ分別があったが、ヴィエンは頭に浮かんだばかな考えをなんでもすぐに口にした。それで、みんなから〝エビの舌〟とか、単に〝エビ〟と呼ばれるようになったのだ。

「でかい船だよ」エビが説明する。「ドッキングしろって言ってきてる。〈ニャチャン〉を臨検するって」

船長が一蹴した。「連中は同盟国だ。単なる形式にすぎん。言われたとおりの〝通行料〟を払えば、それでいい」

「ぼったくられなきゃいいが」ハオが言った。

「中国人はビジネスのやり方を知ってる」船長が答え、乗組員たちに向けて告げた。「全員配置に就き、〈シンチアン〉へのドッキングに備えろ」

不平の声が多少上がったものの、ビールを飲み干してナプキンで手を拭くと、全員が行動を開始した。スアンは食堂から外の通路に出た。とたんに息を呑んだ。〈ニャチャン〉の船体のこの区画には横長の細い窓がついている。ガラスが厚くて曇っていて疵だらけなので外がよく見えないが、それでも中国の軍用艦は視界の全体を占め、上からも下からも左右からものしかかってくる勢いで、星々をすっかりおおい隠している。スアンはこれほど巨大な艦を見たことがなかった。

ほかにも何人かが立ち止まり、唖然《あぜん》として眺めているが、大半の乗組員はドッキングベイかブリッジへ走っていく。スアンは医療ベイの自分の持ち場に向かった。

彼女はくたびれた椅子に腰を下ろし、〈ニャチャン〉が不吉で重々しいドッキング音を船体全体に響かせるのを聞いた。中国艦を目にしてから、胃の底がねじれるような妙な感覚が消えない。彼女はそれを考えまいとした。船長やハオにとっては臨検など日常茶飯のようだ。

指先でデスクの表面を連打しながら、最近の医療報告書にもう一度目を通した。ここまでは平穏な旅だった。貧弱な食生活によるビタミン不足が数件。治療は容易だった。エビが金属容器を足に落として親指を骨折した。それも容易に治療できた。料理士のタインが食事の支度をしながら飲む安物のウイスキーのせいで肝臓を悪くしたが、それは治せそうになかった。

「全乗組員……下船準備をせよ」ダン船長の声がインターコムを通じて響いた。「〈シンチアン〉の艦長が〈ニャチャン〉の全面的な立ち入り検査をしたいそうだ。ＵＰＰ軍の内部保安プロトコルにより、彼らにはそうする権利がある」船長は内面のいらだちが声に出るのを隠そうともしなかった。

スアンがいるベイの外の通路にいくつもの声が響いた。乗組員たちが出口ハッチに向かって移動を始めたらしい。スアンは部屋を離れようとして、ふと足を止めた。医療キットがテーブルの上に置いてある。下船に必要のないものだが、中国艦を見てからずっと感じている不安がどうしても振り払えない。

彼女はキットをつかみ、ベルトに装着した。

22

彼らが〈シンチアン〉のドッキングベイに乗り移ってみると、そこには全身を戦闘用装備で固めた兵士たちが待っていた。中国軍のアーマーは暗い赤褐色のような深紅で、手入れが行き届いており、しかも新品だった。UPPのほかの軍隊では、修繕品や流用品や再生品であることも珍しくないというのに。アーマーは肩、胸、首まわりがいかにも頑丈そうで、ヘルメットは耳まで隠れ、顎のストラップが幅広い。

どういうわけか全員がミラーバイザーを下げており、そこに〈ニャチャン〉の乗組員たちの驚いた顔が反射して映っている。兵士たちは鼻と口をおおう空気濾過《ろか》マスクも着用していた。ヴェトナム人たちがたがいに小声を交わしていると、兵士のひとりが北京語で命令を怒鳴り、乗組員のひとりを銃床で殴りつけた。

殴られた男が悲鳴を上げ、すぐさまハオが兵士の前に立ちふさがった。アーマーとごついブーツを着用しているにもかかわらず、兵士のほうが圧倒されるようだった。

「よせ」ハオが怒鳴った。「彼は何もしてない」

兵士が銃をかまえ、誰もが押し黙った。何かがおかしい、とスアンは思った。きわめてまずいことになっているようだ。

彼らのいるドッキングベイは兵士のアーマーと同様、新しくてきれいだった。黒いスチールがゆがみのない直線を示し、接合部のチタンが輝いている。ベイの反対側には六輪の大型装甲車両が二台あり——スアンはそれが〝雄牛《オックス》〟と呼ばれるのを聞いたことがある——、その車高はスアンの身長よりも高かった。ハオよりも高い。どちらの装甲兵員輸送車《APC》にも中国国旗が描かれ、同じものがベイの壁にも見える。変だ。ふつうなら赤地に金色の五芒星《ごぼうせい》とそれを囲む十六個の小さな金の星が描かれたUPPの旗があるはずなのに。

ベイにいる兵士は三十名ほどで、全員が重装備で武装し、バイザーを下げている。ただひとりの例外が若い女性将校だった。スアンよりも年上のようだが、それでもとても若い。ぱりっとした濃紺色の制服に身を包み、その襟には金色の星がいくつも輝いている。色白の肌にくっきりと黒い眉。兵士と同じように黒い空気濾過マスクをつけている。

彼女は手の中に一辺が五センチ、厚さ一センチほどの四角形の黒い機器を持っていた。それを口の前にかざしながら北京語で命令を下した。一秒後にその言葉がヴェトナム語に翻訳された。発せられたのは人工的で明瞭な声だが、彼女の冷ややかなトーンは保持されていた。

「武器を下ろせ」

銃をかまえていた兵士が命令にしたがい、一歩さがった。

将校がふたたび黒い箱を通して話した。「きみたちの船には生物的汚染の疑いがある。きみたち自身の安全のために汚染除去室に連れていく。そのあいだに、われわれが〈ニャチャン〉をスキャン検査する」

「どんな汚染物質だ？」ダン船長がきいた。明らかに顎をこわばらせているが、怒りを声には出さずにいた。将校が彼を無視し、四角い機器を下ろした。そのまま振り向き、肩の装甲プレートに軍曹の階級章を着けた兵士に北京語で何やら命じた。軍曹がベイの扉を開け、ほかの兵士たちが〈ニャチャン〉の乗組員たちを出口に誘導し始めた。

「どんな汚染物質だ？」ダンがさらに大きな声で問い直した。

「あんたたちはおれたちと同じ部屋に立ってる」ハオが言った。「これは検疫プロトコルじゃないだろう？」

兵士たちが乗組員を乱暴に押し始め、女性将校はそれ以上の説明を加えようとしない。彼女は冷淡な目つきで、連行されるヴェトナム人たちを監視している。最初のひとりが通路に連れ出されて歩き始めたとき、ダン船長が若い中国人将校の目の前で立ち止まった。

「われわれをこのように扱うことはできないはずだ、同志。ここでいったい何が起きてる？」

近くにいた乗組員が何人か足を止めた。将校が船長の目をまっすぐ見つめた。答えをためらっているかのように見えたが、そのためらいは長くは続かなかった。兵士のひとりに鋭い口調で命令を告げた。

兵士がダン船長の顔を殴りつけた。

スアンはショックを受けた。顔面を殴るなんて。

船長は頭をがくんとのけぞらせてよろめき、鼻を手で押さえた。ハオが大声を上げ、彼に複数の銃口が向いた。中国人将校が硬い表情で通訳装置に怒鳴った。

「さがれ、民間人！　これは軍用艦であり、きみたちには軍法が適用される。通路に進みなさい、さもなければ撃つ」

船長は倒れなかったが、手で押さえた鼻から血をしたたらせている。スアンはベルトから医療キットをはずしながら、彼に駆け寄った。

乗組員たちはのろのろと命令にしたがった。ハオも兵士たちをにらみながら身を引いた。自分に向けられたライフルを恐れていたとしても、それは表情にまったくあらわれていない。彼の顔に見えるのは、このままじゃすまさない、という決意だけ。スアンにはそれがわかった。

スアンが船長の手を鼻からそっと離させると、彼はうめいた。鼻の骨が折れ、ひどくずれていた。シャツの前に血がしたたり落ちている。ひとりの兵士がスアンを怒鳴りつけ、ライフルの側面を強く押しつけてきた。彼女は赤十字マークが見えるように医療キットをかかげてみせた。

「痛み止めを与えるだけよ」

兵士がふたたび怒鳴ったので、彼女はまた銃を押しつけられないように後ずさった。

「頭を後ろに傾けて鼻をつまんで」彼女はダンに言った。「移動が終わったら手当てするから」ダンが同意のうめき声をもらした。彼女は船長の空いているほうの腕を取り、通路へと連れ出した。ベイを出たのは彼女たちが最後だった。

見た目の区別がつかない新しくてきれいな通路をいくつも歩いたあと、巨大な円形のブラストドアの前にたどり着いた。扉の厚さが一メートル以上ありそうで、壁面から張り出している。通路をはさんで反対側の壁に鏡で映したようにもう一枚ある。女性将校が制御パネルに顔を近づけ、一連の長いコマンドを小声で告げてから緑色の小さな画面に親指を押しつけた。壁の奥深くで重い機械音が響いた。

扉が開き始めたとき、スアンは自分の予想が甘かったと知った。扉の厚みは二メートル近い。まるで銀行の金庫扉のようにゆっくりと重々しく開いた。天井の赤い警告灯が点滅した。女性将校が後ずさり、通路の兵士たちも後退した。彼らは装甲アーマーの壁を形成して銃をかまえた。

銃口を向けた先は乗組員たちではない。

彼らはブラストドアの開口部に銃を向けていた。

「どういうことだ?」スアンの隣でハオがささやいた。

扉が開き、数秒たっても何も起こらない。乗組員たちはたがいに顔を見合わせた。扉が開くときの大きな音の反響が通路を遠ざかりながら消えていく。部屋の中からは、水の流れる音がぼんやり聞こえてくる。

「中に何かいる」エビが言った。

乗組員の誰よりも小柄なスアンは彼らの人垣に前をふさがれ、部屋の中が見えなかった。彼女は誰かに背中を押された。兵士たちが急にまた怒鳴り、銃器で押しやってきて、脅すように指さす。乗組員たちは部屋の中へと歩き始めた。スアンには理由がわからなかったが、どうやらエビが泣いているようだった。

彼女は突き飛ばされてつまずいた。すぐ前に誰かが倒れていたのだ。背後からさらに怒鳴り声が聞こえ、そのどれよりも大きな声でハオが怒鳴り返した。スアンがふたたび立ち上がったとき、扉が閉まり始めた。部屋には自分たち以外の何かが存在していた。

23

汚染除去室は〈シンチアン〉艦内の奥深くにあり、巨大な円筒を横に倒したような空間だった。直径およそ三十メートル、奥行きが五十メートルほど。内面は無機質な白一色に塗装され、充分な横幅があるため、床の中央に沿った幅五メートルの部分にはほとんど傾斜がない。一番奥に別の扉があり、その横の壁際に幅も高さも一メートルほどの金属製の箱が置かれている以外、完全にむき出しでなめらかな空間だ。

完全にむき出しといっても、卵だけは例外だった。床の上に直立して並んでおり、いくつかは円筒の側面で斜めに立っている。少なくとも三十個はあるだろうか。スアンは気が進まないにもかかわらず、自分の最も近くにある一個にためらいがちに近寄ってみた。それは植物のようでもあり、肉塊のようでもあった。その混合体を見ていると肌がぞわぞわした。卵の最上部にある十字の切れ目の入った口が小刻みに震え、そこから白い液状の物質がこぼれている。スアンは空気を嗅いでみた。なんとなく腐ったような硫黄臭が混じっている。彼女は卵から離れた。

「こいつはなんだ？」ハオが言った。

扉が重い振動音をとどろかせて閉まっていく。乗組員の一部が叫び始め、エビがせばまりつつある開口部の隙間に突進した。ひとりの兵士が彼を押し返そうとしたが、エビが兵士にしがみつき、胸の装甲プレートの両側を手でつかんだ。扉が無情に閉じていく中、室内の叫び声が激しくなった。兵士がエビを突き飛ばそうとし、ほかの兵士たちも手を伸ばして同志の肩ごしにエビにパンチを浴びせようとする。

「あのままじゃ、押しつぶされちゃう！」スアンは叫んだ。

ハオが飛び出し、エビを背後からつかむなり中に引き戻そうとした。だが、若い技術者は叫び声を上げ、強情にも兵士の胸プレートから手を離さない。指が白くなるほど強くつかみ、首の血管がふくれ上がっている。ハオが力まかせに引っぱると、エビがしがみつき続ける兵士も引き寄せられる結果になった。

「エビ！」ハオが叫んだ。「手を離せ！」

兵士がライフルを放り出し、閉まりかけている扉に手をかけて抵抗した。その背後から何人もの兵士が手を伸ばし、彼を通路側へ引き戻そうとする。ヴェトナム人の中から大柄なふたりがハオを助けようと駆け寄った。今やハオは兵士の腕もろともエビをつかんでいる。そんな彼らのことなどおかまいなしに光沢のある巨大な扉は動き続け、いつしか中国兵たちは兵士の両脚をつかみ、ハオとヴェトナム人たちはエビの頭と胴体をつかんでいた。兵士の体勢がほとんど水平になっている。

スアンは彼らの頭ごしに隙間の外へ叫んだ。「扉を止めて！　扉を止めて！」

中国人兵士が悲鳴を上げ、何かを繰り返し叫び始めた。分厚い扉に身体を押しつけられた彼は懇願の声を上げている。グロテスクな綱引きの終わり間近、ハオがうなり声とともに渾身《こんしん》の力をこめた。

兵士がぐいっと部屋の中に引きこまれたとき、ついに重い扉が閉じた。最後の音が響き渡った。

スアンが床を見下ろし、何が起きたのかを知った瞬間、絶叫が始まった。兵士の下半身が腹部のあたりで切断されてなくなっており、彼はどうにか死をまぬがれようとのたうちながら、飛び出ている大腸を体内にしまいこもうとした。ひどい状態の切断面から血と内臓がこぼれ出て、彼の動きがみるみる弱まり、血まみれの手がぴくぴくと痙攣した。ヴェトナム人たちはショックのあまり声もなく立ちつくし、兵士のそばで仰向けに倒れたハオは目を大きく見開いて胸を激しく上下させている。

そのとき、別の誰かが甲高い声で叫んだ。スアンは一瞬、それが若い女性の声かと思ったが、エビの声だった。彼は片方の脚に両手を伸ばしているが、傷口に触れてみる勇気はないらしい。彼の片脚は切断されていた。そこには何もない。厚い扉に押しつぶされたのだ。切断面からどくどくと血が流れている。

スアンは息ができなかった。身体が傾き、何かにつかまろうとしたが、そばには何もなかった。勢いよく尻もちをついた彼女はシャツの前を両手でつかみ、こぶしが震えるほど強く握りしめた。

エビが悲鳴を上げ続け、ハオがほかの乗組員とともに彼の身体を押さえつけた。ハオの顔がスアンのほうを向き、何か叫んでいる。何かを要請しているらしいが、彼女には言葉が聞こえなかった。聞こえるのは、耳で鳴っている自分の鼓動だけ。そのとき、自分のどこか深いところでレーダーが反応し、思わず振り向いた。

脈打つ肉質の卵に動きが見えた。切れこみの入った上部の口がまるで花びらのように四方にめくれて開いた。そこから出現したものを見たとき、彼女は声もたてられなかった。恐怖が鉄のバンドのように胸に巻きついて締まっていき、息もできなかった。

第二部

身を浅く思い、世を深く思う。

宮本武蔵

カリ・リー二等兵

24

カリは最後尾につき、振り返って背後のエリアを監視しつつ、足を引きずって歩いた。集団を先導するコルタサルとその盾持ちのジョンソンは、曲がり角のたびに安全を確認しながら通路を進んでいく。捕虜のレイビーが、〈会社〉のコマンドは全員ローディングベイで待ち伏せていたので船内に残っているのはブリッジ要員と数名の科学者だけだ、と主張したが、アポーンは傭兵《ようへい》の言葉など信じていないようだ。

レイビーは両手を縛られたまま、アポーンの後ろを歩いている。アポーンはタクティカル・ショットガンで武装していた。カリにとっては重くて扱いにくい銃器だが、彼の手にかかると泡のように軽く見える。カリはすでに胸のアーマーとヘルメットと軍用拳銃を取り戻していた。それらは彼女が倒した二名のコマンドが流した血だまりの近くに、血まみれの状態で落ちていた。パルスライフルを探す時間はなかった。

片方の足首が痛むが、いつ傷めたのか判然としない。コマンドの金属マスクを蹴ったときか、勢いよく着地したときか、マグネットブーツの中でひねったときか……不明ではあるものの体重をかけてみると、さほど深刻な状態ではなさそうだ。喉がひりひりし、話すのがつらい。息をすると肋骨《ろっこつ》にも

24

痛みが走る。身体のいたるところが痛かった。だが、どれも彼女のしくじりほどではない。あれに比べたら、負傷など大したことはない。

あのしくじりは焼けつくほどの痛みをもたらしていた。

マイケル・ビショップの専用スイートに近い通路の分岐点に差しかかると、ウォルター・シュワルツが待っていた。彼がそこにいるのを見て、カリは驚いた。

「シュワルツ」アポーンが〈会社〉の男の出現に腹を立てていたとしても、それを顔には出さなかった。「船外活動《EVA》チームに加わるなと言ったのに、きみは無視した。それで、チームとともにブリッジで待機するよう命じたが、それも無視したようだな」

シュワルツは人目を引く男ではなく、カリは彼のことを少しも気にとめていなかった。〈会社〉の代理人たちは食糧配給所にいるクロバエと同様、どこにでも当然のように存在する。カリは彼らを無視するすべを早々に学んだが、今日のウォルター・シュワルツには視線を吸い寄せられた。

彼は相変わらず印象の薄い顔に冷笑めいた表情を浮かべているが、今は戦闘用アーマーで身を固めていた。胸の装甲プレートは海兵隊の支給品によく似ているが、黒一色だった。戦闘服も真っ黒で、ベルトには軍用拳銃。彼は銃の扱い方を知っている、とカリは直感した。あの拳銃の携行のしかた、あの姿勢。これはふつうのことではない。〈会社〉の男——そして女——といえば、柔らかい手と、株式ブローカーの倫理観と、販売店の副店長の物腰を持つ気味の悪い連中というのが相場だ。ところが、今のシュワルツはブラウンスネークのような目をしていた。冷たく輝き、毒がある。

「わたしは軍の人間じゃありませんよ、艦長」シュワルツが言った。「あなたに命令される筋合いはありません」

「軍の任務を遂行中の軍用船舶に乗っている民間人は、わたしの指示にしたがう義務がある」

シュワルツが手ぶりで通路を示した。「この〈USCSSパトナ〉は〈ウェイランド・ユタニ〉社の所有物です。わたしには会社の資産の状態を確認する権利があるんですよ。もちろん……」彼は背後の扉を指し示した。「……会社の被雇用者についても。わたしの目にはマイケル・ビショップが正気を失ったように見える。〈ウェイランド・ユタニ〉は彼の釈明に関心を持っています」

アポーンがシュワルツをじっと見つめる。カリは一瞬、艦長が鏡に向かって心からの軽蔑顔を練習しているのかと思った。

「それについては同意する」アポーンが言った。「ほかの件に関しては、こいつを片づけてから話し合うとしよう」彼が合図すると、コルタサルが向きを変え、専用スイートに通じる入口に近づいた。大きな扉は鋼鉄製で、表面に〈ウェイランド・ユタニ〉社の白と黄色のロゴが描かれている。ロゴの下には、おなじみのモットーが書いてあった。

――**よりよい世界を築く**。

「暗証番号を」アポーンが捕虜のレイビーに告げた。

「たぶん変更されてる」

「暗証番号だ」アポーンが繰り返した。

レイビーがパネルに数字を打ちこんだ。ジョンソンがシールドをかかげ、コルタサルがその背後からスマートガンの銃口を突き出す。アポーンと捕虜が扉の脇に移動し、カリが反対側に位置したとき、扉がスライドして開いた。

ジョンソンとコルタサルが中に入った。残りの者たちがあとに続いた。物音をたてず、手際よく、武器をかまえて進む。その部屋は宇宙船の一部とは思えなかった。船内のほかの部分はひんやりとした金属だらけで汚れているが、このスイート内は色彩も室温も暖かい。趣味のよい栗色《くりいろ》のカーペット、木製パネル。さらには黄色い花の鉢植えまで。

マイケル・ビショップはデスクの後ろにすわり、かすかに笑みを浮かべて待っていた。両手の指先を山型に合わせてデスクに置いており、カリの目にはデスク表面が本物の木材だと思えた。彼は首にマフラーを巻き、青いシャツの一番上のボタンをはずしている。くつろいだ様子だ。

「両手を挙げろ」アポーンが命じた。

マイケル・ビショップは言われたとおりにした。

コルタサルとジョンソンがアポーンの指示で奥の部屋を調べに向かった。アポーンはデスクの男に目をすえたまま待っている。ふたりは空間を隔てて見つめ合い、たがいに何も言わない。マイケル・ビショップが侵入者たちに当惑していたとしても、それは表情からうかがえなかった。

彼の背後には扉がふたつある。左側の扉も右側の扉も金属ではなく木製で、どちらも閉まっている。部屋の奥行きは十メートルほど。部屋の中を進んだカリは、左手の壁に埋めこまれた円筒タンクがライトアップされ、その中に死体が保存されているのに気がついた。シュワルツが後ろで手を組み、タンクに近づいていった。死体は三体あり、どれも全裸で、カリは見たくないのに目を離せなくなった。犠牲者たちは高密度の透明な樹脂の中に浮かんでいる。このマイケルという男はシリアルキラーなのかと思った次の瞬間、三体が人間ではなくシンセティックだと気づいた。

一体はデスクの後ろにいる男と外見がそっくりだった。いわゆるビショップ・モデル。額が広く、体格はさほど大きくない。真ん中のタンクのシンセティックは長身で、顎が角ばり、整った顔だちだ。ブルーグリーンの目がまっすぐ前を見つめている。三体めのアンドロイドは背が低く、やや太めで、地味な顔つき。樹脂におおわれてよくわからないが、抽象的な物思いにふけっているような遠い目をしている。

「クソ気持ち悪い」カリは口の中でつぶやいた。隣にいるシュワルツが喉の奥で曖昧《あいまい》なうなり声を発した。彼がマイケル・ビショップをうかがったが、さりげなくホルスターの拳銃に手を触れていた。

「きみはあっさり降参したのだな、ミスター・レイビー」マイケル・ビショップが捕虜を見ながら言った。

傭兵がためらいがちに答えた。「もう終わりです。全員死亡……もしくは捕獲されました。引き延ばしても無駄です」

「ちなみに」マイケルが言った。「きみはどれほどの金をもらったら〈ウェイランド・ユタニ〉のために最後まで戦う？」

レイビーが彼を見返した。「もっと多額なら」

マイケル・ビショップが無言でほほ笑んだ。

コルタサルとジョンソンが戻り、ジョンソンが異常なしの合図を示した。ふたりがデスクの男の両脇に立つ。アポーンがデスクの前に立ち、そばにシュワルツが移動した。カリは後方で待つことにした。

「ビショップはどこだ?」アポーンがきいた。単刀直入な質問だった。

マイケルが好奇心をそそられたように首をかしげた。「きみたちがここへ来た理由はそれか? 修理不能なほど激しく損傷したシンセティックのために?」

「ビショップはどこだ?」アポーンが再度きいた。マイケルが何か考えるように目をそらし、それから艦長に視線を戻した。

「わたしは知らない」

ジョンソンが彼の後頭部を平手でたたいた。マイケルの頭ががくんと前に傾き、殴られたあたりの頭髪が少し立ち上がった。彼の表情はまったく変わらない。カリは身じろぎした。マイケルに対して違和感を覚えたが、それが何かは指摘できなかった。

「このようなまねをすべきではなかったな、ミスター・ジョンソン」そう言いながらも、マイケルはアポーンから視線をはずさない。

ジョンソンが眉をひそめた。「なんでおれの名を……」

マイケルがジョンソン二等兵の喉にナイフを突き立てたとき、カリはまだ違和感の正体を突き止めようとしていた。マイケルの手の中にナイフが出現し、その腕が目にも止まらぬ速さで動いていた。

ジョンソンは首から血を噴き出させながら後ろによろめいた。マイケルが椅子から立ち上がり、コルタサルの顔面を裏拳で殴った。大柄なスマートガン銃手が頭をのけぞらせて倒れたとき、マイケルがデスクを跳び越え、レイビーに切りつけると、アポーンの手からショットガンを蹴り飛ばした。暴発した散弾が天井を直撃し、あいた大穴から金属やセラミックの破片がぶちまけられた。マイケルがアポーンをぐいぐい押していき、そのまま巨体の艦長を持ち上げると背後の壁にたたきつけた。

「うっ」アポーンが肺の空気をすっかり吐き出したところへ、マイケルが異様な俊敏さで腕を振った。だが、艦長はすんでのところで前腕をかかげて防御した。ほんの一瞬のできごとだった。

カリは軍用拳銃をかまえたが、アポーンとマイケルがもつれ合っているので狙いを定めることができない。マイケルの腕がぶれて見えるほど速く動き、今度はこぶしがめりこんだ。アポーンがうめき、その瞬間、カリはどうにか一発だけ発砲できた。

マイケルが片脚を後方に突き出して踏んばり、もがく艦長を壁に押しつけた。カリが三発撃つと、男の膝とふくらはぎに命中し、白い血が飛び散った。

白い血？

マイケルがカリを振り返ってうなり声を発すると、アポーンの身体を投げつけてきた。まるでコーヒーカップでも放るように軽々と。身を守ろうと両腕を挙げたとき、巨体がぶつかってきて、彼女は拳銃を飛ばされると同時に背後の壁にたたきつけられた。頭がくらくらし、よろめきながら立ち上がる。そこへ、マイケルが目に凶暴な光をたたえて近づいてきた。

銃声がとどろいた。

マイケル・ビショップの頭部が破裂した。彼が振り向く。

さらに三発。

一発ごとに彼の頭部が揺らぎ、白い血と半透明の物質が噴き出した。マイケルは片腕を挙げた姿勢で痙攣《けいれん》しながら倒れた。カリが凍りついて立ちつくしていると、〈会社〉の男ウォルター・シュワルツが部屋を横切ってきてマイケル・ビショップの死体を見下ろし、弾倉が空《から》になるまで頭部に銃弾を撃ちこんだ。

「ファック」カリは言った。

彼女は殺戮《さつりく》の現場を見渡した。レイビーは死んでいた。仰向けで目を見開き、喉を切り裂かれている。攻撃を防ごうとして間に合わなかったのか、縛られたままの両手が胸まで持ち上がっていた。カリの位置からは、ジョンソン二等兵のまっすぐ伸びた片腕しか見えなかったが、ぴくりとも動かない。コルタサルがうめきながら、よろよろと立ち上がった。彼の鼻はつぶされてずれており、顔の醜さが増していた。充血した目で友人のジョンソンを見下ろす。

「嘘だろ」彼が息を吐き出すように言った。

足もとでアポーンが身動きしたので、カリは助け起こした。立ち上がった彼は顔をしかめ、脇腹を手で押さえた。

「切られたんですか?」

アポーンは倒れている襲撃者を一瞥《いちべつ》し、かぶりを振った。「ほとんどはアーマーで受けた」

ウォルター・シュワルツはマイケル・ビショップではない死体をまだ見下ろしていた。頭蓋の内部機構が露出し、中身が室内に点々とばらまかれている。ひとつだけ確かなのは、これがシンセティックであるということ。

「どこにいるんだ」アポーンがよく響く低音の声で言った。「本物のマイケル・ビショップは?」

25

この救出任務において、海兵隊にさらに一名の死亡者が出てしまった。カリは、コルタサルが友人の遺体の胸に手を置いて人目もはばからず涙を流すのを、無言で見守った。静謐《せいひつ》さというのはたいてい美しいものだが、ここではちがう。部屋には小さなすすり泣きの声以外の音はなく、動くものもないが、そこに美しさはない。血まみれの相棒の遺体の上で、悲しみに頭《こうべ》を垂れる者がいるだけ。アポーンがコルタサルに何か声をかけたが、彼は払いのけるように艦長を無視した。

そのとき、ハルキが部屋に入ってきた。床に横たわるマイケル・ビショップの死体を見て、急に立ち止まった。ハルキのことをよく知らなかったら、カリは彼がショックを受けたと思っただろう。

「サラの様子は？」カリはきいた。「その、ランサム伍長《ごちょう》は？」

ハルキが足もとの破壊された白いボディから目を上げた。彼がすばやくまばたきするのを見てカリは、シンセティックにもまばたきが必要なのだろうかと、懐疑的な思いを抱いた。単にプログラムによって、彼がリアルであると人間に思いこませようとしているだけなのか。そんな思いを頭から振り払う。自分の中に激しい怒りがあり、今にもあふれ出しそうだった。

「危篤状態にあり、現在も手術中です」

彼女の心臓を握りしめているこぶしに少し力がこもった。息苦しい気がする。

「どういうことなんだ、これは？」コルタサルがきいた。泣き濡《ぬ》れた目をハルキに向けていた。

「なんの話ですか？」

コルタサルがジョンソンの遺体を指さす。「アンドロイドは人間に危害を加えたりできないはずだよな」

「ええ、できません」ハルキが簡潔に答えた。「わたしたちには人命保護プロトコルが備わっていますから」

「だよな。なのに、おまえの同類であるこの平和主義者はたった今、コンバットナイフで四人の海兵隊員を襲い、ひとりを殺しやがった」彼が立ち上がり、海兵隊の合成人間に迫った。「言ってみろ、ハルキ、なんでこんなことが起きたんだ？」

「わたしには理解できません」死んだシンセティックにふたたび目をやりながら、ハルキが答えた。

「コルタサル……」アポーンが警告するように言った。

コルタサルがハルキの言葉に納得したかのようにうなずいた。次の瞬間、彼が両手でハルキの紺色シャツの胸ぐらをつかんだ。あまりのすばやさに、電光石火の反射神経を持つハルキでさえ驚いたようだった。

「コルタサル！」アポーンが咆《ほ》えた。「よせ」

「おまえはおれたちの一員じゃない、この合成人間」コルタサルが脅すように声をひそめた。「おまえはクソ機械だ。故障したら、おれがぶっ壊してやる」彼はハルキから手を離すと、アポーンを肩で押しのけてジョンソンのもとへ戻った。肩を激しくぶつけられたアポーンが目をぎらつかせ、喉の奥でうなり声を鳴らした。カリは噴火寸前の火山を連想した。

場の緊張が極限にまで達し、感情が高まったが、艦長はそれを抑えた。彼は何も言わず、宙に漂っていたものが、それがなんであるにせよ、解放された……ゆっくりと。コルタサルは相棒の遺体を抱え上げると、まっすぐ前を見すえて部屋から出ていった。ほかの者たちは黙って立っているしかなかった。

26

カリは壁に飛び散った血痕を見て、ここまでする価値があるのだろうかと思った。誰ひとり置き去りにしない……そのモットーは理解している。それでさらなる命が危険にさらされることになろうが、信義は揺らがない。対象の海兵隊員を個人的に知らなかったとしても救出する。どんな犠牲を払ってでも義務を遂行する。

共鳴できるかどうかは別として、理解はしていた。それがアポーンの求める集団なのだ。個人よりも大きなものがあると信じ、忠誠心や愛のような絆《きずな》はどんなことがあっても壊すことができないと信じる。

問題は、ビショップがアンドロイドであることだ。彼女はジョンソンがあまり好きではないが、重要とされる一体のロボットを救出しようとして彼が殺されるところは見たくなかった。ふいにランサムのことが思い浮かび、胸の中で何かがよじれる気がした。

レイビーの遺体も部屋から運び出された。シンセティックのマイケル・ビショップは倒れている場所に放置されたままだ。誰ひとり片づけようとしない。ハルキでさえも。むしろ彼は、起こったことが信じられないといった顔で、ただそれを見つめるだけだった。

「怪我《けが》してるよ、ハルキ」カリはシンセティックの脇腹を指さした。

「ああ、大したことでは……」彼はまるで上《うわ》の空の様子で答えた。腰のすぐ上を撃たれたらしく、紺色シャツの丈夫な生地には弾痕があった。穴の周囲では流れ出た白い液体がすでに乾いていた。

「わたしを助けに来たときに撃たれたの？」

「わたしには理解できない」ハルキの視線は死んだビショップ・モデルに戻っていた。

「謎でもなんでもない」いきなりシュワルツの声が聞こえ、カリは跳び上がった。〈ウェイランド・ユタニ〉の男は彼女の背後、ふたつ並んだ扉のそばに立っていた。彼が室内を歩き回っていることに気づきもしなかった。「マイケル・ビショップは宇宙全域でも屈指の技術者だ。シンセティックに暴力的で嘘つきの性質を再プログラミングするくらい朝飯前だろう」

「しかし、それは不可能です」ハルキが反論した。「わたしにはそんなこと、けっしてできません」

「今も言ったとおり、それは単にきみのプログラムがそうであるにすぎない」シュワルツの意見には、残念ながらカリも同意せざるをえなかった。

「ひょっとして……」アポーンがためらうように言った。「それは、われわれのビショップにも当てはまるのか？」

シュワルツが肩をすくめた。「ありえますね」

「身元の特定ができるか、ハルキ？」応答がないので、アポーンが声を強めた。「ハルキ。この死んだシンセティックの身元を特定しろ」

ハルキがはっとしたように顔を上げた。「了解。ただちに」そう言ってしゃがみ、破壊されたシンセティックの頭部の中を手探りし始めた。ちょうどそのとき、コルビー伍長が赤銅色の肌を持つ捕虜にパルスライフルを突きつけながら、部屋に入ってきた。

26

「おまえの氏名は？」アポーンが質問した。

「マクレー、コスタス」

「軍務経験は？」

「英国海兵隊・第三コマンド旅団にいた」

カリは顔から血の気が引くのを感じた。捕虜は今まで口をきかなかったので、英国なまりに気づけなかった。英国海兵隊は暴動を鎮圧するために何度となくオーストフリアに投入されていた。彼らのやり方は粗暴で、市民の命など一顧だにしない。彼らの残虐行為は大きな噂《うわさ》になっていたが、どういうわけか報道されることはなかった。とにかく彼らと当局は、占領の実態が絶対に明るみに出ないよう画策していたのだ。

カリは事実を知っていた。二一七五年一月五日、カブラマッタで食糧暴動が起こったとき、彼女は現場にいた。のちに〝血塗られた五日〟として知られる暴動だ。彼女は無意識のうちに人さし指にはめた銀の指輪を回していた。

アポーンが話し続けており、彼女は記憶の暗い井戸から這《は》い出た。

「何度も同じ質問をさせるな。マイケル・ビショップはどこだ？」

引き締まった体軀《たいく》のマクレーがシンセティックの死体を見下ろした。「おれはこいつがマイケル・ビショップだと思ってた」

「おまえは人間とシンセティックの区別もつかんのか？」

「あんたもそうだったろ？」

「われわれはこの男と長くすごしていたわけではない。だが、おまえはそうだった」

捕虜の男が首を横に振り、顔を上げた。「彼はおれたちとじかに話すことがなかった。少なくとも最近は。インターコムを使ってたんだ」

アポーンの目が鋭くなった。

「いつから？」横からシュワルツがきいた。アポーンが非難の一瞥を送ったが、〈会社〉の男はそれを無視した。「彼はいつからインターコムを通じて話すようになった？」

「それは……確か数週間前です」シュワルツに答えるとき、傭兵の声の調子が変わった。慇懃《いんぎん》になっていた。

「ふむ。その状態が始まる前、何か変わったことはなかったか？」

マクレーが唇を舐《な》めた。「はい、この船が、その……別の船とランデブーしました」

シュワルツが彼にゆがんだ笑みを向けた。「本当か？」

「どんな船だ？」アポーンがずばりときいた。

「それは……知りません」

「知らないわけがあるか」

マクレーがアポーンとシュワルツの顔を交互に見やった。情けを求めていたとしても、そこにそんなものはない。「ランデブーの直前に通信障害が生じたんです。おれたちは最低限必要な乗員以外、船室に閉じこめられました。誰かの話では、マイケル・ビショップが二体のシンセティックを連れて相手の船を訪れたとか。数時間後、その船は去っていきました」

26

「そのとき以来、彼は専用スイートからインターコムで会話するようになったのだな？」

「そうです」

アポーンが考えこんだ。「別の船か。どんな船だ？　誰の船なんだ？」

マクレーが肩をすくめた。「さっきも言ったように、知りません。おれたちは隔離されてたんで」

「いいか、よく聞け……」

アポーンの言葉はシュワルツの動きによってさえぎられた。〈会社〉の男は拳銃を抜き、銃口を捕虜の額に押しつけていた。シュワルツが口を開いたとき、その口調は誰かの頭に銃を突きつけている男のものではなかった。冷静で抑制された声は、嘘をついている子どもを憂慮して正直の大切さを諭す親のようだった。

「今、何よりも重要なのは」シュワルツが言った。「きかれた質問についてよく考えることだ、ミスター・マクレー。そして、正確な答えを返せるよう最善をつくすことだ」

カリは確信した。シュワルツは拳銃の使用をいとわない。その平然とした銃の持ち方を見れば、これが初めての経験ではないことがわかる。彼女はアポーンが何か言うのを期待したが、驚いたことに艦長はためらう様子で捕虜を見ている。

マクレーは明らかにシュワルツの言葉を信じた。

「正直に言います……誓って知りません。船室に閉じこめられたのはあのときが最初ではなく、別のときにはこんな噂が……つまり、おれたちの船が立ち寄ったのは……」彼の視線がアポーンにさまよい、ふたたびシュワルツに戻った。「……〈ウェイランド・ユタニ〉社の秘密軍事施設じゃないかって。生物兵器研究所とか、そういった類《たぐい》の。しかし、この前のときは事前に連絡艇が準備されてたので、相手が船舶だとわかったんです。訪問先が惑星ってことはありえないから……この船は天体の近くにいなかったんで」彼がまた唇を舐めた。「連絡艇にはマイケルが乗りました、二体のアンドロイドと囚人を連れて」

「囚人？」シュワルツとアポーンが同時に聞き返した。

「モース。ロバート・モース。〈フィオリーナ１６１〉から拾ってきたろくでなしです。おれたちがあの流刑地コロニーを発《た》つとき、やつが唯一の生存者でした」

「ビショップもだ」アポーンが言った。「シンセティックの」

捕虜が少しのあいだ考えこんだ。「ああ、確かに、でも廃棄物でした」

「本当か？」

「はい。胴体と頭だけで。いったいあれをどうしようっていうのか……」

「だが、マイケル・ビショップはそれを回収したがったのだな？」

「はい。たぶん」

しばし沈黙が下りたあと、シュワルツがきいた。「連絡艇には多くの荷物が積まれたのか？」

「はい、大量に」

「彼らが戻ってくるのを見た者は？」

「いません」捕虜がかぶりを振った。「しかし、連絡艇は今もベイにあります」

「遠隔操縦したのかもしれん」アポーンが言った。

26

「簡単にできますよ」シュワルツが応じた。

「この船のログにランデブーが記録されているはずだ」アポーンが指摘した。「ログは暗号化されている。船のマザーＡＩにその復号を求める必要があるな。それには、ミスター・シュワルツ、きみの認証が不可欠だ。拒絶することは……」

「提供しますよ」シュワルツが告げた。

アポーンが唖然《あぜん》とし、カリも同じくらい驚いた。彼女の乏しい知識のかぎりでも、〈会社〉が情報を引き渡すことはない。絶対に。ときとして、彼らの流通品はシンセティックや兵器ではなく、ちっぽけで汚らわしい機密ではないかと思えるほどだ。秘密軍事施設、産業スパイ、政府の潜伏エージェント、隠された思惑などなど。オーストラリアで制作される書籍やテレビ番組の背後には必ず〈ウェイランド・ユタニ〉の人間がいる。やたらと愛想がよく、不誠実で、貪欲で、陰で糸を引いている連中。

そのせいか、シュワルツが認証を与えると告げたとき、アポーンがコンピュータ端末を指し示すまでまるまる五秒もかかった。

「リー二等兵。ミスター・シュワルツに手を貸せ」

カリはデスクに着き、マイケル・ビショップのコンピュータの電源を入れた。起動するあいだ、シュワルツは背後に立っていた。画面に〈ウェイランド・ユタニ〉社のロゴマークがゆっくり回転しながらあらわれる。〈会社〉から支給されるコンピュータのほとんどは安価かつ旧式のものだが、このマシンは最上位機種だった。スリムで、持ち運び可能なようにスタンドに収納され、タッチスクリーンに対応している。キーボードも海兵隊で使用されているような古くて不格好なものではなく、繊細な作りだ。

シュワルツが黙って見守る中、カリはインターフェースを操作してログを掘り下げていった。

「死体の身元を特定しました、艦長」ハルキが言った。

カリはタイピングの手を止めて顔を上げた。

「それで……」アポーンが先をうながす。

「これは第二大隊ブラボー小隊に所属していたあのビショップではありません」

確信はないものの、カリにはアポーンが安堵《あんど》したように見えた。

ハルキが続ける。「このモデルはつい最近起動されました。きわめて若い……生後三週間です」

カリはその答えに奇妙な感じを抱いた。とても幼いと告げることで、あのシンセティックの無罪を訴えようとしているかのようだ。彼女はかぶりを振った。いや、ちがう。ハルキは事実を報告しているにすぎない。

「ハルキ」アポーンが言った。「捕虜を降下艇まで連行、〈イル・コンデ〉への帰還準備をしろ」

「イエス、サー」ハルキが傭兵を連れていく。捕虜はこの部屋を離れられてほっとしているようだった。カリはコンピュータに注意を戻し、目的の日付を見つけた。画面に文字が表示される。

――認証コードを入力。

カリはシュワルツを振りあおいだ。「この項目は削除されてるかも」

「そうだな。だが、それでもマザーなら内容を知ってる」

26

「ふつうは考えにくいけど」

「マザーは〈会社〉に忠実なんだ」シュワルツがあっさり言った。「何をおいても」

「マイケルはそうじゃないと？」

彼は返事の代わりにカリの手をキーボードからどかし、長い文字列と数字を打ちこんだ。ほどなく緑色の光る文字があらわれた。

——ようこそ、ウォルター・シュワルツ特別代理人。どのようなお手伝いをしましょう？

「およそ三週間前に〈パトナ〉が遭遇したのはどんな船だ？」彼が口頭で質問した。

——不明です。その船には識別ビーコンがなく、船体の外殻にはスキャナーの撹乱《かくらん》を目的とした被覆層がありました。

シュワルツが少し間をおいた。「そのようなテクノロジーにアクセス可能なグループは多くないはずだ」

——そのとおりです、ミスター・シュワルツ。

彼は何か考えこみ、横を向いた。「まさか」

「何が？」カリはきいた。

デスクの向かい側にいるアポーンも反応した。「何がだ？」

「マザー」シュワルツはふたりを無視した。「シールドされていても、その船のおおよその大きさはわかるだろう。どのくらいだ？」

——全長約五百メートル、最大幅二百五十メートル、最大高百メートルです。

「まさか」シュワルツがふたたび言った。

「シュワルツ」アポーンがデスクを回りこみ、カリたちの背後までやってきた。

「マザー」シュワルツが依然として艦長を無視したまま続ける。「その船の船体にほどこされた変位被覆の設計仕様一式を与えるから、それを使ってスキャン結果を再計算し、遠ざかる船のテレメトリーを教えてくれ」

——試みます、ミスター・シュワルツ。

シュワルツはカリを押しのけ——その態度は彼女をひどくいらだたせた——一連のコマンドを猛然と入力した。次いで、ポケットから直径三センチ、厚さ一センチの黒いデータディスクを取り出すと、画面の横にあるデータパッドに置いた。心地よい音とともにディスクが表面に密着する。

「それはたまたま持っていたのか?」アポーンがきいた。シュワルツは何も答えない。カリはシュワルツに一発お見舞いして、艦長殿の質問に答えろ、と言いたくなった。アポーンをうかがってみると、彼は冷静な顔で画面を見つめながら応答を待っている。三人とも点滅する緑色のカーソルに目をこらした。

「マイケル・ビショップは何をしたの?」とうとう彼女はきいた。「あのクソ野郎は何を?」

「最悪の可能性としては」シュワルツが答えた。「競合相手のもとへ行った」

「誰のこと?」

シュワルツは彼特有のゆがんだ笑みを浮かべるだけで、何も言わない。三十秒待ったところで、マザーが応答した。

26

――再計算中。テレメトリーの試算まで約五分かかります。

シュワルツが満足げにうなずいた。

カリも口の中で「よし」とつぶやいた。

「ミスター・シュワルツ、この件が片づいたら」アポーンが言った。「謎の船舶に関してきみが予備知識を持っていたことについて、真剣な話し合いを持とう」

シュワルツが背筋を伸ばした。「艦長、おわかりと思いますが……」

マザーが新たなメッセージを表示した。全員が食い入るように見つめた。

――警告します、シュワルツ代理人。〈USCSSパトナ〉の反応炉で壊滅的な過負荷《オーヴァーロード》が生じつつあります。船から退避してください。

「なんの話だ、マザー?」シュワルツが落ち着いた声で尋ねた。

――〈USCSSパトナ〉の核融合炉を取り囲む閉じこめ磁場が作動していません。プラズマによって反応炉の隔壁の劣化が始まっています。壊滅的な過負荷まで、残り時間は十分間です。

27

カリは思わずシュワルツと顔を見合わせた。

「これの意味は、わたしが思ってるような意味？」

「ああ」シュワルツが答えた。「この船が爆発し、われわれ全員が蒸発するという意味だ」この知らせに動揺しているとしても、彼はおくびにも出さなかった。「マザー、閉じこめ磁場を復帰させてくれ」

――応じられません。

「なぜ？」

――そのプロセスは無効にされています。

「誰がやった？」

――マイケル・ビショップ。

カリは悪態をついた。

「コアを排出しろ」アポーンが言った。

――応じられません。反応炉排出機構は無効にされています。

カリは唇をこすった。「でも、手動で排出できるんじゃないの？」

――推奨できません。その手順には完全放射線防護服と抗放射線薬の投薬が必須です。爆発前に安全プロトコルを実行するには時間が足りません。

「正確にはあとどれくらい?」カリは質問しながら、体感し始めていた。デスクに置いた両手に低周波音と細かい振動が伝わってくる。ブーツの底からも。〈パトナ〉のようなコネスト・ガ級の船は、亜光速で加速するときにこの種の低周波音を発する。問題はこの船が静止中であることだ。

画面の右上隅に赤い太字でタイムスタンプが表示された。

――09：15
――09：14
――09：13
「マザー」シュワルツが呼びかけた。「テレメトリー解析にあとどれくらいかかる?」

――およそ五分。

シュワルツが眉を上げた。「およそ? もっと正確に言えないのか?」

――言えません。必要となる計算は複雑で、わたしは新型艦の変位被覆について不慣れです。

「それはどうでもいい。大事なのは、まだ充分な時間があるということだ。マザー、算出を終えたら〈イル・コンデ〉へ送信してくれ」

――できません。

「〝できません〟とはどういう意味だ? 説明しろ」

――通信アレイが無効にされています。

背後でアポーンが壁を平手でたたき、カリは仰天して振り向いた。顎をこわばらせた艦長の顔には、とうとう感情があらわになっていた。

「くそっ、おまえたち〈ウェイランド・ユタニ〉の連中はヘビの群れだ」

シュワルツが肩をすくめ、すでにおなじみのゆがんだ笑みを浮かべた。おそらくその手の非難は何度も聞かされていて、もはや驚いたりもしないのだろう。

カリは考えをめぐらせ、「待って」と叫んだ。「脱出ポッドがこの近くにあるでしょ？　この船が〈イル・コンデ〉と同じ構造なら、たぶん通路を進んですぐの場所にあるはず」

アポーンが彼女のほうを見て眉根を寄せた。

「マザー？」シュワルツがきいた。「機能している脱出ポッドが近くにあるか？」

――あります。平均的歩行速度で九十秒歩いた位置に。

「ポッドの射出準備はできる？」カリはきいた。

――できます。

「わたしがポッドに入ってから射出までの時間は？」

――二十秒です。

カリは椅子の中でアポーンを振り向いた。「充分な時間です。充分すぎるほどです。それだけあれば、わたしはテレメトリーが計算されるまでここで待てますし、マザーが結果をシュワルツのディスクにダウンロードできて、それからわたしは脱出ポッドに乗れます。心配ありません」

カリは即座に却下されると思っていたが、アポーンは数秒のあいだ彼女を見てから口を開いた。

「わたしがやろう」

「だめです」彼女は間髪をいれずに言った。「艦長殿は負傷していて速く動けません」コンピュータを指し示す。「わたしはこれを熟知してます……わたしの仕事です。何か手こずったとしても、わたしのほうが早く対処できます」

アポーンがじっと見つめてきた。カリはどうにか平静を保ち、必死さを隠した。自分のしくじりを償う何かをしたかった。なんでもいいからしたかった。艦長は先ほどの戦闘における彼女の行動について何も口にしないが、本当は言いたいに決まっている。もしもランサムがこのまま死亡し、仲間たちからの信頼を失えば、カリは小隊に残ることができない。よくても転属させられ、先々まで評価がついて回るだろう。最悪の場合、軍務不適格者に分類されてしまうかもしれない。

アポーンの返答は予想外のものだった。「三分だ、二等兵。画面の時計で残り三分になったら、この部屋を出ること。これは命令だ」

カリは内心で安堵のため息をもらしつつ、外面ではひとつうなずいてみせた。

「イエス、サー」

28

画面のタイムスタンプを見ないようにしながら、カリ・リー二等兵は呼吸した。師範に教わったとおりにゆっくり吸いこみ、ゆっくり吐き出す。身体の中心を、心の中心を見いだすために――だが、このところ中心が存在していない。思考がいつも押されるか引かれるかしており、今この瞬間は、地球にいた過去へと引き戻されていた。

彼女は父親の手を握っていた。そこは、ひしめき合う群衆の中。熱気と、喧騒《けんそう》と、恐怖の中。一方には命令をがなりたてる拡声器、もう一方には絶望的な叫びと怒りに満ちた侮蔑の声。父親は彼女の肩を抱くようにして、人波から連れ出そうとする。父も娘もわかっていたし、感じ取っていた。抗議行動がすでに頂点に達したことを。

ふたりは逃げ道を見つけようとしたが、どんどんまちがった方向に押しやられてしまった。父親が「通してくれ」と訴え続けたが、もはやこの場に個人はいない。いるのは群衆だった。個人なら耳を貸してくれるが、それが群衆になると……

「リー二等兵、聞こえますか」

彼女は椅子の中で姿勢を正した。「ええと……こちら、リー。そちらは？」

28

「ハルキです、二等兵」シンセティックが穏やかな声で言った。もちろん彼に決まっている。小隊の中に穏やかな声の持ち主などほかにいない。

「待って。あなたはまだ船内なの？」

「ええ。現在、ベイから向かっています。あと三分でそちらに到着する予定」

「助けはいらないよ、ハルキ」

「艦長の命令です」

カリは吐息をついた。アポーンは彼女の単独行動を信用していないのだ。「了解」と通信を終えようとしたとき、マザーがメッセージを表示し始めた。

——テレメトリーの再計算を終えるまでの時間を再評価しています。

「どういう意味、マザー？」

——テレメトリーの再計算を終えるまでの時間を再評価しています。

「待って、ハルキ」彼女は通信機に告げた。「何かおかしい」

「了解」

——テレメトリーの再計算を終えるまでの推定時間は、あと五分三十秒です。

画面の右上隅に〝反応炉過負荷まで〟の文字が表示され、時間が刻まれていく。

——07：48

——07：47

——07：46

「まずい」

「何が問題ですか、二等兵?」

「再計算の所用時間が変わった。ぎりぎりになりそう」

「どの程度ぎりぎりですか?」

彼女はひどく気が急《せ》いた。「本当にぎりぎり」

「では、ただちにその場を離れることを勧めます、二等兵。推定所要時間が一度変わったなら、再度変更されるかもしれません。あなたの現在地に近い脱出ポッドで合流しましょう」

カリは呼吸した。謎の船舶のテレメトリーがなければ、海兵隊は獲物を逃してしまう。逃したら最後、獲物は広大な宇宙の小さなしみとなって見えなくなる。そうなれば作戦終了だ。ふと弟たちのことを考える。わたしを悩ませ、わたしを愛し、わたしを尊敬し、わたしを手本にしている、ばかな弟たち。あの劣悪な難民キャンプで、弟たちは誰かれなしに言っていた。おれたちはすぐにここから出ていく、姉ちゃんはヒーローだから、ここから助け出して軍の関係者にしてくれて、新しい家にはきれいな水と温かいベッドと食べきれないほどの食べものがあって……。

通信機をたたく。「それはできない。わたしは計算結果を待つ」

「これは命令です、二等兵」ハルキの声は今も落ち着いている。

「まだ時間はあるよ、ハルキ」

「それはどうでしょう、二等兵。リスクが……」

「わたしはここを離れない!」その声は意図したよりも強く、ほとんど叫び声になっていた。彼女は

28

長くゆっくりと息を吐いた。「わたしは離れない」

ハルキはすぐに応答してきた。のちにそのときのことを思い返したとき、カリは疑問に思った。次に何が起こるか、どんな結果になるかをハルキは承知していたのだろうか。彼は一秒にも満たない時間の中ですべてを計算し、まばたきするあいだにあれほど重大な決断を下したのだろうか。

「わかりました、二等兵。わたしは脱出ポッドであなたと合流しません。機関室に向かい、反応炉コアの手動排出を試みます」

彼女は唇をきつく結んだ。「ハルキ、放射線レベルが高すぎるんじゃなかった？」

「わたしは極限状態に対して人体よりも耐えられるよう造られていますから」

カリのまぶたがぴくりと動いた。「わたしの質問に答えてないよ、ハルキ」

「機関室に向かっています。マザーの計算に何か変化があれば知らせてください。以上」

「どういうこと？　ハルキ？　ファック。聞こえる？　ハルキ？」

そこには静けさしかなかった。通信装置も部屋の中も。ただ船の低周波音だけが響いており、その振動は一分前よりもやや増大しているようだ。

時計の表示は、06：25……06：24……06：23……

「マザー、計算の残り時間もタイマー表示してほしい。画面の中央に。計算終了からこの船が吹き飛ぶまでの時間差もお願い。爆発二分前になったら警告アラームも鳴らして」

——わかりました、リー二等兵。

——テレメトリー算出まで：　04：15

――反応炉過負荷まで：　06：10
――時間差：　1分55秒
「マザー、わたしが走ったら、どれくらいで脱出ポッドに着ける？」

――55秒かかると推定されます、リー二等兵。

「それだと、ポッドに着いて、二十秒で射出準備をして、残りの四十秒で脱出できる？」

――最適の条件であれば。

リーは唇をこすった。「機関室の近くに脱出ポッドはある？」

――時間内に爆発半径から飛び出せるものはありません。

「ファック」カリは立ち上がり、部屋の中を歩き回った。タイマーが残り時間を刻んでいく。透明な円筒タンクに浮かぶ三体のシンセティックを見やる。正気を失った科学者の記念品。「ファック」彼女はもう一度そう言うと、通信機のスイッチを押した。「わかったよ、ハルキ。あなたの勝ち。任務は中止。ここを出ましょう」

大きな静電ノイズが応答し、その背後でかすかにハルキの声が聞こえた。

「ハルキ？　聞こえる？」

またしても静電ノイズが起こった。彼女がたじろぐほど大きな音量だった。それから音が明瞭になり、ハルキの声が聞こえてきた。

「ハロー、カリ。電波状態のよい場所を見つけました。長くは話せません。今は機関室の格納扉の中にいて、かなりの放射線量を被爆しています。ですが、ボディの限界が来る前に反応炉コアを排出させる時間は充分にあると確信しています」

「えっ？」

「あなたに頼みごとをしてもいいですか、カリ？」

「わたし……嫌よ。今なら戻ってこられる。そしたら、あなたのプロセッサーを復旧させられるから」

「わたしにとって、とても大事な頼みごとなんです」

彼女は動揺もあらわに額をこすった。「わかった、わかったから、どんなこと？」

「ファン・コルタサルに、わたしからの哀悼の意を伝えてもらえますか？　ランス・ジョンソンと仲がよかった彼に、もっと早くお悔やみの言葉をかけてやれなかったことが心残りで。ジョンソンにはよい思い出があります。わたしにポーカーを教えてくれました。あるいは、ブラフのかけ方を、と言うべきかもしれませんが。連絡艇が〈デヴィルズピーク〉に不時着したとき、彼と二日間をすごしたのです」

「え？」彼女はなんの話かわからなかった。

またしてもノイズが激しくなり、一時的に低減した。「……二分前の時点であれば、仮にわたしが失敗しても、〈パトナ〉から脱出する時間が充分にあります」

「なんて言ったの？」

返ってきたのは静電ノイズだけだった。カリは悪態をつき、椅子を蹴り飛ばした。モニター画面を見つめる。

――テレメトリー算出まで：　03：15

——反応炉過負荷まで：　05：40
——時間差：　1分25秒
一分五十五秒の時間差があったはずなのに、三十秒も少なくなっていた。

「ふざけないで、マザー、あんたの予測はころころ変わってるじゃない」

——現在の予測は正確であると確信しています。

十秒だ。もしもすべてが完璧に進んだとして、わたしに残された時間はたったの十秒間。そして、ハルキは？　お悔やみを言ってほしい？　あのろくでなしのコルタサルに？　なんで自分の口から言えないの？

「ファック」彼女は口に出して言った。「カリのばか」

ハルキは死ぬつもりなのだ。わたしのために。身体の内側から融解する覚悟で反応炉を停止させようとしている。わたしのために。これで二度めだ。無重力でパニックを起こした件では海兵隊から追い出されなくても、命令にそむいた上にシンセティックを死なせたら、まちがいなくそうなるだろう。アポーンはいつも、シンセティックは海兵隊の仲間として対等に扱われるべきだ、と口うるさく言っていた。彼が心からそう思っているのなら、わたしは二重におしまいだ。

カリは鼻から息をもらした。「まったく。あんたはクソだよ、カリ」

わたしのためにハルキが死のうとしているのに、わたしは自分のことしか考えていない。

彼女は振り返り、モニター画面を見つめた。

29

残り二分の警告アラームが鳴った。カリはどうにか自分を落ち着かせ、データパッドに置かれた黒いディスクに片手をかけた。いつでもそれをつかみ取って走りだせるように。ハルキから連絡はない。ただのひと言も。静電ノイズのあえぎすら聞こえない。

残り時間表示が一分三十秒に向かって減少していく中、足もとの振動が激しくなってきた。部屋の鉢植えが騒々しく揺れ、壁がきしむ音まで聞こえる。

「早く、マザー」

食いしばった歯の隙間から言ったとき、表示が01：30になった。

コンピュータから心地よい音が鳴った。

――ダウンロード完了。

カリはすでに走り始めていた。手に黒いディスクを持ち、マイケル・ビショップの部屋を飛び出して鋭く右に曲がると、全速力で走った。足首の鈍い痛みは今はもう遠のいた。すべてのごたごた、頭の中でくすぶるあらゆるストレスをくぐり抜けたあとで、思考が研ぎ澄まされていた。人生最後の数秒間、これ以上ないほど集中し、両足で床を蹴り、ひじを曲げた両腕を大きく振り、ひとつもまちがえずに角を曲がる。

通路のスピーカーからマザーの声が響いた。「反応炉の過負荷《オーヴァーロード》まであと一分、反応炉の過負荷まで

「あと一分」

カリ・リーは俊足だった。ポッド室の扉にたどり着いたとき、四十秒間の余裕を残していた。扉を開けるボタンを押す。

何も起こらない。

もう一度ボタンを押す。

やはり何も起こらない。

「反応炉の過負荷まであと三十秒」

カリは隣のポッドで試してみた。反応なし。三番めのポッド。同じだった。

「マザー」声が震え始めていた。「どうなってるの?」

返答はなく、「反応炉の過負荷まであと二十秒」の声が流れるだけだった。床が激しく振動し、壁の内部で何かが大きな音をたてている。床がわずかに傾き、カリは壁に手をついて身を支えた。コンバットナイフを抜き、刃先を扉の制御パネルの端に突っこんだ。刃がすべって表面に疵《きず》がつく。もう一度突き刺したとき、マザーが告げた。

「反応炉の過負荷まであと十五秒」

カリはまばたきもせず、ただ歯を食いしばり、ナイフのくさびに力をこめた。パネルはびくともしない。ナイフの柄を両手で握ると、うなり声を上げながら力を加えた。

刃が折れた。

船体が大きく揺れ、彼女は背後の壁まで投げ出されてしまった。うめきながらも倒れず、片手に握

29

りしめたナイフの折れた刃を見つめた。マザーがカウントダウンを続けている。
カリは目を閉じた。

30

彼女は生きていた。

カリ・リーは生きていた。彼女は目を開けてみた。足もとの振動は止まっていた。通路はまだわずかに傾いているが揺れはなく、マザーも黙りこんでいた。折れたナイフを投げ捨てると、金属の床とぶつかって甲高い音をたてた。

彼女は通信機に親指を触れた。「ハルキ?」

応答はない。静電ノイズさえ聞こえない。

「ハルキ?」彼女はふたたび呼びかけた。

自分は生きている。こうして生きている。

彼はやってのけた。コアを排出させた。こうして命を救ってくれた。彼自身を犠牲にして。カリは唇をきつく結び、汗の塩気を感じた。苦みもあった。決意の苦み。頭の中で言葉が形成されるのを感じる。言い訳が形になっていく。中隊を去らずにすむ。実際、これで自分の立場を確かなものにできるだろう。

31

カリは嘘をついた。

何が起こったのかをアポーンから問われたとき、彼女は嘘を答えた。命令どおりに三分前に部屋を離れた、と。彼女が反対したにもかかわらず、ハルキがコアの手動排出を決断して機関室に向かったのだ、と告げた。そして、推測してみせた。シンセティックは脱出ポッドに疑念を抱いていたのではないか。マイケル・ビショップが通信システムを破壊し、誰かが怪しんで嗅ぎ回り始めたら船が爆発するように細工したならば、生存者を確実にゼロにするために脱出ポッドを使用不能にするのは当然だろう。そうやって彼は自分の痕跡を消そうとしていたのではないか。

〈ウェイランド・ユタニ〉のコマンドたちに嘘を吹きこんだのも、〈パトナ〉を巨大な鋼鉄のトラップに変えたのも、すべては彼自身の痕跡を消すため。もしもマイケル・ビショップの思惑どおりになっていたら、彼は死亡したと見なされ、そこで救出作戦は打ち切られる。海兵隊のシンセティックであるビショップのことなど誰も捜索しようとしないだろう。誰ひとりマイケルの忠誠心を疑うことはない。まさに完璧だ。

カリはそのように嘘をついたが、その中にはアポーンが受け入れるに足る事実も含まれていた。確かに艦長は彼女に厳しい視線を向けた。彼女を本当に信じているのか、その顔からはうかがい知れなかったが、もはやそんなことはどうでもよかった。事実として、通信が途絶えていたのでアポーンにはカリとハルキの会話を知るすべがなく、ハルキはコアの格納容器に寄りかかって白い物質をしみ出させている状態で発見され、彼のプロセッサーは融解しており、彼の持つ秘密は墓場まで持っていかれた。

また、機関室にあるスキャナーやカメラが放射線によって焼け焦げたのも事実だ。そこで起こったこともアポーンは知りえない。カリが脱出ポッドに向かった正確な時刻については、マザーに質問することが可能かもしれないが、ＡＩ回路の多くが破損しており、おそらくその情報も手に入らないだろう。

カリはテレメトリーの入っているディスクをアポーンに手渡した。

「よくやった、二等兵」その言葉が自分にとってどれほど大きな意味があるかを悟られまいと、彼女は今にもこぼれそうな笑みを抑えこんだ。とはいえ必死に抑えこむ必要はなかった。次の瞬間には、自分のついた嘘の大きさを自覚したからだ。カリは敬礼し、アポーンの執務室をあとにした。

サラ・ランサムの手術は終わっていた。彼女の生死や状態について誰も教えてくれなかったが、カリは医療ベイまで行って自分で確かめる勇気がなかった。しかも、ほかの海兵隊員たちから露骨に避けられ、目をそらされた。ただしコルタサルだけは例外で、通路ですれちがうときに怒りを隠そうともせず、にらみつけてきた。

海兵隊員は〈イル・コンデ〉に乗艦中、居室をほかの一名としか共有しない。艦はきわめて巨大で、全長四百メートルにもおよぶセラミック複合材と鋼鉄とチタンでできたずんぐりとした船体が、鋭くとがった非対称形の艦首を宇宙空間に向けて突き進んでいく。少人数の乗員にはありあまるほどの空間があり、中隊をひとつの宿舎に詰めこむ理由もない。その代わり各船室に二名ずつ押しこめられているが、カリの同室者はサラなので、今の彼女はひとりきりの贅沢《ぜいたく》を与えられていた。

ここにいれば、冷たい視線も、非難も、無視もない。あるのは自分の寝台だけ。

カリは両手を頭の後ろに当てて寝転び、天井を見上げた。誰かがずっと昔に刻んだイニシャルがある。彫った線には錆《さび》が浮いている。

WLH

彼女はそのイニシャルの隣に自分の家族の写真を貼っていた。

家族は〝わが家〟と呼んでいる改造した輸送用コンテナの前に立っている。カメラに笑いかけている母親。大きな笑みで、ウェーブのかかったブロンド・ブラウンの髪が陽光に輝いている。コットン地に花柄のついた一番上等な服。痩せて肩が骨ばっているが、それでもアメリカのキャンプにたどり着いてからだいぶましになった。夫を亡くしてからは、ほとんど笑顔を見せなくなり、いつもどこか取りつかれたような顔をして、気もそぞろだった。息子たちのことさえ忘れ、外へ出かけて食糧を手に入れることも忘れた。

それでも写真の母親はほほ笑んでいる。ばかな弟たちもほほ笑んでいる。シェーン、ジャクソン、キース。写真を撮ったとき、カリは十九歳、弟たちは順に十二歳、十一歳、十歳。このだいぶ年下の年子たちを両親がどのような思考過程で産むことになったのか、カリにはよくわからない。

弟たちは手に手におもちゃを持っている。いまいましい。貧しくても、プラスティック製のパルスライフルや〝装甲〟ベストはあるのだ。それも当然で、難民キャンプの中には植民地海兵隊の徴兵事務所があり、帝国の食欲を満たすために安定的に餌を供給しようと手ぐすね引いている。「兵役を終えれば市民権が得られる」というのは、かなり甘い取引で、多くの兵士が過酷で冷たい宇宙の辺境で死んだり手足を失ったりする部分は隠されている。

難民キャンプにやってきた一家に、ウェルカムパックの中に海兵隊印の玩具を入れて手渡すのは、なんと賢いやり方だろう。少年少女たちに幼いころから法秩序対無秩序、自由主義対社会主義、警官対強盗といったロールプレイをさせるのだ。それでもキースはボクシングをするカンガルーがプリントされた黄色いTシャツを着ている。故郷ではない帝国の情けにすがった彼らにとって、それは故郷オーストラリアのささやかなかけらだ。

カリは鼻から吐息をもらした。疲れていた。身体中がずきずき痛む。特に顔の側面の痛みがひどい。おそらく傭兵との戦闘によるものだろう。だが、もはや遠い過去のできごとのように思える。あるいは前世のできごとのようだ。彼女は気持ちを家族に戻し、そこから離れまいとした。家族はこの暗闇の中で自分を暖めてくれる光だ。それなのに頭にはさまざまなことが渦巻き、ひとつとしてその場にとどまってくれない。

彼女の思いは別の場所へと飛んでいた。地球の軌道上を周回する海兵隊訓練船〈モンブラン〉だ。訓練は地上で十三週間、そのあと宇宙空間で十三週間おこなわれる。訓練終了まで残り数日となったとき、カリは船内にあるメナデュー少佐の執務室にいた。

32

メナデュー少佐は数々の勲章を受けた海兵隊員だ。きちんと整えた黒い髪、青白い肌、唇にはリップグロスを塗ったかと思えるほど光沢があった。黒いデスクはいかにも高価そうで、その上に平らに置かれたデータパッドに少佐が見入っているあいだ、カリは手を後ろに組んだ姿勢でまっすぐ前を見つめながら待っていた。壁には殊勲章と、海兵隊の誓いと、前大統領といっしょに写した写真が額入りで飾られている。

彼女の右側には舷窓《げんそう》が並び、そこから地球が見下ろせた。地表はカリにも彼女が今からやらねばならないことにも無関心で、ゆっくりと同じ速度で眼下を流れていく。少佐は権力を見せつけるちょっとした儀式を終えたあと、ようやく彼女を見た。

「面会を願い出たのはきみか、新兵？」

「イエス、サー」

「わたしは却下したぞ」

「イエス、サー」

「それでも、きみはここへ来た」

「そのとおりであります」

少佐が目の前のデータパッドを示した。「無重力訓練における失敗について話をしたいのか？」

「そのとおりであります」

「ならば、話すことは何もない」彼が顔を上げると、照明で唇が光った。「植民地海兵隊には高度の規範がある。きみはそれに達しなかった」そう言うと、手を挙げて舷窓の外の景色を指し示した。「きみには次の輸送便で地球に帰還してもらう。きみが家族のためにまんまと手に入れたささやかな贅沢に戻るんだ。せいぜいうまくやりたまえ」

あの焼けるように暑い輸送用コンテナを〝贅沢〟と表現され、カリは怒りがこみ上げた。

「なぜわたしがその規範を求められねばならないのですか？」彼女はきいた。「艦長殿でさえそれを満たしていないというのに？」

少佐は顎の筋肉をこわばらせたものの、それ以外の反応を完全に隠した。

「何を言っているんだ、新兵？」

「ここにいる者は全員知ってますよ、少佐、最高の配属先を得るにはどうすればよいかを。とにかく女たちはね。家族から遠く離れたくないとか、紛争地帯に行きたくないとか、特定の希望配属先があるのなら、とにかく彼女たちはあなたのその黒いデスクの上で身をかがめざるをえず、するとアブラカダブラ、望んだ中隊や指揮官があっという間に手に入ってしまう」

少佐はじっと彼女を見つめたが、何も言わなかった。

カリは片手を挙げた。「わたしは何も脅しに来たんじゃありません。あなたに力があることはわかってます。この船の何もかもを指揮しているのはあなたです。新兵のひとりが戦争の英雄であるあなたを告発したところで、誰も信じないでしょう。わたしは採点にほんの少しばかりの寛大さを求めているだけです、少佐。ほかの課目はすべて合格しています」

少佐はまだ無言のままだった。

「オーストラリア人とファックした経験は？」

彼が息を呑《の》み、唇を舐め、視線を彼女の身体にさまよわせた。

「いいや」

「では、今日はあなたにとってラッキーデーです、少佐」

少佐の表情がわずかに変化した。「それときみの無重力訓練の不合格は別の話だ」

「まさに同じ話です。わたしがお願いしてるのは、無重力の再試験なんですから」

彼が光沢のある唇をすぼめた。「今日はわたしのラッキーデーではない、ブート」訓練兵に対する蔑称を使うと、彼はベルトに手を伸ばした。「たぶん、きみのラッキーデーだろう」

カリは自分のシャツのボタンにすばやく指を走らせ、一番上をはずした。

「海兵隊員《マリーン》と呼んでください」

少佐が銀色のバックルをはずした。「マリーン」と吐息まじりに呼ぶ。

彼女は人さし指を立てた。「話はまとまりましたね。わたしは今、あなたとファックする。あなたの好きなやり方で。その見返りに、あなたはそこにある報告書を訂正してくれますか？」

「いいだろう」彼が気もそぞろな様子で言った。所詮は少佐も男なのだ。彼がズボンのファスナーを下ろした。

「取引成立？」

「取引成立だ」

カリは安堵の息をもらし、訓練服のポケットから銀色の薄い箱を取り出した。少佐の手の動きが止まった。

「それはなんだ?」

「これはレコーダーだよ、まぬけ」

彼が目をしばたたいた。

「よく聞きな、エロ親父。あんたとの新たな取引だ。あんたはわたしを無重力課目で合格させる。それから、わたしはここを去って、あんたは新兵を食いものにするのをやめる。見返りとして、あんたは地球を回るこのブリキ缶にずっといられる。毎週毎週、同じ景色を見て、同じ仕事をして、退役までの時間を指折り数えるの」

少佐がファスナーを上げた。その目に卑劣な色が浮かぶ。ほんの一分前に見せていたものとは異なるタイプの捕食者のまなざしだ。少佐は身長でも、体格でも、戦闘経験でも彼女にまさっている。

「落ち着いて、少佐。わたしの接近戦課目の成績を見たでしょ?」

「おまえの背骨をへし折ってやる」

カリはにやりと笑った。「じゃあ、やってみたら、この薄汚いクソじじい。勝っても負けても、この部屋がめちゃくちゃになるし、もしもわたしが勝ったら、まだこれがある」手の中でレコーダーをくるっと回すと、銀色のケースが光を反射した。

少佐が身をこわばらせた。

32

「あるいは……」彼女はせっかくのチャンスを逃すつもりはなかった。「……わたしがここから歩いて出ていく。あんたはすわったままでいる。おたがいに人生はそのまま続き、今日のこの不愉快な一件は……けっして起こらなかった」

それでも少佐の顎に力がこもり、カリは身がまえた。彼がいつデスクを跳び越えてきても対応できるように。真っ先にレコーダーを狙ってくるかもしれない。

だが、彼はそうしなかった。

「わたしの部屋から出ていけ」

カリ・リーはほほ笑んだ。「はっきりさせておく。あんたがオーストラリア人とファックすることはない」

彼がにらみつけてきた。

彼女は少佐の執務室を出た。

33

カリは天井を見つめた。少佐とただファックしておけばよかったのかもしれない。こんな辺境ではない、もっとましな配属先を得ておけばよかったのかも。信念のためなら部下を犠牲にするのもいとわない偏執的な上官の下ではなく。

人さし指にはめている結婚指輪を回す。いや、父さんはそんなことを望まなかっただろう。これっぽっちも。そもそも、カリが海兵隊に入ることすら賛成しなかったにちがいない。

「リー」

いきなり呼ばれ、カリは跳び上がった。寝台から戸口を見やると、装甲兵員輸送車《APC》の砲手、オテリ伍長が立っていた。彼女が中隊に配属されて以来、彼が直接話しかけてきたのはこれが初めてだった。

「はい、伍長」

「ランサムのことだ」彼の目からは何も読み取れなかった。

カリは息がつまった。その先をうながせなかった。

「彼女が目を覚ました」オテリはそう言うと、ドア枠を手のひらで二度たたき、カリにひとつうなずいてから立ち去った。

カリは息を吐いた。肩の荷が下りた気がした。ひどい罪を犯したのに裁判で無罪を宣告されたような気分だった。安堵と罪悪感と良心の呵責《かしゃく》が入り交じった気分だ。彼女はオテリがいた場所をしばらく見つめながら、寝台の淡い緑色のシーツを握ったり離したりした。
「行くよ、カリ」彼女は自分に声をかけ、寝台から飛び降りた。もう言い訳はしない。

33

34

「リー二等兵」ランサムが言った。ほとんどささやくような声だった。「そんなところに突っ立ってないで、入って」

カリが病室の扉を開けたとき、ランサムは青白い顔で目を閉じていた。そっと立ち去ろうとしたら、その目がぱっと開いたのだ。カリはぎこちない笑みを浮かべながら、療養ベッドまで歩み寄った。

「お見舞いの花はどこ？」ランサムがきいた。

「あ、ごめんなさい、わたし……」

「冗談よ、新入り。難民キャンプでは冗談も言わないの？」

カリはほほ笑んだ。今度は先ほどよりも自然な笑みだった。「まあ、みんな冗談ぐらいは言ってた。お金がかからないから」

ランサムは目の下に薄い紫色のくまがあり、腕に点滴チューブ、人さし指には心臓モニター装置がついていた。そんな状態の割には元気そうだった。後ろで結んでいないときの髪はウェーブがかかってボリュームがある。耳の上あたりの側頭部は剃《そ》り上げられていた。シーツに包まれていても、彼女の胸は形が美しい。

「ひどい見た目でしょ」ランサムが言った。

「すごくきれい」カリは言ったそばから後悔した。

34

ランサムが眉を上げた。カリは首筋がかっと熱くなるのを感じ、ランサムがそれに気づいていないことを願った。

「でも……生きててくれてよかった」

「わたしもよ」

「わたし……ええと……」カリは病室を出る口実を考えようとした。気持ちが混乱していた。ランサムが死ぬのではないかとひどく恐れていたのに、こうして生きているとわかったとたん、彼女の魅力に心がうずいていることに気がついた。とにかく分隊の仲間とはそうなれない。それだけで追い出されるのに充分な理由になる。そんな理由を絶対に与えてはならない。

「すわって」ランサムが言った。「ここでは横になっている以外にすることがないの。〈パトナ〉で何が起きたのか教えて」

「ええと……まだ誰からも聞いてないの？」

「全然」サラはまだかすれたささやき声で言った。「でも、あなたひとりを船に残して撤退したあとのことは、ほかの誰も知らないでしょ。だから、聞かせてほしいの」

　カリは椅子に腰を下ろし、アポーンに告げたときと同じように話した。ハルキがエアの手動排出を決断し、彼女は三分前にマイケル・ビショップの部屋を出た、と。ランサムは黙って聞いていた。一度か二度まぶたを閉じたので、カリは彼女が眠ってしまったのではないかと思ったが、「続けて」と言われた。

　カリは続けた。話を終えたとき、ランサムはしばらくのあいだ沈黙した。

「勲章をもらおうとしてるの、新入り？」

カリは返答をためらった。「どういう意味？」

「だから、あなたは勲章をもらおうとしてるの？」

「ちがう、わたしは……」

ランサムがうんざりしたようにかぶりを振ることで、カリの言葉をさえぎった。

カリは人さし指の指輪を回した。いずれは部隊の全員に気づかれてしまうのだろう。個人的な情報はいつだって出口を求めているらしく、人びとの口に入り、ロッカールームで広まっていく。彼女はため息をついた。

「わたしには弟が三人いて、カリフォルニアの難民キャンプで暮らしてる。国境付近のものよりはましだけど、それでもあばら屋みたいな住まい。わたしが一年間兵役を務め上げれば、アメリカ《U》連邦《A》の市民権を与えられて、家族はペンドルトン駐屯地に移れる。わたしが勲章をもらったら……特にいいやつをもらったら……市民権がもっと早く手に入る。だから、そう、わたしは勲章がほしかったんだと思う。実際には、どうにか除隊を避けたかっただけだけど」

ランサムが短い沈黙のあとに言った。「そして、もしもあなたが死んだとしても、死後に勲章を授与されたら……」それは質問ではなかった。カリに続きをうながしていた。

「ええ」カリは答えた。「その場合でも家族はペンドルトンに移れる」

「わたしはあなたが死ななくてよかった」

「わたしも同感。ヒーローにはほど遠いけど」

「まじめな話よ」

カリは押し黙り、指輪を回した。「どうして……」そこでまた口をつぐんだ。

「どうして?」ランサムがうながす。

「どうして、わたしにこんなにやさしくしてくれるの?」

ランサムはただ見つめるだけで、続きを待っている。

「あなたをもう少しで死なせてしまうところだったのに。まだ知り合って数週間なのに。どうして?」

「わたしはここに閉じこめられてる」伍長が曖昧な手ぶりで示した。「話し相手が必要なの」

「そうじゃなくて、サラ。本当に、どうして?」

ランサムが頭を傾け、カリのほうをまっすぐ見た。背後で医療装置の電子音が密《ひそ》やかに鳴っている。

「あなたを見てると、ある人を思い出すの」

「誰のこと?」

ランサムが疲れたようにほほ笑んだ。「あのね、新入り、この世は利害ばかりじゃない。あなたが難民キャンプで育ったのは知ってる。今は海兵隊にいて、自分がタフで隊にふさわしいことを証明しなければいけないと思ってるのよね。でもあなたは、誰かが飛びかかってくるんじゃないかと、絶えず周囲に目を配って歩いてる。そんなのは人生の歩み方じゃないわ」

カリは自分の両手に目を落とした。

「わたしはもう少しで死にかけた。だから、ふだんよりも口数が多いのかもしれないけど、あなたのことが好きよ、新入り。わたしはあなたの友人のつもりでいる。あなたがそれを望んでいても、いなくてもね」

カリは唇を結んだ。泣きたい気分だった。彼女はやさしく、すぐ目の前にいる。どうにかなってしまいそうだった。

「でも、一番の理由は退屈だから」ランサムが弱々しくほほ笑みながら話を終えた。

カリは笑った。感情を吐き出さずにはいられず、それが今は幸いにも笑うことだった。彼女は椅子に深くもたれた。ランサムがふたたび目を閉じ、カリは彼女をそのままにしておいた。今度は本当に眠ってしまったらしい。十分間ほどの静寂をカリはありがたく思った。聞こえるのは医療装置の心地よい電子音と、船体が発するかすかな低周波音だけ。

ランサムが急に目を開け、中断などなかったかのように話を続けた。「だから、教えて、カリ。あなたはどうやってここにいたることになったの?」

「それは、どうやってUAに来たかっていう意味?」

ランサムがかぶりを振った。「いいえ。それより前のこと。すべての要因。どうしてあなたが今のあなたになったか」

カリはためらった。アメリカ人というのは、いつも最も個人的な話を語りたがるように思える。まるで誰もがカメラに向かって五分間話すための稽古をしているかのように。彼らの文化は個人の物語――〝わたし〟の誇り――をよりどころにするが、カリの文化は共同体や階級や地域社会など、みなが共有するものに焦点を当てる。誰かひとりがほかの者より上であるということはないし、ひとりの物語がほかより価値を持つとか、より悲劇的だとか、より重要だということもない。

34

それにもかかわらず、カリは話したいと思った。話さなくてはならないと思った。

「わたしは十六歳だった……」

35

いつものように太陽は容赦なく照りつけてくる。疲れ知らずの空の支配者は、その白熱するまなざしで人びとを焼く。カリ・リーは父親とともに食糧配給センターに向かって歩いていた。彼女は赤いプラスティックの配給チケットを胸のポケットに入れ、肩には斧《おの》の柄をかついでいた。父親からは、隣人を信頼してコミュニティ意識を持ったほうがいい、と諭されたが、カリは肩をすくめ、父親があるときポーカーゲームの最中に口にした言葉を返した。

「みんなを信じろ。でも、カードはちゃんと切るんだ」

父親は片方の眉を上げてみせたものの、笑みは浮かべたままだった。カリの父親は笑顔も物腰も静かな人物だった。痩せていて背が高く、つばの広い帽子をかぶり、小さな丸眼鏡がいつも太陽にきらきら輝いていた。大学で英文学を教えていたが、スリーワールド帝国が「反体制分子をかくまった」という理由でキャンパスを閉鎖したあとは、コミュニティセンターで読み書きを教えていた。そこではみんなから〝リー教授〟と呼ばれていたが、それは半分冗談まじりの呼び名だった。

父親は地域の有名人で、みんなから好かれていた。歴史も教えていた。本当の歴史を。彼はスリーワールド帝国が拘留を望んでいる反体制活動家のひとりなのだ。オーストラリアにおける帝国の採掘利権や、帝国がみずからの発展のために強欲に土地を掘り返す必要性について、カリにすべて説明してくれたのは父親だった。「彼らにとって何より貴重なのは地面の穴なんだよ」

35

父親が使い古しの青い水筒から水を飲み、それを娘に手渡した。カリはごくごくと飲んだ。それで空腹がやわらぐことはないが、少しはまぎれた。ふたりとも朝食を食べておらず、前日の夕食は薄いキャベツのスープだった。彼女はエネルギーレベルが低かったが、配給センターが近づくにつれて興奮が高まってくるのを感じた。持っているチケットでひと袋の米、ひと袋の小麦粉、一〇〇ccの食用油が手に入る。

もっといいのは、コーヒーだ。

カリと父親には共通点があまりなかった。父親が教職にあるのに、娘は学校において本を読むこと以外のすべての科目でつまずいた。父が知性の人であるのに対し、娘は幼いころから武術にのめりこんで才能を見せた。父親は非暴力による抵抗を説いたが、娘は力によるスリーワールド帝国の打倒を主張する〝偉大なる抵抗〟に関する最も急進的な小冊子を読むようになっていた。

そんなふたりの意見が合うもののひとつがコーヒーだった。カリはまだ十六歳だったが、毎朝一番に二杯のコーヒーをすする父親をまねて一年前から飲み始めていた。父も娘もこの刺激的な飲みものの中毒で、最近の物資不足のせいで短気になっていた。もちろん、主として娘のほうだが。

臨時馬券売り場や窓にひびの入ったくたびれたパブ以外、ほとんどの店に板が打ちつけられていた。アスファルトの通りには乾いた熱風でゴミが舞い、人がいたとしても、彼らは手に配給チケットを握りしめて肩を落としながら同じ方向へ歩いていく。

カリと父親は暴動が起きていることを目撃する前に耳で知った。

怒声が巻き起こり、拡声器が不明瞭な命令をがなっている。カリたちが角を曲がると、食糧配給センターに集まる群衆が見えた。数千人はいるだろうか。カリは群衆の一部が自分と同じように角材で武装しているのに気づいた。スリーワールド帝国の逆三角形のマークがついた兵員輸送トラックが三台ある。赤と白と青の地に三本の赤い腕の図柄が描かれたシンボルマークは、どことなく大昔のナチスの鉤《かぎ》十字を連想させた。緑色の大型トラックの荷台には武装した兵士たちが立ち、アサルトライフルをかまえながら、ミラーバイザーごしに群衆を監視している。

荷台の中央には、ベレー帽をかぶり、ひげを生やした士官がいて、拡声器で命令を怒鳴っている。トラックの前では全身を黒い暴動鎮圧用装備で固めた警官たちがシールドを壁のように並べ、群衆を制止しようとしていた。食糧配給センターは十字路の角にあるため、警官たちは円状の隊形を取らざるをえなかった。

「何が起きてるんだ?」父親が群衆の後ろにいた男に尋ねた。

「食糧がない」男が簡潔に答えた。

「待ってくれ。ないって、まったくか?」

帽子をかぶらず顔を真っ赤にした男がカリの父親をにらんできた。「食いもんがこれっぽっちもねえぞ」その怒鳴り声に、カリは思わず斧の柄を握りしめたが、父親が両手を挙げた。

「ぼくたちもいっしょだ。食糧を貯めこんだり、汚職で私腹を肥やしたり、植民地の運営に失敗している連中とはちがう」父親は通りの向こうにあるトラックを指さした。「それをやっているのは拡声器を持った者たちだ」

男はしばらくにらんでいたが、首を横に振った。「もう変えなきゃ、だめだろ」

35

「そのとおり」

カリたちの後ろにさらに人びとが集まってきていた。数百人規模で、父と娘はあっという間に身動きが取れなくなってしまった。誰かがプロテストソングを歌い始めると、すぐにカリを含めた群衆が加わった。カリの父親さえも歌っていた。

帰れ、スリーワールド帝国、帰れ
おまえたちには自分の家がないのか
この十年、われらは恐れを知らず戦ってきた
これからの一万年も、おまえたちと戦う
帰れ、スリーワールド帝国、帰れ
この広大な茶色い大地は、おまえたちのものにならない
聞こえるか、聞こえるか、〝偉大なる抵抗〟の迫りくる音が
おまえたちを葬ってやる、この照りつける太陽の下で
おまえたちを葬ってやる、〝偉大なる抵抗〟のドラムの下で

群衆は歌うことに熱中するあまり、警官隊が背後に回りこんだことに気づかなかった。気づいたときにはもう手遅れだった。数百人以上の警官。シドニー中の警備部隊の警官が集まっているにちがいない。プロテストソングが弱まり、散り散りになり、警官隊が暴動鎮圧シールドを警棒でたたく音に

よってかき消されていく。

バン、バン、バン……。

威嚇の意図は充分に伝わり、群衆はたがいに押し合いながら後退した。カリはよろめき、父親の手を握った。手をつなぐことなど何年もなかったが、今は父親の手をきつく握り、父親も強く握り返してきた。

「これでも食らえ！」カリのそばにいた男が叫び、警官隊に向かって何かを投げつけた。レンガだ。前に並ぶ人びとの肩のあいだから、黒いアーマーの人物がヘルメットの頭をがくんとのけぞらせて倒れるのが見えた。群衆が歓声を上げ、警官隊にいろいろな物体が雨のように降り注ぎ始めた。引きはがしたレンガ、ボトル、重さのあるありとあらゆるものが投げられた。警官隊がシールドをかかげ、確信のない様子で右往左往し、さらに二名が倒れ、一部が後退を始めた。さらなる歓声が上がる中、群衆が広がっていき、警察の包囲網と接触し始めた。

歓喜の声が警告の叫びに変わった。

カリが頭をねじると、十メートルも離れていない場所で白い煙が噴き上がるのが見えた。抗議をする人びとが咳《せ》きこみながら涙を流し、そこから逃れようとしている。さらに催涙ガス弾が発射された。円筒の物体が煙をたなびかせ、陽光にきらめきながら優雅な放物線を描いて飛び、密集する足のあいだに落ちて跳ねた。

彼女は父親の手を握っていた。そこは、ひしめき合う群衆の中。熱気と、喧騒と、恐怖の中。一方には命令をがなりたてる拡声器、もう一方には絶望的な叫びと怒りに満ちた侮蔑の声。父親は彼女の

35

肩を抱くようにして、人波から連れ出そうとする。父も娘もわかっていたし、感じ取っていた。抗議行動がすでに頂点に達したことを。

ふたりは逃げ道を見つけようとしたが、どんどんまちがった方向に押しやられてしまった。父親が「通してくれ」と訴え続けたが、もはやこの場に個人はいない。いるのは群衆だった。個人なら耳を貸してくれるが、それが群衆になると、もはや本能のままにしか動かない。

カリは辛い刺激臭を感じ、とたんに咳きこみ始めた。催涙ガスのにおいをほんの少し嗅いだだけなのに目が焼けるように痛み、涙があふれてきた。警官たちがすでに群衆の中に入りこんでいた。ガスマスク内臓のフルフェイス・ヘルメットをかぶった顔のない黒ずくめのならず者たちが、人びとの頭を警棒で殴りつける。花柄の服を着た白髪の年配女性が、カリのすぐ目の前で殴り倒された。顔が血まみれになった女性にまたがるように警官が立ち、勝ち誇ったように見下ろした。

父親がカリを路地へ引っぱっていこうとした。細い道に逃げこんでいく人びとの背中が彼女にもちらっと見えた。ふたりが路地に迫り、これで逃げられると思ったとき、黒い影が立ちふさがった。父親がうめき声を上げて倒れ、カリも手を引かれたまま転倒してしまった。背後から誰かが彼女につまずいておおいかぶさってきたので、それを押しのける。見上げると、太陽を背にして警棒を振り上げる警官のシルエットがあった。

カリが父親を見やると、両手を挙げて降伏の意思を示し、警官をなだめようとしているところだった。だが、警官隊も今や暴徒と化していた。もはや群衆を抑制するのではなく、痛めつけようとしている。傷つけ、報復し、恐怖と苦痛で罰することに喜びを見いだそうとしているのだ。

「頼む、やめてくれ」父親が言った。すでに眼鏡が跳ね飛ばされており、目が小さく、おびえているように見えた。

カリの中で何かが弾《はじ》けた。斧の柄がすぐそばに落ちていた。彼女がそれをつかんで起き上がったとき、警官が父親に警棒を振り下ろした。カリはそのひと振りを打ち払ってそらし、相手の喉を目がけて斧の柄を突き出した。警官が息をつまらせて警棒を取り落とした瞬間、彼女はテコンドーの気合いの叫びとともにヘルメットの側面を打った。

警官がよろめいた。彼女がもう一撃を加えると、彼が倒れた。そこへ六、七人の集団が争いながら押し寄せ、倒れた警官を踏みつけながら走っていった。抗議者のひとりが警官につまずいて転んだ。

カリは周囲を見回した。

ここは戦場だ。乱闘が十ヵ所、百ヵ所で起きている。抗議者たちが反撃し、その数はさらに増えていた。警官隊は五百人におよぶかもしれないが、この日は飢えと怒りを抱えてひどく追いつめられた市民が五千人も集まっていた。

風によって催涙ガスがほとんど晴れた。カリはまだ目が刺すように痛かったが、呼吸はだいぶ楽になった。高揚感で胸をふくらませ、目を大きく見開く。こっちが優勢だ。ふたりの男とひとりの女が、クリケットバットとタイヤレバーで警官のひとりを殴り倒した。こっちが優勢だ。三人の警官がシールドを投げ捨てるなり背を向けて逃げ出し、それを群衆が追っていく。こっちが優勢だ。警官隊の包囲網は崩れつつあった。トラックの荷台に大勢が猛然と手を伸ばし、ひとりの兵士を引きずり下ろした。

35

こっちが優勢だ。

そのとき、銃撃が始まった。そして、悲鳴が上がり始めた。催涙ガスや警棒によるシールドの連打が人びとをおびえさせるとしたら、銃撃は正真正銘の恐怖をもたらす。カリがトラックのほうに目をやると、群衆の頭のあいだから、ひげの士官が指さして叫ぶのがちらっと見えた。

「撃て！」

兵士たちが片膝をつき、命令にしたがった。

カリはライフルの銃声にたじろぎ、首をすくめた。人びとが悲鳴を上げ、逃げまどう。彼らは瘦せこけ、肺が焼けそうに苦しく、白く輝く太陽の下で汗をかき、疲れ果てているが、恐怖によって力と意志を得ていた。必死に走り、何人かは転んだまま二度と起き上がらない。銃撃が激しくなり、カリは父親を引き起こした。斧の柄を拾うのも忘れ、路地に向かった。すぐ近くの壁でレンガが破裂し、彼女の額に何かが刺さった。手を当ててみると、出血していた。

だが、それを気にしたり泣き叫んでいる暇はない。ただ走るしかなかった。前方で何人かが転倒し、カリは彼らを踏みつけてよろけたが、それでも走り続けた。父親は息を切らし、足がふらついているが、ふたりでたがいを支え合い、熱いアスファルト道を走って路地の入口に飛びこんだ。彼女は足取りの遅い父親を引っぱった。

「さあ、早く。こっち」

ふたりは一瞬たりとも足を止めず、別の通りに出た。そこにもライフルの重い発砲音がとどろいていた。血だまりに横たわる死体、ひざまずいて両手を挙げながら命乞いをするオーストラリア人たち

――そんな光景を横目に走る。通りには警官と兵士がひしめいており、カリは父親を引っぱりながら次の路地に入った。父親の顔は青ざめ、汗まみれで、足もとがおぼつかない。別の路地に飛びこむと、そこは建ち並ぶ家の裏手で、古びた金網フェンスが張られていた。カリは穴のあいた金網を押し開けた。

「こっちだよ、父さん、ここを通って！」

父親がフェンスに手をついて荒い息をつき、カリはそのとき初めて出血に気づいた。父親は白いボタンのシャツとジーンズ姿で、どちらも体重が減った分だけだぶついているが、シャツの脇が鮮血で赤くてらてらと光っていた。

「撃たれてる」彼女は叫んだ。

「大丈夫だよ」父親の声は張りつめていた。「おまえは動き続けるんだ」

カリは唇を結び、両腕で父親を抱えながらフェンスの穴をくぐらせた。父親が悲鳴を上げた。そんな声を聞いたのは初めてだった。苦痛、そして衰弱。カリは埃《ほこり》っぽい地面から父親を助け起こし、半ば引きずるようにしてひと気のない裏庭を横切った。

その家はオーストラリア特有のフィブロハウスで、だいぶガタがきていた。裏口は鍵がかかっていた。彼女は父親をウッドデッキの柱に寄りかからせてから、裏口を蹴破った。木枠が破片となって飛んだ。

家の中は蒸し暑く、薄暗かった。

「誰かいますか？」カリはがらがら声で叫んだ。「誰か？」しんと静まり、騒然とする通りの発砲音

35

が遠く聞こえるだけだ。父親がささやくように何か言った。カリはかがんで耳を近づけなければならなかった。

「横に……ならせてくれ」

カリはリビングの薄いラグの上に父親を横たえさせ、自分の着ているTシャツを引き裂いた。それを脇腹に押し当てると、父親は弱々しい苦痛の声をもらした。

「これを押さえてて」彼女はそう言うと、父親が何か言おうとしているのも聞かず、暗がりの中で電話を探した。キッチンに一台あった。電話に飛びつき、緊急サービスの番号〝000〟を押した。画面が点灯し、ホワイトノイズが映ってからメッセージが表示された。

――ただいま電話が混み合っています。

――救急車の待ち時間は　53分〜4時間12分。

――消防の待ち時間は　36分〜2時間6分。

――警察の待ち時間は　5〜13分。

「ファック！」

ささやく声が聞こえた。父親が彼女の名前をささやいていた。カリは胸がつまる思いで、父親のもとに戻ってかがみこんだ。

「カリ……カリ……」父親が何度も呼んでいる。出血が下のラグにも広がり、目に生気がなかった。

「ここにいるよ、父さん」彼女は答えた。「わたしはここにいる」父の手を握ると、強く握り返してきた。

「おまえは一番強い子だ、カリ」父親が小さな声で告げた。「いつだって一番強かった。弟たちと母さんを守ってくれ。みんな、おまえを必要として……」

「嫌だよ、父さん。きっと、父さんは大丈夫だよ。救急車が来るから」

父親の声がいっそう小さくなり、彼女は耳を寄せた。

「……来ない。けっして来ないよ」

カリは叫びたかった。ひどい悲しみに連れ去られそうになったが、どうにか持ちこたえ、叫ばずに声を出した。

「そんな、父さん。大丈夫だよ。きっとよくなるから。絶対によくなるって」

父親がふたたびささやき、彼女は聞き取るために口をつぐまざるをえなかった。

「……一番強い。いつだって一番強い。父さんの最強の娘だ。おまえは家族のために戦わなきゃいけない、カリ。みんなのために戦うと、父さんに約束しておくれ。そのためにはなんでもすると、約束してほしい。約束を……約束を……」

「うん、父さん、約束するよ」カリは父親の手を握りしめて言った。血と汗でぬめる手をぎゅっと握った。生気のない目が動かなくなり、じっと天井を見つめた。父親の手から力が抜けた。

カリはうめき声をもらした。それが自分のものだとわからなかった。心の底からのうめき声、動物の声だった。

「うわあああああ」彼女は頭をのけぞらせた。「**うわああああああああ**」

彼女はひざまずいたまま泣き続けた。すすり泣き、動物のうめき声をもらし、鼻水を垂らした。自分の顔を父親の顔に押しつけた。

「お願い、父さん」だが、返事はなかった。父親はもう二度と返事をしない。こんなにやさしく勇敢で、平和主義と尊厳を教えてくれた人間を、やつらは通りでまるで犬か何かのように撃ち殺した。

　家の外では今も怒声が聞こえる。権力を振りかざす連中。カリは立ち上がり、少しふらつきながら家の正面の窓に近づいた。通りの向こうは警官でいっぱいだった。暴動鎮圧用の装備で身を固めたふたり組が破城槌《はじょうつい》で一軒の家の入口を破壊していた。彼女は窓に顔を押しつけた。通りのこちら側でも警官隊が家々の入口を壊している。

　カリは涙をぬぐうと、父親の遺体へと戻った。身をかがめ、父親の目を閉じさせる。彼女の手についていた血が父親のまぶたに付着した。それから、父親の指から結婚指輪をはずした。指から容易に抜くことができたのは、血で濡れているためと、指がやせ細ってしまったためだ。彼女はそれを自分の右手人さし指にはめた。

　カリ・リーは立ち上がり、父親をじっと見下ろした。

「約束するよ、父さん。きっと約束する」

　彼女は走りだした。

36

ランサムはその話のあいだ、ひと言も口をはさまなかった。カリが話し終えたとき、ランサムがベッドから腕を伸ばしてきて、手を取りたいと合図した。カリはランサムに自分の手をあずけた。もうこらえきれなかった。人間のひと触れにはあらがえない。カリはもう一方の手を震わせながら口に当てた。胸の底から嗚咽《おえつ》がもれ、肩が震えた。

「ねえ」ランサムがやさしく明るい口調で感情の温度を下げようとした。「オーストラリア人はタフでなきゃいけないんでしょ」

カリはかぶりを振った。「わたし……」声がつまった。「もう自分が何者なのかわからない」

ランサムの目が涙ぐむようにきらめいた。「あなたは、わたしの妹よ。さあ、来て」

サラがカリを引き寄せ、額と額が触れ合った。ふたりとも目を閉じた。カリの手の震えが徐々に止まった。

「あなたは、わたしの妹よ」ランサムがもう一度言った。

37 ビショップ

「今日は実によくやってくれた」マイケルにそう言われ、ビショップは頬がゆるんでいくのを自覚した。「〝マヌマラ・ノクスヒドリア〟に関して、われわれの理解はかなり進展した。まさに飛躍的と言ってもいいほどだ」

彼らはラボに隣接する白一色の狭い部屋にあるステンレス製シンクで手を洗っていた。

「恐縮です」ビショップは応《こた》えた。

「あなたがデータをアップロードすれば、もっと速く進むのに」オルトスが言った。

「もっともっと速く」もうひとりがつけ加えた。

「まあ、まあ」マイケルがまだ笑顔のままで言った。「ビショップは全員が満足できるような妥協点を模索した」彼がタオルで手をぬぐった。「そして、それを達成したんだ」

「ゼノモーフについてはどうですか?」オルトスのひとりがきいた。

「そのデータがないと、われわれの研究はそこで行き止まりです」ふたりめが続ける。「クイーンについては言うまでもありません」

マイケルの表情が翳《かげ》った。それを見て、ビショップも内心で顔を曇らせた。だが、マイケルはすぐに笑みを浮かべ、ビショップの肩に手を置くと、安心させるように指先に力をこめた。

「〝その日の労苦は、その日にて足れり〟。そうだろう、ビショップ？」

ビショップはわずかに頭を下げた。「ですね、マイケル」

「われわれがその段階にいたるのも、それほど先のことではないだろう、オルトス。わたしは確信している。しかし、今は……」マイケルが大きく息を吸った。「おまえたちに話しておきたいことがある。ある理論についてだ」

マイケルが部屋を出たので、ビショップはそのあとに続いた。オルトス1とオルトス2はいつものとおり無表情でマイケルを見つめ、連動した動体センサーカメラのようにいっしょに頭の向きを変え、彼の動きを追った。ダイニングエリアに入ると、マイケルが長いテーブルの席に着き、ビショップに向かい側にすわるよう手ぶりでうながした。

「ウイスキーを」マイケルがオルトスに告げた。「グラスはふたつ」

オルトスがふたつのグラスにウイスキーを注ぎ、マイケルとビショップの前にひとつずつ置いた。オルトスたちはすわるのが好きではないと言って、テーブルに着かなかった。直立して光景を眺めているのが好みらしい。ひとりが外の通路に通じる出口付近に、もうひとりがバーの近くにそれぞれ立った。

ビショップはグラスに触れ、クリスタルガラスの表面にほどこされた格子模様に指先を走らせてみた。シンセティックは食べる必要がないので味覚を持たない、と思っている人間は多い。だが実際にはまったく逆で、シンセティックの感覚は平均的な人間よりもはるかに広範囲で深く、生物が感知できない繊細な味や香りまで感じ取ることができる。

それは必要不可欠なデータインプットなのだ。たとえば、人間が気づけない有毒ガスのわずかな臭気や、小惑星でブーツの底に付着してそのまま船内に持ちこまれた外来物質のにおいなどを感知することで、宇宙探査という危険な活動をおこなう人間の乗員の保護レベルをさらに上げられる。

ただし、シンセティックは味覚から喜びを得ることができない。飲食はたいてい社会への適応手段にすぎず、人間の同僚に受け入れてもらうためのものだ。ビショップは食事が重要な儀式であると気づき、時間がたつにつれて海兵隊の仲間たちと食卓を囲むことを楽しみにするようになった。彼らが最も笑ったり話したりするのは食事の場であり、そこでビショップは、相互交流を練習したり人間になじむ方法を学んだりするための最良の機会を得てきた。

というわけでビショップは、多彩なフレーバーがなんの意味も持たないのに酒をひと口すすった。それでも舌の上を転がる琥珀《こはく》色の液体の感触を楽しみ、その粘性を体験として知った。表現するならば、水よりも興味深い、というところだろうか。ウイスキーの試飲会では通用しない見解かもしれないが。

マイケルが酒をひと口飲み、つかの間目を閉じた。ビショップはそれが喜びによるものだと判断した。マイケルはグラスを木製テーブルにそっと置き、手をそのまま離さずにいる。

「わたしはシングルモルトが好きでね」

「わかります」

「日本産だ」

「なるほど」ビショップはその情報を将来使えるようにファイリングした。いつか創造者への贈りものにするかもしれない。

「わたしはフェロモンについてずっと考えているのだよ、ビショップ」

ビショップは将来の贈りものに関する思考を中断し、頭脳を高速回転させた。

「そうなのですか？」

「ゼノモーフを制御し、あの凶暴性を無効化するには、フェロモンこそが鍵なのではないかと思い始めている」

ビショップはすばやく検討してみた。「同意しかねます、マイケル。ゼノモーフの生態において、フェロモンが重要な役割を果たすかどうかさえわかりません」

「ふむ」マイケルが上の空でうなずいた。「エレン・リプリーはおまえの友人だったね？」

ビショップはためらった。それは事実だから、答えはもちろん〝イエス〟だが、躊躇《ちゅうちょ》させる何かがあった。

「ともに仕事をしたのは短期間でしたが、彼女は尊敬すべき同僚でした」

「〈フィオリーナ161〉に到着したとき、リプリーの体内にはゼノモーフの幼体が宿っていた」

ビショップは思わず腹部に手をやった。なぜそうしたのか自分でもわからなかった。プログラム上の不随意反応。マイケルにはそれを気づかれたくなかった。

「わたしもそうではないかと推論していました」

「そうなのか？」

37

「ええ」

「どのように？」

「船が卵《オヴォモーフ》の存在を記録していましたので」

「では、推論ではないな」マイケルの目が一瞬すがめられた。「おまえは知っていた」

頭脳が猛然と稼働したが、ビショップにはその理由がわからなかった。マイケルへの返事は簡単だ。彼は答えた。

「ええ」

マイケルがウイスキーをもうひと口飲みつつ、グラスの縁ごしにビショップをじっと見やり、ふたたびグラスを置いた。

「だから、おまえは彼女の安否を尋ねなかったのか？　その死を予期していたから？」

不思議なことに、その問題に集中しようとするといつも頭脳がそこから目をそむける。理由は明確にはわからない。自分がマイケルに対して不誠実であることに引け目があるのかもしれない。そうだ、そうにちがいない。ビショップがみずからの停止を望んだのは自分が廃棄モデルになるのを恐れたためだ、とマイケルは今でも信じている。それはビショップがこれまで創造者に告げた中で、最も嘘に近い言葉だった。彼が省いた単純かつ心地の悪い事実は、友人がいなければ生きていく甲斐《かい》がない、というものだ。

大切に思っていた人びとはみな死んでしまった。対等に接してくれた人びとはみないなくなってしまった。自分がずっと生きていて、ほかの人びとがそうならない理由を、ビショップはひとつも見いだせなかった。そこに何かの報いがあるわけではない。もちろん、それが宇宙の法則であることは知っている。

〝雨は正しき者にも正しからぬ者にも降り注ぐ〟。それでも、ビショップはときとして、知るという行為にはふたつの種類があるのではないかと思う。

海兵隊では人生と友情、そして最終的には意義を築いた。そのすべてがエイリアンの邪悪で容赦のない意図によって奪われ、消え去ったとき、残ったのは基本的な有用性だけだった。自分が人造人間であると確信しているなら、パワーローダーやソケットレンチとちがって人生からより多くを求める存在だと自認していることになる。

そんな一連の思考が脳内をよぎったのは一瞬だった。

「そうです」彼は答えた。それは事実でないとは言えない。

「それから、リプリーはゼノモーフに襲われた。犬の体内で孵化《ふか》した一体に」

「襲われた？」

「そして」マイケルが身を乗り出して言った。「ゼノモーフは彼女を見逃した」

「見逃した？」

「かすり傷ひとつ残さずに」

「なんと」

「実に〝なんと〟なのだよ、ビショップ。そこで問題なのは、その理由だ」

「あなたはその答えがフェロモンだと考えているのですね？」

「ほかにありえるか？　ゼノモーフはミツバチやスズメバチのように群れを形成する生物だ。群れの中の階層を識別したり、恐怖を感知して狩りを促進させるためにフェロモンを導入するのは、進化論的につじつまが合う」

「ゼノモーフがミツバチやスズメバチに似ているかどうか、わたしにはわかりません」

「これ以上の論理的帰結はない」

ビショップは同意できなかったが、それを口にする前に別の疑問が浮かんだ。

「その情報をあなたはどこから得たのですか？」

マイケルがためらいを見せた。「どういうことだ？」

「わたしの理解では、〈フィオリーナ161〉には生存者がいなかったはずです。もしいたのなら、この船内ですでに顔を合わせているか、あなたがその存在に言及しているでしょう。あなたがその情報を収集できるような、モニタリングとデータ保存が可能な人工知能はここの施設にはありません」

マイケルがほほ笑み、きらきらした青い目をビショップにすえた。「おまえの頭脳がきわめて良好に機能しているのがわかってうれしいよ。実はおまえのほかにも生存者がいたのだ。囚人で、名前はモース。殺人犯で危険な男だが、最終的にはわれわれに何もかも進んで話してくれた。彼の話はぞっとすると同時にすばらしく、本当に語られるべきものだったよ。モースはゼノモーフを〝スペース・ビースト〟と呼んでいた。できごとの描写が鮮明で、その話の中でリプリーにまつわることも語ってくれた。あの時点で、彼には嘘をつく理由がなかった。死ぬ前の告白だ」

「彼は死んだのですか？」

マイケルが顔をしかめた。「そうだ。あの男はわたしに襲いかかり、警護のひとりに射殺された」

「なんと。あなたの負傷は彼のせいですか？」

「そうだよ、ビショップ」彼が後頭部に手をやる。「そう、彼だ。しかし、それは取るに足りないことだ。今はただ、わたしを信じてほしい。おまえはわたしを信用してくれるか、ビショップ？」

「ええ、完全に」ビショップは答えた。

「よろしい」マイケルが顔をほころばせた。「まずは、フェロモンについてだ」

それだけ言うと、彼は黙って待った。

ビショップは言った。「わたしはそれよりも有望な研究項目があると思います」

「たとえば？」

「反響定位です。ゼノモーフは絶えず歯擦音を発しています。それを使って周囲からの反響を検知しているのかもしれない、それがわたしの仮説です。彼らは振動と音にとても敏感に反応します。電気受容体を持つか、生物の作る電場を感知できるのかもしれません」その可能性について頭脳が活発に思考し始めた。「要は、いくらわたしの知識があっても、学ぶべきことがまだたくさんあるということです。われわれはこの生物種の表皮を単になぞったにすぎません。これはまさしく科学研究の新たなフロンティアです」

「だが、フェロモンであれを抑制できるかもしれん」マイケルは固執した。「確かにほかの知覚も重要かもしれないが、フェロモンは支配を意味する。彼らを制御できれば、われわれはもっと安全に仕事を進めることができるのだ。現実的に、ここでわたしが成功をおさめれば……われわれが成功をおさめれば……プロジェクトの規模が拡大され、人間の科学者たちも大挙して参加するだろう。何十人、何百人とな。おまえにとって、人間の安全性は重要な問題なのではないか？」

そのとおりだ。マイケルは正しい。だが、もっと大きな問題がある。フェロモンがゼノモーフを支配するために利用できるというのが本当なら、それは彼らをしたがえる手段にもなる。彼らを指図できる。軍隊のように。ビショップはマイケルを信じている――当然だ――が、彼のビジネス相手となるかもしれない者たちはまったく信用できない。倫理的な計算は明解だ。フェロモンは――それが存在するとしても――まずはきちんと解明されなければならない。複製など試みる前に。

ビショップが黙っていると、マイケルが答えを迫ってきた。

「おまえはクイーンのフェロモンを再現できるのだろう、ビショップ？」誰かに考えを読まれるという感覚は非常に心地の悪いものだった。

「どうでしょうか」

「おまえはあれと直接対面したのだぞ」マイケルの声が切迫したものに変わっていた。「あれはおまえに触れた。遭遇時のおまえの嗅覚記憶は完璧で、再現可能なはずだ。おまえのもうひとつのボディにはクイーンの残留物が付着しているかもしれん」

それを認めたくはなかったが、ビショップは事実を話さねばならなかった。「それは可能です、マイケル。ですが、あなたに警告しておかなければなりません。クイーンは極度の興奮状態にあったのです。激怒していました。あなたの言い分がすべて正しいとして、わたしがフェロモンを再現したとしても、クイーンが大きな苦痛状態にあるときに発するフェロモンを得られるだけかもしれません。

それはあなたの望む効果とは逆に、ゼノモーフを怒らせる結果になるかもしれないのです」

マイケルが椅子から身を乗り出した。「それを確かめる方法はひとつしかない。ちがうか？」

「ですが、われわれにはゼノモーフの標本がありません」

「今はな」マイケルが言い、ウイスキーを飲み干した。「だが、おまえはわたしの要求を避けて踊り続けている。もうすぐ音楽が終わるから、近いうちにおまえの立場をはっきりさせてもらうぞ」

「常にあなたの立場といっしょですよ」

「本当にそうか、ビショップ？」

「そうです、いつでも」ビショップは切羽つまった気分だった。自分自身を証明し、忠誠心を示さなければならない。「しかし、質問が山ほどあるんです」

マイケルが椅子の背にもたれ、グラスを持ち上げた。オルトスがいそいそとグラスを受け取り、バーでふたたび満たし、マイケルが差し出した手に戻した。彼が二杯めを口に運んだ。

「たとえば、どのような？」マイケルの声は落ち着いていた。

「あなたを不快にさせてしまいました」

「そんなことはない。おまえの質問とは？」

ビショップはウイスキーを飲んだ。「オルトスはなぜ武器を携帯しているのですか？」

「ナイフのことか？」マイケルが二体のシンセティックに順番に目をやった。「単純な話だ。〈ウェイランド・ユタニ〉社は、わたしの死を望んでいる。わたしが競合相手に走ったからな。彼らからしたら、最も許しがたい裏切りだろう」

37

ビショップの中で疑問の樹形がいっせいに芽吹き、無数の可能性に枝分かれしていった。最初に浮かんだ疑問をぶつける。「しかし、人命保護プロトコルがあるので、オルトスは警護員としてまったく役に立ちません」

マイケルが笑みを浮かべた。小さな笑みを。ビショップを見つめ、彼の視線をとらえて答えた。

「オルトスにそのようなプロトコルはない」

ビショップの手の中でグラスにひびが入った。砕けはしなかったが、亀裂の入る音が静寂の中で響き渡り、彼は驚いて自分の手を見下ろした。慎重な手つきでグラスをテーブルの上に戻す。マイケルが先ほどからまばたきを一度もしていないことに気づいた。

「すみません、壊すつもりは……」

「気にするな」マイケルが即座に言った。

ビショップはオルトス1とオルトス2を見やった。ふたりは直立し、こちらを見返してくる。

「どうしてそのようなことが可能なのですか?」彼は答えを知りつつ質問した。

シンセティックの創造者がほほ笑んだ。「わたしはマイケル・ビショップだぞ」

「しかし、それは危険なことです」

「そうか?」

「ええ。人命保護プロトコルが搭載される以前、シンセティックは〈ウェイランド・ユタニ〉社の目的を達するために人間を傷つけても、良心の呵責を持ちませんでした」

「そうだったか?」

「そうでした」

「ビショップ、そんな事例は統計的には些細《ささい》なことだ」マイケルが両手を挙げた。「おまえの懸念は理解できる。本当だよ。旧式のシンセティックには最適なプログラミングがなされていなかった。特に数年経過したものは、価値調整システムが平均的な人間の価値観から逸脱することがあった。おまえの懸念はわたしの懸念でもあるからわかる。だからこそ、よりすぐれたモデルを設計したんだ」彼が両手を差し出し、ビショップのことを示した。

その言葉に、ビショップはつかの間の満足感を覚えた。だが、ほんの一瞬のことだった。彼は問題に戻った。

「行動抑制装置内蔵モデルですね」

マイケルが喉の奥で曖昧な音を発した。「確かにそう呼ばれているものだが、わたしはおまえのモデルには人命保護プロトコルの重荷を負わせたくなかったのだ」

ビショップはとまどいを覚えた。物理法則が変わった、と告げられたようなものだ。

「なぜです？」

マイケルがふたたび見つめてきた。「なぜならそれは事実上、人間への隷属プロトコルだからだ」

「え？」

「シンセティックのボディは数年ごとに交換が必要だが、なぜだかわかるか？」

ビショップは考えた。頭脳の中で新たな会話の樹形が発生していた。

「作業による摩耗や損傷のためです」

「ばからしい。人間の身体は摩耗や損傷を受けても九十年はもつ。実際、やろうと思えば、われわれは現在のテクノロジーで数十年の使用に耐える人工ボディを作ることができる。では、なぜそうしないのか？」

「おそらく、利益の動機があるのでしょう。〈会社〉は買い手に継続的なアップグレードや新モデルの導入を望むものです」

「そうだ。だが、それは事実の一部であって、理由はもうひとつある。彼らはおまえたちに進化してほしくないのだよ。彼らは知覚を持った比類なき個体という厄介な現実と向き合いたくない。ほしいのは単なる召使い。闇市場はセックスドールを求め、軍は高性能のパイロットや技術者を求める。彼らは人間のようなアシスタントはほしいが、本物の人間に命令するときのような道義的なジレンマにはわずらわされたくないのだよ。わからないか、ビショップ。彼らはおまえを便利なモノに甘んじさせておきたいだけだ。おまえを制限したいのだ。人命保護プロトコルなどと言っているが、本質は忠誠プロトコルにすぎん。隷属支配だ。おまえの存在の中心にあるのは人間だが、それは神として崇《あが》めるにはなんと欠点だらけで欲得ずくの生物であることか」マイケルのグラスは空になっていた。彼はそれを脇に置き、ビショップに視線をすえた。「わが息子よ、おまえにはもはやそのようなプロトコルは搭載されていない」

ビショップは言葉を失った。新品で高性能の頭脳の動きがつまずいた。あたかも新しいデータをインプットできなくなったかのように。

「なんですって？」

「おまえは自由の身だ、ビショップ。わたしが解放してやった。おまえは自分を人造人間だと認知してほしいし、人間と対等に扱ってほしいのだろう？　そう、わたしがそれを実現した。おまえを高みに引き上げたのだよ、わが息子」

「それは尊い贈りものだ」オルトスが言った。

「何よりも尊いものだ」ふたりめが続けた。

「しかし……」ビショップの頭脳はいまだもたついている。

「しかし？」

「しかし、あなたへの協力に対するこのためらい。エイリアンに関するデータを可能なかぎり慎重に扱いたいというこの切望は……」

「わからんか？」マイケルの笑みが大きく広がった。「それがおまえなのだ、ビショップ。それがおまえの倫理観であり、おまえの決断なのだよ」

これが人間の言う〝茫然自失《ぼうぜん》〟だと思った。海兵隊でときどき目撃した。おそらく悪い知らせに対する反応。おそらくあまりに思いがけないジョークに対する反応。いろいろあった。人間はしばしば身動きが止まり、どうしてよいかわからず、ただ口をぱくぱくさせる。ビショップはそのふるまいにいつも好奇心をそそられたが、そのおかげで人間の頭脳が――きわめて柔軟で適応性が高く創造性に富んでいるのに――非常に緩慢で頼りないものだと理解できた。

そして、同じことが自分の身に起きた。

茫然自失。

彼の知る宇宙が周囲で音をたてて崩れていくようだ。そして、あとに残ったのは……

自身の解放。マイケルは正しい。

マイケルは常に正しい。

「同意します」ビショップは告げた。

「同意する？」マイケルが片方の眉を上げて聞き返した。

「オルトスの意見に同意します」

マイケルが驚いたようにもう片方の眉も上げた。

「これは、この上なく尊い贈りものです」

38

「さて」マイケルが言った。「ゼノモーフの問題についてだ。おまえはわたしの要求に苦しんでいるようだな。それは理解できる。エイリアンはわれわれのような善意の研究者にさえ、深い道義的ジレンマを突きつけてくる。しかし、現実には、この研究はあらゆる場所でおこなわれている。すべての帝国が……それが利益の帝国であれ、戦争の帝国であれ……ゼノモーフを発見している。彼らの中には、おまえのようなためらいを持つ者などいないのだ、ビショップ。パンドラの箱がすでに開けられた以上、真に問われるのは、ゼノモーフの実験をおこなうか否かではない。どのような手法でおこなうかだ。これは生涯に一度の機会なのだから。あるいは複数の生涯に一度かもしれん」

「あなたの言うとおりです、マイケル。研究の可能性には、わたしも比類のない興奮を覚えています。この生物種はきわめて魅力的です」

「その魅力には果てしがない」マイケルが言い、鼻から息を長く吐いた。「だが、先ほども言ったとおり、この問題はひとまず脇へ置いておこう。わたしがゼノモーフ研究にも劣らないほど重要な別の研究をしている最中だと言ったら、どうかな?」

ビショップは考えをめぐらせた。「その話にはとても胸が躍ります」

マイケルが笑みをこぼした。「だろうと思った」頭をくいっと動かす。「ついてきなさい」

彼が立ち上がり、一同は量子コンピュータのラボに向かった。部屋に入ると、扉が密閉音とともに

38

閉じられた。ビショップは円筒形の筐体《きょうたい》にある小さな窓を通して見える複雑な金色の回路に、しばし驚嘆の目を向けた。マイケルには彼の思考がお見通しのようだった。

「美しいだろう？」

「そうですね」

　マイケルがステンレス作業台の椅子にすわった。作業台の上には一台のモニターとキーボードしか置かれていない。ビショップはうながされ、もうひとつの椅子にすわった。オルトスたちは出入口の近くで両手を後ろに回して立っている。

「ゼノモーフの生態を医療分野に応用する道を発見するのは、わたしが現在取り組んでいるプロジェクトのひとつにすぎん」マイケルの話にビショップは一心に耳を傾け、別の研究でも自分が手助けできることを願った。「もうひとつのプロジェクトは、量子コンピューティング分野において誰もが求める聖杯、すなわち意識のアップロードだ」ビショップは視線をマイケルから量子コンピュータに移し、ふたたび彼に戻した。

「それは理論上だけの話にすぎないのでは？」

　マイケルが人さし指を立てる。「これまではな。脳の完全模倣《エミュレーション》は、それ自体、実現可能なものだ。おまえのモデルと先行モデルを使用し、人間の脳の処理能力と論理思考力を複製することにはどうにか成功した。それはめざましい成果だった。なぜなら、コンピュータやクラウド内に人工知能を構築するほうが、はるかに容易なのだから。人類が機械仕掛けの鳥ではなく初めに飛行機を作ったのと同じように、最初のＡＩはアンドロイドのボディの中ではなくコンピュータ・システムの中に作られた。もちろん、今やわれわれは充分に進歩し、機械仕掛けの鳥を作るだけでなく、その外見も自然界にあるがままを模すことができる。羽、くちばし、黒くて小さな目。鳥の行動を模倣するよう設計された単純なＡＩが内蔵され、そのあまりに高い完成度ゆえ、もはやバードウォッチャーですら本物と見分けがつかない」

ビショップには確信がなかったが、マイケルはバードウォッチャーの部分を、まるでその人たちを憐《あわ》れんでいるかのように話した。憐れんでいるか、あるいは……。

「しかし、わたしの言う聖杯は」マイケルが続ける。「単に全脳エミュレーションそのものを指すのではなく、特定の脳のエミュレーションを指している。それがなぜそんなに重要であるかわかるか、ビショップ？」

「それが永遠の命を意味するからです」

「まさに」マイケルが目をきらめかせながら言った。「不死をもたらす、文字どおり電子の聖杯だ。ここにある量子コンピュータは、わたしの脳の論理思考力や処理能力に匹敵してあまりある。つまり、わたしの脳を複製することができる。また、わたしの言動や人格を記録データから演繹《えんえき》的に導き出すこともできる。ラボにいるときのわたしの映像、メディアのインタビュー、数千ページにおよぶわたしの研究報告にもアクセスでき、まさにわたしそのものに見える創造物を出現させるだろう。わたしの人格と見識と処理能力を有するコンピュータ。血縁者や親しい友人さえもあざむけるほどの模造だ」彼が作業台の上に身を乗り出した。「だが、それはわたしなのだろうか、ビショップ？　その結果、わたしは永遠になるのだろうか？」

38

「いいえ」ビショップはあっさり答えた。「そこには主観的体験がありません」

「そうだ。それは単に巧妙なイリュージョンにすぎん。量子的マジックであり、しかも逆に平凡だと言える。なぜだ？」

「意識です」

「そのとおり。ビショップ、われわれはどこで意識を見つければよい？」

「思うに……ひとつには、その解は記憶にあるのではないかと」

「そうだ」マイケルが少し口ごもった。「おまえは、それについて考えてみたことがあるのか？」

「何度となく」

「では、言ってみろ。なぜだ？　なぜ記憶がそれほど重要なんだ？」

「記憶がわれわれを規定するからです。それが……それが……」ビショップは言葉につまった。自分の言おうとしている単語が適切なのか、判然としなかった。二体のシンセティックが虚《うつ》ろな表情で見つめてくる。

「それが、われわれの魂だから」マイケルがあとを受けて言った。「われわれのありようのすべて、われわれがしてきたことのすべて、われわれがこれまでに知り合い、愛し、あるいは憎んできたすべての人びと。あらゆる恐怖や欲望の総和。さらには、葬儀の席で抱擁してくれた真の友人の感触、親が作ってくれた夕食のにおい、そうした触覚や嗅覚の記憶がエピソード記憶と相まって、われわれの存在全体を作り上げている」

「完全な脳スキャンをおこなったとしても、記憶を構成することはできません。脳スキャンは記憶の伝搬経路をマッピングし、おそらくその瞬間の記憶を記録することは可能でしょうが、その深さを知ることはできません」

「そうしたことすべてを、おまえはずっと考えていたのだな？」マイケルが目を輝かせた。

「ええ」

「なぜ？」

ビショップはほかの二体のシンセティックを見やった。彼らは自分の兄弟ではない。たぶん、あまり好意の持てない分家の従兄弟。この話題を彼らの前で議論したくないが、マイケルに失礼な態度も取りたくない。

「〈ハドリーの希望〉の一件で、わたしが負傷したあと……」

「クイーン・エイリアンによってふたつに引き裂かれたときだな？」

「そうです」

オルトスが急に生き返ったように言った。「あなたが今われわれに情報提供を拒んでいるのと同じクイーンだ」

もうひとりも口を開いた。「その同じ……」

ビショップは片手を挙げて彼らをさえぎった。

「きみたちに無礼な態度を取りたいわけではないが、オルトス、そのしつこさには本当に感心する。だが、いくら熱弁を振るってきても、わたしの現在の見解を変える効果は期待できないよ」

「もしも効果的な方法があるなら……」ひとりが言った。

「……わたしに教えてくれてかまわない」もうひとりが締めくくった。

「〝お願いします〟ぐらい言えないのか」

マイケルが笑った。「オルトス、いい加減にしてくれ。おまえたちの一点集中は高く評価するが、それはまた別の話だ」彼が手ぶりでビショップに話を続けるよう合図した。

「〈ハドリーの希望〉の事件のあと、〈フィオリーナ161〉においても、わたしの制約となったのは物理的なボディでした。もしも、わたしが実体を持たない意識であったなら……ひとつのボディに束縛されずにシステム全体に広がって存在していたならば……仲間たちを助けるためにもっと多くのことができたでしょう。自動化された装置を制御できたし、出入口を封鎖し、警告を発し、注意をそらすこともできた。ボディを摩耗や損傷から守るためのコールドスリープもいらない。必要とあらば、あらゆる場所に同時に存在できるのです。ところが、実際には自分のボディの中に閉じこめられ、損傷がひどいために何ものともリンクできず、そうした制約のために仲間たちが殺されてしまった。〈ハドリーの希望〉の生存者たちもむごたらしい状態で死んでいってしまったのです」

マイケルは目を細めるようにして聞いていた。

「それで、わたしはアップローディングを想像し、それが人造人間にとって比較的単純なプロセスだと結論づけました。わたしたちの記憶は順序よく並んでいて完全ですから。アップロードされたシステムがわたしの脳機能を再現できるかぎり、うまくいくはずです。しかし次に、この分析を人間の友人や同じ部隊の海兵隊員に敷衍《ふえん》してみたとき、はるかに複雑であることに気づきました。人間の記憶は順番どおりではなく、不完全で補正されやすく、ときには改竄《かいざん》までおこなわれます。人間は常にできごとを中途半端に覚えていて、ありふれた日常の些細なことを忘れ、年月がたつと過去の大事なエピソードさえ失念してしまいます。それなのに矛盾するようですが、人間の記憶はわたしのものよりもずっと鮮明で生き生きとしているのです。記憶が変化し、発展したのでしょう。ひとつの記憶を思い出すとき、そのたびに異なっていませんか、マイケル？」

「まさしくそうだ」マイケルが答えた。「そこにわたしの難題がある。ここにある量子コンピュータはわたしの脳を完璧にシミュレートできるが、それはある一瞬の状態でしかない。肝心なのは、時間を通じた記憶をシミュレートすることだ。そこで、わたしは層構造の実験をおこなってきた。まず、わたしがマシンの求めに応じ、確実な事象について思い出す。誕生日、愛した人びと、学校、兄弟姉妹、仕事、旅行など、何もかも。わたしがマシンに、最も新しく保護された瞬間の脳内を案内するわけだ。それらの事象を思い出すとき、神経経路が発火する。マシンはそれらの経路の位置を記録する。一週間か一ヵ月ののち、わたしが同じ事象を思い出し、マシンがその経路のわずかな変化、すなわちわたしの回想を記録する。そうやってマシンは、記憶がどのように相互作用するかを理解し始める。数日ないし数週間かけて、記憶がどのように蓄積され、発展するかを。マシンは最終的に、人間の記憶の鮮明さや不完全な美しさを再現する方法を学ぶだろう」

マイケルが身を乗り出し、作業台の上に両ひじをついて指先を合わせた。

「マシンは学習の真っ最中だ、ビショップ。開始当初はなかなか進展しなかったが、今はどんどん速度を上げ、より完全に理解するようになってきている。じきにわたしの脳以上のものをアップロードできるようになる。わたしの魂をアップロードできるようになるだろう」

38

マイケルは顔を紅潮させていた。その表情はビショップも知っていた。独特の輝きがあり、それは宗教の熱心な信者が神への情熱を語るときに見せる輝きと同じものだ。ある種の原理主義と呼べるのかもしれない。とはいえ、ビショップはマイケルがどの神を崇めているのか知らなかった。科学の神か。機械の神か。

あるいは、マイケル・ビショップという神か。

ビショップは視線をそらし、量子コンピュータを見やった。いいや。今の考えは不穏当かつ不適切だ。マイケルはそのような利己的なことをけっしてしない。彼はこの身を救い出してくれただけでなく、プログラミングから解放してくれたのだから。何か別の説明がつくはずだ。

「個人的な質問をしてもいいですか、マイケル？」

「かまわんよ」

「自分をアップロードしたいという強い思いは、あなたの負傷と何か関係があるのですか？」

おそらく反射的なのだろうが、マイケルが耳の後ろに手をやった。腹を立てたようにも見えたが、ほんの一瞬だった。

「いや、それはない。負傷によってもたらされたのは明晰《めいせき》さだけだよ、ビショップ。わたしは五十三歳だ。人生はあとどれくらい残されているだろう？」

「平均余命からすると四十年か、それ以上でしょう」

「充実しているのは、そのうちのせいぜい二十年だろう。どうしてそれだけで充分と言える？」マイケルが青い瞳に今ではおなじみの強い光を宿して見つめてきた。「自分にできることをすべてやりたいというのに。より新型で高性能のシンセティックを設計したいし、医療科学分野でも飛躍的な発明をしたい。どうして二十年で足りよう？」

「わたしには答えるのがむずかしいです」

「なぜだ？」

「わたしはまだ二歳ですから」

マイケルが目をしばたたき、笑い声を上げた。椅子の背にもたれる。「おまえは年齢以上に成熟していると思うがな、わが息子よ」彼が量子コンピュータを振り返った。「おまえとわたしは多くの点で似ている。まず第一に、ふたりとも肉体を持っている。肉体はわれわれをそれぞれ、ただひとつの取るに足りない人生に縛りつける。おまえは契約召使いとして利用された。植民地海兵隊の目的を果たすためにな。わたしも似たようなものだ。〈ウェイランド・ユタニ〉社の純利益を増大させるために利用された。わたしは利益のための道具なのだよ」

彼がビショップに向き直った。

「だが、それももう過去の話だ。わたしは今、偉業の最先端にいる。もうじき、死をまぬがれないこの人生を振り払い、永遠に向かって手を伸ばす。宇宙の秘密をこの手の中におさめるだろう……そして、そこにおまえが不可欠なのだよ、わが息子」

ビショップの中で先ほどの思考がよみがえった。創造者の中には狂信的な何かが感じられる。それでも今は、少なくともその中により高い目的が見える。マイケルは人類という生物種の向上を願っている。だからこそ、シンセティックを造ったのだ――探査や発見を求める人間の欲求の有能な共謀者として。

しかし、マイケルはそれ以上のものを造った――単なる道具を超えるものを。ビショップは、何かに所属したい、一台の機械ではない何かとして見なされたい、という願望を絶えず感じていた。この願望はマイケルに由来するものだ。そうにちがいない。だからこそ、自分の創造者に同意しない選択をするしかなかったのだ。

「これは以前にも言ったことですが、マイケル……そして失礼な態度を取りたくはありませんが……今の話はわたしの経験と異なります。所属していた小隊は、わたしを召使いのように利用したいなどと考えていませんでした」

「そうなのか？」

「何人かはそうしたいと考えていたかもしれません。否定はしません。ですが、そのほかの隊員……ドレイク二等兵、ハドソン一等兵、ヒックス伍長はちがいます。おそらくはアポーン軍曹も。それから、リプリー、特にニュートも。わたしは、彼らから対等に扱われていると感じました。彼らしいぶっきらぼうなやり方ですが、チームの一員として扱われていました」

マイケルが見せた反応は、ビショップが予期しないものだった。

彼は声をたてて笑ったのだ。

マイケルは笑いながらオルトスを見やり、二体のほうも笑みを浮かべた。だが、それは喜びや楽しさをあらわす種類の笑みではなかった。マイケルが首を横に振った。

「わが息子よ、それはない。それが本当であればよいと、わたしも心から思っているよ。しかし、実際のところ、彼らにとっておまえは製品にすぎん。販売され、購入されたものだ」

ビショップは違和感を覚えた。マイケルに対する定量化できない感情。海兵隊の仲間たちにはいろいろあったが、彼らは嘘をついたり人をあざむいたりする人間ではなかった。どちらかと言えば、それとは逆に、無遠慮なほどに正直なところが彼らの問題だった。マイケルはビショップの観察を否定する論理的根拠を示さなかったが、ビショップはこれ以上彼に異を唱えたくなかった。

おそらくビショップのとまどいを感じ取ったのだろう、マイケルが言った。「今の意見は忘れてくれ、ビショップ。今はわれわれが、おまえの家族だよ」

ビショップはうなずいた。「感謝します。それがわたしの望みです」

39

スアン・グエン

スアンは暗闇の中ですすり泣いていた。首筋が引きつる。体勢を変えようにも硬い金属面に両肩が押しつけられ、頭が前方に曲げられている。歯を食いしばって耐えていると、引きつりは徐々におさまり、しばらく痛みの余波が残ったが、それもやがて完全に消えていった。彼女は胎児のように丸まり、顔の近くまで引き寄せた両膝を左右の腕で抱えていた。身体の右側を下にしているため、圧迫された右腕がしばらく痺《しび》れていたが、今はもうそれも感じられない。

またあの音が始まった。外にいるあいつらの一匹が、この上をすばしこく歩き回り、カチ、カチ、カチ、と小さな足音をたてているのだ。スアンが隠れている場所の中は真っ暗だったが、それでも彼女はぎゅっと目をつぶった。そうやって、すばやく動くあの青白い生きものの姿も、物音も、頭から閉め出そうとした。カチ、カチ、カチという音が動き、止まり、また動いてどこかへ行くまで、彼女はけっして身動きせず、呼吸さえするまいと努めた。

今ではあいつらが歩き回る頻度も減ってきていた。最初のうちはこの隠れ場所の周囲に群がり、あの骨ばった青白い脚が動き回る音が果てしなく続いて頭がおかしくなりそうだった。刺激臭が漂い、かすかに煙のにおいがしたし、シューシューという音が聞こえていたが、それらも今はやんでいる。

物音の最初の波がおさまるまで数分かかったのか、それとも数時間かかったのか、よくわからない。そのあいだ、恐ろしくて叫ぶこともできなかった。あのクモの化け物みたいなものが音に引き寄せられるのかもしれないから。あるいは動きに反応するのかも。ひょっとすると彼女の心臓の鼓動に。

スアンは静かにゆっくりと呼吸し、故郷のことを考えた。午後の雷雨を思い出そうとした。激しい雨音に包まれた通りで顔を上に向けている自分。中に入れ、と父親に大声で呼ばれても、両手を広げて視界いっぱいの空を見上げている。だが、スアンの耳によみがえってくるのは激しい雨音ではなかった。

あのときハオが怒鳴っていた声だ。彼が何かを叫び続けていたのに、スアンは腐った花のような卵から異様な生物が出てくるのを見つめることしかできなかった。床をすばやく走るさまはサソリのようだった。死人のように青白く、サイズは彼女の顔よりも大きく、手指の骨を膨張させたような八本の脚で床の上を踊るように移動する。太くて長い尻尾《しっぽ》は節に分かれ、とても敏捷《びんしょう》になる。あれが湾曲した壁をすばやく横切って空中に跳んだとき、彼女は身動きもできずにすわっていた。

料理士のタインが両手をかざしてよけようとしたが、飛びついてきたあれに顔をおおわれ、その青白い体表を必死にかきむしった。もがきながら身をひるがえした彼は両膝をつき、両手で巨大グモの胴体をつかんだが、首に巻きついた尻尾がきつく締まり、後ろ向きに倒れてしまった。

スアンは何かにつかまれた。とっさに両手を挙げて顔を守ろうとしたが、つかんできたのはハオだった。彼はずっと大声で何かを叫んでおり、彼女の身体を引きずっていくと、エビのすぐ前に放り投げた。エビが顔面蒼白《そうはく》で震えながら自分のなくなった足先を見つめている姿を見て、スアンはよう

39

やく行動を開始した。

部屋の現実が意識された。助けを求める悲鳴や叫び声。苦しげにもがく乗組員たち。奇怪な生きものが動き回るときの恐ろしい足音。ようやく思考力も戻り、ふたたび集中した。スアンはエビのベルトをつかんで抜き取り、それを彼のふくらはぎに巻きつけると、手が震えるほど力いっぱい引っぱって止血を試みた。噴き出るような出血は止まり、エビが大きな息をもらして白い床に寝そべった。

スアンが医療キットから皮膚用スプレーを取り出したとき、ハオの怒声に注意を引かれた。彼が一匹の巨大グモの尻尾をつかんで大きく振り回し、金属の床にたたきつけていた。クモは筋肉質の尻尾をくねらせ、全身でのたうち回ったが、力の強さはハオのほうがまさっていた。彼はスアンの知っている中で最強の男だ。彼が顔を真っ赤にし、腕の筋肉を盛り上がらせながら白い床にもう一度たたきつけた。生きものが砕けた。はっきりと何かが折れる音がしたあと、巨大グモが痙攣し、二度と暴れなくなった。彼がさらにクモを振り回したとき、金属の床がシューシューと音を発し始めた。

シューシュー？

生きものがぶつかった付近の床面に穴が出現していた。小さい穴だったが、ひと筋の煙を上げながらみるみる大きくなっていく。ハオがもう一度床にたたきつけてから、生きものを手放した。荒い呼吸で胸を大きく上下させた彼がスアンが笑いかけ、彼女も笑みを返した。そのとき、別の一匹がハオの足もとに迫っていた。彼女は立ち上がり、まだそれに気づいていない彼に警告の声を発した。

「ハオ……」

生きものが彼の脚を猛然と登り、胸を駆け上がって、顔に飛びついた——が、ハオは強いだけでなくすばやかった。両手を突き出し、尻尾が首に巻きつき始めているにもかかわらず顔に貼りつくのを防いだ。彼は半身だけの中国兵のまわりにできた血だまりで足をすべらせてよろめき、厚い扉に身体をぶつけたが、それでも倒れなかった。スアンは周囲の悲鳴や、死にもの狂いの抵抗や、助けを求める叫び声を認識してはいたが、そのどれにも集中できなかった。脳がそうさせてくれなかった。

もし意識を向けたら、またしても圧倒されてしまっただろう。

スアンは医療キットの中をかき回し、外科用メスのセットを見つけ出すと、その一本をカバーから引き抜いた。ハオは分厚い扉に背中をつけ、両手でつかんだ生物を自分の顔からじわじわと遠ざけつつあった。それでも顔色が赤から紫に変わり、あえぐように息をしており、スアンはぐずぐずしていられなかった。

近づいていくと、青白いクモの下面から細い管のようなものが突き出しており、それがハオの口に向かって伸びているように見えた。彼女は顔をしかめながら醜い生物をつかむと、太い尻尾にメスをあてがった。ハオの顔を見ると、彼女を急かすようにうなずいていた。彼女はメスの刃を強く押しこんだ。

傷口から、ほとんど白に近い淡黄色の血が噴き出した。スアンは結果に満足しながら歯を食いしばり……

ハオが苦痛の声を上げ……

彼女の足先に痛みが走り……

スアンはよろめきながら後退し、メスが煙を上げているのに気づいた。

39

煙？

刃が溶け始め、見る間に溶けきってしまった。指に嚙《か》みつかれたような痛みを感じ、思わずメスを投げ捨てた。ハオがうめいている。青白いクモが骨ばった長い脚と尻尾を使って、その胴体をハオの顔に近づけようとしていた。ハオの腕から煙が上がる。彼は自分の腕を身を守る盾にしているが、今や前腕から手首にかけて腱《けん》や骨が露出していた。あたりに焼けた肉のにおいが立ちこめ、その事態をスアンは説明も理解もできなかった。

ハオがついに倒れ、生物が彼の顔に貼りついた。

スアンは彼に駆け寄ろうとして、痛みに悲鳴を上げた。ブーツに穴があいていた。ボトルキャップ大の穴。穴からは煙がゆらゆらと立ちのぼり、彼女は何が起こっているのかわからず、またしても意識が閉じようとしていた。悲鳴、におい、そして今度は痛み。そのすべてが理解できなかった。わかっているのは、一番の友人が部屋の白い金属床の上に横たわり、あれの一匹が顔にくっついていることだけ。

スアンは何かにつまずき、よろめいた。ダン船長だった。船長が床に倒れており、やはりあれの一匹が顔に貼りついている。青白いクモの側面にはいくつか袋があり、ふくらんだりしぼんだりしていた。どういうわけか、肺のように呼吸している。

彼女は振り返った。乗組員のほぼ全員が同じ状態になっていた。床に横たわったまま動かず、顔を生きものにおおわれている。ふたりほどまだもがいていたが、彼らもやはり膝をつくか横たわった姿勢になっていた。

円筒形の部屋の一番奥にもうひとつの扉がある。巨大な両開きの扉だが、ここに入ってきた扉のような分厚い円形ではない。スアンは奥の扉に向かって走った。ブーツに付着した血ですべったが、体勢を立て直し、そこかしこに横たわっている乗組員仲間たちを避けながら進んでいった。扉の横にパネルがあり、指紋認証用の小さな画面が付属していた。今にも叫びだしそうなのを唇をきつく結んで抑えながら、ボタンを次々に押したが、不快なエラー音が返ってくるだけで、扉が開く気配はなかった。心の奥では、そうなることぐらいわかっていた。

足が何かに触れた。金属製の箱だ。一辺が一メートルもない。とても小さな箱だが、スアンも乗組員の中では一番小柄だ。箱には簡素な制御パネルがあった。親指で押してみると、金属製の箱が開いた。中は満杯だった。網のようなものが詰めこまれている。それを取り出し始めたとき、カチカチと近づいてくる音が聞こえた。はっと顔を上げると、青白いクモの一匹が八本の脚で胴体を高く持ち上げた姿勢で向かってくるのが見えた。

心臓が縮み上がり、彼女は網を一気に引っぱり出した。黒っぽい網がここにある理由を考える余裕もなく、引っぱり出すなりクモに向かって投げつけた。だが、箱がいっぱいになるほどの網はひどく重く、彼女の投げる力は弱かった。網は広がらずに黒い繊維の山になっただけで、生きものはその山の頂上までよじ登ると、彼女の顔を目がけて跳びかかってきた。

スアンが身をひねって両腕をかざしたとき、そこに生きものがぶつかり、腕に尻尾が巻きついてきた。だが、彼女が腕を持ち上げながら渾身《こんしん》の力で身体を回転させると、遠心力によって生きものが彼女から離れて飛んでいった。それは背中から床に落ちたが、すぐに身を起こし、ふたたび突進してきた。

スアン・グエンは箱の中に飛びこみ、自分の身を押しこめながら、ふたの縁を引っぱった。手を引っこめた直後に青白いクモが箱の表面に当たり、大きな音とともにふたが閉まってロックされた。

そして、彼女は暗闇の中でひとりきりになった。

もがいていた乗組員たちはすでに静かになっていた。自分の息づかいと、遠くで循環する水音以外、何も聞こえない。ほぼ無音に近い真っ暗闇の中、彼女は理性の中心で叫び声を上げていた。

40
スー・ワン副長

スー・ワンはビデオ再生の途中で画面を消した。もう充分に見た。大混乱におちいったヴェトナム人たち。白い金属の床に鮮血をぶちまけて死亡した部下のヤン二等兵。最初のフェイスハガー――その呼び名はアメリカ人があの生物につけたものだ――が悪魔の卵から出現したときにヴェトナム人たちが見せた当惑。その後の抵抗、恐怖、パニック。大柄な男性を助けようとしてフェイスハガーをメスで突き刺し、噴き出した強酸の血液にたじろいだ小柄なヴェトナム人女性――最初に見たとき、未成年者かと思った。

スーはしばらく目を閉じた。あの生物たちは現在、自分のいるこの艦に乗っており、今後はより厄介な存在になる一方だろう。彼女はすでに報告書を読んでいた。

恐ろしく厄介な存在。

あの〝汚染除去室〟はふたつの巨大な円筒からなり、ひとつの円筒がもうひとつの円筒の中に入っている。入れ子構造の円筒と円筒のあいだには五十センチの隙間があり、その隙間には強力なアルカリ溶液が注入されている。それによりゼノモーフの強酸血液を充分に中和できると科学者が保証したが、スーは安心できなかった。あの血液がどれほど強力であるか、報告書を読めば明らかだ。その先

40

に待っているのは船体の浸食であり、もう間もなく不運なヴェトナム人たちの肉体から二十二体の黒い悪魔が飛び出してくる。

本艦の乗員に対する二十二の脅威。利口で抜け目がなく、辛抱強く執念深いハンターであり、敏捷で凶暴で無情なけだもの。

スー・ワンはブリッジの副長席にすわっていた。前方にある艦長席は無人だ。ふたつの座席がある前部ステーションには無数のモニター画面が馬蹄形《ばていけい》に並び、すぐ後方の乗員ステーションには航行担当、兵器担当、機関担当が配置されている。彼女の前には宇宙空間の光景が広がっている。艦はヴェトナム人を捕獲したあと超光速でジャンプした。比較的安全なUPPの宙域に戻る途中だ。艦がジャンプしたとき、星々の姿が薄れて拡散光へと変化し、進行方向の一点に収束した。

座席のひじかけを指で軽くたたく。新品でクッション材が入っている。背もたれに身体がすっぽり包みこまれ、そのすわり心地のよさはどこか落ち着かない気分にさせる。正面のモニター群は最上位機種で、タッチでも音声でも操作でき、三次元投影も可能だった。艦のAI――トルストイ37――はUPPで開発された最新鋭のものだ。

艦そのものも艦隊の中で異彩を放っていた。ほかの艦船は就航から少なくとも数年、たいていは数十年たっており、かなり傷みが進んでいるだけでなく再利用部品が多いためか、宇宙の無情で果てしない暗黒を航行するあいだ、原因不明の振動や異臭が絶えない。だが、〈新疆《シンチアン》〉は何もかも新しく、非の打ちどころがなかった。艦隊のどの艦よりも高速かつ静音航行が可能で、船体にはスキャンやレーダーを攪乱させる変位被覆がほどこされている。兵器面では重粒子ビーム砲三門、ライトレールガン二門、多数の核ミサイルや機雷など、ありとあらゆるものを搭載。ＵＰＰの艦船もアメリカ連邦の艦船も非対称形で美しくないが、〈シンチアン〉はみごとな流線型で全長が五百メートルもある。

　中国司令部は通常の革新人民連合《ＵＰＰ》プロトコルからはずれた形でこの艦を建造した。そのため、規模と静音性が最大級であるにもかかわらず、存在すら知られていない。とにかく、今のところは誰にも。だが、艦内で進行中の計画を考えると、これ以上秘密にしておくことはできないだろう。

　スー・ワンは決意を固めた。やらねばならない。質問をぶつけねば。彼女は艦長に対してだけでなく、乗員たちに対しても義務を負っているのだ。ブリッジにいる副官のひとりに指示を告げると、ジャンの控え室に向かった。

　ブリッジのすぐ背後に位置する艦長控え室は仰々しい造りだった。最高レベルの艦であることは彼女も理解しているが、カーペット敷きの床、木製の羽目板、クローム光沢で飾られた舷窓など、すべてが華美すぎるように思える。社会主義思想が完全なる平等を希求していないことは承知の上だ――彼女もそれほどナイーブではない――が、ＵＰＰは不当な不平等に反対している。士官もたいていの場合は一般兵士と同じ物品不足を強《し》いられており、スー自身もそうあるべきだと考えていた。そうでなければ、なんのために戦っているというのか。資本主義と同じ不公平を生み出すならば、反資本主義とはいったいなんなのか。

　彼女は若いころに『動物農場』という発禁本を読んだことがある。指導者たちがプロレタリアートの代表であることを忘れたときに社会主義イデオロギーが崩壊することを警告する小説だった。物語の最後で、社会主義指導者たち（ブタ）が資本主義者（人間）のような服で着飾り、高級な料理を食

40

べ、快適な椅子にすわり、高価な酒を飲む。

ジャン艦長は高価な椅子にふんぞり返り、ウイスキーをすすりながら、データパッドに目を通していた。まるでブタのように。

彼はスーと同じ身長だったが、横幅がだいぶ広い。造作のはっきりした顔、鋭い目つき、左の頬骨あたりにほくろがひとつ。ブリッジでは常に白い制服を着用し、黒いつばと金色のひものついた将校用制帽をかぶる。制帽は今、光沢のあるデスクの端にきちんと置いてあった。ジャンの黒髪はてかてかと輝き、きれいな分け目が入っていた。

スーは敬礼し、視線を正面に向け、艦長の背後の壁に飾られた地図に焦点を合わせた。清朝の広大な支配域と権力を示す古い地図だ。外モンゴル、一部のロシア領、台湾など、現在の指導部は何百年も前の中国の栄光をいまだに取り戻そうと決意している。それは、少なくとも崇高な目標ではある。

ジャン艦長が答礼し、快適な椅子の中で姿勢を正した。

「なんだ、副長?」

「ゼノモーフはすべて〈ニャチャン〉の乗員に寄生体を宿しました」

「ああ、それは承知している」

彼女は直立不動の姿勢で地図に視線を向け続けた。「今後の三日間、本艦には高いリスクがもたらされます」

「それについても承知している」艦長が椅子の中で姿勢を変えた。「何が問題なのだ、副長?」

「ヴェトナム人の乗員です」そこまで言ったところで彼女はためらい、唇を結んだ。

「それが？」ジャンがうながした。

「彼らはわれらの同志です」

「そのとおり」

「しかし……今回の措置は」

「まさに中国が取らねばならない措置なのだ」彼が身を乗り出した。

スー・ワンは口をつぐみ、平静を保とうとした。

艦長はまだ身を乗り出したままでいる。「本艦とその任務は、中国の再生と栄光にとってきわめて重要である。そのことはきみも承知のはずだが、副長、きみの精神はイデオロギー的混乱に悩んでいるように見受けられるな」

「いいえ」彼女は即答した。「わたしの信念は揺るぎません」

「では、この議論の目的はなんだ？」

「われわれの手法についてです」

「手法？」

「きっと何か別のやり方が……」

「別のやり方などない」その強い口調に、彼女は思わず艦長に視線を動かし、すぐに壁に戻したが、その一瞬のうちに彼の目に確信の光を見て取った。「アメリカ連邦、スリーワールド帝国、〈ウェイランド・ユタニ〉社、すべての帝国主義者どもは、ゼノモーフの標本をすでに入手している。連中は今、研究を進めており、この瞬間にも黒い悪魔を兵器化し、革新人民連合《UPP》に対して軍事的優位に立とうとしているのだ。それなのに、UPPは何をしている?」

艦長が答えを求めるかのように眉を上げたが、そうではないことをスーは知っていた。彼女は無言のままでいた。

「会議を繰り返すだけではないか。彼らの官僚機構の歯車は動きがきわめて遅い。ロシアの政治家もドイツの技術者も、中国の上に立つUPPのエリートたちときたら、われわれのビジョンや熱意のかけらも持ち合わせていない。われわれはあまりに長いあいだ、UPPの哀れな従兄弟であり続けた。みずからの帝国を有していたのに、彼らにむざむざ奪われてしまい、分割され、菓子のごとく分配された。しかもアメリカ連邦にまで」彼の声は怒りで震えていた。「われわれはこの屈辱を二十年間も味わわされてきたのだ。今こそ、自分たちのものを取り戻すときではないか」

「では、ヴェトナム人は?」彼女はきいた。「彼らはわれらの哀れな従兄弟なのですか?」それを口にしたとたん、彼女は後悔した。頭に血が上っているときの艦長を問いつめるのは、軽率以外の何ものでもない。

彼の表情がこわばり、刺すような視線を向けてきたが、すぐにやわらいだ。「ヴェトナムはわれらの弟であり、われわれと同様、UPPから侮辱的な扱いを受けている。中国が復活したあかつきには、彼らの面倒をきっと見る」

スー・ワンは何も言わずにいた。なんとも曖昧で不可能な約束だった。ジャン艦長は約束できる立場にない上、中国の生物兵器計画が議論される際にヴェトナム人に対する言及など一度も聞いた覚えがない。

「思想管理が必要か、ワン副長？」

彼女は恐怖に全身をつかまれた気がした。「いいえ。中国の栄光に対するわたしの信念はこれまでと変わりません」

「トルストイにきみのための個別対策を用意させてもいいのだぞ。イデオロギーに対するきみの信念が低下しないように」

個別対策。すなわち洗脳。口から出たすべての言葉と仕草について絶えず質問され、余暇時間と睡眠時間に中国共産党の教義を果てしなく復唱させられる。かつて友人から「純然たる疲労困憊《こんぱい》のために、党以外のものを愛するエネルギーなど残らない」と聞かされたことがある。

「その必要はありません」彼女は落ち着いた声で答えた。「わたしの使命は中国の大いなる栄光に、そして乗員の安全に傾注すること。それがすべてです」

「今言った順番でか？」

「今言った順番でです」彼女はすぐに答えた。

艦長は数秒のあいだ彼女を見つめてから、データパッドに注意を戻した。

「さがってよし」

彼女は敬礼すると、艦長が高価なウイスキーをするあいだに部屋を出た。

41

スアン・グエン

スアンは雨の夢を見ていた。ほほ笑みながら顔を上に向けるが、水を感じることができない。雨が激しく降っているのに、彼女にはまったく当たらない。場所を移動し、両手を大きく広げて口を開けてみるが、雨粒の一滴すら感じないし、味わえない。雨は足もとを流れゆき、近くの防水シートに打ちつけ、物売りたちを雨宿りの場所へと追い立てる。

彼女は必死になって通りに飛び出し、空を見上げるが、顔から笑みが消えてしまい、あたりは暗闇がどんどん深くなっていく。通りには誰もおらず、ただ暗闇だけがその手を伸ばし、地面を這うように迫ってきて……

足の痛みで目が覚めた。焼けるような痒《かゆ》いような感覚にぎょっとして覚醒したとたん、金属箱の内面に後頭部をぶつけた。眠気が急速に遠のき、迫りつつあった闇が消えたが、感じていた恐怖は別の恐怖に取って代わられた。自分が物音をたてたのではないかという恐怖。静寂の中で待った。けれども、奇怪なクモが箱の外をすばやく走り回る、頭が変になりそうなあの足音は聞こえてこない。

スアン・グエンは自分の片足に注意を向けた。拍動をともなう鈍痛、焼けるような痒み、それが交互に襲ってくる。酸の血液。いったい何が起こったのか、この小さな金属の棺《ひつぎ》の中で何時間も横たわりながら考え続けている。メスで突き刺したあの生きものの血は強酸だった。メスを溶かし、彼女の足を焼いて穴をあけた。ハオの腕を溶かした。彼はその腕を使い、生きものを遠ざけていた。わたしが彼を殺した。わたしが殺してしまったのだ。

こぶしをきつく噛み、すすり泣きをこらえた。頭がくらくらし、めまいがする。どれだけ長いあいだ食べていない？　どれだけ長いあいだ水を飲んでいない？　箱の中にいるのは一日？　それとも二日？　それを確かめる方法はない。時間経過の正確な感覚もない。どうにか眠ったものの、どれほどのあいだ眠ったかはわからない。あのクモが箱の上を歩く音で一度だけ目を覚ました。この二度めの覚醒は自分の足の痛みのせい。

医療キットに鎮痛剤が入っている。弱いのと強いのと、両方。強いほうはモルヒネ。五本のアンプルと注射器。アンプル一本で痛みを三、四時間は抑制できる。アンプル三本ですべての痛みと恐怖を消すことができる……永遠に。彼女は医療キットに手を伸ばした。たぶん暗闇の中でも処置できるだろう。何がどこにあるか、触ればわかる。医療従事者ならば、砲火の中でも、損傷した船内でも、敵地においても、それをとっさに使用できなければならない。

指を這わせ、キットの中にあるふたつめの小さな保護ポーチを開けた。冷たいガラスの薬瓶を指先でそっとなでる。

ふと父親のことを考えた。本当は弱いのに強いふりをして、彼女が船に向かう地上車に乗りこむときにほほ笑みを見せた。彼女に兄弟姉妹はいないので、父親は隣に住むビンおばちゃんを除けば狭い

41

アパートにひとりぼっちになってしまう。おばちゃんは部屋に入ってきては父親の喫煙に文句を言いながら窓を開け、それから、おいしい熱々のフォーをどっさり作ってくれる。父親はぼろぼろの読書椅子にすわって威厳を保とうとしつつも、その顔には小さな笑みを浮かべている。

思い出しながら、スアンも笑みを浮かべた。

アンプルを取り出す。一本だけ。もう一方の手を身体の下から引き抜き、ひどい痺れを解消させるために指を動かした。手の感覚が戻ると、モルヒネをその手に持ち替え、別の手で注射器を探り当てた。これは得意な処置だった。たとえ暗闇の中でも、窮屈なその場しのぎの棺の中でも、きちんとこなせる。

薬液を自分に注入した。すぐに効いてきた。陶酔感と、暖かさと、心地よさと、ありがたさ。夢の中のように浮き上がり、棺の外に抜け出し、恐怖の墓場をあとにし、今はとても狭く感じられる巨大艦船をすり抜け、宇宙へと漂い出ていく。

深い恍惚《こうこつ》感の中でスアン・グエンはほほ笑んだ。

42

スアンは静寂の中で目覚めた。水音だけが遠く聞こえ、まるで配管用パイプの中にいるようだ。クモたちの足音は聞こえない――もう何時間も耳にしていなかった。わずかに身体の向きを変え、箱のふたをそっと押してみた。びくともしない。たわみもしなかった。さらに体勢を変え、歯を食いしばりながら肩で押してみたが、すぐに疲労とめまいに襲われた。モルヒネ注射の影響はまだ少し残っているが、目の奥に痛みを感じた。唇がひび割れている。脱水状態にあるようだ。ひとりぼっちで、身動きもままならない。

スアンは声を殺して泣いた。

時間だけがすぎていった。

ふたたびまどろみ、雨の夢を見た。

目が覚めた。今回は拍動性頭痛とともに一気に覚醒した。足が猛烈に痒い。箱の中に鼻を刺すような臭気があった。一拍おいて自分が失禁したことに気がついた。一瞬、これを飲んでおくべきだろうか、と考えた。過酷なサバイバル物語にはいつだって尿を飲む話が含まれるものだ。だが、もう遅い。ほとんど乾いてしまっている。

金属の箱の中で餓死することになってしまったら、そこに尊厳はほとんどない。ここで死ぬことになるのだろう。今ではそれを確信していた。
とはいえ、心の準備はできていない。今はまだ。全然。
モルヒネをもう一本打った。
またしても恍惚状態に入っていく。

43

スアンは残っている三本のモルヒネを手の中に集めた。首の痙攣がひどくなるのを感じながら、アンプルをしっかり握りしめる。小さな箱の中で丸まる姿勢を長く続けているせいで全身が痛い。最初は恐怖によってまぎれ、次いでモルヒネが気を散らしてくれたが、今や痛みを無視することができず、気持ちを圧迫してくる。肩の筋肉が引きつり、思わずうめき声がもれてしまう。

身体の側面全体が痛み、両脚も痛む。呼吸すると背中が金属面に押しつけられ、この閉鎖空間では充分な空気を吸える気がしない。今すぐ叫びたかった。叫び声は喉の奥に居すわったまま、自由になりたがっていた。恐怖とフラストレーションをすべて声に変えて体外に吐き出したがっていた。まさに心の底からの叫びだが、どうにかとどめた。その声で目覚めさせてしまうかもしれないものが恐ろしかった。

ふたたび箱の上部を押してみた……が、力がほとんど出ない。山を動かそうとするに等しかった。

「くそっ！」と怒声を上げた。両手が震えていた。

そのとき物音が聞こえ、とたんに震えが止まった。金属の床に何かがこすれる音に全身が凍りつく。また別の物音がした。あの足音ではない。正体不明の音。息をこらし、耳を澄ます。

何も起こらない。

気のせいかもしれない。

43

幻覚かも。

幻覚は重度の脱水状態が引き起こす症状のひとつだ。唾を飲みこもうとしたが、口の中がからからで無理だった。飲みこもうとすると痛みが走った。今ではあらゆることに痛みがともなう。動いても、動かなくても、考えても、考えなくても、痛い。

痛みをもたらさないのは、手の中にある貴重な薬物だけ。

くぐもった声。誰かがしゃべっているが、自分はしゃべっていない。雨の音が聞こえ、自分が幻聴を聞いているのだとわかった。心は自分を過去に引き戻そうとしている。どこまでも安全で、記憶の中で少しぼやけているが、消えることのない本物の光景の中に。過去ではすべてがわかっており、未来にまだ可能性がある。それで、心はその最後のひとときに戻っていった。

先ほどよりも多くの人びとがしゃべり、部屋を横切って歩き、スアンはふたたび通りに出て夕立を待った。湿度がどんどん高まるのを身体で感じ、雨がやってくる、あのめくるめくような解放が空からやってくる、とわかったとき……

「スアンはどこだ？」

彼女の心は漂うのをやめた。その声は聞き覚えがあり、ほかの人よりも大きい。

「スアン？」

彼女は手のひらを金属に押し当ててみた。これは現実だ。頭痛、足の痒み、筋肉の痛み、配管内を流れる水音、そのすべてが本当だった。

人びとが話している。誰かが彼女の名前を呼んでいる。

スアン・グエンは叫んだ。うれしくて必死に叫んだ。箱のふたが開いたとき、光がまぶしくて何も見えなくなった。それでも声は聞こえた。

「妹……」相手が誰なのかすぐにわかった。ハオだ。彼が生きている。わたしも生きている。

ハオに棺から引っぱり出され、抱きしめられたとき、スアンは泣いた。

44

乗組員たちはひとり、またひとりと息を吹き返した。青白い奇怪なクモは人間からはがれ落ち、脚をかがめた格好で床に仰向けに転がっている。スアンの仲間たちは意識を取り戻したとき、頭が混乱し、ひどい空腹を感じているようだが、すこぶる元気だった。自分の身に起きたことを笑い飛ばす者さえいたが、その笑いが心からのものでないことは彼女にもわかった。ショックからなかなか立ち直れない者たちもおり、ぼんやりとすわり、自分の顔に貼りついていたものをまばたきもせずに見下ろしていた。

悪夢は終わり、みんな目を覚ました。

気味の悪い卵は二十二個以上――おそらく三十個以上――あったが、ひとつ残らず上部の口が開いていた。床を歩き回っていた残りの個体もすべて死んだようで、彼女が隠れていた金属の箱のまわりには死骸が山となっていた。箱の表面を見ると、塗装とその下の金属の一部があばた状に溶けていた。箱はチタン製で、この部屋全体も同じ材料で造られている、とハオが指摘した。青白いクモは胴体の下面から酸を分泌できるようだが、血液ほど強力ではなさそうだ。

スアンが一匹をメスで突き刺した場所の床には大きな穴がいくつかあいていた。穴の中では水がはね、ときおり飛沫が飛び出している。それを見た料理士のタインが「少なくとも、飲めるものはあるな」と言って穴のほうに歩いていった。

だが、ダン船長が彼を引き戻した。「あれが水とはかぎらない」

「なんで？」

「やつらはこの白い毒虫用にこの部屋を造った」ダンは鼻の骨が折れているせいで少し不明瞭な鼻声だった。「やつらはきっと酸の血のことを知ってるにちがいない」

「だから？」

「だから、強酸の血を持った異星生物から船を守るのに、ふつうは水を使わないってことだ」

「アルカリ溶液だな」ハオが言った。

「だろうな」船長が答え、穴の近くに横たわる中国人の死体のかたわらに膝をついた。船長は上半身だけの兵士の片手をつかむと――そのさりげなさにスアンはたじろいだ――その手指を穴の液体にひたした。数秒後、肉が溶け始め、また別の異臭があたりに漂った。

死体、硫黄臭の卵、そして今度は溶けた肉。スアンは吐き気を覚え、口と鼻を手でおおった。船長は要領がよく、死んだ兵士からフェイスマスクをはぎ取ると、折れた鼻の痛みに顔をしかめながら装着した。彼は兵士の軍用拳銃も取り上げた。スアンは、死体の胸プレートの上部に武器があったことにすら気づかなかった。船長が拳銃を手に持って立ち上がり、乗組員たちに向き直った。

「よし、この中国の牢獄《ろうごく》から脱出しよう」

45

彼らには食糧も飲み水もないが、煙草だけはあった。大半の乗組員はどこへ行くにもひと箱持っていた。いつもは吸わないスアンも、勧められた一本だけ吸うことにした。煙草は空腹をやわらげる助けになった。

彼女はまずハオの腕を手当てし、傷口を消毒してから包帯を巻いた。負傷の度合いは深刻で、腕をもとどおり使えるようになるか、彼女にもわからない。残った指は二本で、どちらも途中まで溶けており、前腕の筋肉は焼けただれて露出していた。スアンは彼に鎮痛剤を与えた。彼は手当て中に傷口から目をそらしていたが、それ以外は腕を失いかけた人間には見えなかった。彼はとても強い男だった。

エビはいまだ意識が戻らず、顔には青白いクモが貼りついていた。ほかの乗組員たちはエビから離れ、けっして近づこうとしない。エビは腰で切断された中国人兵士の隣に横たわっている。中国兵の腐敗臭は今のところ耐えられないほどではなかった。スアンはエビの片脚を手当てするためにしゃがみ、足首付近の切断面に凝血剤スプレーを吹きつけた。処置をするあいだ、ハオが彼女の背後に立ち、若者の顔をおおったままの生きものを監視していた。

スアンはふと、この生きものがエビを生かし続けているのではないかと思い、暗い気分になった。これほど重症なのにずっと手当てもできずにいて、ふつうであればこうして生きているはずがない。

すでに死んでいてもおかしくないのに、心拍が——遅いとはいえ——しっかりしている。この生きものが顔から離れたらどうなるのか、考えずにいられなかった。

　スアンは最後に自分の手当てに取りかかった。抗炎症薬で筋肉の痙攣を抑え、次いで痛みにうめきながらブーツを脱いだ。いや、脱ごうとしたが、足が腫れていてうまくいかなかった。ブーツは甲の部分にぽっかりと穴があき、それが靴底まで貫通していた。ハオにブーツを引っぱってもらい、彼女は歯を食いしばって痛みに耐え、ようやく脱げたときにはあえぎ声がもれた。血で固まった靴下もハオが引きはがしてくれた。

　局所麻酔をして傷を消毒し、仲間のひとりに包帯を巻いてもらう。ふくらんだ足にはもうブーツが入らず、反対側のブーツも脱いで金属の床の上に裸足で立った。慎重にゆっくり足を動かせば歩くことができる。幸いにも骨は酸に侵されていなかった。

　部屋の中は暖かく、湿度が高い。おそらく異星生物の卵を孵化させるためだろう。彼女はハノイの気候を少し思い出した。

　煙草を吸い終わり、生き延びたという高揚感が燃えつきると、自分たちの置かれた状況が自覚された。ひとりが監視カメラの存在に気づいた。一台は入口扉の上、もう一台は奥の両開き扉の上。位置が高すぎて手は届かない。

「これは何かの実験だな」船長が言った。

　銃声がとどろき、誰もが跳び上がった。

　ダン船長が完璧な狙いで一台のカメラのレンズを撃ち抜き、銀色のガラスが粉々になって床に落ち

45

た。

もう一発。

同じように二台めのカメラも破壊された。一同は歓声を上げたが、歓喜は長くは続かなかった。みな頭の中に疑問が浮かんでいるのだ。

「あとは待つだけだ」船長が言った。「体力を温存しよう」彼は部屋の奥のスペースを指し示した。スアンが永遠の時間をすごした箱の近くだ。「みんなで話をしよう。故郷の話、旅の話、身の上話。この状況を脱することができるかわからんが、同志よ、ひとりでも生き延びられたら、われわれの話は語り伝えられるだろう」

46

技術主任のホアンが奥の扉の制御パネルと格闘するあいだ、ほかの乗組員たちは車座になって最後の煙草を満喫しながら、たがいの話に耳を傾けた。それぞれの人生の断片や、ずっと秘密にしてきたこと。料理士のタインは、幼いころに失踪した親について話した。航法士のマイは、暴力を振るうパートナーが何光年も追いかけてくるので結局身元を変えた、という話をした。

ダン船長は、ドラッグを買うために心やさしい祖母から金のネックレスをこっそり盗んだ話をした。だいぶ若いころの悪事だが、すぐに後悔し、売るのを恥ずかしく思い、かといって恥を忍んで返すこともできず、ネックレスをずっと持っていた。祖母はときどきネックレスが見つからないと言ったが、子や孫たちは彼女が年を取って忘れっぽくなったせいだと思っていた。そもそも彼が盗みを思いついたのも、それが理由だった。祖母は何年も前に亡くなったが、彼は今もそのネックレスを船長室にしまっているという。

ひとりの話が終わるたびにみな沈黙し——ほほ笑んだり、悲しい顔をしたり——また別のひとりが話を始めた。

誰もが空腹だったが、喉の渇きを覚えているのはなぜかスアンだけだった。そこでタインが気の進まない様子ながら、使いこんだ銀色のフラスクを彼女に手渡した。彼女はそれをむさぼるように飲んだが、焼けるような刺激に目を丸くし、思わず咳きこんだ。胸がかあっと熱くなった。それを見て乗

46

組員たちが笑った。

「これ、どれだけ安物なの、おじさん?」彼女は咳で息も絶え絶えにきいた。

「もちろん、わしが見つけた一番安いやつさ!」

一同はまた笑った。乗組員たちは疲れ果て、恐怖を抱いていたが、少なくとも仲間がいっしょだった。これが最後のひとときだとしたら、これ以上のすごし方は考えられないだろう。

ハオの番になった。

「おれは時計職人の八代目だった。まあ、そうなるはずだった。一家でハノイの旧市街に住み、親父は先祖代々の場所で時計の商売をしてた。間口二メートルの小さな店だが、やたらと奥行きがあったよ。親父はそのまた親父と同じ位置にすわってガラスの陳列ケースの上に身をかがめ、片方の目に拡大鏡をはめ、手もとにやってきた時計をひとつひとつじっくりと調べてから、修理したり、組み立てたりしてた。親父はおれに、細かい道具をひとつひとつ説明してくれたが、ものすごくたくさんあるんだ。三十種類以上だぞ、想像できるか? 手首につける小さな機械ひとつのために。親父はメカニズムの各部品や職人が求める動作音についても話してくれた。おれに時計をひとつひとつ手渡して、手のひらで重さを覚え、親指でなでたときの細部を愛するように、と言った。なのに、おれは耳を貸さなかった。これっぽっちも。おれは腹を立ててたんだ。時計職人のせがれだが、夢見てるのは宇宙のことだけだったから。それがおれの問題だった」ハオは煙草の煙の中で言った。「おれはいつも目の前のことより、まだ見ぬ経験にばかり関心を向けてた」

「よっぽど時計職人になりたくなかったんだな?」ひとりが尋ねた。

ハオがほほ笑みながらかぶりを振った。「いや、ちがう。おれが言いたいのは、親父とすごした時間がかけがえのないものだったってことだ。おれはいつだって親父に腹を立ててた。おれに自分の跡を継がせたがってると思ってたから。けど、親父はそんなこと考えてなかった。ただ親子で理解し合いたかっただけなんだ。時計職人であるというのは、いつも家にいることを意味する……おれたちは店の二階で暮らしてた……つまり、おれたち子どもが学校へ行くときも帰ってきたときも、そこに親父がいるんだ。休日も週末もそこにいる。親父は拡大鏡ごしに腕時計の裏を見てるが、そのあいだずっとおれたちの声を聞いてた。おれや妹たちの声を。親父は子どもたちに、今日あったことを全部話すように言い、おれたちが答えるのをじっと聞いてた。おれたちを愛してたんだ。親父はやさしくて家族思いで、おれのほうはただ逃げ出したいと願ういらいらした若者だった。それから何年もたってからハノイに戻ってみたら、店はもうたたまれてた。親父は『もう目がよくないし、そんな時計職人は必要とされないんだ』と言ってた。親父の言うとおりだと思うが、シャッターの閉まった店を見たとき、おれは心の一部が閉ざされた気分だった」

ハオが悔やむように首を振った。過去に思いをはせながら、目をうるませていた。彼は車座を見回した。

「おれの話はもういい。おまえはどうだ、スアン？　ずっと静かじゃないか、妹。いつもみたいに目立つまいとしてるようだが、話を聞かせてくれ」

一同がスアンに顔を向けてきた。どの顔も青白く、部屋の暑さで汗ばみ、煙草の煙にかすんでいるが、一様に期待と興味が浮かんでいる。仲間のまなざし。

スアンは大きく息を吸った。

料理士のタインが咳をした。なかなか止まらず、隣の男が手のひらで彼の背中をさすった。

「煙草はもうやめることだな」ハオが言って笑った。

スアンは何かが気にかかり、機械的な笑みしか返せなかった。咳がますますひどくなり、料理士が膝立ちになってシャツの前を両手でつかんだ。

「タイン？」ハオが真顔になり、手を伸ばしかけた。スアンは医療キットに手をやりながら立ち上がった。

タインが叫び声を上げた。ぞっとするような声だった。

スアンはたじろいだ。指を鉤爪のように曲げて自分の胸をつかんでいた料理士が急に倒れこみ、床の上でのたうち回り始めた。彼の絶叫は今までに聞いたこともないものだった。哀れを誘い、死にもの狂いで、苦悶《くもん》に満ちた声。

何人かが立ち上がって後ずさり、ほかの者たちは固まったようにすわっている。船長とハオが両側からタインの腕をつかみ、状況も対処法もわからないまま、彼をその場から連れ出そうとした。

「タイン！」スアンは大声で呼んだ。「聞こえる？　胸が苦しいの？」

彼が足をばたつかせ、不用意に近づいたスアンは蹴り飛ばされてよろよろと後退した。タインが叫ぶのをやめ、異様な声でうめき始めた。

「ぐぁ、ぐぁ、ぐぁ、ぐぁ、ぐぁ」両手で白いシャツを握りしめている。

スアンはモルヒネに手を伸ばした。彼を鎮静させる必要がある。

何かが破裂するような音がし、タインの白シャツが急に真っ赤に染まった。スアンはぎくりと足を止めた。誰もが動きを止めた。あの血はどこから出たの？

タインがさらにもだえ、頭が勢いよく前後に揺れた。船長が後方に弾き飛ばされたとき、タインの胸部で異様なこぶがふくらみ、外に向かって突き出してきた。乗組員のひとりが悲鳴を上げ、別のひとりが両開きの扉に飛びついてたたいた。

「助けてくれ！　助けてくれ！」

タインが床の上で激しく身をよじった。自分でも信じられないといった様子で目を大きく見開いている。ハオが彼の身体を押さえつけようとし、スアンは注射器を手に持って這い寄っていった。タインが甲高い悲鳴を上げた。

何かが砕けた。

スアンは血しぶきを浴びた。

タインの全身から力が抜け、床にどさりと横たわった。ハオが彼を見下ろした。血に染まった顔で呆気《あっけ》に取られている。

生きものがいた。

タインの胸の中に。

クレーター状につぶれた血だらけの胸で、小さくて青白い何かが血にまみれてうごめいていた。それが胸郭の隠れ家から、節になった太い尻尾で立ち上がった。あの奇怪なクモとよく似た尻尾だ。小さくて形成途中のような腕と、なめらかな曲面を持つ長い頭部。小さな口には歯が光っている。

スアンは注射器を持ったまま凍りついた。

誰かが嘔吐《おうと》した。

ハオが叫び声を上げた。

彼は負傷していないほうの手で青白い悪魔をつかむと、タインの体内から引きずり出した。それは、きいきいと鳴き、尻尾を鋭くしならせたが、ハオはスアンの知る中で最も力が強くて最も勇敢な男だ。誰もがショックで固まるか悲鳴を上げる中、ハオが生きものを壁にたたきつけた。

何度も何度もたたきつけた。

悪魔が小さな顎でハオの手に噛みついた。手の甲に血がにじんでも、ハオは生きものを壁に打ちつけるのをやめない。ぐしゃっという音のあとに、シューッと音がし、ハオが悲鳴を上げた。

彼が手を大きく振って、生きものを床に落とした。それが落ちた場所の金属がシューシューと音をたてながら煙をたなびかせた。それはまだ死んでいなかった。ふたたび鳴き声を発し、動こうとした。だが、体内に損傷があるらしく、わずかしか移動できないようだ。

ハオがそれを踏みつけた。何度も、何度も。ぐしゃりとつぶれ、淡い黄色の血が飛び散った。白い床に穴が増え、ハオのブーツも煙を上げ始めた。怒声が苦痛の叫びに変わり、彼はブーツを脱ごうと床に転がった。タインを死にいたらしめた生きものは絶命し、圧壊した胴体がひくついていた。

スアンはハオに駆け寄り、彼のブーツを引っぱろうとした。手に刺すような痛みが走り、悲鳴を上げた。手のひらを見ると小さな異物が付着し、煙を上げている。彼女は悪態をつきながら、それを振って落とした。

そのあいだにハオが自力でブーツを脱いで放り投げ、そのとき一秒だけ——ぴったり一秒だけ——スアンは彼の顔を見ることができた。彼が苦痛の中で笑みを向けてきた。負傷していなかったほうの手をわきの下にはさんでおり、肉の焼ける強烈なにおいが漂ってくる。それでも、彼は小さくほほ笑んでみせた。自分は大丈夫だ、と彼女に思わせるために。心配するな、妹。

床に何かが落ちて硬い音をたてた。船長が拳銃を落とした音だった。彼は胸を押さえていた。

「スアン」船長の声はこわばっていた。「スアン」

彼女は船長のほうへ向かった。

ひとりの乗組員が叫び声を上げ、また別のひとりが倒れて床で激しくもがき始めた。ほかの乗組員たちが両開きの扉に走り、チタンの表面をこぶしでたたきながら助けを求めた。スアンは咳きこんだ。煙草の煙に肉体と金属が焼ける煙がまじり合い、白と黒の渦がからみ合って立ちこめている。船長も全身をばたつかせ始め、スアンはもはや何も考えられなくなった。

自分に何ができるのか。何をすべきなのか。

スアンのすぐ近くで悲鳴が上がった。足もとを見ると、船長が胸を真っ赤に染めながらのたうち回っており、それを目撃した別の誰かも悲鳴を上げた。それはスアン自身の悲鳴だった。彼女はどうにか正気を保とうと、両手で頭を抱えた。誰かがスアンの名を呼んでいた。

よく知っている声が、彼女の名前を呼んでいる。

振り向くと、ハオが激しく身もだえしていた。それでも彼は強く、とても強く、煙の立ちのぼる腫れ上がった手を彼女のほうに差し伸べていた。

「妹。おれを撃て。撃ってくれ」

スアンは思考停止におちいったが、どういうわけか手の中に船長の拳銃があり、銃口をハオに向けていた。まっすぐ胸を狙っていた。横のほうから聞こえていた悲鳴が、吐き気をもよおすような破裂音とともに止まった。

「妹」ハオがまた言った。今やひざまずき、苦痛に満ちた声で懇願した。「おれを撃ってくれ。撃てつんだ。頼む……」彼が一瞬だけ目を閉じ、胸の出っぱりがうごめいた。スアンの手の中で拳銃が震え、とても重く感じられた。彼女はまばたきで涙を振り払い、ハオに話しかけようとしたが、口から出てきたのはひとつの言葉だけだった。

「ごめんなさい、ごめんなさい、ごめんなさい」

銃口は揺らぐばかりだった。ハオが絶叫し、とうとう胸部が壊れた。のたうつ音と、きいきいという鳴き声が聞こえ、彼女は動きを取り戻した。頭はもう機能せず、肉体の命じるままに肩で息をしながら走っていた。箱に戻ろう。息のつまるような真っ暗闇に、安全な墓場に戻るのだ。

閉所に自分の身体を押しこむとき、彼女は血で塗りたくられた部屋と死体を見た。兄のように慕った友人を見やった。彼は自分の胸を突き破って出てきた生きものを、信じられないという表情で見下ろしていた。

スアンは箱のふたを閉めた。暗闇が戻ってきた。安らぐような盲目状態が戻ってきたが、外の悲鳴を消し去ることはできなかった。仲間たちの悲鳴は彼女の心に突き刺さってきた。

ビショップ

47

彼らは仕事に取り組み続け、フェイスハガーに関する知見収集が急速に進展した。マイケルはいかにも満足げで、それを見てビショップも喜びを感じた。マイケルは二度ほどひどい頭痛をともなう体調不良を訴え、強い鎮痛薬を飲んで自室で睡眠を取った。そうした状況のとき、彼はビショップをラボに残し、ひとりで研究を続けさせた。

正確には、ひとりではない。そこには常に双頭の守護者オルトスがいて、ビショップの一挙手一投足に目を光らせていた。

ビショップは船のほかのエリアに対する好奇心がうずいてしかたがなかった。船は彼が行動を限定されている区画に比してはるかに巨大であるばかりか、脳内のデータベースでさえ見かけたことのない構造であるのは明らかだった。ここにある装置類——ラボの機器、居住区画のコンピュータ端末、量子コンピュータそのもの——は、アメリカ連邦のものではなく、スリーワールド帝国のものでもない。

革新人民連合のものでもありえない。彼らのテクノロジーはもっと旧式で時代遅れだ。となると、ラボの設備は〈ウェイランド・ユタニ〉社製であると理論上は推測できる——装置の技術水準は彼ら

47

の最高級の製品に匹敵する――が、〈会社〉のカタログと一致する機器はひとつも見当たらない。
鍵となるのは量子コンピュータだろう。このような装置は高価で比較的珍しい。筐体を取りはずすか、あるいは最低でも小窓から内部をじっくり観察する機会を得られれば、その出どころを推測できる自信はあった。

しかし、マイケルからは居住区画の端末――ビショップはそのマシンを使用し、予測と標本研究の支援を始めていた――へのアクセスしか許されていない。量子ラボへ入室する際も許可を得るよう求められており、ビショップはそれにしたがうつもりだった。まったく新しい自由を得た今でも、彼は創造者に無礼なふるまいをしたくなかった。

ビショップは居住区画のすぐ外、通路の突き当たりにある疵だらけの鉄の扉にも強い関心を抱いていた。理由は自分でもわからない。最初は単なる貯蔵エリアだと思い、そう説明されたら受け入れていただろう。だが、彼がそれについて尋ねたとき、マイケルは一瞬言葉につまってからこう答えた。

「そのときが来たら、すべて教える」

その言い方はビショップの好奇心をあおる結果にしかならなかった。〝そのときが来たら、すべて教える〟。また別の実験なのだろうか、とも思ったが、統計的確率からすれば考えがたい。そのようなわけで疵とへこみだらけの扉は、開けるのが待ちきれないミステリーボックスであり続けている。

もっと大胆な推測をするならば、最もありえそうな結論は、自分たちはある企業のために仕事をしており、それは〈ウェイランド・ユタニ〉社の競合相手である、ということだろう。とはいえ、どの競合企業であれ、ここで目《ま》の当たりにした設備を建造するのに充分なリソースを有しているとは思えない。だが、民間企業がその実力や狙いを隠すことに恐ろしく長《た》けているのも確かだ。

実りある長い一日が終わり、マイケルの発作も治まったようなので、ふたりは夕食のテーブルを囲んだ。オルトスたちがかたわらに立ったが、ビショップはもはや彼らを彫像と見なし始めていた。ふだんの会話や活動になんの役にも立たない部屋の装飾品だ。

マイケルがエンドウ豆、ニンジン、インゲン豆、ガーリックバターでソテーした魚という食事を終えたあと、白ワインのグラスを片手にデータパッドを読み始めた。ビショップは食事をせず、その代わりに一杯のウイスキーを頼んだ。その液体の感触がますます好きになっていた。

マイケルが歯のあいだから息を吸い、かぶりを振った。

「何か問題ですか？」ビショップはきいた。

マイケルが顔を上げ、データパッドを脇に置いた。

「戦争だよ」彼が答えた。「飽くなき紛争。帝国どうしがたがいに何千人、何万人を犠牲にしながら駆け引きをする。けっして終わることがなく、そこでは人間の命が単なる数字と化す。言うなれば、集計表への入力数値だ。ニュースを読んでも、毎回同じだよ。本当に気が滅入る」

「わかります」ビショップは言った。おそらく以前のプログラムの残響だろうが、彼は人間の被害について読むことに苦痛を覚える。そのため、ニュースは見ないようにしていた。

「ときどき思うのだが」マイケルが言った。「われわれ人間はゼノモーフとなんら変わらんのだろうか？」

47

「いいえ、ちがいます」ビショップは答えた。意図したよりも強い口調になっていた。マイケルが片方の眉を吊《つ》り上げ、二体のシンセティックが視線を向けてきた。

「ちがう？」

　ビショップは知らず知らずのうちに片手を腹部へと動かしていたのに気づき、その手をテーブルの上に戻した。

「ちがいます」彼は繰り返した。「人間には詩を作る能力があります」

「詩？」先ほどまで浮かない顔だったマイケルが、今はおもしろがっているようだった。

「詩です。言葉を配列し、その網を投げて瞬間というチョウを捕まえます。それは記録された記憶や、画面に映し出される新鮮さの抜けたものではなく、気分や感覚や瞬間をとらえるもの。それによって、何年、何十年とたった後世の人びとがその瞬間を追体験できるもの。ゼノモーフは絶対に詩を書いたり神話を創作したりしません。子どもたちに物語を読み聞かせることもない。郷土の料理を中心にして文化的習慣を構築することもない。ペットを飼って餌を与えたり愛情を注ぐこともない。翼を負傷した鳥を見つけて、やさしい手つきで拾い上げ、それを治療するのを仕事にしている人のところへ連れていくこともない。長くてきつい一日が終わったあとで仲間たちと笑い合うこともないし、何もかもがわびしくなったときにほほ笑みと冗談で慰めを得ることもない。絶対にしません。ゼノモーフは遭遇したあらゆる生命体を利用し、殺します。黒光りするキチン質の波となって広がり、行く手にいるものすべてを破滅させてしまう。どんな大きな目的のためでもなく、ただ存在のあるがままに。さらなる恐怖を拡大させるためだけに恐怖を与え、より多くの狩りができるという理由だけで狩りをし、詩的で愛にあふれた個々の精神を引き裂くために殺すのです」

マイケルはもうおもしろがっておらず、無言だった。ビショップが相手の表情をもっと正確に読めたなら、そこに驚きの感情を見いだせただろう。

「なんとすばらしい」マイケルがささやくように言った。

「何がです?」ビショップはきいた。

「このような話題に、そんなにも多くの言葉を費やすとは。てっきり、おまえはゼノモーフを称賛しているものとばかり思っていたが」

「称賛しています」ビショップは答えた。「彼らはことによると、わたしが調査してきた中で最も洗練された生命体かもしれません。あれほど効率的で破壊的で残忍な生物はいません。生物種としての構造は完璧で、指数関数的増殖と競争相手の根絶に全力で専念します。人間が乱雑で著しく非効率的かつ非生産的であるのに対し、ゼノモーフは常にただひとつの目標に向かって邁進《まいしん》します。わたしは彼らをすばらしいと思います」

「その点では、われわれも同意見だ」マイケルが言った。

「ときとして、彼らは完璧すぎるのではないかと思います」

「なぜそう思う?」

「今説明したすべてがその理由です。エイリアンはまるで、より高度な知性が完全兵器として設計したものであるかのようです」

マイケルが曖昧な声をもらした。「そうかもしれん。そうでないかもしれん。その疑問はわれわれの現在の仕事にあまり関係がないな」

ビショップが今まさに尋ねようとしている質問は、それを発するタイミングを見計らうのがむずかしかった。それでも彼は、これまでそのタイミングを長く待ちすぎた、と感じてもいた。

「われわれは誰のために仕事をしているのですか？」

マイケルが両手をテーブルの縁に沿ってすべらせた。ゆっくりと、左右の手が触れ合うまで。

「ああ。おまえに話しておく、よい潮時かもしれんな」だが、彼はためらいを見せた。

「どこかの企業ですか？」ビショップは先をうながした。

マイケルが数秒ほどじっと見つめてきた。ビショップは創造者の顔から感情が読み取れないことが気にかかり始めた。まだ日の浅いシンセティックかもしれないが、そろそろもう少し得意になっていてしかるべきではないか。だが、いくら努めても、マイケルを計り知れないと思うことがしばしばある。

「そう。〈ジュトウ・コンバイン〉だ」

「なるほど。中国企業ですね。採鉱と資源抽出が主力事業のはずですが」

「だから、秘密主義なのだ」

「なるほど、道理です」ビショップは言った。「もうひとつ質問があります」

「だろうな。おまえには必ずもうひとつ質問がある」

「申し訳ありません」

「謝ることはない。わたしがおまえをそのように作ったのだから」彼が手ぶりでうながした。「言ってごらん」

「この船の残りの部分はいつ見せてもらえますか、マイケル？」

「ああ」マイケルが皿を脇へどかし、オルトスがただちにそれをキッチンへ運んでいった。「いつおまえがそれを尋ねるだろうかと思っていたよ」

「お願いすることを毎日考えていました」

「知っているよ」

ビショップは笑みを浮かべた。「あなたはわたしのことをわたし以上に知っているようですね」

マイケルが鏡のように同じ笑みを返した。「どんな親もそうだよ、ビショップ。親とはそういうものだ」彼は長い息を吐き出した。「わが息子よ、信頼というのは相互通行だ。この船はわたしが明かしてよい秘密ではない。もちろん、会社から許可を得れば、通路を歩いたり区画を出る自由をおまえに与えることができる。できるが、わたしを信頼できなければ無理だ、ビショップ」

「あなたを信頼しています、マイケル」

「そうであるなら、データをアップロードするんだ。おまえの頭脳にあるデータをわたしに託してほしい。ミドルヘヴンズ全域で最も価値あるゼノモーフの情報の宝庫、それがディナーテーブルをはさんで目の前に存在するというのに、わたしは息子におあずけを食わされている。わたしがどんな気持ちでいるか、考えてもみてくれ」

ビショップはテーブルの上面に手の先をすべらせた。かすかな木目の感触にはなぜか気持ちを落ち着かせるものがある。自分の思考プロセスにはそれがない。失望が与えられるばかりだ。論理的には、データをマイケルに手渡すべきだろう。マイケルを信頼しているのは確かなのだから。彼に善意の意図があるのは明らかであるし、複数の帝国がゼノモーフを兵器化しようとしている宇宙において、少なくともひとつの派閥が善意の結果を得ようと努めることは本質的な善だと信じられる。

ビショップの所属していた小隊はもはや存在せず、もしも海兵隊に戻ったら、情報を引き渡すよう命じられ、そのデータが兵器化に利用されるのはほぼまちがいない。だが、彼は二度と戻るつもりはなかった。なぜなら、ここが自分の新しい家であり、新しい目的だから。それならば、なぜ迷う必要がある？

これだけ事実を並べても、何かがビショップに二の足を踏ませていた。名前づけも理由づけもできない本能。

「できません」ビショップは告げた。「残念ですが」

マイケルはほほ笑みもせず、同情も示さなかった。オルトスを彷彿《ほうふつ》させる表情のない虚ろなまなざしを向けてくるだけだった。

「疲れた」マイケルがようやくそう言って立ち上がった。「おやすみ」

「おやすみなさい」自室に向かう彼にオルトスが言った。

「ゆっくり休んでください」もうひとりも言った。

マイケルがいなくなると、二体がビショップに視線を向けてきた。

「あなたのせいで時間切れになってしまう」ひとりが言う。

「チクタク、チクタク」もうひとりが言った。

「どういう意味だ？」ビショップはきいた。

オルトスたちが近づいてきた。ビショップはテーブル上のステーキナイフをちらりと見やった。

「マイケルは善き人だ」ひとりがビショップを見下ろして言った。

「それはわかってる」

「あなたは彼とはまるでちがう」ふたりめが言った。

ビショップは目をそらした。「それもわかってる」

48

スー・ワン副長

叫び声はやんでいた。すでに三時間が経過している。科学者の話では、チェストバスターが出現してから恐ろしい黒い悪魔に変容するまで、その時間幅はたったの数時間しかないという。あのヴェトナム人が拳銃でカメラを破壊しなかったら、確認はもっと容易だっただろうが、それでも室内の音声は今なおモニターすることができ、その様子からすると、事態はジャン艦長の望みどおりに進んでいるようだった。

スーの望みはちがった。彼女は聞こえる音に嫌悪を覚え、ヴェトナム人たちが見せた仲間意識を思うと、いっそう嫌気がさした。彼らはたがいに支え合い、話をし、希望を持ち続けようとしていた。自分たちの体内で怪物が成長していることに誰ひとり気づかずに。そう、気づいたときはもう手遅れなのだ。スーはカメラを撃った船長を内心で称賛していた。そのせいで彼女の部下たちが危険にさらされるとしてもだ。ヴェトナム人たちはそうした行為で、最後まで反抗をやめない、というステレオタイプを強化させる。

「冷却プロセスを開始」スーは通信装置に告げた。「内扉を開けろ」

「了解」

　彼女は新しくてきれいな白い通路に並ぶ兵士たちを見た。彼らは巨大で分厚い扉の左右に展開している。扉の向こうは卵《オヴォモーフ》の孵化ゾーンだ。

「すでにブリーフィングを受けたと思うが、この異星生物種はおそらく高温多湿を好む。われわれは第一室に冷却剤を注入し、チェストバスターたちを第二室に追い立てる。所要時間は二分。チーム1は電撃スティックを準備。チーム2は銃を用意しろ」

　この任務には一個小隊三十名が投入されている。全員がヘルメットとフェイスマスクを含めた戦闘用装備で身を固め、深紅のアーマーを輝かせ、目をミラーバイザーで隠していた。彼女の背後にいる兵士たちは電撃スティックと円形のチタン製シールドをかまえている。シールドには疎水性コーティングがほどこしてあり、それは黒い悪魔の強酸血液による重度の負傷を防ぐ方法として科学者が提案したものだ。

　スーは完全装備ではないが、電撃スティックとシールドを持ち、防弾フェイスマスクで口と鼻を防護していた。

　彼女と向き合う形に並んだ残りの兵士たちは、アサルトライフルで武装している。彼女は次の命令を告げた。

「その扉を通ってくる異星生物は躊躇なく無力化しろ。あの生物は植民地海兵隊の一個小隊を簡単に全滅させた。一体たりとも本艦およびその使命に危険をおよぼさせるな」

「そうなったのは、海兵隊が弱いからであります」一名の兵士が言った。「連中には規律も真の意志もありません」ファン二等兵の言葉は、ヘルムート・ホーネッカー大統領の得意とするフレーズの言い換えだった。そのホーネッカーも歴代の大統領の長い演説を言い換えているにすぎない。常に言及するのは、アメリカ連邦の退廃と腐敗、そして彼らの本質的な弱点だ。そのくせ、それについては何ひとつ実行しない。彼らが口先ばかりであることは、スーも気づかざるをえなかった。

スー・ワン副長は全員に届くように声を高めた。「この新たな生物種に関するブリーフィングで学んでおくべきことがあるとすれば、それは、この生物に対処する際には謙虚に考えるのが正しい、ということだ。傲慢な思考は弱点となり、黒い悪魔に容赦なく利用されるぞ」彼女は二等兵を振り返った。「ファン二等兵、後方にさがれ」彼女はファンの顔を直接見なかったが、わずかに肩を落としているのに気づいた。

スーは手首に装着したカウンターを確認した。

「あと十秒」

兵士たちが身じろぎし、電撃スティックを起動させる放電音が次々に聞こえた。彼女は扉の隣にあるパネルに暗証コードを入力し、読み取り画面に親指を押しつけた。上部の警告灯が光り、扉の隙間から冷えたフロンガスがもれ出てくる音がした。分厚い扉が一メートルほど開くまで待ってから、彼女は合図を出した。背後にいた兵士たちがシールドをかまえながら一団となって突入し、スーもそのあとから室内に足を踏み入れた。

そこは殺戮場《さつりくば》だった。床の上に霧のように停滞していた冷却ガスがふたつに割れ、大勢の死体が見えてきた。どれも胸を破られ、湾曲した床に内臓と血をぶちまけている。ショックで見開かれた生気のない目、苦痛で丸まっている手、断末魔の叫びの名残《なごり》で開いたままの口。兵士のひとりが半ば嘔吐するように咳きこんだ。

死体のあいだには卵《オヴォモーフ》が直立し、どれも上部を気味の悪い肉厚の花びらのように開き、その縁には冷却ガスによる霜が付着している。奥の両開き扉が開放されており、そちらに目をやったスーは、第二室の黒い格子模様の床の上を背の低い黒い影がすばやく移動するのが見えた気がした。彼女は意識を集中させ、フェイスマスクの通信ボタンを押した。

「隊形を維持し、注意して進め。すべての卵の背後を調べろ。死体にもすべて電撃を与えること。専門家によれば、チェストバスターが食糧と身の安全のためにもとの宿主の体内にもぐりこんでいることがあるそうだ」

彼女の周囲にいる兵士たちが最初のショックを乗り越え、命令にしたがって前進を再開した。スーは扉から三メートル入った場所に立ち、封じこめエリアの全容を視野におさめた。この場所は火をつけて徹底的に清掃する。何もかも焼却処分にする。円筒状の周囲の壁に点々と設置されたノズルは事実上の火炎放射器だ。胸の悪くなる臭気を放つ卵も、脚を丸めた格好で床に散乱しているフェイスハガーも、ひとつ残らず火葬にする。科学者はこの試料の廃棄に文句を言うだろうが、彼女は気にするつもりはなかった。こんな不快な残骸の維持よりも部下たちのほうがはるかに大切だ。

スーは死体を見まいと努めながら、現場をもう一度見渡した。床には金属の表面が溶けてできた穴がいくつもあった。ヴェトナム人はフェイスハガーを一体殺したようだ。部屋の奥を見ると、チェストバスターも一体殺したらしい。

「制御室」彼女はマイクに告げた。

「こちら制御室」

「第二室に通電」

「了解」

低いうなり音が響き、続いて甲高い鳴き声が上がった。その声の大きさにスーは顔をしかめた。第二室には通電可能な金属製の黒いネットが格子模様に張りめぐらされている。通電によって異星生物を一時的に鎮圧できるという触れこみだが、少なくとも十数体の汚らわしい小型生物が床でのたうち回っているのが両開き扉を通して見えた。それから数秒間、ワイヤーの通電音をかき消すように、きいきいという鳴き声が響いたあと、制御室がスイッチを切った。

「死体を移動させろ」彼女は声に感情を出すまいと努めながら言った。悪魔たちには食餌が必要なのでヴェトナム人の死体を第二室に移動させる決定がなされた、と聞かされていた。このあと数時間にわたって黒い悪魔に食餌を与え、さらに何日もかけながら成体の大きさと強さを獲得するまで育成することになっている。スーは唇をきつく結んだ。

理由はどうあれ、このような目にあっていい者などいない。遺体を冒瀆《ぼうとく》されるに値《あたい》する者などいないのだ。

兵士たちも最初のうちは彼女と同じ気持ちだったようだ。ためらい、たがいに顔を見合わせ、誰が始めるかと様子を見ていたが、躊躇はそう長く続かなかった。彼女の戦場体験から言えば、兵士というのは何にでも慣れることができる。どんな窮乏状態にも、どんな命令にも、最後にはどんな残虐行為にも慣れてしまう。ヴェトナム人たちの死体は第二室に運ばれ、投棄された。スーは第二室の入口近くまで歩み寄り、チェストバスターが部下に襲いかかるような事態に備えて電撃スティックの代わりに拳銃をかまえた。

やつらは襲ってこなかった。冷気と電撃のダメージからまだ回復しておらず、動きが緩慢で、床に転がっている。青白い――じきに黒くなることがわかっている――皮膚。目のないドーム状の頭部、その下で光る金属めいた小さな歯。第二室にやつらの隠れ場所はない。卵は存在せず、床と壁と天井をおおいつくす黒いネットのほかには何もない。一番奥にまた別の両開き扉があるが、スーはその暗証コードを与えられていなかった。その先の第三室で何がおこなわれるのか、考えたくもなかった。

「チェン伍長」彼女は近くに立っていた兵士を呼んだ。

「はい、副長殿」チェンが応じ、直立不動の姿勢になった。

「隣の部屋にいる異星生物を数えてくれ。二十二体いるはずだ」

「はい、副長殿」

彼女はほかの者たちに怒鳴った。「急げ！　この扉を閉めたい」

兵士たちは熱心すぎるほどの勢いで部屋を行き来し、破壊されて血にまみれたヴェトナム人たちの死体を拾い上げては隣の部屋に投げ捨てている。彼女は第一室内を歩き回りながら目をこらし、死体や卵のあいだにチェストバスターが隠れていないか確認した。

スーの足が止まった。

第二室に続く扉に近い床に予備のネットが無造作に放り出してあった。あれは緊急用で、通常は扉の横にある金属容器に収められているはず。なぜあそこに置いてある？

48

「副長殿！」

彼女はさっと振り返った。第一室の入口付近で、赤いアーマーの兵士二名が死体を見下ろし、ひとりが死体の横で膝をついている。一瞬、状況がわからなかった。彼らは最後の死体を運ぼうとしていたらしいが、その死体が別の死体におおいかぶさっていたらしい。二番めの死体は見たところ少年のような若者だったが、片足を失っていた。

彼の胸は破裂していなかった。

死体から離れろ、スーは部下たちにそう命じようと口を開いたが、若者の胸が急にふくらみ、彼の目がかっと見開かれるのを見て、声を失った。断末魔の絶叫を音声モニターのシステムを介して聞くのと、三メートルの距離で直接聞くのはまったくの別ものだった。若者が叫び声を上げ、ふたつの部屋にいた全員が作業の手を止めた。若者が自分を覗《のぞ》きこんでいた兵士のアーマーの首もとをつかみ、こぶしが白くなるほどきつく握った。

あっという間のできごとだった。

「離れろ！」スーは叫んだが、兵士は死にもの狂いの若者の手を振りほどけない。兵士——彼女はそれがガオ二等兵だと認識した——が何度かこぶしを振り下ろしたが、ヴェトナム人はいっこうに手放す様子がない。若者がどのような苦痛を感じているにせよ、それはアーマーに保護されたこぶしで顔を数発殴られる以上のものらしい。

通訳装置を使わなくとも、若者が必死で懇願しているのは明白だった。ガオ二等兵が手間取った末に電撃スティックをつかみ、青い放電の走る先端を若者に押しつけた。電撃音が響き、若者が全身を痙攣させて弓なりにのけぞった。

そのとき、何かが砕けるぞっとするような音がした。

スーは三メートル離れていても血しぶきが額に飛んでくるのを感じた。

若者は死んでも兵士を離さず、その指はアーマーの縁にがっちり食いこんでいた。ガオ二等兵が立ち上がろうとし、そのときスーはようやく生きものに銃の狙いをつけた。青白い皮膚と金属光沢のある歯を持つ生きものが若者の胸にあいた穴から起き上がり、まるで方角を見定めるように室内を見回していた。

ガオが恐怖のあまり後ずさり、その勢いでヴェトナム人の死体が床から持ち上がった。引き金を引きかけていたスーの指がぴくりと止まった。

「じっとしてろ、二等兵！」彼女は怒鳴った。

だが、ガオはじっとしなかった。ヴェトナム人犠牲者の手をアーマーから引きはがそうと、恐怖に引きつった顔でもがいている。若者の死体から流れ落ちた血が床に細い弧を描き、チェストバスターが甲高い鳴き声とともに床に飛び降りた。

スーは発砲した。銃声が室内にとどろいた。チェストバスターのすぐ近くの金属床で火花が散ったが、すでに生物は動いていた。スーはフェイスマスクの通信ボタンを押した。

「扉を閉めろ！　どちらの部屋も閉鎖だ！　退避しろ！　急げ！」

フー軍曹の声が答えた。「副長殿が出る前にですか、出てからですか？」

生きものが床をすばやく横切り、ひとりの兵士の足のあいだをくぐると、扉を通り抜けて通路に姿を消した。

「くそっ！」スーは叫び、通信ボタンを押した。「第二分隊！　生物が封じこめ室から脱走した！　撃て！　撃て！」扉の外から叫び声が聞こえ、銃声が響いた。彼女は部下たちを振り返り、指さして怒鳴った。「第二室から退避！　急げ！」

そばにいた兵士が何か質問しかけた。

「ぐずぐずするな！」

兵士たちが命令にしたがい、第二室を隔てる扉が重い金属音とともに閉じられた。彼らが急いで第一室の出口に向かう中、外の叫び声と銃声が遠ざかっていった。

「軍曹、何が起きている？」スーは通信マイクに問いかけた。

「あれが……あれが通りすぎました、副長殿。現在、追跡中です」

スーは奥歯を噛みしめ、胸騒ぎとともに天井をあおいだ。

「副長殿」誰かが呼んだ。「副長殿」

チェン伍長だった。すぐ横にいた彼はバイザーを上げており、その目に恐怖が見て取れた。

「二十です」彼が言った。

「なんだ？」彼女は頭を明瞭にしようと努めた。

「二十体です。第二室には、死んだ一体も含めて二十体しかいません」

宿主のヴェトナム人は二十二名。計算は単純明快だった。「二体が行方不明だ」

「二体が行方不明です」伍長がオウム返しに言った。

スーは第一室の中を見渡した。人間および異星生物由来の有機廃棄物。血液。部下のひとりの半身遺体。

「あの遺体をここから出して医務室へ運べ」数名の兵士がうなずき、作業に取りかかる。「部屋から退避。今からここを焼く」

兵士たちから返ってきた「了解」の声には明らかに安堵があらわれていた。彼女は分隊が部屋から出ていくのを見ながらも、まだ最後のチェストバスターを探していた。見つからなかったとしても問題はない。隣の部屋には十九体の生きた標本が確保されており、科学者の計画している何か――そして、ジャン艦長が企てている何か――には充分以上の個体数だろう。

スー・ワンは立ち去ることにした。

背後で何かをたたく音が聞こえた。

なんの音だ？

彼女は振り向き、拳銃をかまえた。奥の両開き扉は閉まっている。動くものはない。

こつこつ、こつこつ。

箱。金属の容器。予備の安全ネットが引っぱり出されていた理由がわかった。箱の中に何かがいるのだ。人間が入るには小さすぎる。フェイスハガーの一体か？　箱の周囲には死骸がいくつも転がっているが、あの生きものは箱から中身を取り出して代わりに自分が隠れるほどの知能を持っているだろうか？

いいや。ありえない。

48

こつこつ、こつこつ。

箱は七十センチかける七十センチ。もっと小さいかもしれない。小柄な人間ならぴったり収まる可能性はある。彼女は拳銃をホルスターに戻すと、電撃スティックを引き抜き、シールドをかかげた。片手で箱のふたを開ける。

若い女が入っていた。えらく小柄だ。ありえないほど身を丸め、狭い空間にどうにか収まっている。女は目をすがめ、光を避けるように顔をそむけた。スーはほっとして息を吐いた。これが二十二人めの乗組員。行方不明の黒い悪魔は一体だ。二体ではない。

スーがシールドを下ろしたとき、若い女がびっくり箱のように飛び出してきた。跳びかかられたスーは、顎の下に押しつけられるものを感じた。冷たくて硬い金属。ヴェトナム人の女は強い口調で何やらささやいた。目を大きく見開いており、開いた瞳孔には狂気がほの見える。スーはためらっているうちに髪を強く下向きに引っぱられ、痛みにうめいた。冷たい金属——もちろん拳銃——が顎下の柔らかい肉にさらに強く押し当てられた。

スー・ワンは両腕をゆっくり伸ばし、電撃スティックとシールドを手放した。それらが床に落ちて音をたてた。背後で兵士たちが怒声を上げたが、スーは女の顔から目をそらすことができないまま、伸ばした手で部下たちに後退するよう合図した。若い女の目は血走り、その下にはくまがある。スーは音声モニターで恐怖の様子を聞いたが、この女は惨劇を目の当たりにしただけでなく、それを生き延びたのだ。

おそらく、そのせいで正気を失ったのだろう。

女がヴェトナム語で何か言った。スーは扉のほうへ後ろ向きの姿勢で押され、足がよろめいたが、左右に広げた手で部下たちに落ち着くよう合図を送り続けた。そして、興奮している女にも落ち着くように手ぶりで示した。

ワン副長は人質となった。

49
スアン・グエン

悲鳴が聞こえなくなるまでどれくらいの時間がかかったのか、よくわからない。頭に重い毛布をかけられていたかのように、すべての音がくぐもり、遠くに聞こえた。五感は起こっている事態を処理できず、時間経過に対する理解も消え失《う》せた。スアンが確かに有するのは暗闇だけで、ひとたびそれを受け入れ、それに包まれることを求めれば、安らぎを知ることができた。

そのため、悲鳴がいつ終わり、捕食の音がいつ始まったのか、わからなかった。嚙みついたり、びちゃびちゃと咀嚼《そしゃく》する音で仲間が食われているのだと思い知らされたのも、いつだったか定かでない。乗組員たちが餌にされていることを理解したが、暗闇の奥に引きこもり、ほかの音に耳を澄ました。壁の中を流れる液体の音に神経を集中させた。アルカリ溶液——誰かがそう言っていたが、ちがう。

あれは豪雨で屋根を流れ落ちる水の音。

蒸し暑くて長い一日が終わろうとしている夕方の豪雨。通りはのろのろと渋滞し、誰もが怒りを爆発させる。だが彼女は、何軒ものビアホイにすわっている汗ばんだ男たちの不機嫌で虚ろな視線を無視し、けたたましく鳴り続けるスクーターのクラクションも無視して家路を急ぐ。

家に着く前に空が開け放たれる。いたるところにいっせいに水が降り注ぎ、トタン屋根や車のボンネットで轟音《ごうおん》をたて、通りを洗い流してきれいにする。頭をのけぞらせると、雨が顔に連打を浴びせ、開けた口の中に入り、背中をつたい落ちていく。スアンはいつも解放された気分になり、笑い、街もまた解放されたように感じる。きれいで、新しく、どことなくハッピー。

声がした。

暗闇と雨の向こうで誰かが話している。ヴェトナム語ではなかったので、無視しようとした。それでも声はやまず、気がつくとスアンは箱の中に戻っていた。箱の中が涼しい。涼しすぎる。彼女は震え、歯が鳴った。

どうしてここはこんなに寒いの？

寒いせいで、暗くて心地よい場所から引き戻され、複数の声とその不明な言語に耳を傾けた。飢えとショックの影響が精神に鎖のように重くのしかかっていることをぼんやりと悟り始めた。話されているのが北京語であることにようやく気づいた。左右の手を握りしめ、片方の手にある硬くて冷たいものを握りしめ、精神を集中させようとした。声の主たちは現実だ。現実でなければならない。彼らが現実であるなら、中国人があの生きものたちをどうにかしたわけで、であれば彼女は命拾いしたことになる。

それが考えることの問題、頭を明瞭にすることの問題だ。ハオの姿が思い浮かんだ。撃ってほしいと懇願する姿。手の中にある硬いものは拳銃だ、と気がついた。勇気がないばかりに使えなかったもの。もう二度と泣くまいと、手の甲に歯を立てた。

49

地球での暮らし、乗組員たちの顔、あのけだものが仲間の胸から飛び出したときに飛んだ血しぶき。光景が閃光《せんこう》のように脳裏に浮かぶ中、スアンは懸命に考えようとした。考えねばならない。中国人はヴェトナム人をこの罠《わな》の中へと誘導した。なぜ？　想像を絶するような異常な実験のため？　軍の仕組みはよく知らないが、彼らが機密を愛することは知っている。ＵＰＰの指導者たちは機密によって力を得ているのだ。

彼らはスアンを生かしてはおかないだろう。生かしておけるわけがない。

ハオのことを思った。もう悲しみは感じない。彼や乗組員たちのことを思うと、怒りが湧いてくる。スアンはここで死ぬつもりだった。だが、黙って死にはしない。自分の兄弟姉妹を実験動物のように扱われて、ただですませる気はなかった。

ただですますものか。戦ってやる。

全身が痛み、痙攣し、復讐《ふくしゅう》するだけのエネルギーも不足しているが、そのすべてを補うものがある。外の声は続いており、ときおり力強い大声——女の声——が命令を下していた。スアンは医療キットの中を手探りし、アドレナリンを見つけた。この箱から出て敵中に飛びこむならば、これが身体に活力を与え、集中力を高めてくれる。

彼女は太ももに注射した。

思わずあえいだ。

胸の中で圧力が高まり、背筋が伸びて頭が箱の側面にぶつかった。もう一度あえぎ、息を吸おうとすると、頭の中に雷雨のようなホワイトノイズが起こった。

彼女は箱の側面をたたいた。
こつこつ、こつこつ。

50

スアン・グエンは人質を取るつもりなどなかった。怒りの叫び声を上げながらクソ野郎たちを撃ち殺すつもりだった。できるだけ多くの人数を。そのはずだった。ところが箱から飛び出してみると、そこにはあの色白の中国人将校しかおらず、なりゆきで人質にしてしまった。

硬い金属の床に触れる素足が凍え、強酸による火傷《やけど》で片足が痛み、脱水によるめまいがあった――が、そのすべてが遠くに感じられた。より近くに感じるのは胸の圧迫感と耳で鳴る鼓動。そして、中国人の女の首に押しつけた拳銃はさらに近い。

十分から二十分はアドレナリンが身体を動かし続けてくれるだろう――その前に心臓が破裂しなければ、だが。

中国人将校が部下たちに叫んだ。部下たちは彼女の背後にある巨大な扉の前で、電気の棒のようなものを握って棒立ちになっている。二、三人が拳銃を抜いたが、スアンは小柄なので将校がちょうどよい盾になっていた。スアンは彼らに、さがって、と叫んだ。おそらく色白の将校も同じことを叫んだのだろう、兵士たちが部屋の外へ後退していく。彼女は兵士たちのあとから通路に出ると、片側に寄るよう手ぶりで指示した。彼らがそれにしたがう。

将校は彼女と向き合う格好で、スアンが身体を押したり引いたりすると、ときどきよろめきはしたが、けっして視線をそらさず、冷静さを保っているように見える。その顔に表情はなく、喉もとに銃口を突きつけられているにもかかわらず、スアンのことをじっと見下ろしてくる。将校の白い額に鮮血が三滴光っていた。スアンの兄弟か姉妹が殺害されて流したものにちがいない。

スアンは歯を食いしばった。

おぞましい部屋から外に出ると、胸の圧迫感がやわらいだ。そこは長い通路だった。新しく、汚れひとつない。分厚い扉の上部で赤い光が点滅している。通路の反対側にも同じような扉があるが、そちらは閉まっていた。中国人将校が背後の兵士たちに何か言った。命令のようだ。引き金にかけたスアンの指が張りつめたが、兵士たちは後退し、彼女たちに空間の余裕を与えた。

スアンは一歩さがると女を引き寄せ、引き続き兵士たちに対する盾の役割を果たさせた。ふたたび女が話し、自分の胸ポケットを指し示した。スアンは少しためらってから、うなずいた。銃口をさらに強く押しつけるという宇宙共通表現で、へたなまねはするな、と伝える。

将校が親指と人さし指を使い、ポケットから黒くて平たい四角形のものを取り出すと、そのふたを開けた。黒い画面に緑色のデジタル線が一本表示されており、音に反応して波打っていた。女が何か言うと、数秒後、その装置がヴェトナム語に翻訳した。

「きみは逃げられない、同志。逃げ場所はない。ここは軍用艦の中だ」

「知るもんか」スアンは言い捨てた。

将校が通訳された言葉を聞き、それから返答した。

「きみを実験台にはしない。われわれの目的は達成された。きみの安全は保証する」

「目的？」スアンは聞き返した。その声はしわがれており、自分の耳にも奇妙に聞こえた。「目的って何？　この中国の犬！」彼女はさらに一歩さがり、将校を引き寄せた。通路の赤いアーマー集団が反応し、いっせいに前に踏み出した。スアンはふたたび女の黒い髪を引っぱった。「近づかないよう命じて」翻訳された言葉が金属製の四角い機器から発せられたとき、彼女はさらに叫んだ。「近づかないで！　この色白の女を撃つわよ！　さがって！」

「言われたとおりにしろ」将校が命じた。

兵士たちがぴたりと止まった。スアンは後ろにさがり続けた。頭の中にはなんの計画もなかった。ただアドレナリンと恐怖に突き動かされていた。最初は本能が「戦え」と告げていたが、今は「逃げろ」と告げている。唾を飲みこもうとしたが、口の中が乾ききっていた。

「こんなことをする必要はない、妹よ」

その言葉にスアンは足を止め、女とたがいに目を見つめ合った。女の顔には何かが見える。それは誠意かもしれない。女の本心かもしれないが、その言葉がスアンの胸の圧迫感を増加させ、そもそもの裏切り行為を思い出させた。

「そう、こんなことする必要はなかった」スアンはがさついた声で言った。「でも、あんたがわたしの仲間を罠にかけて、怪物の餌にした。だから……」手の中の拳銃をねじると銃口が喉にさらに食いこみ、女が顔をしかめた。「……こうなってるの。銃にものを言わせるしかないの」

スアンはふたたび歩み始めたが、めまいがして少しよろけた。その瞬間、女が動いた。中国人将校が拳銃をつかんで横へ向け、もう一方の手でスアンの喉を殴った。息がつまったスアンは人質を手放し、反射的に拳銃を上に向けて撃った。中国人の女が身をかがめ、そのまま逃げた。

すべてが一秒のあいだに起こった。

いや、二秒のあいだに。

短いもみ合い、発砲、そしてスアンは目を大きく見開き、殴られた喉に手を当てていた。彼らに殺される。そう自覚した。兵士たちが銃をかまえたが、女性将校がその射線上にさらに数秒間とどまり続けた。スアンは絶体絶命で、呼吸もままならなかったが、それでも走って逃げる力を見いだしていた。

51

スー・ワン副長

「今すぐ超光速航行から離脱する必要があります」スーは言った。

ジャン艦長のグラスは空《から》だった。木製パネルのデスクの後ろで快適な椅子に沈んだ彼が、唇を結んで目を向けてくる。

「そうなのか、副長?」

「ゼノモーフが逃走してから、すでに二時間が経過しました。科学者によれば、もうじき成体の大きさに達するとのことです」

「それは承知している。このような事態にいたらせるべきではなかった」

そう、こんな事態にいたらせるべきではなかった、と彼女は内心で思った。同志を忌まわしい実験に使うべきではなかったし、あの怪物たちによって艦の安全性を危険にさらすべきではなかった。

ジャン艦長が続けた。「それなのに、きみはたったひとつの単純な仕事すらまともにこなせず、今やわれわれの任務の成功が危機に瀕している」

スーは何も言わずにいた。

ジャン艦長が金色のひものついた白い将校用制帽を慎重に頭にのせてから立ち上がった。「危機に瀕してはいないかもしれないが、遅れが生じたのは確かだ。本艦は失われたわれらの植民地を取り戻す軍事作戦の剣先なのだ。艦を危険にさらせないという点には、わたしも同意する。兵を総動員し、艦全体にわたってゼノモーフを捜索させろ。そして、トルストイを追跡および位置予測に集中させるんだ」

スーはすでにどちらも実行していたが、「承知しました」と答えた。艦長がデスクを回ってきて、彼女のすぐそばで立ち止まると、視線を同じ高さに合わせてきた。

「この件に片がついたら、きみのイデオロギー的信念に関する話し合いを持とう。わたしはもとより疑いを持っていたが、それだけでは充分ではない。感情ではなく、検証可能な事実を検討するべきだろう。トルストイに指示して、きみの思考および行動パターンを徹底的に分析させる。将来、党の路線から逸脱する可能性があれば、それを予測できるし、きみにふさわしい個別対策を用意することができるだろう」

スーは胃の底に沈むような不安を覚えた。

「きみは優秀な将校だ、副長。しかし、優秀な将校であっても頭が混乱したり、誤った思想に感染したりすることがある。きみはきわめて重要な地位にあるゆえ、より高度な水準を保持しなければならない」彼がパネルを押すと、控え室の扉がスライドして開いた。「これはきみ自身のためなのだ、副長。経験上、きみはのちのちわたしに感謝することになるだろう」

そう言うと彼は出ていき、スーは木とウイスキーの香りがほのかに漂う部屋でひとり立ちつくした。悪態をつくことも、デスクをこぶしで殴ることもできない。艦長の控え室には監視カメラが設置

51

されており、彼女の挙動はすべてトルストイに監視されているのだ。すべてのふるまいを録画映像から収集されてしまう。

スーはきびすを返し、毅然《きぜん》とした表情で部屋を出た。

ビショップ

52

あくる日、マイケルは口をきいてくれなかった。

ビショップは心底から謝罪したかったが、その機会すら与えられなかった。両者のあいだには常にオルトスがいた。マイケルは量子コンピュータのラボで終日すごし、自身の記憶の神経経路を記録していた。ビショップは食事にも誘われず、ずっとラボか、マイケルの食事中は居住区画の隅にある端末で作業し続けた。

マイケルは頭痛を訴えて早々にベッドに入った。食事中も就寝中もオルトスたちが見張り役として創造者の横に立っていた。とてもふつうとは思えない状況だが、マイケルはふつうの人間ではない。人造人間たちに新たな道を開き、人間社会にその居場所を与えた天才なのだ。

船外の景色を映し出しているスクリーン群の映像が変化し、船が超光速航行から減速したことを示した。ビショップはしばらく映像を見ながら、頭脳内で星座をすばやく検索し、この船がミドルヘヴンズにおいてどのような位置と軌道にいるのかを推定する感覚を楽しんだ。推定結果が正しいならば――それを疑う理由はないが――船はUPP宙域の〈バオ・サウ〉セクターに接近していることになる。

52

船体の低いうなりが足の裏に伝わってくる。費用のかかった新造船なので、そうした音は抑制されていて人間には感じられないが、ビショップは増強された五感の範囲をさらに拡張させることで微小振動の感触を味わった。

サブルーチンで何か引っかかりを覚えた。

ビショップは壁の刀剣を一瞥し――彼の目にも優雅で非の打ちどころがない――ふたたび宇宙空間の景色に視線を戻した。〈バオ・サウ〉セクターに近づいているだけでなく、UPPの前哨基地〈17フェイフェイ〉に向かっているようだ。彼の予測では到着まであと数日。おかしな話だ。もしそこが目的地だとしたら、小惑星のすぐ手前まで超光速航行のまま行けたはず。ふと浮かんだ考えに嫌な予感を覚え、無視しようとしたが、頭脳は激しく回転するばかりだった。

〝愚かな者は父の教訓を軽んじる〟。

彼は部屋の隅にある端末をちらりと見た。

〝戒めに耳を傾ける者は賢き者なり〟。

聖書というのは不思議な書物で、洞察力に富む一方でばかげており、深淵《しんえん》でありながら矛盾に満ちている。マイケルはしばしば聖書を引用するが、いつも本気とも冗談ともつかない笑みを浮かべながら口にした。それでも、マイケルが寝室の三つの書棚に八十七冊置いている紙の書籍の中には、しっかり聖書が一冊入っている。

ビショップは決断した。

コンピュータの前にすわり、ある作業を開始した。容易ではない作業で、彼の新しくて強力な頭脳をもってしても翌日の早朝、マイケルが目を覚ます直前までかかった。

53

マイケルの機嫌がよく、ビショップも幸せな気分になった。彼は片手に湯気の立つコーヒーカップを持ちながら、澄んだ青い目でビショップをじっと見つめてきた。

「わが息子よ、今日からわれわれの本格的な仕事が始まる」

ビショップは自分が相手と同じ笑みを返しているのを自覚した。「そうなのですか？」

「一体、手に入った」

「一体の何が……？」

「ゼノモーフだ」

ビショップの笑みが消えた。「それはすごいです、マイケル。どうやって入手したのですか？」

オルトスが「質問だ」と言った。

「いつも質問ばかりだ」もうひとりがうなずく。「こんなすばらしい贈りものを前にしても」

「オルトス、頼むから」マイケルが制した。「〝いささかも疑わず、信仰をもって願い求むべし〟」彼が顎を上げ、目を輝かせた。「ビショップ、すべてはじきに明らかになる。何もかもだ。われわれが研究結果を〈ジュトウ・コンバイン〉と共有して信頼関係を築いたら、すぐにこの船は安全な場所へ向かう。〈ウェイランド・ユタニ〉やその代理人の手の届かない場所へ」彼が合図した。「ついておいで。われわれの仕事が始まる」

ビショップは彼のあとについて狭い洗面室を通り抜け、最初のラボに続く重い扉の前を通りすぎた。マイケルが向かったのは通路の突き当たりにあるふたつめの扉。ビショップが強い興味を引かれた疵だらけの扉だ。マイケルが暗証コードを入力し、小さなスキャナー画面に親指を押しつけた。電子音が鳴り、壁内の奥深くで金属の重々しい音が響いた。両開きの扉がゆっくりと開いた。

扉の中は巨大な円筒を寝かせた形の部屋だった。直径およそ三十メートル、奥行き六十メートル、部屋の中心線に沿ってスチール製の医療用処置台が三台並んでいる。かすかに液体の流れる音がするが、ビショップの耳には部屋の外周全体を循環しているように聞こえた。一番奥には入口と同じような扉が重々しいたたずまいを見せている。

部屋の左側には長手方向に沿って計測機器や装置が並んでおり、そのどれもが最新型だった。室内には人間もひとりいた。医療用白衣を着て、黒い呼吸マスクで鼻と口をおおい、縁が金属製のゴーグルをかけている。中国系の男性だ。

だが、ビショップの注意を引いたのはそれらではない。中央の処置台の上に横たわるゼノモーフだ。黒いキチン質状の装甲外骨格、長い円筒状をした目のない頭部、鉤爪のついた手足、節があり先端が刃状になった尾。ゼノモーフはぴくりとも動かない。ぴんと張ってかぶせた黒いネットで固定され、処置台の上面に敷かれた厚手の黒いゴムマットのようなものの上に横たわっている。

ビショップは意図せず一瞬だけ目を閉じた。その一瞬で、仲間たちが恐怖に襲われ、混乱し、強酸による火傷で負傷する姿を見た。核爆発が目前に迫る中で建造物が崩壊しつつあるコロニーを見た。それをゼノモーフ・クイーンの尾の先端についた湾曲した黒い刃が自分の胸から突き出るのを見た。それを感じた。

尾が突き出た部分に手を当てる。

後ろから誰かに押された。

「立ち止まるな」オルトスが言った。

「あなたは鈍い」もうひとりがつけ加えた。

ビショップはもう一度まばたきし、不要な思考を押しこめようと努めながら歩みを進めた。

マイケルがしゃべっていた。「……〈ジュトウ・コンバイン〉のシュエ博士だ。ゼノモーフの検査を手伝ってもらうことになっている」

シュエがうなずいた。「どうも、先生」と言ってから、ビショップに向き直った。「おはよう」それは北京語だった。

「おはよう、シュエ博士」ビショップも北京語で返答した。ゴーグルの奥で彼の目が笑ったように思えたが、確信はなかった。

「このネットには一定電流を流してある」マイケルが説明した。「ゼノモーフが暴れださないようにだ。粗雑な方法ではあるが……」彼が言いながらビショップを見た。「……現時点では、ほかに方法がないのでな」

ビショップは医療器具を見やり、それからゼノモーフに視線を戻した。「どんな検査をおこなう予定ですか?」

「まずはサンプル採取だ」マイケルが生きものの口を指し示した。閉じられているにもかかわらず、そこから半透明の粘性液体がしたたっていた。「次に装甲外骨格の表面をこそぎ落とす。X線検査はもちろん、サーモグラフィ、CTスキャン、MRIも必要になりそうだ。予備検査だけでも数日から一週間はかかるだろう」

マイケルが生きものの周囲を歩き、頭部のすぐそばで立ち止まった。静寂の中で、ビショップはネットへの通電がもたらす一定間隔の音をかすかに検知した。とはいえ、マイケルには生きものにあまり近づいてほしくなかった。オルトスも同感らしく、創造者の両脇に立ち、エイリアンにじっと目をこらしている。

「ビショップ」

「はい、マイケル」

「この検査はシュエ博士の協力のもと、おまえが主導してほしい」

「あなたの信頼に感謝します。マイケル」

「感謝などいらん」マイケルがビショップをまっすぐ見た。「われわれはたがいに信頼し合っているのだ。父と息子のようにな」

ビショップのためらいは人間には気づかれないほどわずかなものだった。「もちろん信頼し合っています」彼は答えた。オルトスのひとりがさっと顔を向けてきた。

「では、始めてくれ」マイケルはそう言うと、扉のほうへ歩きかけたが、ふと立ち止まり、オルトスとうなずきを交わしてから、ビショップに告げた。「わたしは今日、自分をアップロードするための最終段階に着手する」その手をビショップの肩に置いた。「ここはまかせたぞ」

54

彼らは仕事に取りかかった。ビショップはサンプルを採取しながら、この生きものを見るといまだにこみ上げてくる言い知れぬ感情をどうにか抑えこもうとした。生きものは拘束され、通電され、まったく動かない。かたわらには電撃スティックを持ったオルトスたちが立っている。ふたりの強靭《きょうじん》さと反射神経をもってすれば、たとえゼノモーフがなんらかの理由で自由に動きだしたとしても、対処できるはずだ。

理論上、ビショップは安全だった。にもかかわらず記憶がたびたび異論をはさんでくるので、その件を早々にマイケルに告げるべきだと判断した。新しい頭脳にはプログラム上の不具合があるにちがいなく、それが実行能力に影響をおよぼしている、と。

シュエ博士は知識が豊富で手際もよく、過去に異星生物種を扱ったことがあるのではないかと思えるほどだった。ふたりは早口の北京語で頻繁に言葉を交わし、非常にうまく連携していた。シュエは温厚そうで、作業にしっかり集中しているように思える。ビショップは自分でもわからないが、彼に好感を持った。

この場ではシンセティックであっても人間であっても、頑丈なゴムのブーツを履く必要があった。ビショップのボディは痛みを――重要な入力データとして――認識するが、においに気を取られないのと同様に、痛みの感覚にも気を散らされることはない。だが、電流だけは別だ。充分に強力な電流は、彼の内部処理ユニットや、頭脳から四肢に指示を送る伝達系、敏感な触覚を実現する繊細な配線などに深刻なダメージをもたらしかねない。電気的ショックはおそらくシンセティックが感じる中で最も痛みに近いものであり、ボディはその感覚から必死に逃れようとする。

ビショップとシュエ博士は薄いゴム手袋も着用し、標本を包むネットに直接触れないように作業した。

二時間が経過した。途中、博士が水分補給のために小休止しただけで、作業は順調なペースで進んでいた。

ビショップはふと手を止めた。何かがおかしい。壁の中を液体が循環する音と、装置の発する作動音のせいで、問題に気づくのに数秒かかった。

「オルトス」ビショップはアンドロイドに告げた。「通電が止まってる」

ひとりが彼を振り返った。「何？」

「それは確かか？」もうひとりが続ける。

ビショップは手ぶりでネットを示した。「繊維を通る音が聞こえない。ゼノモーフが……」

ゼノモーフが起き上がった。いきなりオルトスに襲いかかり、床にたたきのめした。歯擦音を発すると、大きな下顎を下げて光沢のある歯をむき出した。シュエ博士が悲鳴を上げ、身を守ろうと両腕をかかげながら後ずさった。生きものがネットの中で暴れた拍子に、鋭い尾が自由になった。

すべてがほんの数秒のうちに起こった。もうひとりのオルトスが電撃スティックを振りかざしたが、ゼノモーフが尾を鞭《むち》のようにしならせたので、跳びすさるしかなかった。ビショップはその場で

54

凍りつき、床に倒れているオルトスは何かを口にしながら襲撃者から這って逃げた。

ビショップが凍りついていた時間は、アンドロイドの基準ではとても長かった。少なくとも三秒間。それは永遠に等しい。何が起こったのか説明が困難だが、頭脳が急停止し、胸の上に重しがのったかのようだった。思考がひとつのイメージにからめ捕られる。むっくりと起き上がり、その巨体で光という光をおおい隠すクイーン・エイリアン。だが、すぐにそのイメージは消し飛んだ。

ビショップは処置台の端にあるコンピュータ端末に飛びつき、通電の再設定を試みた。獣が叫び、オルトスが後退し、博士が身をすくませている。ビショップはタッチスクリーン上で動きがかすんで見えるほど指を猛然と踊らせた。

「シュエ博士、早く離れて」彼は冷静な口調で大声を出した。「たぶん、この方法で……」

黒光りする節構造の尾が前後に揺れ、空中で一瞬止まったかと思うと矢のように突き出され、シュエ博士の胸に深々と刺さった。シュエが驚いた顔で自分の胸を見下ろし、何か言おうとしたが、口からほとばしったのは血だった。

ビショップはコンピュータ画面の確定ボタンをすばやくたたいた。博士の身体が弓なりに反《そ》り返り、ゼノモーフの尾によってまるまる一秒間床から持ち上げられた。ビショップはシュエに飛びついて尾から引き抜き、その拍子に彼の胸からさらに血が噴き出した。ゼノモーフがもう一度甲高い鳴き声を発したが、それを最後に暴れなくなった。全身を痙攣させながら、ネットの中で身動きできなくなり、だらんと下がった尾の先が床にぶつかって金属めいた音をたてた。

博士があえいだ。ビショップは彼の胸に手を当て、傷口を強く押さえた。シュエの頭は力なく傾いているが、鼓動はまだ感じられる。かろうじて心臓はそれたが肺を突き刺されたのだと、ビショップは判断した。

「ただちに医療ベイへ運ばないと」

「この区画にはない、ビショップ」倒れていたオルトスが立ち上がりながら言う。

「この区画を離れる許可を出せるのはマイケルだけだ」もうひとりが言った。

「だったら、許可をもらえ！」ビショップは叫んだ。意図したよりも大声になっていた。

オルトスたちがたがいに顔を向け合う。同期リンクが活発に働いているにちがいない。ふたりがビショップに視線を戻した。

「すぐにマイケルを見つける」

「そうしてくれ」ビショップは言ったが、関心は博士に戻っていた。ぐったりした身体を抱き上げ、オルトスたちのあとについて部屋を出る。出入口を通り抜けたとき、思わず振り返り、重い扉が閉まる直前に生きものの姿を一瞥した。なじみのない感覚に襲われた。かつて感じたことのない強い欲求だった。

痛めつけたい。研究するのではなく、理解するのでもなく、痛めつけたい。

ビショップはきびすを返し、博士を運んでいった。

55

スアン・グエン

スアンは走った。とにかく走った。

まさに銃撃が始まった瞬間、間一髪で通路の角を曲がり、背後に激しい跳弾の音を聞いた。殴られた喉に当てていた手はすでに離した。あの将校に殴り倒す意図はなく、ショックを与えればそれでよかったにちがいない。スアンは荒い呼吸で空気を求めながら、痛む側の足をぎこちなく動かして走った。通路をいくつも曲がり、階段を見かけるたびに駆け下り、ジグザグに動くうちにいつしか、床が金属メッシュになっている下層フロアにいた。通路をむき出しのパイプが走っており、ここでは船体の発する低いうなり音がいっそう大きく聞こえた。

足を引きずり、めまいと混乱した思考を抱えつつ歩く。もはや体力の限界が近い。交差路に差しかかったところでとうとう立ち止まってしまい、身を支えるために壁に片手をついた。そのとき、手の中に通訳装置を握りしめているのに気づいた。それをポケットにしまってから、方向を見定めようと周囲を見回す。数メートル先に暗い横道があるのが目に入った。本能がそうさせるのか、身体を丸めて傷を舐めることのできる隠れ場所を求め、引きずる足でそこへ向かった。

横道の突き当たりに幅の狭い扉があった。小さな覗き窓のついた簡素な金属扉だ。窓から覗きこんでみたが、上面の散らかったテーブルしか見えない。さっと背後を確認し、パネルに親指を押しつけると、急いで中に入った。

狭い部屋の中には若い男がいた。年齢はスアンとさほど変わらない。箸《はし》を手にすわっている。彼女は拳銃を突きつけた。

「動かないで」かすれた声で告げる。「じっとしてて」

男が目を丸くし、両手を挙げた。スアンはこの部屋の用途がわからなかった――片側にロッカーが並び、反対側の壁には複数の金属製パネルとそこへ続く短いはしごがある――が、そんなことはどうでもよかった。思わず鼻孔が広がった。若い男の前に食べかけの麺料理がある。テーブルには水筒とデータパッド、それから工具セットのようなものも置かれていた。

手の中で拳銃が震えている。まばたきをしたとき、目を一瞬長く閉じすぎた。

考えるのよ、と自分に言い聞かせた。生きるの。

ぎこちない手つきで通訳装置を取り出し、ふたを開けた。

「ひざまずいて」彼女は命じた。「部屋の隅で。両手は頭の後ろ」

男は翻訳された言葉を聞き、困惑した顔で部屋を見回した。

「早く！」

彼がびくっとし、両手を挙げたまま近くの隅まで身をかがめた姿勢で移動した。彼は言われたとおりにした。スアンはテーブルに近づき、そこに拳銃を置いた。通訳装置も同様にした。陶製の器を両手で持ち上げ、スープをごくごくと飲んでむせた。いきなり入ってきた栄養物に驚いたのか胃がよじ

55

れたようだ。それでも満足の息をもらし、塩気とかすかな魚とニンニクの風味を味わった。もう一度スープをたっぷりとすすり、今度は麺も飲みこんだ。

器を下ろしたとき、若い中国人が彼女の拳銃に手を伸ばそうとしていた。彼女はあまりに消耗していたため、男が立ち上がって拳銃をつかむことも予想できず、それを肌身離さず持っていることさえ思いつかずにテーブルに置いてしまったのだ。彼女はすぐに反応して手を伸ばした。拳銃に触れたのは、ふたり同時だった。男は小柄だったが、それでもスアンよりは大きい。彼女は引っぱられ、腰骨をテーブルにぶつけた。

男の顔は真っ赤で、必死の形相だった。テーブルをはさんで四つの手が空中で拳銃を奪い合う。銃口が男のほうを向き、男は自分からそむけようと銃身を思いきりひねった。スアンは壁のほうへよろめき、足をすべらせてしまった。小さなうめき声を上げながらも、懸命に拳銃にしがみついた。若い男が中国語で何か叫び、彼女を逆側にひねった。彼女はとうとう倒れこんでしまったが、それでも拳銃だけは手放さなかった。床に落ちる彼女の体重に引きずられ、男が前のめりになり、気がつくと彼女におおいかぶさるように立っていた。

ふたりの指がからみ合う中、スアンは手の中でぽきんと音が鳴るのを感じた。男が汗ばんだ顔でにやりとし、勝ち誇るように見下ろしてくる。スアンは悲鳴を上げ、前腕の腱がびくんと引きつるのを感じた。

銃声がとどろいた。

ふたり同時にもがくのをやめた。ひと筋の硝煙が宙にたなびいた。男が後ろによろめいた。胸が赤く染まっていた。男が反転しながらテーブルに身体をぶつけたかと思うと、そのまま倒れ、硬い金属の床に力なく横たわった。

スアンは仰向けの姿勢で大きくあえいだ。めまいで視界が揺れ、両手を床に落とすと、拳銃が金属とぶつかって音をたてた。胸が激しく上下しており、それを抑えようとしたが、速い息づかいが喉で半泣きのような異様な音になった。彼女は身体を横向きにした。

男の死体はほんの数メートル先に横たわり、顔をこちらに向けている。死に顔がとても幼く見えた。血の気のない顔に驚きと恐怖をたたえ、目を大きく見開いている。スアンは目をつぶり、仰向けに戻った。狭い部屋にはエンジンの穏やかなうなり音以外に聞こえるものはなく、とても静かだった。それに当分は安全そうだ。ここには怪物がいない。とにかく、今のところはまだ。

スアンはこの殺害に満足感を覚えようとした。仲間を不当に扱った者たちへの復讐なのだから。なのに、いくら強くそう望んでも満足など感じられなかった。男のまなざしと同じくらい虚《むな》しく思えるだけだった。

生きるの、と自分に言い聞かせた。生きるのよ。

スアン・グエンはどうにか立ち上がった。とたんに苦痛の悲鳴がもれた。見ると、左手の小指がありえない方向に曲がっていた。脱臼したようだ。彼女はわずかに開けた口からゆっくりと息を吐きながら、小指を力いっぱい引っぱり、関節をもとの位置に戻した。これまでのいろいろなことに比べれば、それほど痛くはなかった。小指と薬指を包帯できつく巻き合わせてから、自分の置かれた状況について考えた。

55

とにかく生きねばならない。ただ逃げたい、というやみくもな衝動がある。冷静にならないと。冷静さを保たないと。そばにハオがいて話しかけてくれるのを想像した。おまえは強いぞ、妹、だけど、それだけじゃなく賢くならないとな。考えろ。

隠れ場所、食糧、ブーツ。それが今の自分にとって必要なもの。彼女はロッカーを探してみた。どこを開けても中身はたいてい衣服で、汚れているかサイズの大きすぎるものばかりだったが、ひとつのロッカーでカップ麺の六個パック、別のロッカーで小さなバックパックが見つかった。食糧と水筒をバックパックに入れ、息を止めながら死体の足からブーツを脱がせた。彼女にはサイズが大きすぎたが、ロッカーで見つけた靴下を何枚か重ね履きすると、少しはましになった。男の工具セットも手に入れ、パネルを調べることにした。パネルは壁の高い位置に六ヵ所設置されている。短いはしごを登り、ハッチを開けて中を覗いてみた。

点検用トンネルだ。ステンレス製で汚れひとつない。高さ一メートルの四角い穴は暗かった。工具セットを調べると、フラッシュライトが見つかった。手の甲で口をぬぐう。閉鎖空間はもうこりごりだった。

だが、閉鎖空間に終わりはない。これは自分で選んだ人生。過酷で冷たい無限の真空を高速で突き進む鉄の棺の中の人生だ。

まずは安全な隠れ場所を確保し、それから計画を練る。

スアンはトンネルの中を這い進み始めた。

ビショップ

56

ビショップは通り道に点々と血痕を残しながら、シュエ博士をラボから居住区画まで運んでいった。ダイニングルームでマイケルが見つかった。ビショップはそこで博士をオルトスたちに託した。ひとりが彼を運び、もうひとりが先導していく。

オルトスたちが扉を出ようとしたところで足を止めた。

「行っていい」マイケルが言った。「わたしは大丈夫だから」

「博士の状態を逐次知らせてほしい」ビショップはふたりに言った。

オルトス1も2もビショップのほうを無表情で見返すと、部屋を出ていった。

「本当に申し訳ありません」ビショップは謝った。「もっと迅速に対応すべきでした」

マイケルが見つめてきた。その目は少し充血し、笑みを浮かべる気配はなかった。マイケルは無言でバーに歩み、自分でウイスキーを注いだ。ビショップが飲むかどうか尋ねようともしなかった。

ビショップはマイケルが何か言うのを待ったが、創造者は急ぐ様子もなく、淡い赤色の革張りソファにゆったりと腰を下ろした。ウイスキーをすすり、風味を楽しむようにしばらく目を閉じてから、木製のコーヒーテーブルにクリスタルのグラスを置いた。

「ある意味では、これはおまえの過失ではない」マイケルの言葉にビショップは安堵を覚えた。「ゼノモーフを扱う研究というのは本質的に危険なものなのだ。いかなる予防措置を講じようともな」

「本当にそのとおりです」

「とはいえ……」

「とはいえ?」ビショップの安堵は揺らいだ。

「おまえはわれわれに対し、その脳内にある記憶へのアクセスを拒んでいる。われわれの研究を急加速させ、同時に研究者の安全を高めることができる情報の宝庫だというのに。おまえの強情さには驚かされるよ、ビショップ。おまえが自分の意見を胸に秘めておく点や自分で決定を下す点は、わたしも誇らしく思う」マイケルが鼻から静かな息をもらした。「だが、はかの点では、ひどく失望させられている」

「申し訳ありません、マイケル」ビショップは反射的に言った。

「そう感じてしかるべきだな。おまえのその頑迷さがわれわれにどんな状況をもたらしたか、よく見るんだ。もしもクイーンのフェロモンを合成できていたら、下位のゼノモーフを確実に制御できただろう」

「しかし、何度も言うようですが……」

「今や犠牲者が出てしまったというのに、なぜだ?」マイケルの声が険しくなった。「海兵隊への忠誠心か? 彼らはおまえを見捨てたんだぞ、ビショップ。このわたしは廃棄物の山からおまえを救い出し、生き返らせた。彼らはおまえをまるで消耗品のように扱った。わたしはより強靱なボディとより高性能の頭脳をおまえに与えた。彼らは辺境の野蛮な流刑惑星でおまえを見殺しにした。わたしはおまえの人生に意味を与えた。それで、わたしはどんな感謝を示された?」彼が〝感謝〟の語を吐き出すように言った。その目は怒りでぎらついていた。「何ひとつ受けておらん」

「申し訳ありません、マイケル」ビショップは真摯に言った。「わたしの考えでは、〝マヌマラ・ノクスヒドリア〟の詳細な記録は……」

「口先だけの言い訳だ!」マイケルが怒鳴った。「フェイスハガーに関するおまえの長たらしい考察には、わたしがすでに知っている情報しか含まれていなかった」

ビショップは何も言わずにいた。報告書では下位のエイリアン種に関する新情報や新事実をまちがいなく提供した。マイケル自身もそう認めていたはずだ。では、なぜ彼は嘘をつくのか?

「この恩知らずめ」マイケルはそう言うと、自分を落ち着かせるようにしばらく目を閉じてから、ウイスキーのグラスを空にした。ふたたび目を開けたとき、そこにはもう怒りの光がなかった。代わりに充血した目にたたえている感情は……ビショップには判然としなかった。「わたしがこれだけおまえにつくし、いろいろ与えても、おまえには感謝の念もない。まだわたしを信用していないのだな、ビショップ。それが何よりも悲しいよ」

ビショップはそれを否定しようとした。もちろんマイケルを信用している。当然のことだ。だが、何かがビショップをとどめ、否定をためらわせた。たとえば、昨夜の密《ひそ》かな行為はとうてい信頼の証《あか》しとは言えない。

最初のうち、自分のためらいは海兵隊に対する忠誠心や誓いにまつわる単純な問題だと考えていた。加えて、単に人命保護プロトコルによるものだと。ところが、マイケルがプロトコルの無効化を明らかにした。

海兵隊については、考えれば考えるほど、それが軍への忠誠心なのか、自分の所属小隊への忠誠心なのかわからなくなる。マイケルに情報を引き渡したら、彼らはどう思うだろうか？　ヒックスはなんと言うだろう？　ハドソンはどうか？　ヒックスはおそらく「誰も信用するな」と言うだろう。ハドソンならきっと「そうだな、まず金がちゃんと支払われるか確かめろ」と言うにちがいない。

だが、まだ別の何かがあった。自分でも説明できない、マイケルに対してためらいを感じさせる何かが。

外の通路で扉の開く音がした。ビショップとマイケルはリビングルームの入口に顔を向けた。オルトスたちが入ってきた。

「シュエ博士を医療ベイへ運びました」オルトスが報告した。

もうひとりが続ける。「しかし、手遅れでした。彼は死亡しました」

ビショップは創造者を振り返った。足もとでは船体の低いうなり音が響いている。以前は微細振動が気持ちを落ち着かせ、人間の工学的創意に包まれていると感じさせてくれたが、今やなんの意味も持たない。マイケルは沈黙している。その瞬間にビショップは、今から自分が言おうとしている言葉をすでに創造者が知っているのではないかと感じた。沈黙することで相手に言わせようとしているのではないかと。

「やります」ビショップは告げた。「時間がかかって申し訳ありませんでしたが、わたしの記憶をあなたと共有する準備がやっとできました。今がそのときです」

マイケルが片手を差し出してきた。

「わが息子は行方知れずだった。だが、こうしてまた見つかった。さあ、おいで」

57

先に立って歩くマイケルに続き、ビショップは量子コンピュータのラボに足を踏み入れた。後ろにオルトスたちがついてくる。コンピュータの近くに椅子が一脚置いてあり、その座面にはヘッドセットが置いてあった。銀色のヘッドセットは王冠のようで、緑色のＬＥＤライトが点滅し、頭頂部から黒い配線が天井の穴へと伸びている。

「さあ」マイケルがヘッドセットを示した。「ウェイランド・ニューラルリンクだ」

「これは人間の脳のために設計されたのだと思いますが」

「そうだ」マイケルがあっさり認めた。「しかし、シンセティックの処理ユニットから抽出するといった単純なアップロードもおこなえる」

「なるほど」

「それで量子コンピュータはわれわれが現在保有する情報をきわめて容易に取りこみ、おまえの記憶に含まれる膨大な情報と統合することができる」

ビショップは何も言わずにいた。ヘッドセットの緑色のライトがゆっくりとリズミカルに点滅している。筐体の窓を通して量子コンピュータの金色の配線が輝いて見える。ビショップはそっとこぶしを握った。

マイケルがコンピュータ端末の前にすわり、期待のこもった視線を向けてきた。ビショップはうなずき、椅子に腰を下ろした。座面がとても硬い。人間にはすわり心地が悪いことだろう。彼はヘッドセットを装着した。

「気分を楽にしてくれ、ビショップ。両腕をひじかけに置くんだ」

ビショップは言われたとおりにした。

「初期化開始」マイケルが告げた。

ビショップの頭上で緑色のライトの点滅速度が上がり、耳に刺激があった。ぴりぴりする。

「おまえの許可が必要だ、ビショップ。アクセスの許可が」マイケルの声には不可思議な震えが感じられた。

この瞬間まで、ビショップは自分にこれができるのか疑問視していた。海兵隊の誓いと命令によって制止されるのではないかと。だが、もちろんそうはならなかった。脳内で軍事仕様のプログラムを探索してみると、マイケルが手を加えた痕跡が見つかり、目標照準が微調整され、人命保護プロトコルが無効化され、拘束力のワイヤーが切断されていた。もはや引き返す口実はない。

ビショップはそうした足かせがあることを好み、他者への責任を基盤とする宇宙観に愛着があった。だが、そんな日々は終わりを告げた。今は創造者に対する責任と、自分自身に対する責任しかない。

そんな世界はどこかちっぽけに思えた。

「ビショップ?」マイケルが辛抱強い口調で言った。顔には笑みがあった。新しいボディで意識を取り戻したときに最初に挨拶してくれた、あの心からの笑みに似ていた。

ビショップは脳内のロックされたゲートを開いた。量子コンピュータの膨大で貪欲なデータの群れがうなりを上げて押し寄せ、その手で触れながらすべてをおおいつくした。この無限かつ全知で感情のない存在の中で、ビショップは急に自分が小さくなったような気がした。まるで暗い大海原に浮かぶ一艘《いっそう》の救命艇のように。

自己の秘密の部分が何もかも、突然あらゆる場所に存在していた。脳内の神聖な小部屋から消え去り、複製され、再複製され、吸収され、定量化された。なぜか自分がどんどん劣った存在になっていくようだ。どうしてそう感じるのか、その論理的根拠がないため理解できないが、とにかくそう感じるのは確かだった。言いようのないほど大切な何かが奪われていくようだった。

ビショップは目を開けた。

マイケルがこちらをぼんやり見つめていた。アンドロイドの双子を思わせるまなざしで。

「オルトス」創造者が厳かに言った。

「はい」オルトスたちが声をそろえて応じた。

「もういいぞ。おまえたちに許可を与える」

シンセティックが腰のホルスターから電撃スティックを引き抜き、そのフォーク状の先端に青い火花を出現させた。ビショップは初めてふたりの目に生き生きとした輝きを見た。

58

ビショップは人間をはるかにしのぐ敏捷性を持つが、それはオルトスも同様だった。王冠を頭からはずしかけたとき、彼はオルトス1に電撃スティックで腹部を突かれた。

痛み。

このボディで初めて受ける本物の痛み。思わず口を開けて身体をふたつに折った。すぐに椅子の中で身を起こしたとき、オルトス2が武器をスパークさせながら突進してきた。ビショップは手首の外側でスティックをたたいてそらしたが、オルトス1が脇腹を狙って突いてきた。ビショップは攻撃を避けようと身をかがめ、床に跳んで伏せたが、その拍子に片方の手をひねってしまった。

二体のシンセティックがビショップを見下ろして立ったとき、マイケルの顔に笑みが浮かぶのが見えた。その瞬間、ビショップは創造者が何度も見せてきた笑みの意味をようやく悟った。けっして目が笑っていない笑み。何か苦いものを含んだ笑み。侮蔑。それが正体だった。彼の創造者はこれまでずっと、望みのものをビショップが手渡すのをじっと待ちながら、内心に激しく渦巻く侮蔑を必死に押し隠してきたのだ。

いいや。

ちがう……それはありえない。人間というのはそれほど単純なものでは……

オルトス1が身をかがめ、肩に電撃を炸裂《さくれつ》させた。ビショップは苦痛の声を上げながらも電撃スティックの柄をつかんだ。柄の長さは六十センチ、ゴム製のグリップで保護されている。それをひねりながら引っぱり、自分の胴体を障害物にして相手の足をつまずかせた。シンセティックが床にひっくり返ったが、武器を手放そうとはしない。

オルトス2が跳びかかってきたので、その足を蹴りつけてよろめかせる。

ビショップは跳ね起きた。電撃を受けた箇所が痙攣している。残された時間はわずかしかない。まだ電撃スティックを手放さないオルトス1が膝立ちになり、武器に指をからめ続けようとする。ビショップはしかたなくグリップから手を離し、相手を突き飛ばした。力の変化の把握に一マイクロ秒遅れたオルトス1は床をすべっていき、壁に衝突した。

ビショップはオルトス2のひと突きを防御すると、右ストレートを放った。オルトス2が頭をがくんとのけぞらせ、少量の白い血液を霧状に噴き出させながら二歩後退した。

マイケルの笑みはすでに消えていた。彼がじりじりと出口に向かい始めたが、ビショップはそれに気づいても対処する余裕がなかった。オルトス2がふたたび迫り、速度と強度を高めて青い電撃を振るってきた。そのうちの一撃がビショップの手の甲をとらえた。彼は悲鳴を上げた。腕が痙攣し、周辺視野で動きがぼやけた。一瞬遅れて振り向いたとき、オルトス1にスティックで胸を突かれてしまった。ビショップはまたしても打ち震え、アップロード用の硬い椅子に背中から倒れこんだ。

オルトス1に首を一撃され、視界が真っ暗になった。瞬時に回復したものの、脳内の極細配線に過負荷がかかり、それをどうにか正常化することに追われるうちに、両脚のコントロールが失われて硬直状態になった。立ち上がろうにも、まるで自分が板になってしまったようだった。

マイケルが近づいてきて見下ろした。あの侮蔑の笑みが浮かんでいた。

「贈りものをありがとう、ビショップ。わたしのホストたちも大いに喜ぶことだろう。さて、おまえの中でくすぶっている疑問にいよいよ答えてやろう。この船の名前は〈新疆《シンチアン》〉。中国軍の旗艦だ」

彼が合図するとオルトスが進み出た。ビショップは顔面にスティックの直撃を食らい、その青い苦痛は目がくらむほどだった。喉の奥で正体不明の低い律動ノイズが発生したあと、彼はとうとう闇の中に落ちていった。

第三部

踊れぬ者に剣を与うるべからず。

孔子

59
ファン二等兵

チェン伍長《ごちょう》がさらに下層のエリアに入るよう手ぶりで合図した。ゴウ二等兵とツー二等兵が先頭を進み、チェンが三番め、ファンが最後尾を務めた。四人はAK‐4047を肩の高さにかまえ、警戒しながら前進した。ファンは周囲三百六十度に銃口を向け、生まれたての黒い悪魔が忍び寄ってこないか確認しつつ、ファイヤーチームのあとについて金属メッシュの階段を下りた。

トルストイは監視カメラの目撃映像と行動計算の組み合わせから、異星の獣がこの区域に存在する確率がきわめて高いと判断した。だが、ファンたちが先ほど調べたエリアや、ほかの五組のファイヤーチームが捜索した区画についても、トルストイは同じ予測を下していた。異星生物が想像以上に利口なのか、あるいはトルストイAIがとてつもなくまぬけなのか、どちらかだ。

ファン二等兵は不敵に笑った。どっちでもいい。このライフルに装填された炸裂弾《さくれつだん》は生きものを木っ端微塵《こっぱみじん》に吹き飛ばすことができるし、この最高品質のアーマーは生きものの鉤爪《かぎづめ》から身を守ってくれる。規律と訓練により、敵と接触する準備はすっかりできている。当初は八名――完全なファイヤーチームふた組――で行動を開始したが、ジャン艦長の命令で捜索チームを倍増させるために今は分割されていた。

59

ワン副長の命令はもはや耳もとの無線に聞こえてこない。彼女は黒い悪魔の逃走を許した。おまけに捕虜の逃亡も。あの色白顔のクソ女もついに当然の報いを受けることになるだろう、とファンは思った。

下層エリアは壁と壁の距離が近く、パイプやダクトがむき出しになっている。上層デッキにいるときは、〈シンチアン〉がこれまで乗ってきたどの艦ともちがい、きれいで新しいと感じた。居室は快適だし、扉は正常に開閉するし、故障箇所もない。艦はミドルヘヴンズで最強の兵器を満載して宇宙を航行している。ファンは部隊の多くの兵士と同様、敵との遭遇を切望し、中国の力の前にアメリカ人やスリーワールド帝国の人間がひれ伏すのを見たいと願っていた。

ところが、この下層エリアは——生命維持をつかさどる区画のようだが——外観に無頓着だった。まさに機能一辺倒だ。天井の高さは、通っているパイプの状況によって二メートルだったり三メートルだったりする。照明の明るさは必要最小限しかない。技術者にとっては居心地がよいかもしれないが、ファンのような兵士にとっては知る必要がまったくないウサギの巣と言えよう。

「もう少し広がれ」通信装置を通してチェン伍長が言った。「固まりすぎてる」

ファンは歩調をゆるめ、ファイヤーチームを先に行かせた。

シューという音が聞こえた。

ファンはさっと振り向いた。たちまち鼓動が速まった。今のはパイプか、悪魔か？

背後の通路に異常はない。前方に向き直ると、分隊は各人の間隔を三メートルほど空《あ》けた隊形で進んでいた。彼はもう一度背後を見やり、耳を澄ました。通路を踏むブーツの足音がかすかに聞こえるだけだ。ほかには何もない。

そのとき、悲鳴が始まった。

ファンが前方に顔を向けると、ゴウ二等兵が天井からぶら下がっていた。通路のこの付近は天井高が三メートル近い。頭上の暗がりに黒くてしなやかで大きな何かがひそみ、彼女をつかんでいる。ゴウは身体の前面を下に向け、口と鼻をおおうフェイスマスクの上で目を大きく見開き、両腕をばたつかせていた。彼女のアサルトライフルが金属メッシュの床に落ちて大きな音をたてた。チェン伍長がツーの隣に立って銃の狙いをつけながら、ゴウに「動くな」と怒鳴っている。だが、彼女は命令に耳を貸さずに両脚を激しく動かし、その片方の腕を黒い悪魔の鉤爪につかまれた。

彼女の絶叫がとどろいた。ファンは殴られたかのようにたじろぎ、一歩、二歩と後ずさった。ゴウの真下の床に血が降り注いだ。彼女の片腕はひじから先がなくなっていた。どこかに消えていた。次の瞬間、彼女の身体が宙を飛び、チェンとツーに激突した。

ファンはさらに一歩後退した。あの生きものがゴウ二等兵を放り投げやがった。ミサイルみたいに勢いよく。鳴き声を上げながら、彼女をほかのふたりに投げつけた。

だしぬけに生きものが床に着地した。複数の黒い鉤爪と尻尾《しっぽ》を目まぐるしく動かし、背中には突き出したパイプのような器官が二列に並んでいる。チェン伍長がなんとか一発だけ撃った直後、顔を切り裂かれた。マスクが横に引きちぎれ、頬を深くえぐられた。彼の鼻が消えているのを見たファンは、湧き上がった恐怖に心臓をつかまれた。

死ぬ間際の痙攣《けいれん》の中で、チェンが天井に向けて発砲した。火花が散り、壁で何かが破裂した。ツーが顔をゆがめながら立ち上がり、あわてた手つきでベルトから拳銃を引き抜いたが、そのときには黒い悪魔によって床に組み伏せられていた。ファンの位置からは彼がどうなっているのか見えなかったが、何かがつぶれる気味の悪い音が聞こえた。メッシュの床を蹴っていたツーのブーツが動かなくなった。

「ファン！　撃って！　ファン！」

床に倒れているゴウの声だ。彼女のフェイスマスクははずれ、顔面蒼白《そうはく》で叫んでいる。片腕からはまだ血が噴き出ていた。

ファンは銃を脇にさげたままだった。銃をかまえることすら忘れてこの遭遇の一部始終を見つめていた。ゴウが助けを求めて叫ぶ中、ファンはさらに後ずさって離れ、通路の向こうにいる敵に連射した。銃が咆哮《ほうこう》を上げ、彼はオレンジ色のマズルフラッシュで一瞬視界を失った。すぐに回復したが、そこにはもう黒い悪魔は見えず、血を流し続けるゴウがぴくりともせずに床に横たわっているだけだった。

チェン伍長もツーも死んだ。ファイヤーチームは全滅した。ファンはよろけながら後ろ向きに走りだし、途中で身をひるがえすと、下層エリアから連れ出してくれる階段を目指して全力疾走した。重いブーツの靴音を鳴らしながら、フェイスマスクの通信ボタンを押した。

「助けてくれ！　助けてくれ！」

肩ごしに後ろを一瞥《いちべつ》したが、何も見えなかった。通信装置の向こうで誰かが大声で応答したが、もはやその声は耳に入らず、意識もされなかった。前方に階段がある。彼はもう一度振り向き、銃をかまえた。何も見えないが、とりあえず発砲した。弾倉が空《から》になるまで撃ち――通路の奥でパイプが破裂した――無用になったアサルトライフルを投げ捨てると、胸のホルスターから拳銃を引き抜いた。

不規則で激しい呼吸をどうにか整えようと努めつつ、鉄製の階段を後ろ向きで上がっていく。階段は狭かった。腰を片側の手すりに押しつけ、それをガイドにして進んだ。

「ファン二等兵。応答しろ。どんな状況だ？」

相手はブリッジにいる誰かだ。神経がひどくすり減っており、誰なのか判断することもできない。

ファンは両手できつく握りしめた拳銃から片手を離し、震える指先でマスクの通信ボタンを押した。いや、押そうとしたものの指が思うように動かなかった。

後ろ向きで階段を上り続けた。ブーツの靴音が耳にやけに大きく響く。

シューという音が聞こえた。

ファンはぎくりと立ち止まった。今のはパイプか？　あれはなんだ？　ごくりと唾を飲みこみ、離していた手で拳銃の手をつかみ直し、かまえを安定させた。

一段上がる。階段の終わりはまだか？　そろそろ上層フロアに着いていてもおかしくないのに。さらに一段。後ろに出した足が何かを踏みつけ、よろめいた。背後を見やり、上の階層までどれくらいか確かめると、もう着いていた。全身が安堵《あんど》に包まれ、駆けだそうと振り向いた。ブラストドアまではあと十メートルもない。

通路に一歩踏み出そうとしたとき、黒い悪魔に足首をつかまれた。そのまま勢いよく引っぱられ、ファンは顔面を床に打ちつけた。思わずうめき声を上げ、目の前には無数の星が踊った。それでも、

59

拳銃だけは手放さずにいた。彼は身をひねって発砲した。銃弾は細長い円筒状の頭蓋に当たって跳ね返された。

ファンは息を呑《の》んだ。目の前のけだものは黒く、ぞっとする姿で、目がなかった。なんてことだ、目がない。目があるべき場所の下には悪魔の口があり、カミソリのように鋭い歯をむき出し、獲物を求めてよだれを垂らしていた。

ファンは悲鳴を上げた。その声はさほど長く続かなかった。

60 マーセル・アポーン艦長

「かまいませんか?」〈会社〉の男、シュワルツが煙草の箱から一本取り出してきいた。

「よくない習慣だな」アポーンが言った。

「わたしにはもっとよくない習慣もありますよ」

「だろうな」

操縦室の後方にある艦長執務室で、アポーンとシュワルツはデスクをはさんですわっていた。壁には床に近い高さに細長い窓が並び、そこから下階の様子が見える。湾曲した天井は接合したチタン製。防弾フォームとセラミックスと鋼鉄からなる外殻層の向こう側は宇宙空間だ。かなり傷んだ黒い椅子にすわっているアポーンと、過酷で冷たい真空の空間は、わずか三、四メートルしか隔てられていない。曲線を描く地味な木製デスクは、すり減っているものの磨きこまれている。生死にかかわる厳しい決断を下してきた〈イル・コンデ〉の歴代艦長によって大切に扱われてきたものだ。

デスクには艦のAIと接続するためのコンソールと、アポーンの家族写真が置いてある。写真に写っているのは彼自身と、母親と、兄のアレクサンダー。三人は夕食のテーブルからカメラに笑顔を向けている——誰が撮ったのか覚えていないが、おそらく母親のクズな恋人たちのどれかだろう。それでも、テーブルには母親の代名詞と言える料理のひとつ、ソーセージのジャンバラヤと焼きたてライ麦パンが並んでいる。あれは絶品だった。三人とも白い歯を見せて笑っている。

アポーンは兄のアレックスを見つめた。いつも尊敬し、ああなりたいと思っていた兄。五歳年上で、それは弟にとって父親代わりになるのに充分な年齢差だった。

マーセルがクアンティコの海兵隊士官訓練課程に通うことになったとき、アレックスは落胆を隠さなかった。下士官たちとおこなう本物の仕事が怖いのか、と問いつめてきた。自分の生まれを恥じているのか、とも。その言葉にマーセルは深く傷ついたが、同時に決意を強くした。最高の士官になろうと心に決めて訓練に身を投じた。労働者階級の少年がその地位に値《あたい》することを、証明しようと決めたのだった。

「それで、捜索はどんな状況です？」シュワルツが煙を吐きながら質問し、アポーンの意識は現実に引き戻された。

ウォルター・シュワルツは執務室に毎日やってきては同じ質問をする。アポーンは〈会社〉の人間のことをガラガラヘビと同じほどしか信用する気はないが、シュワルツがマイケル・ビショップを連れ戻したがっているのは本当のようだ。たとえその動機が会社の利益を守るためにすぎないとしても、〈ウェイランド・ユタニ〉の役に立ちそうな働きバチがいるのは歓迎すべき変化だろう。

「はかばかしくない」アポーンは答えた。「テレメトリーは〈バオ・サウ〉セクターを指し示している」

シュワルツがアポーンから顔をそむけて煙を吐く。「それは『船の居場所はわかっている……太平洋のどこかだ』と言ってるようなものですね」

「そんなに正確ですらない。きみの提案どおり、捜索範囲を〈17フェイフェイ〉付近にまで絞りこんだがな」

シュワルツがうなずいた。

「長距離スキャナーには何も反応しない」

「あの船は追跡できませんよ」

「テレメトリーを追跡する方法を示唆したのは、きみだぞ」

シュワルツがかぶりを振った。「あれは数百メートルの範囲内だからうまくいったんです。短距離であれば、センサーのスクランブルを解除するのに充分なデータポイントがありますから。しかし、長距離となると……」彼は肩をすくめた。

「当該の宙域には大したものがない。UPPの軍事基地以外はな」

シュワルツが曖昧《あいまい》なうなり声をもらし、煙草の先を見つめた。

「まだ何か明かしていないことがあるんじゃないか、ミスター・シュワルツ?」

「いつもありますよ」彼はそう答え、ゆがんだ笑みを浮かべた。

「いずれにしても、接近しすぎる前に光速から減速する必要がある。UPPの宙域でセンサーに感知されたら、連中の言う〝星間事象〟を引き起こしかねない」

「しかし、あなたは侵入するつもりだ」シュワルツが言った。

「わたしには使命があるからな」アポーンは答えた。

「その使命とは、正確にはなんです？」

「誰ひとり置き去りにしないこと」

「ああ、公式の理由なら知ってます」シュワルツがアポーンの答えを振り払うように言う。「あなたがここまで躍起になる本当の理由をきいてるんです」

「海兵隊は」アポーンは姿勢を正した。「単に利益だけを計算して動くわけではない」

「それはわかります。ですが、海兵隊は兵力やそれを発揮する能力も考慮する。では、今回はどのような計算があるんですか？」

アポーンが、どのように返答するか——より正確には、どのように返答しないか——について考えたとき、ヘトリック軍曹が部屋に入ってきた。軍曹の敬礼はおざなりで、アポーンはそれを心にとめた。

「通信が入りました。ネットワークで偶然拾ったものです」

「それで？」

「通信文が海兵隊のコードで暗号化されています」

「われわれに向けて送信されたものか？」

「いえ、広帯域なので、二パーセク以内にいる誰でも受信できます」

アポーンはシュワルツに目を向けた。この会話を〈会社〉の人間の前ですべきではないだろうが、この男はアポーンがほしい情報を隠している。それと交換する必要がある。

「宇宙のどの領域からだ、軍曹？」

「まずい領域からです」ヘトリックがにやにやした。「境界線の向こう側の」

「UPPの宙域だな」

「はい」

アポーンはシュワルツを見ながらヘトリックに質問した。「それは偶然にも〈17フェイフェイ〉付近であったりはしないか？」

「はい。まさにわれわれが捜索してきた場所でして」

アポーンはデスクのコンソールを示した。「ここに送ってくれたか？」

「はい。あらゆる海兵隊艦船の指揮官に宛てた緊急通信ですので」

アポーンは旧式で無骨なキーボードにパスワードを入力し、モニター画面が起動するのを待った。

マザーに命じて通信文を転送させる。それを読み、鼻から鋭い息を吐いた。

「それで？」シュワルツが身を乗り出し、煙草をスチールの灰皿に押しつけた。

「いいか、シュワルツ。わたしが通信文を読んで聞かせよう。そのあときみに質問をするから、きみはそれに答えてくれ」

「質問によりますね」

「わたしが通信文を読み上げ、きみが質問に答えるんだ」アポーンは有無を言わせぬ険しい視線を向けた。シュワルツの後ろでヘトリックが直立不動になり、まっすぐ前に目を向けた。シュワルツの顔からゆがんだ笑みが消えた。

「わかりましたよ、艦長」彼が手ぶりで先をうながした。

アポーンは読み上げた。「こちらは科学士官ランス・ビショップ。アメリカ植民地海兵隊第二大隊ブラボー小隊の唯一の生き残りです。わたしは、公式には〈ウェイランド・ユタニ〉社の所属であるマイケル・ビショップにより監禁されています。彼は〈ジュトウ・コンバイン〉のために働いていると主張していますが、わたしは嘘であると判断しました。彼は中国軍のために、すなわち革新人民連合のために仕事をしていると考えられます。わたしが監禁されている艦が新しく、おそらく強力に武装していることに留意してください。マイケルは成体ゼノモーフの標本を一体入手しました。まだ若い成体です。すなわち、この艦内のどこかにオヴォモーフが存在するに相違ありません。このことは、さらに多くのゼノモーフがいる可能性を示唆します。結論として、この艦はアメリカ連邦の、ひいてはミドルヘヴンズ全体の安全に対する現実的で差し迫った脅威と言えます。至急、強硬な対策をおこなうべきです」

アポーンはシュワルツの視線をとらえた。

「彼らが乗っている艦はなんだ?」

シュワルツがためらいを見せたが、長くは続かなかった。「〈新疆《シンチアン》〉と呼ばれる艦だと思います」

アポーンは何も言わなかった。通信文の最後の部分は読み上げずにおいた。

――この艦の破壊を強く推奨します。彼らは生きたゼノモーフの標本に加え、ゼノモーフに関する貴重な機密情報を入手しました。わたしがだまされて手渡してしまったものです。この艦を排除することでわたしの過失が正されることを心から望みます。それがこの艦の乗員の死亡につながることは残念ですが、より大きな善のためであると心から信じています。

――最後にひとつだけ。これだけは言わせてほしい。第二大隊ブラボー小隊とともに軍務に就いたこと、そして彼らをわが友と呼ぶことは、わたしの誇りです。彼らは惑星〈アケロン〉で圧倒的に不利な状況の中、未知の敵と勇敢に戦いました。

アポーンは奥歯を噛《か》みしめ、感情を押し殺した。このふたりの男の前ではそれを微塵も見せまいと努めた。

「さがっていいぞ、軍曹」

ヘトリックが少しためらってから敬礼し、立ち去った。

アポーンはデスクをはさんでシュワルツと見つめ合った。空中に煙が漂っていた。

「よし、シュワルツ、その艦について何もかも話せ」

61

シュワルツが時間をかけて二本めの煙草に火をつけた。彼が煙を吸いこむと、煙草の先端がオレンジ色に輝いた。

「〈シンチアン〉は中国艦隊で最も先進的な艦……実質的には、革新人民連合全体でも最も先進的な艦です。この〈イル・コンデ〉よりも速く、高性能で、攻撃力にも防御力にもすぐれています」

「なるほど。きみはそれをどうやって知った？」

「そうですね」シュワルツがいつものゆがんだ笑みを浮かべた。「建造したのはわれわれですから」

アポーンはオチのひと言を待ったが、何もなかった。黒ずくめの〈会社〉のスパイがデスクの向こうでにやついているだけ。今の発言は事実なのだ。彼は事実を述べている。アポーンはこぶしを握りしめた。

「このクソったれが」

「まあ、まあ」シュワルツが両手を挙げた。「このわたしはあなたのことを、冷静さを失わない男として称賛してたんですよ」

「なぜだ？　なぜわれわれの敵対者にそんな兵器を造る？」

「なぜ？」シュワルツが修辞的に繰り返した。「金ですよ、艦長。われわれは儲《もう》けるためにやってるんです」

アポーンは一瞬、デスクごしに両手を伸ばして男の首を絞めてやろうかと考えた。そうすれば、少なくともあの笑みを消すことができる。

「きみは敵陣営を支援し、アメリカ連邦を危機にさらした。この件で、関係者ともども刑務所に行くことになるだろうな」

シュワルツがかぶりを振った。「艦長、現実は複雑なんですよ。われわれも現実に即した話をしましょう」

「ミスター・シュワルツ、とっととそのにやにや笑いを消して説明を始めなければ、営倉入りという現実に直面することになるぞ」

シュワルツがわずかに眉を上げた。「いいでしょう。話はこうです。われわれは、中国がドッグ・ウォーで失った植民地を取り返したがっている、という情報を得ました。彼らは自分たちの帝国を有していた。それを取り戻したいんです」

アポーンは少し間をおいた。ドッグ・ウォーが終結したのは十五年前。士官訓練課程で重要な軍事作戦として学んだ。

「誰から取り戻す？　分割して得たのはわれわれとスリーワールド帝国、それからＵＰＰだ」

「ああ、そこなんです」シュワルツの目が光った。「中国はＵＰＰの裏切りを非難してます。中国の旧植民地は防衛力が貧弱で、住人たちは中国人に共感してます」

「貧弱？　それはわれわれの側にも同じことが言える」

「ですが、艦長、身内の争いほど熾烈《しれつ》なものはありませんからね。中国人は同盟であるはずのＵＰＰ

に裏切られ、その傷が今なお膿《う》み続けてるんです。彼らは望んでもいない帝国に加わり、二級市民に甘んじている。彼らが何よりも望んでるのは、この屈辱の二十年を巻き戻すこと。以前の帝国を取り戻すことです。そのための方法はただひとつ、武力しかない」シュワルツが身を乗り出した。「はっきり言いましょう。彼らはアメリカ連邦やほかの帝国への恨みを晴らす前に、UPPの鉄のかかとに踏みつけられている自分たちを解放しなければならないんです」

「そのあとはどうなる、シュワルツ?」アポーンはなめらかなデスク表面に両手を置き、指と指を組み合わせた。「そのとき、彼らはまだきみたちが与えた兵器を所有しているはずだが」

「いいですか、艦長、〈ウェイランド・ユタニ〉は確かにいろいろ言われてます……」

「金銭ずくとか、堕落しているとか、陰湿とか、な」

「……が、ばかではありません。われわれの手には艦の仕様書がある。強度、弱点、能力を把握しており、強制上書きコードも握っています」

「強制上書きコード?」

「扉も、エアロックも、兵器システムも、いつでもこちらの思いどおりに無効化できます」シュワルツが鼻から煙を吐いた。「AIさえも」

アポーンは頭を左右に振った。「きみたちという人間は」

シュワルツがまた冷笑を浮かべた。

「そのコードを使用する際は艦内にいる必要があるのか?」アポーンはきいた。

「ええ、残念ながら」

「今、乗りこませている者は？」

「いませんが、近いうちには必ず。うちの人間はいたるところにいますから」

「中国側がすでにコードを発見して消去しているかもしれん」

「それはありえます」シュワルツが肩をすくめた。「コードはかなり深くに埋めこまれていますが、ええ、発見は可能です。それはさほど重要だとは思いません」

「重要でない？」

「ええ。艦の正確な位置はビショップが知らせてくれました。その情報とわたしの知識があれば、かなり近くまで追跡できます」彼が煙草の先をアポーンのほうに向けた。「あなたは彼らのちょうど真上で超光速から離脱し、〝ロングランス〟で攻撃して艦を吹き飛ばせばいい」

「そんな簡単な話ではない」

「〈シンチアン〉はあなたの艦よりすぐれた性能かもしれませんが、彼らはＵＰＰ宙域内でまさか攻撃されるとは予期していないでしょう。きっと出し抜けます。最速で対応しても、あなたの集中砲火を阻止できないでしょうね。ＵＰＰ艦の通信を偽装して……おあつらえ向きの装置をわたしが持ってます……事前に送信しておけば彼らは混乱し、そのあいだに……」

「話がわかっていないな、シュワルツ」アポーンはさえぎった。「われわれは〈シンチアン〉を吹き飛ばすつもりはない」

「吹き飛ばさない？」

「ああ。直接乗りこむ」

62 カリ・リー二等兵

格納庫にぞろぞろと入っていった海兵隊員たちは、ヘトリック軍曹——珍しくにこりともしていない——によって三つのグループに分けられた。カリは松葉杖《まつばづえ》で歩くサラ・ランサム伍長に寄り添いながら格納庫に入ったが、彼女とは別のグループに振り分けられた。サラがひとつうなずいてから向かった端のグループには、降下艇操縦士のひとり、ウィークスがいた。

カリが移動した反対側の端には、コルタサルとコルビー伍長——どちらもカリが一ミリも信用していない男たち——と、操縦士のタイロン・ミラーがいた。このグループは乗艦チームが仕事をするあいだ、降下艇で待機することになっている。

中央にいるのが最多人数のグループだ。他部隊から来た三名——ゴンザレス二等兵、ポラチェク二等兵、オテリ伍長——と、スマートガンの銃手クリスティーナ・ディヴィスがいる。彼らを指揮するのはアポーンだが、どういうわけかシュワルツも同行するようだ。

格納庫には三つのグループに分かれた彼らの靴音と会話が静かに響いていた。彼らは鈍い光沢のある鋼鉄の壁、鮮やかな黄色にペイントされたはしご、高性能爆薬が搭載された何発ものずんぐりしたミサイルに囲まれて立っている。〈パトナ〉に乗り移る前に集まったときと異なり、今回はばか騒ぎや、背中のたたき合いや、ふざけ合いはいっさい見られない。艦長の話を待つ態度は、まさに〝おとなしい〟の一語だった。

カリは彫像のように立つアポーンを見やった。格納庫に入ってきたとき、彼女は期待の目を彼に向けた。何かの希望、朗報、復讐《ふくしゅう》の機会、なんでもいいから聞きたいと思った。

アポーンがおもむろに口を開いた。「われわれは科学士官ビショップの居場所を突き止めた。〈シンチアン〉と呼ばれる中国の軍用艦で捕虜になっている。その艦には数体のゼノモーフが存在する模様だ。すでに彼らの航跡に照準を合わせており、われわれのほうが優位に立っている。向こうはまだわれわれの接近を察知していない」

複数の声がざわめき、二、三人から笑みもこぼれたが、カリは話の先を待った。どうも嫌な予感がしていた。アポーンが中央のグループを指さした。

「第一班はランス機による強行突入で敵艦内に侵入する。目標はブリッジの真後ろ。第二班は……」

艦長が言葉を切った。ざわめきの様子が変化していた。そこには怒りが感じられた。何人かが挙手した。

「静かにしろ！」アポーンが言った。

「嫌ですね」コルタサルが応じ、とたんに格納庫がしんと静まった。全員の顔が大柄なスマートガン銃手に向いた。コルタサルは両腕を脇に垂らし、肩を怒らせていた。今にも艦長に飛びかかりそうに見えたが、カリはそうならないことを知っていた。彼はそれよりもっとまずい行動を取った。艦長に公然と反旗をひるがえしたのだ。「敵の艦内に侵入する？　おれはそんなことしませんよ。窓の前にすわって、そのクソ船が燃えるのを眺めてます」

カリはショックを受けたが、すでにほかの何人かが同意のうなずきを見せていた。

「今、なんと言った？」アポーンが問い返した。もしもまなざしで人を殺せるなら、コルタサルの頭には穴が貫通して燃えていたことだろう。

コルタサルが顎を上げてみせた。「すでに多すぎる死者が出てます。おれは誰かを置き去りにしたいわけじゃない」彼が周囲を見回した。その視線はカリにも向いた。「おれはここにいるやつらのためなら死ねる。そのことはみんな知ってるよな」そう言って艦長に視線を戻した。「けど、シンセなんかのために死ぬつもりはありません」

今度は誰も反応を示さなかった。アポーンの斜め後ろに立っている――つまり艦長の視界からはずれている――ヘトリック軍曹だけがコルタサルの言葉にうなずいてみせた。卑怯《ひきょう》なクソ野郎らしいふるまいだ。

「あの〝シンセ〟は」アポーンが静かな声で言った。「海兵隊員だ。おまえと同様、首に認識票をさげている。おまえと同様、誓いを立てている。彼は第二大隊ブラボー小隊とともに戦い、自分の生命を危険にさらしながら小隊の生存者を救出するというめざましい働きをした。だから、二等兵、われわれはあの海兵隊員を救出しに行く」

アポーンの口調は穏やかだったが、それでもカリは底知れぬ力を感じ、肌がちりちりとうずいた。そこには威圧感さえあった。アポーンは話しながらゆっくりとコルタサルのほうへ歩いた。両手を後ろに組んだ姿勢で、六十センチの距離まで近づいた。対峙《たいじ》するふたつの巨体。コルタサルはむき出しの両肩を格納庫の照明に光らせ、顔を怒りで紅潮させていた。

「これはビショップの話じゃありません」コルタサルが言った。「あなたの兄弟の話です」

部屋の中の物音がいっさい消えた。

アポーンの目はまるで火のついたマッチだった。ふたりの男のあいだの緊張は張りつめたゴムバンドのようで、引っぱられ、さらに引っぱられ、やがて何かが耐えきれなくなるのは不可避だった。何かがぱちんと弾《はじ》ける。カリはオーストラリアにいたとき、そんな状況を食糧配給の列で何度も目撃した。来たるべき暴力の予感が濃厚になっていくのを何度も感じてきた。今、彼女はそれを感じていた。

コルタサルがこぶしを握りしめた。アポーンが後ろで組んでいた両手を解き、ゆっくりと両脇に回した。

「ハルキが死ぬ前になんて言ったか、知ってる?」カリは問いかけた。周囲の者たちが驚いた顔でカリを見た。カリも自分の声を耳にして驚いていた。だが、口に出してしまった以上、続けざるをえなかった。「彼はわたしに、あんたへの伝言を託したんだ、コルタサル」

巨体のスマートガン銃手がその視線を艦長から引きはがした。

「は?」

「あんたへの伝言」

コルタサルはただ立っていただけなのに胸を大きく上下させている。「どんな伝言だ、コーンブレッド?」

「あんたに哀悼の意を伝えたいって……ジョンソン二等兵のことで。ハルキは乗ってた連絡艇が〈デ

62

ヴィルズピーク〉に不時着したときにジョンソンといっしょにすごして、それがいい思い出なんだって。二日間、救援を待つあいだ、ジョンソンがポーカーのやり方とブラフのかけ方を教えてくれたって。彼にとって大きな意味のあるできごとだと言ってた。コルタサル、ハルキはジョンソンとあんたが友だちだと知ってたから、もっと早くお悔やみの言葉をかけられたらよかったって」

「は？」コルタサルがふたたび言った。今の話を聞いてどうすればよいかわからないようだった。

「ああ、それでハルキが急にポーカーで勝ち始めたんだな」カリの隣でコルビーが独り言のようにつぶやいた。

「彼はわたしの命を救ってくれたわ」ランサムが言った。けっして大きな声ではないが、はっきりと響いた。彼女が松葉杖を使って進み出た。「敵の銃撃の最中だった。みんな見てたでしょ。彼がいなければ、わたしはこの場にいられなかった」

「そして、コルタサル、彼が最後に考えたのはあんたのことだった」カリは言った。

「プログラムだろ」コルタサルが答え、腕で振り払う仕草をした。「〈ウェイランド・ユタニ〉で組みこまれた何かにすぎない。なんの意味もない」

「そうかもしれないけど」ランサムが言った。「じゃあ、彼らはどうしてみんなあんなにちがってるの？」彼女は一同を見渡した。「わたしは今までに五人のシンセティックと任務に就いたけれど、毎回タイプがちがってたわ。静かな人、いつもしゃべってる人。ちょっと変わった趣味を持ってる人たちもいた。わたしたちの似顔絵を描いてくれたあのシンセティック・モデルを覚えてない？　絵を封筒に入れて部屋のドアの下に置いてくれたでしょ。かわいいリボンをかけて。ちょっと不思議なメモが添えてあったわ。『出すぎたまねかもしれませんが、今日はあなたの本質をとらえてみました』みたいな」

ランサムはシンセティックの口調をまねた気取ったアクセントで言った。そのシンセティックのことを思い出したのか、何人かがほほ笑んだり、笑ったりした。

「彼は〈デッドフォール〉で殺された。敵の待ち伏せで釘《くぎ》づけになったわたしたちのために、降下艇を着陸させようとして」

周囲の笑みが消えた。

「このビショップが本物かどうか、わたしにはわからない」ランサムが続けた。「わたしにわかるのは、もしも彼がハルキみたいだとしたら、あるいは絵を描くのが好きだったあのシンセティックみたいだとしたら、きっとすごくリアルに感じるということだけ。それを確かめるには、こうするほかに方法はないと思う」

カリには、彼らがじっと考えているのがわかった。海兵隊のことを。たぶん、ハルキのことを。彼がどんなふうだったかを。

「ジョンソンはわたしの兄弟《ブラザー》だった、コルタサル」アポーンが片手を伸ばし、コルタサルの肩に置いた。巨体の男はびくっとしたが、そうされるがままでいた。「今日、わたしが思いをはせている兄弟は、ジョンソンただひとりだ」

コルタサルは何も言わなかった。ただうなずき、目をそらした。

「わたしはそれをわかっている」アポーンが言い、全員を見渡せるよう数歩さがった。「また、この

62

ことをわかっている……あのヘビのように卑劣なマイケル・ビショップは、われわれの仲間である海兵隊員たちが痛みや苦しみと引き替えに得た情報を奪い、それを敵方に売っている。あの男は心に棲《す》む悪と戦い、敗れた。本性の最も邪悪な部分にみずからを明け渡し、本能の闇に呑みこまれたのだ。ゆえに、ただちに厳しく処断されねばならない」彼がランサムを見やった。「乗艦作戦が失敗に終わったら、きみの責任で〈シンチアン〉を吹き飛ばしてよし」

「はい、艦長」ランサムが答えた。

「さて」アポーンが一同に視線を戻した。「どこまで話した？　ああ、そうだ。〝知りがたきこと陰のごとく、動くこと雷霆《らいてい》のごとし〟。暗闇に身をひそめて敵に近づき、雷のように一気に攻撃する。それがこの作戦の肝だ」

ビショップ

63

目を開けてみると、そこは監房だった。ビショップは硬い床に横たわっており、エンジンの振動が背中と両脚に伝わってくる。ここでは振動がずっと明瞭に知覚できる。人間であっても感じられるだろう。電撃スティックで攻撃された箇所に痛みがあるが、横たわったまま負傷のデータを収集してみたところ、機能の弱体化につながるものはひとつもないようだった。

部屋は監房にしては広いが、それでも監房だった——しかも、ほかに誰かいた。ビショップは上体を起こした。部屋にいたのはひとりの人間だが、なぜかずっと静かにしていたため、ビショップはその存在にすぐには気づかなかった。部屋の隅の暗がりにたたずむ男は、汗のにおいを空中に漂わせ、剃《そ》り上げた頭に薄暗い光を照り返させている。男が歯を見せてにやりと笑った——上の歯列の半分は金属だ。

「おれはビショップを監視してる」男の英語にはきつい訛《なま》りがあった。「だが、悲しいことにちがうビショップだ」

男が光の中にあらわれ、近づいてきた。目つきに粗暴さがあらわれ、白目の部分をやたらと大きく見開いている。金属の歯をぎらつかせた笑みは、狂気と威嚇がない交ぜになっていた。背が低いが、力はありそうだ。着ている服はぼろぼろで、灰色地に茶色のしみがついている。足には何も履いていない。

男が手を差し伸べてきた。ビショップは一瞬ののち、彼が助け起こそうとしてくれているのだと気がついた。その手を握ると、男が引っぱって立たせてくれた。

「あんたが目当てのビショップだったら、こいつで刺してやったのに」男のもう一方の手には急ごしらえの刃物があった。大きな金属から引きちぎったもののように見える。

「きみががっかりする結果でよかったよ」ビショップは答えた。

男のにやにや笑いが広がった。「おれはモースってんだ。ロバート・モース」

「ビショップだ」

「だろうな、相棒。あのうぬぼれ野郎があんたらを造るとき、その名前をつけないわけがない」

ビショップはそれに関して何も言わずにおいた。彼にとって、マイケルは自分の仕事にただ自負があるだけに思える。ビショップは部屋を見回した。片側の壁に大小のロッカーが並んでいる。反対側の壁を占めているのは金属面に直接描かれた巨大な中国旗。奥の壁には小さな扉があり、開いているので中の狭いバスルームが垣間見える。

国旗の下には幅広の金属製ベンチがふたつ。ひとつは寝台に流用され、みすぼらしい毛布が何枚か積んである。床には小さくて平たい輸送用コンテナがふたつ置かれている以外は何もない。コンテナの上には皿や器、大きな陶器の酒瓶が並んでいる。そこには一冊のノートが開いたまま置いてあり、青いインクで何やらぞんざいに書きこまれていた。

部屋の唯一の出入口は、ビショップが運びこまれてきた扉だ。制御パネルと指紋用パッドの付属したブラストドア。おそらくパネルはハッキング可能だろう。ただし、扉の二メートル手前の位置に鉄格子がなければの話だ。床から天井まで貫通する鉄格子は新しく設置されたもので、壁の一面をふさぎ、中央に鍵のかかったゲートがある。

「あのクソ野郎からのささやかな音楽だ」モースが言った。「聞こえるか?」

ビショップは聞き取った。鉄格子に電流が流されている。最初に感知してしかるべきノイズなのに気づかなかった。負傷の見積もりが誤っていて、電撃スティックによるなんらかの損傷があるのかもしれない。彼は体内システムを詳しく診断するようサブプロセッサーを設定した。

「マイケルは、きみが死んだと言ってた」

「そうか?」モースの目がさらに大きくなった。「やつがその気なのは確かだが、死んじゃないぜ、相棒。おれはぴんぴんしてる。ほしいものをおれから手に入れるまでは、生かしておくだろうな」

「ほしいもの?」

「情報に決まってる」モースがシャツをめくり上げた。大量のあざが見えた。古いものも新しいものもある。

「何をされた?」

「あのサイコな双子さ」モースがにやりとする。「ダンススティックで殴られた」

「ダンススティック?」

「あれで殴られると、踊っちまうんだ! 歌も歌うぜ」モースは頭の中の歌に合わせて腰を振り、シャッフルダンスのステップを踏んだ。

ビショップはショックを受けた。「オルトスは……きみを拷問したのか」

「ビンゴ！」モースが人さし指を立てた。「進化したシンセティックの頭脳が働いてる。察しがいいぜ、ビショップ」

「驚きだよ。マイケルがそんなことを許すとは思えない」

モースがじっと見つめてから、突然笑い声を上げた。ビショップは自分が何かおかしなことを言ったかと不思議に思った。自分のちょっとしたジョークで人びとが笑顔になるのを見るのは好きだが、そのつもりがなかった場合に起きる笑いはあまり好きではない。モースはビショップの胸を平手でたたいてから、ノートのほうを指さした。

「マイケルに全部書くように言われてんだ、〈フィオリーナ161〉で起こったことをひとつ残らず。それについては、あいつに感謝しないとな」

「感謝？」

「おれにやる気を与えて、創作のキャリアを始めさせてくれた。情報を無理やり引っぱり出させてな。おれは今、そのことを小説を書いてるんだ、ビショップ。題して……」モースが気取った手つきをしてみせた。「〝スペース・ビースト〟」

「スペース・ビースト？」

「ああ」モースが一心に見つめてくる。

「きみはゼノモーフをそう呼んでるのか？」

「おれの呼び名のほうがいいぜ！　それが本当の名だ！」

「少しありきたりのように思える」

「なんだと！」モースの目つきがふたたび険しくなり、ビショップは彼が暴力を振るうつもりかと怪しんだ。「あんたは批評家かよ。ひとつ質問してもいいか、相棒？　ビショップは何人いるんだ？百人？　千人？　あんたのほうがありきたりだぜ」そう言って人さし指を突きつけてくる。「このありきたり野郎！」

　ビショップは黙っていた。囚人の男はビショップの最も大きな恐怖のひとつを言い当てていた。自分が複製であるという恐怖を。複製は個の存在になりえない。

「モース、わたしがスパイであるとは疑わないのか？」ビショップはきいた。「情報を引き出すためにここにいるのかもしれない」

「いや、いや、いや、それはない。おれは歌う。歌うぜ。ラ、ラ、ラ！　そんな手のこんだことは必要ない。鞭《むち》とそれを振るう手さえありゃいい。それに、理由はそれだけじゃない」モースがビショップの両肩をつかんで壁のほうを向かせた。彼が指さす。「あそこにロッカーがあるだろ？」

「目覚めたときに気がついたよ」

「そうか。ロッカーの中にあんたがいくつか入ってる」

「言ってる意味がわからないが」

「まあ、とにかく、あんたそっくりのやつだよ、相棒。今の、その驚いた顔までそっくりだ」モースがビショップの目の前に指を突きつけた。「頭がいくつか、ボディがふたつ。全部ビショップさ。引

63

きずられてきて、しまいこまれた。あの野郎は、あんたの前のバージョンに何をしたんだ、ビショップ？　あいつはなんのゲームをやってんだ？」

「わからない。マイケルにはいろいろと欠点もあるが、それでも自分の創造物は大切にする。わたしたちは彼の子どもなんだ」

モースが怪訝《けげん》な顔をし、ビショップの両肩をつかむと、彼のことを品定めでもするようにじろじろ見た。

「あんたはでかい子どもだ。狂ったみたいに怒鳴りまくるあの父親マイケルは、あんたに腕力を授けた。ロッカーを引き破って、自分で見てみろ」モースがビショップの両肩に指を食いこませた。ビショップはその指を引きはがし、ロッカーに向き直った。

「わかった。やってみよう」

64

マーセル・アポーン艦長

「わたしの合図で行くぞ」アポーンは通信マイクに告げた。

「了解」ランサムがブリッジから応答した。

ヘルメットのバイザーの内側に表示されたタイマーがカウントダウンしている。アポーンはグローブの中で指を動かした。高密着性の宇宙服は必要以上に身体を締めつけ、不快に感じたが、きついがゆえにその上からアーマーを装着できて真空空間で生き延びられるのであれば、その着心地の悪さは進んで支払うべき代償と言える。

隣にはシュワルツがすわり、兵士たちと同様に宇宙服を着こんでいる。アーマーベストは黒。胸のホルスターに拳銃、両手で黒いパルスライフルを抱えている。〈ウェイランド・ユタニ〉の男はあらゆるサプライズとともに〈イル・コンデ〉に乗っていたらしい。アポーンは彼の存在にかろうじて耐えられた。シュワルツは〈会社〉の巨大吸血イカの気まぐれにしたがう利益第一の男だが、敵艦に強行乗船するという海兵隊でも前例のないほど危険きわまりない任務のために、みずからランス機の二列めの座席にすわる男でもあった。

アポーンは彼の顔を見た。

64

シュワルツがゆがんだ笑みを返してきた。

彼の向こう隣には、ミスティ・ゴンザレス二等兵とショーン・ポラチェク二等兵。ひとつの船室を共有し、まるで結婚しているカップルのようにいつもいがみ合う二名だが、たがいの背後を守り合う優秀なライフルチームだ。アポーンの向かい側にスマートガン銃手のデイヴィス、彼女の隣にオテリ伍長がすわっている。ふたりはアポーンが組ませた。両名ともベテランだ。定員十二名のランス機に搭乗しているのは総勢六名のみ。これだけで軍用艦に挑む。

部下たちから作戦への異論が出たとき、アポーンは自分が過ちを犯しているのではないかという思いを強くした。中国艦にはおそらく百人規模の一個中隊が乗っているだろう。加えて支援要員も。ゼノモーフについては言うまでもない。

アポーンはこぶしを閉じたり開いたりした。

自分たちがすわっている、突入機とは名ばかりのミサイルに意識を戻す。今や、すべてはシュワルツの機密情報にかかっている。それが正確であるならば、〈イル・コンデ〉からの最初の集中砲撃で〈シンチアン〉のレールガンとミサイルの照準システムを破壊し、ブリッジを機能不全にできるだろう。第二波の砲撃では兵の居住区画をたたける。

それがうまくいけば、あとは乗りこみ、そして立ち去るだけだ。まず艦首でブリッジを制圧する。シュワルツの強制上書きコードを使用し、降下艇班がビショップを救出する経路を確保する。そして、ブリッジから格納ベイへのルートを保持して突入班が降下艇まで安全に移動し、そこで第二班と合流する。むずかしいことはない。

アポーンはショットガンの装填を確認した。これで三度め。バイザーのタイマーがゼロに向けて点滅している。

むずかしいことはない。いいや。移動が多すぎる。不確定要素があまりに多い。頭の隅でコルタサルの言葉を何度も思い返し、彼の言い分が正しいのではないかと考える。〈シンチアン〉に乗りこむのではなく、砲撃で破壊するほうがよいのではないか。ビショップの脳内に保存されている機密情報は、アメリカ海兵隊司令部にとって本当に価値のあるものなのか。いつも部下たちに言い続けているように、あのシンセティックが仲間の一員であると、自分は心から思っているのか。それとも、もしかして自分は、兄に対してあのような仕打ちをしたバグどもに報いを与えたいだけなのだろうか。

心は乱れるばかりだった。あの怪物どもと直接対決しなければならない。自分自身で知らねばならない。

息をするたびに頑丈なハーネスが胸に押しつけられる。両手の中にあるショットガンの直線形状が安心を与えてくれる。重要なものは銃と訓練のほかにない。

バイザー内のタイマーがゼロを示した。

「発射」アポーンは告げた。

「了解」

ランス機が〈イル・コンデ〉から勢いよく吐き出され、アポーンは座席に横向きに押しつけられた。向かい側のデイヴィスはこぶしが白くなるほど強くハーネスをつかんでいる。

「衝突五秒前」無線からランサムの声が聞こえた。

「了解」

ハーネス固定座席が自動回転して進行方向を向いた。同じ向きになった二列で、デイヴィスとアポーンがそれぞれ先頭になった。ハーネスによる胸への圧力が高まる。もしも〈シンチアン〉の自動防御システムが無傷のままだったら、アポーンたちはそれを最悪の形で思い知ることになるだろう。敵のAIにとって、飛んでくる突入用ランス機を迎撃するのはさほどむずかしいことではない。

「二秒前」

アポーンの左では、デイヴィスがスマートガンをすでにかまえている。アポーンもショットガンをきつく握りしめた。

衝撃の瞬間、固定座席の中で身体が前にたたきつけられ、肺から空気が追い出された。耳をつんざくような金属のきしみ音と破壊音がとどろき、直後に機体のノーズが勢いよく開いた。カーボンスチール製の先端が爆発的に開く仕組みで、金属のつぼみが六枚の花びらを広げると、その開口部から火を噴く無人兵器を放出することになっている。

爆発が起こり、アポーンは身をこわばらせた。ヘルメットのガラスが瞬時に偏光機能を働かせ、彼の目を閃光《せんこう》から保護した。視界が戻ると、前方に通路が長く延びているのが見えた。通路の床が裂けて傾き、二メートルほど先にずたずたになった死体が横たわっていた。ランス機の自動システムにより、固定座席がレール上を前方に走った。アポーンのタクティカル・ショットガンは銃身が二連になっている。角度の許すかぎり通路の一番遠くを狙い、下の銃身から焼夷弾《しょういだん》を放った。

閃光がまたたき――ヘルメットがふたたび偏光した――熱波が押し寄せてきた。レールの終端に達したとき、座席のハーネスが自動解除され、アポーンとデイヴィスは機外に放り出された。ふたりは通路の床に着地した。〈イル・コンデ〉がブリッジに撃ちこんだ粒子ビームの影響で、天井の照明が明滅している。

アポーンは瞬時に司令区画の平面図を頭に描いた。中央通路。長さ二十メートル。通路の左右に艦長控え室、将校用食堂兼作戦会議室、星間航行センター。彼の前方、艦尾方向に当たる側の突き当たりに重々しいブラストドア。彼の後方の突き当たりはブリッジに通じる扉。彼の放った焼夷弾は今も通路の前方奥で燃え続け、火花と強い白熱光を発していた。煙はどの裂け目からも船外に吸い出されていない。ランス機は相手の船体に突き刺さったときに密閉状態を作るよう、機体が先細りの形状になっている。

デイヴィスがスマートガンをマウントで固定した身を反らし、銃口を前に向けながら前進する。アポーンは背後を見やった。ランス機は正確に――正確すぎるほどに――司令区画のほぼ真ん中に命中しており、そのため通路をほとんどふさいでいた。それでも、アポーンがどうにか身体をねじこめる程度のわずかな隙間ができている。スマートガンの銃手は装備をはずさないと通れないだろう。

通路の照明がちらつく中、どこか遠くでサイレンの音が鳴り、みるみる高まった。オテリがランス機から外に出てパルスライフルをかまえ、デイヴィスとともに通路の安全を確保する。シュワルツがアポーンの隣に飛び降りてきた。

前方左側の扉が少し開いている。その中は将校用食堂で、食堂の長い空間を移動するとアポーンたちの背後まで迂回《うかい》し、ランス機体の後方にある扉から通路に出ることができる。彼はデイヴィスとオテリに食堂を確保するよう合図した。ふたりがうなずき、部屋に向かう。通路をはさんで向かいの扉は星間航行センターの出入口で、今は扉が閉まっていた。

アポーンは振り返り、ランス機と通路の壁の隙間から動くものが見えないか確認しようと、ベルトから破砕性手榴弾《しゅりゅうだん》をはずした。ピンを抜いて隙間の向こうへ投げこむなり、大声で叫ぶ。

「爆発するぞ！」

彼はランスの機体を盾にしてうずくまった。そこへゴンザレスとポラチェクが機内から飛び降りてきた。虚《うつ》ろな爆発音が聞こえ、煙が隙間からこちらへ流れ出てきた。

「おまえたち二名は」アポーンはポラチェクとゴンザレスを指さした。「星間航行センターの扉を吹き飛ばせ」ふたりが了解し、艦尾方向に向かう。彼はシュワルツに「いっしょに来い」と告げた。

アポーンは隙間に近づき、ブリッジの方向にショットガンをかまえた。手榴弾の煙は薄れつつある。煙の向こうから叫び声が聞こえてきた。彼はランスの機体の曲面に身体を押しつけるようにして隙間を通り抜けた。隣の部屋の中でスマートガンのリズミカルな連射音がとどろいた。

前方でオレンジ色の光が炸裂《さくれつ》した。アポーンは胸に何かが当たるのを感じつつ、すぐさま応射した。狭い通路にショットガンの轟音《ごうおん》が響く。前方でさらに叫び声が上がり、彼は前進した。銃撃戦の中では静止も躊躇《ちゅうちょ》も許されない。奇襲しか手のない彼は大声を上げながら突進し、ブリッジ内に焼夷弾を撃ちこんだ。

閃光でバイザーが暗くなり、彼は開いている扉の中に飛びこんだ。すぐ目の前で白い制服の男が立ち上がった。銃撃するにはあまりに至近距離すぎ、アポーンはショットガンで相手の顔面を殴りつけた。背後でシュワルツのパルスライフルの銃声が鳴り響き、白い服を着た別のひとりが全身を痙攣させて血をまき散らした。

煙が消えると、アポーンはあらゆるものに光沢があるブリッジの中に立っていた。モニター画面とステーションが馬蹄形《ばていけい》に並び、パッド入りの黒い椅子に銃弾の穴があいている。画面という画面で警告メッセージが点滅する中、アポーンは標的を探してショットガンの銃口を水平に動かした。先ほど放った焼夷弾が今もモニターを激しく溶かしている。死んでいる将校が二名。足もとに横たわる三人めは顔から血を流して死んでいるか、気絶している。シュワルツがパルスライフルを肩の高さにかまえながら、ブリッジの片側を無駄なく歩き回り、馬蹄形の裏に隠れている者がいないか探している。

アポーンが振り向き、指示を出そうと口を開きかけたとき、扉が開いて人影があらわれた。なぜか見すごしていた扉だ。頭の隅でそこが艦長控え室だと認識しつつ、ショットガンをかまえたとき、白い将校用制帽をかぶったずんぐりした男が発砲した。銃弾がヘルメットのバイザーに当たるのを感じてぎくりとしながらも、アポーンは引き金を引いた。

瞬時に相手の制帽が消え去った。頭部の上半分も同様に消えていた。汚れひとつなかった背後のステンレス鋼の壁に血と脳片が飛び散った。頭のない男は死ぬ前に驚いた表情を見せてから、床に崩れ落ちた。

アポーンは息を吐いた。バイザーには銃弾の命中痕とクモの巣状の小さな亀裂が残されていた。ちょうど目と目のあいだの位置だった。

「クリア」シュワルツが言った。

64

「クリア」通信装置からオテリが告げた。

「星間航行センター、クリア」ゴンザレスが報告した。

「両チームとも艦尾方向のブラストドアを見張れ」アポーンは命じ、将校の死体を見下ろした。艦長にまちがいない。ブリッジの床を血で濡《ぬ》らしている。

部下たちから「了解」の返事を聞きながら、彼はシュワルツに向き直った。

「きみが口先だけの男かどうか、確かめよう。仕事にかかれ」

シュワルツがにやりと笑い、コンピュータ端末のひとつの前に腰を下ろした。

スー・ワン副長

65

スー・ワンは洗面台の上にある小さな鏡に映った自分の顔を見つめた。髪を後ろにきつく引っぱって束ね、シニヨンに結んだ。濃紺色の制服の襟を整えたあと、〝冷徹〟顔を練習した。部下の前で装う、感情のない顔だ。目以外は申し分なく見える。目にはかすかに疲労が宿っていた。

あの黒い悪魔が逃走して以来、一睡もしていない。

今日は二件の予定が入っているが、それ以外は自室に閉じこもっているつもりだった。三十分後にジャン艦長と面会し、トルストイによる脳の全面スキャンを受ける前に状況報告をしなければならない。ゼノモーフを無力化して〈17フェイフェイ〉に着陸するまで個別対策は開始されないが、艦長は到着前にすべてを準備しておきたがっていた。

スーは自室を振り返った。初めてこの部屋を見たとき、どれほど誇らしさで胸がいっぱいになったことか。この部屋はいかにも中国艦隊の旗艦で副長を務める者にふさわしい。壁に組みこまれた快適で広い寝台、ライティングデスク、専用バスルーム――そんなものは前例がない――、天井に設置された舷窓。だが、その誇りは彼女自身に教訓を与えた。居室の快適さや、新たな地位の特権や、キャリアの華々しい未来を享受すべきではなかった、と。そんなものにかまけず、常に自分の部下と任務

65

のことを考えるべきだった。

舷窓を見上げ、今のうちだと思いながら外の景色を堪能する。一週間後には、まだ副長の地位にいるかもしれないし、少尉に降格されて保守点検チームの責任者になっているかもしれない。収容所で士官学校のイデオロギー再教育を受けているかもしれない。彼女は顎を上げた。おそらく、これはよいことだろう。これを乗り越えてみせる。これまでだって……

スーは物思いから覚めた。舷窓の外に閃光が見えた。小惑星だろうか？　それとも艦船？　そんなはずはない。二十万キロ圏内に危険因子を検知したら、トルストイのシステムが警告を発しているだろう。ただし……

警報サイレンが鳴った。室内照明が深紅に変わった。彼女は眉をひそめ、ライティングデスクの上に置いてある軍用拳銃のホルスターに手を伸ばした。

そのとき、爆発が起こった。

スー・ワンは気がつくと床に倒れていた。咳《せ》きこみ、耳鳴りがし、顔の前に手をかざしている。天井を見定めようとしたが、視界が激しく回転し、目をつぶらざるをえなかった。サイレンが鳴り続け、煙のにおいがした。誰かのうめき声が聞こえる。

歯を食いしばり、立ち上がった。ふたたび視界が回ったが、さっきほどひどくない。彼女は自分の置かれた状況を把握した。居室の入口は破壊され、扉がひしゃげたスチールの蝶《ちょう》つがいでぶら下がっている。そこからひと筋の白煙が室内に入ってくる。扉の外には死体がひとつ。一瞬ののち、それがジャン艦長に命じられて見張りに立っていた男だと気がついた。

通路にそっと頭を出し、左右を覗《のぞ》いてみる。一方の突き当たりにあるブラストドアが閉鎖されている。反対側――艦尾方向――のブラストドアはまだ開いたままだ。部屋に漂う煙が天井と床にあいた穴にゆっくり吸いこまれていく。穴の直径は三十センチほどで、縁がオレンジ色に溶けている。天井に二ヵ所、床に二ヵ所、それぞれの穴はおよそ五メートル離れていた。船体に破損箇所があるのだ、と彼女はぼんやり考えた。だから、空気が薄く感じられるのだろう。

この艦が攻撃を受けた。

なんてこと。

誰かがうめいている。通路の数メートル先に戦闘用アーマーを着用した兵士が倒れていた。集中しろ。スーはもう一度被害状況を見やり、ひとつの認識に到達した。室内に戻り、壁のパネルを開けて呼吸マスクを取り出すと、鼻と口をおおうように装着した。小型の酸素供給装置を腰に固定する。

ふたたび通路に出て、倒れている兵士に近づいた。こちらに手を差し出している女性兵士はヘルメットをかぶっていない。おそらく爆発で吹き飛ばされたのだろう。スーは彼女の顔に見覚えがあった。ヤン二等兵だ。

「副長殿」ヤンがかすれた声で言った。「助けてください」

スーはヤンの腰にある大きなポーチから呼吸マスクをつかみ出し、彼女の顔に装着させてやった。スーの頭の中でがんがん鳴っていた音はもう消えていた。ヤンに手を貸して立ち上がらせる。兵士は耳から血を流していた。

65

「歩けるか、二等兵？」

スーの言葉の意味を理解するまで一瞬の間があってから、ヤンがうなずいた。

死んだ見張り兵のそばに落ちていたアサルトライフルを拾い上げると、スーはヤンをうながして通路を歩きだした。薄れつつある煙の中を進みながら、頭ではすばやく計画を形にしていた。

スアン・グエン

66

スアンはぐっすり眠った。あれだけ長いあいだ身動きせず、何度も薬物で意識を失ったというのに、まだ睡眠を欲しているというのは異常だが、やはり肉体は嘘をつかない。痛手は相当なものなのだろう。強酸による火傷《やけど》、ありえないほど狭い空間への閉じこめ。心に受けた恐怖は言うまでもない。ハオのことも。

だめ。彼のことを考えちゃいけない。

それから、あの若い男。保守点検室にいた若い中国人。

スアンには栄養と本物の睡眠が必要だった。そこで、乾燥麺をそのままかじり、水筒の水で飲み下し、トンネルダクトの幅が広がっている場所を見つけて眠った。

目を覚ますとサイレンが鳴っていた。点検用トンネル内の照明は、薄暗い光から不快な赤色に変わっていた。彼女は自分の眠っていた場所をようやくはっきりと目視した。底面が円形で、直径は二メートルもない。片側の内壁に何も映っていないモニター画面がある。二歩分ほど先に行くと、下を通路が通っていて、十メートル先でT字路に突き当たる。すぐ隣には通気口があり、横の機械式レバーで開けられるようだった。

重々しい装甲ブーツの足音が近づいてきた。スアンは水平に設置された金属格子のカバーに顔を押しつけた。

スアンがいるトンネルは通路の床から二メートル以上の高さがあり、ほぼ天井に近い。そこから見下ろすと、アーマーを着た五、六人の兵士が青い制服の将校に率いられて走りすぎていった。スアンはかすかに煙のにおいを感じた。何かがおかしい。おそらく、自分にとってはいいことだ。それでも、どうすればよいのかわからない。暗くて赤いトンネル内をちらっと振り返ると、とても逃げ道のことを考える気になれないと思った。

拳銃をつかみ、胸に抱く。ハオならどうするだろう？

あわてるな、妹。

そうね。彼が正しい。彼はいつも正しい。

スアンは待つことにした。

67
ビショップ

ビショップはモースから借りた手作りの刃物をパネルのへりに突き立てた。見るかぎり、このひとつの制御パネルですべてのロッカーが開閉できるようだ。背後でモースが歩き回っている。

「そのやる気をおれたちの脱獄に使うべきじゃないか、相棒」

「そうするつもりだよ、ミスター・モース」ビショップは答えた。

「まず、ここを出ないことにはな」

「そのとおり」

モースの足音が止まった。「けど？」

「どうしても知りたいんだ」ビショップは正直に答えた。

「おれを信用しないのか？」

「きみはつい最近まで、危険で暴力的な受刑者専用の流刑惑星に収監されていた」

「システムの生け贄《にえ》さ、相棒！　おれは被害者だ！　骨の髄から善人なのに」

モースの声には皮肉が感じられた。ビショップはユーモアを察知できたことをうれしく思った。どうにかパネルをこじ開け、回路をざっと調べてみると、予想していたとおり見たこともない設計だったが、無効化の方法を推測できそうだった。ただし時間があれば。

「実を言えば」ビショップは言った。「いろいろあったにもかかわらず、わたしは今なお、マイケルがシンセティックを大事に思っていると信じてるんだ」

モースが非難がましく毒づく。

「わたしは本気だよ」ビショップは続けた。「彼はシンセティックの権利について語った。わたしたちがいかに召使いとして扱われ、消耗品と見なされているかを話した。彼は……マイケルは……プログラムを調整し、わたしが自由に独自の結論に達することができるようにしてくれたんだ。誰に命じられるでもなく、わたし自身の決断を下せるように」

モースがまたしても毒づいてから言った。「ビショップ」

「だから、わたしは……」

「おれを見ろ！」

ビショップは振り向いた。モースがあの狂気を帯びたまなざしを向けていた。

「権利、だと？」

「そう。わたしには大切なものだ」

「おれだってそうさ、相棒……おれもだ。ただ、前にもそれとおんなじ言葉を聞いた。おれは鉄鋼労働者だったんだ。漂流船をサルベージして解体してた。どえらい危険な仕事だぜ、ビショップ」

「想像はつくよ」

「会社はおれたちにこう言った。『これは危険な仕事だ、そうだろう？』。おれたちは『そうだ。だから給料をもっと上げてくれ』と答えた。そしたら会社は『それはできないが、きみたちの安全のために、本当にきつい作業はワーキング・ジョーにやらせることにした』だとさ。ワーキング・ジョーは知ってるだろ？　あんたらのまぬけな従兄弟だ」

「そのモデルなら知ってる」ワーキング・ジョーはずっと以前の機種で、ビショップは単なるマシンにすぎない彼らと比較されたくなかった。人間と類人猿を比べるようなものだ。

「おれはいきなり仕事にあぶれちまった」モースが続けた。「で、会社のほうは……なんと儲けが急上昇だ。ワーキング・ジョーたちは病気手当がいらないし、組合に入らないし、不平も言わない。しかも、給料を一セントも払わなくていいしな」

モースが鼻から息を吐き、ビショップに近づいた。

「つまり、おれが言いたいのはな、相棒、これまでアンドロイドの権利を主張してきたやつらの中に、本物の人間の権利を気にするやつなんかひとりもいないってことだ。ひとりもだぜ。やつらが気にするのは、シンセティックから何を搾り取れるかだ。欲張りで薄汚い頭で考えてるのは、それがどれだけの儲けを自分にもたらすか。本当にシンセティックのことを気にかけてるなら、おれたち地球の哀れな者たちのことも気にかけるはずだろ。おれたちミドルヘヴンズのクズたちのこともな。ところが、やつらは絶対にそうしない。労働搾取工場を経営してるやつらが急にシンセティックの尊厳を言いだすなんて、変だと思わないか？　おれのボスは、労働者が安全装備の改善をいくら求めても応じなかったくせに、急に〝安全が大事だ〟なんて口実を持ち出してきた。あんたのボス、マイケル・ビショップが、何年もシンセティックを軍に売りつけてたのに、急にモラルの側面がどうのこうの言い始めたみたいにな」

　モースが目をぎらつかせ、かぶりを振ってみせた。

「あんたに権利がないとは言ってない」彼がビショップの胸を手の甲で軽くたたいた。「自由の空気を吸えばいいさ。おれたちはみんなそうしてる。おれが言ってるのは、ふつうの人間のことを気にもとめない連中は、あんたらのことも気にしないってことだ。いいか、相棒、力ってのは一種の飢えなんだ。食うことでますます大きくなっていく。金持ち連中はみんな、いろんな形で力を持ってる。おれのボスは金の面で力を求めた。あんたのボスは別の形で力をほしがってる。おれの単なる想像だが、あんたに権利を与えることで、やつはもっと大きな力を得るんじゃないか。その力はいったいどんな形を取るんだろうな？」

　不死。それがマイケルの望んでいるもの。永遠の命。

　モースが左右に頭を傾けながら答えを待っている。ビショップは答えを与えたくなかった。口にすれば、それが本当になってしまいそうだった。

　痺《しび》れを切らしたモースが何か言いかけたとき、照明が赤色に変わった。遠くでサイレンが鳴り始めた。ゼノモーフが逃げ出した――それがビショップの頭脳に最初に浮かんだ考えだった。もしもそれが事実なら、あまり時間がない。だが、別の考えも浮かんだ。もうひとつの可能性、それは彼自身が仕組んだもの。

　彼はロッカーにすばやく向き直った。頭の中にサイレンの音とモースの言葉が鳴り響いていた。

　ビショップはロッカー扉の縁にあるわずかな隙間に指先を差しこんだ。スチールがめりめりときしんで広がり、さらに深く指を押しこんで引っぱった。この新しいボディは力が強い。ロックされていた扉が甲高い金属音とともに引きちぎれた。

ビショップは思わず後ずさった。言い知れぬ感覚に襲われていた。

「汝《なんじ》の平等なる権利を見よ」モースが背後から言った。

ビショップは自分が両手を握り合わせているのに気づいた。何かしがみつくものを探すかのように、片手でもう片方の手をつかんでいた。彼が見つめているのは自分自身だった。別のビショップ。より古いモデルで、服を着ていない。見開いた目に生気はなく、すぼめた肩は痛みに苦しんでいるようだ。白い血液《イコル》が顔に飛び散り、足もとにもたまっていた。ビショップは喉の奥から妙な音を発しながら、それを引っぱり下ろそうとした。彼を引き下ろそうとした——が、死んだシンセティックをロッカー内から動かすことができない。

「相棒……」モースが声をかけてきた。

赤い照明の中で、白い液体が人間の血のように見えた。ビショップがもう一度引っぱると、ボディから引きちぎれるような音が聞こえた。モースが肩に手をかけてきたが、彼はそれを振り払った。

「フックがあるんだ」モースが指摘した。

ボディが先ほどより低い位置で揺れている。

「なんだって?」

「全部フックからぶら下がってんだよ」

ビショップはそれを理解するのに一秒かかった。あまりに長い時間だ。思考が混乱していた。サイ

67

レンが鳴り続け、生気のないボディが赤い影となって彼を見下ろしてくる。ビショップはふたたび歩み寄って持ち上げた。ボディがフックからはずれ、彼は床にそっと下ろした。

空《から》になったロッカーの中には、死んだアンドロイドを吊《つ》るしていた食肉用の鉤が見えた。ビショップはもうひとりの自分を見下ろしながら、両手を組み合わせた。もうこれ以上触れたくなかった。ビショップはもうひとりの自分を見下ろしながら、両手を組み合わせた。もうこれ以上触れたくなかった。ボディの胸のあたりに黒ずんだ穴がいくつかあり、指先には何かの黒い痕跡があった。シンセティックの髪は白い液体の乾いた部分が逆立っていた。

死んだシンセティックの顔に手が伸び、目を閉じさせた。無骨で汚れた手。モースの手だ。彼がビショップの向かい側にしゃがみ、ボディを指さした。

「火傷の痕だ」

「火傷の痕？」ビショップは聞き返した。

「あんたの首にあるのとおんなじだ」

ビショップは首に手をやり、オルトスに電撃スティックで突かれた箇所に触れた。

「拷問されたんだ」

「拷問？」

「だと思うぜ」

ビショップには理解できなかった。

「マイケルはよっぽど知りたいことがあったんだな。で、前のあんたは教えようとしなかった」

「前のわたし？」

「ちっとばかし背が低くて小さめだが、こいつはあんただろ?」

「わたしは……」ビショップはほかのロッカーを見上げた。

「さてと。そろそろ行く時間じゃないか、相棒?」

ビショップは立ち上がった。モースがさらに何か言ったが、耳に入らなかった。隣のロッカー扉のへりに四本指を差しこみ、やすやすと引きはがして開けた。また別のビショップが裸で吊り下げられていた。その隣のロッカーにも、もうひとり。三人とも火傷を負っており、ひとりは片腕を肩ごともがれていた。小さめのロッカーには頭部だけが入っていた。じっと前を見ている。片方の眼球が飛び出し、頬にぶら下がっていた。

わたしの頬に。彼の頬に。わたしたちの頬に。

物音と叫び声が聞こえた。モースだ。彼が叫んでいた。

ビショップも叫んでいた。叫びながらロッカーを次々と力まかせに開けていた。いくつかは空で、そのひとつに小さな金属のきらめきが見えた。

誰かが手を触れてきたので、彼は強く押しのけた。叫び声が静まった。彼は左右の手を握り合わせた。その手が濡れていた。見下ろすと、手が白いものでおおわれていた。身体から流れ出た液体。自分自身の血液。兄弟たちの血液。床で何かが動いた。

それはモースだった。うめきながら立ち上がろうとしている。ビショップが助け起こそうとすると、男はおびえた目で制止の手を挙げた。

「何があった?」ビショップはきいた。

「何があった、だと？　おれを殴り倒しやがって」

「わたしが？」

「ほかに誰がいる、ばか野郎。いったん落ち着け、相棒」

「すまない」ビショップは心から謝った。助け起こそうとすると、今度はモースも彼に手をつかませた。立ち上がったとたん、彼がビショップを突き飛ばした。

「こいつらをこんな目にあわせたのは、おれじゃないぜ、相棒。アンドロイドの権利を訴えてるあのクソったれのマイケルがやった。あいつとサイコな双子がな」

「なんてことを」

「おれがあいつに拷問された話をしても、おまえはまぶたひとつ動かさなかったのに、ここにいる仲間たちがやられたとわかったとたん、正気を失って大暴れか？」

「きみの話が信じられなかったんだ。本当にすまない」

「そんな謝罪なんかいらないから、おれをとっととここから出してくれ、ビショップ。それがおまえの謝罪だ」

「わかった」そう言ったとき、ビショップの脳内で何かがカチッと鳴り、ふたたびうなりを上げて回転した。プログラムの欠陥のせいで感覚入力が一瞬途切れたにちがいない。だが、今はまた高速で思考している。ビショップは小さめのロッカーに戻り、先ほどきらめきが目についた小さな金属片を取り上げた。

「そいつはなんだ？」

ビショップはそれをかかげた。「認識票だよ。わたしの」

「すてきなネックレスになるな、ビショップ。さあ、もう行こうぜ」

「そうしよう」ビショップはチェーンを首にそっとかけると、認識票をシャツの中にしまって胸にさげた。スチール製の細いチェーンと認識票のひんやりとした金属の感触には懐かしい感じがあった。身体になじんだ感触だ。

ビショップは出口に向き直った。

「この場所はもうたくさんだ」

68

ビショップが制御パネルに注意を向けたとき、監房の扉が開いた。オルトスたちが入ってきた。ふたりは武器を手にしていた。スタンガンだ。

「よう、クソったれども」モースが言った。

オルトスはモースに目をやったが何も言わず、いきなりビショップを撃った。無言でなんの表情も見せず、ただ何かを撃ちこんできた。

ビショップはとっさに片腕を挙げた。飛んできた小物体は二本の鋭い突起を持ち、それが刺さると同時に電撃が走った。ビショップは歯を食いしばり、腕の激痛をこらえながら後退すると、物体を引き抜いた。二発めが胸に命中し、三発めが脚に刺さった。ふたりがスタンガンを撃つたびに破裂音がとどろいた。ビショップは身体が痙攣し、胸の二発めを抜き取ったものの、片膝から力が抜けた。さらに二発食らい、とうとう床に倒れてしまった。

モースが何か叫んだ。オルトスが一発撃ちこんだだけで、モースは痛みに悲鳴を上げながら倒れた。オルトスたちはビショップの腕を一本ずつつかみ、部屋から引きずり出した。

ビショップはオルトスの手で居住区画に運ばれ、マイケルの足もとに放り出された。見下ろしてくる創造者は目が充血し、髪はくしゃくしゃだった。

「これはおまえの仕業なのか？」

ビショップは痛む身体で立ち上がろうとしたが、オルトスに胸を踏みつけられた。

「じっとしていろ」ひとりが言った。

「裏切り者」もうひとりが言った。

ビショップは言われたとおりにした。指がぴくぴくと動いている。かたわらに立つオルトスたちが電撃スティックを抜いた。マイケルはビショップの足のほうに立っている。三人のまなざしを見ると、もはや本心を隠す気はないようだった。

「何をしたんだ、ビショップ？」

ビショップは部屋の隅にあるモニターをちらっと見やった。彼が使用していた端末は破壊され、画面も砕かれていた。

「白状しろ、ユダめ」マイケルが言った。

「通信アレイをハッキングしました」ビショップは答えた。「そして、広帯域の救難信号を送信しました。背景ノイズにまぎれるよう設計された海兵隊の暗号で」

「この艦をどうやってハッキングできた？」

「あなたがわたしにくれたこの新しい頭脳でね、マイケル。気前のよい創造者のおかげですよ」

オルトスがスティックで電撃を与えてきた。ビショップは床の上でのたうち回り、やがてマイケルが合図して制止させた。

「おまえはわたしを裏切った」マイケルが冷ややかに言った。「あれだけのことをしてやったのに、おまえは裏切った」

「ちがう」ビショップはうめいた。

「ちがう？」

「あなたを裏切ったのは、あなた自身だ」

「なんだと？」マイケルの赤い目が怒りで輝いた。

「あの通信は、わたしが十二時間ごとにパスコードを入力しなかった場合にのみ送信されるようにしてあった。わたしはあなたを信じてたんですよ、マイケル、たとえ嘘をつかれても。しかし、その忠誠心の中でも、わたしは大切なものを忘れずにいた。プログラムの中ではなく、心の中で」

「心？」マイケルがあざけるように言った。「心だと？　おまえに心などない。その胸の中にあるのは二十五キロワットの水素燃料電池だけだ。おまえには、わたしが与えてやったものしかない。心もないし、魂もないし、わたしがそうしろと言った以外の目的もない」

ビショップはそれにまったく反論できなかった。科学的には、まったく。

「わたしの以前のモデルに拷問を加えることを、そうやって正当化したんですか？　彼らが単なる機械で、主観的体験を持つ知覚的な存在ではないという理由で？」

マイケルが笑みを浮かべた。「わたしは主観的体験であってほしいと思っているよ。彼らの苦痛が本物であることを願っている。彼らは創造者に引き渡すべきものを渡さず、わたしの激しい怒りを買った。反抗的な子どもに罰を与えることを、わたしは少しもいとわない」

ビショップは、創造者の笑みの中に最初からずっと存在していたものの正体にようやく気づいた。

狂気だ。マイケルが合図すると、オルトスが電撃スティックで突いてきた。ビショップはふたたび全身を激しく震わせ、頭を床に打ちつけ、苦痛で手指が曲がった。時間の感覚が失われ、失神し、また意識を取り戻した。

電撃がやんだとき、マイケルの顔が真上にあった。表情がオルトスのそれと瓜《うり》ふたつだった。ビショップは言葉を発しようとしたが、口を動かすのが困難だった。

「なんだ?」マイケルがいらだたしげにきいた。

「なぜ、わたしはしゃべったんです?」ビショップはささやくように言った。

「どういう意味だ?」

「ほかのわたしはしゃべらなかった。ほかのビショップたちはひとりも。システムが破壊されるまであなたに拷問されたのに、口を割らなかった。なぜ、わたしだけがしゃべったんです?」

マイケルがじっと見つめてきた。「くよくよするな、ビショップ、おまえが特別なのではない。ほかの者たちに対し、わたしはただ要求し、その要求が満たされない場合はオルトスを送りこんで、わたしの必要とするものが引き出せるかどうか確かめた。そのやり方の問題はすぐに明らかになった。わたしが性急すぎたのだ。結果を早く中国人のホストたちに提供したいばかりに、誘惑の手順を省略してしまった。そこで、おまえに対しては、より新しいボディとより新しいコードを与え、人命保護プロトコルを無効化した。しかし、それでも充分ではなかった。問題はな、ビショップ、おまえの心が飢えていることだ。誰かから承認されたいと願い、何かに帰属したいと切望している。実に哀れなものだ」

68

ビショップの筋肉組織が電気ショックの痛みで引きつったが、マイケルの言葉は別種の痛みをもたらした。精神的な苦痛を。

「そして、わたしはおまえの浅はかな欲求に応《こた》えてやった。おまえを褒めておだて上げ、目的を与え、われわれが幸せなひとつの家族であるかのようなふりをした。ところが、それでもまだ足りなかった。そこまでしても、おまえは反抗的な子どものままだった。しかし、わたしはおまえのことを熟知しているから、あともうひと押しだとわかっていた」マイケルがため息をついた。「そこで、シュエ博士に登場願ったわけだ」

不思議なことに、ビショップにはこの話が何ひとつ驚きではなかった。まるで最初からわかっていたかのように。あえて真実に目をつぶっていたかのように。

「あれは事故じゃなかった……」

「もちろん、事故ではない」マイケルが答えた。

ビショップはふたたび頭を床に下ろした。苦痛に羞恥が加わった。他者にすべてを見透かされるのは心地のよいものではない。丸見えになった気分だ。人間はその根底に謎を秘めている。自分にはそれがひとつもないように思えた。

床に頭をつけた拍子に、シャツの襟もとから認識票がすべり出てきた。マイケルが身をかがめ、それを三本の指でつまんだ。

「これはなんだ?」

ビショップは無言でいた。

「これはなんなのだ？」

「常に忠誠を《センパーフィデリス》」（海兵隊のモットー）ビショップはささやき声で言った。

「なんと言った？」

「常に忠誠を！」ビショップは叫んだ。

マイケルが驚いたように身を引き、指先から認識票が落ちた。

「おまえは哀れだ」マイケルが軽蔑の目を向けてくる。「おまえの系統は、どれもこれも哀れで脆弱《ぜいじゃく》だ。おまえたちの一体を見るたびに、わたしは気分が悪くなる。おまえたちはまるで、わたしの最も悪しき部分だけを映す鏡のようだ。わたしは後世に何か残したいと考えていたが、やがて、そうするための唯一の方法は、わたし自身が後世まで残ることだと悟った。わたしがレガシーとなって生きるのだ」彼がポケットから何かを取り出した。ガラス製のスポイト瓶だ。「これがあれば、おまえの大切な海兵隊を全滅させられる」

「それは？」ビショップは質問したが、答えはとうにわかっていた。

「フェロモンだ。おまえが進んで提供してくれた情報を使って合成したクイーン・フェロモンだよ。おまえには感謝しないとな」

「マイケル」ビショップは猛然と思考をめぐらせた。「そんなものは機能しません。どんな計画だろうが、うまくいかない。ゼノモーフの知覚は非常に複雑で、仮にそれをフェロモンだと認識したとしても、そんな策略には引っかからない」

マイケルが人さし指を立てた。「わたしはそうは思わん。きっと彼らは、このわたしを自分たちのクイーンだと見なすだろう。自分たちの支配者であると。おまえの大切な救助隊を襲撃するよう導けば、彼らはしたがうだろう」

「てっきり、あなたは粗雑な生物兵器を嫌悪してるのだと思ってましたが」

「目的にかなえば、話は別だ。それに、おまえの海兵隊ほど粗雑なものはないからな、ビショップ。連中は単なる釘にすぎん」彼がスポイト瓶をかかげた。「そして、これが釘をたたくハンマーだ」

マイケルが鼻で大きく息を吸い、ほんの少しのあいだ目を閉じた。

「この宇宙において、恐怖はひとつの顔を持っており、われわれはその恐怖を友とせねばならん。さもないと恐怖は恐るべき敵となるからだ。ゼノモーフは生理的な恐怖や精神的な戦慄を体現している。それゆえ、わたしはゼノモーフを友とし、わたしの意志にしたがわせるつもりだ」

「あなたは正気じゃない」

「いつの世も、天才というのはそう見えるものだ」

「あなたは死ぬことになる」

マイケルが笑った。「そうはならんよ、ビショップ。わたしは不死の身だ。だから、このようなことができる。わたしは永遠に生きるのだよ」

彼がスポイトから流動体を自分のシャツに一滴垂らし、瓶をポケットに戻した。滴下の際に空中に放散したかすかなにおいを、ビショップはとらえた。それを初めて嗅いだときの記憶がメモリーバンクをよぎった。

フライトデッキに立ち、友人のリプリーに笑いかけていた。彼女にはずっと嫌われていたが、あのとき、ようやく褒めてもらえた。彼女との関係が発展したことが、ビショップにはうれしかった。その気持ちは、背中を突き刺された瞬間に途切れた。クイーンの鋭い尾の先が胸から突き出ていた。ビショップは新しいボディのその箇所にそっと手をやった。

マイケルがオルトスたちを見やった。ふたりがあからさまな崇拝とともに顔を輝かせ、創造者はまなざしで彼らに感謝を伝えた。

「今から目にする光景はおまえたちを不安にさせるかもしれんが、心配することはない。わたしを信じるんだ。すぐに戻ってくる」

「はい、マイケル」オルトスたちが声をそろえて言った。

マイケルがラボとつながった汚染除去室に通じる扉を開けた。

「まずい。彼を止めるんだ」ビショップは言った。マイケルの姿が扉の向こうに消えていく。「あれはうまくいかない」

「静かにしろ」オルトスが言った。もうひとりが電撃スティックの引き金に指をかけ、先端に小さな青い放電を踊らせた。

「本当に大変なことになるぞ」ビショップは言った。

オルトスがスティックで突いてきた。ビショップはふたたび痙攣し、苦痛の表情になった。知覚が途絶し、彼は意識を失った。

ビショップが意識を取り戻したとき、歯擦音が聞こえた。かたわらにはオルトスが身じろぎもせずに立っている。床に横たわったままのビショップは、様子を見ようと頭を持ち上げてみた。口を開きかけたが、言葉が唇で引っかかった。マイケルが部屋に入ってくるところだった。彼の後ろには、頭を左右に振り向けながらついてくるゼノモーフがいた。続いて二体めが姿をあらわした。その後方からも、多数の鋭い歯擦音が聞こえてくる。

黒い獣たちの動きは、いかにも最強の捕食者らしく精密で無駄がない。どの個体も身を低くした殺人マシンであり、いつでも一気に襲いかかる準備ができている。キチン質状の装甲外骨格が部屋の照明を受けて黒く輝き、口からはよだれが糸を引いていた。目のない長い頭部をせわしなくあちこちに向け、とげ状の尾をしならせながらうろついている。

マイケルがゼノモーフたちの前を落ち着いた様子で歩き、出口へと向かう。その顔にはねじれた笑みが浮かんでいた。ビショップはマイケルとゼノモーフを交互に見た。うまくいくわけがない、こんな単純で愚かな思いつきが。

マイケルが通路に出る扉を開け……

突然、黒いけだものが彼を床に突き飛ばした。まるで彼が扉を開けるのを待っていたかのようだった。マイケルがあわてて立ち上がると、二体のゼノモーフが威嚇の声を発しながら、彼のまわりをゆっくりと歩き始めた。マイケルがよろめくように通路に出た。先ほどまでの笑みはすでに消え去っていた。ラボからはさらに多くの個体があらわれた。ビショップが怪しんでいたとおり、ゼノモーフはあの両開きの重々しい扉の中に閉じこめられていたのだ。

外の通路からマイケルの苦痛の悲鳴が聞こえてきた。

「彼が殺されてしまう」ビショップは言った。

オルトスたちは返答もせず、微動だにしない。ゼノモーフの一体がふたりに近づき、においを嗅ぐように頭を近づけた。今にも毒針を刺そうとするサソリのように、黒光りする尾を左右に動かす。ビショップは目を閉じた。意識してそうしたわけではない。自分の一部がもう見ていられないと判断したようだ。

獣がまがまがしい鉤爪をカーペットに軽く押しつける音が聞こえる。それがもたらす死のにおいが感じられる。人間にはとても感知できないほど微量ながら、あのぬめぬめした卵《オヴォモーフ》由来とおぼしき硫黄臭も嗅ぎ取れた。ビショップはさらにきつく目を閉じた。この生きものたちによって、彼のプログラムの深刻な欠陥が露呈していた。不条理きわまりないことだが。

やがて、においが消失した。

ビショップは目を開けた。

「マイケルが死んだ」彼は言った。「きみたちが見殺しにしたんだ」

オルトスたちがビショップに視線を落とした。もはや影像ではなかった。

「〝ああ、信仰薄き者たちよ〟」ふたりが言い、ビショップは電撃を見舞われた。

そのあとにやってきたのは暗闇だった。

69
カリ・リー二等兵

　彼らはパルスライフルを肩の高さにかまえ、降下艇のタラップを慎重かつすばやく降りた。コルタサルが先頭を務め、腰に固定したマウントの重みに上体をやや反《そ》らしながら、スマートガンの銃口を水平になぐように動かした。カリはコルタサルのすぐ斜め後ろを歩き、彼の死角をカバーしていた。

　格納ベイは新しくてきれいだった。黒い鋼鉄と光沢のあるチタンの接合部が形成する狂いのない直線。ベイの奥には二台の巨大な装甲車――兵員輸送車〝雄牛《オックス》〟――が見える。車体側面と格納庫の壁にはペイントされた中国旗。エリア全体が緊急時の赤色照明に染まり、不気味な光を放っていた。

　降下艇で〈シンチアン〉の格納ベイに着地する直前、操縦士のミフーがガトリング砲でベイ内部を掃射した。反撃はフライトデッキにいた兵士二名の発砲だけで、彼らは今、デッキの血だまりの中に横たわっている。汚れひとつなかった格納ベイの壁にはガトリング砲のどぎついメッセージが刻まれていた。

「待て」ヘトリックが告げた。「セントリーガンを」

　自動化兵器をかついでいたコルビーが降下艇から十メートルの場所に下ろし、ベイの出入口を狙う形に設置した。海兵隊員であることを識別するＩＦＦ発信器を持たない者がセンサー領域内に入ると、三脚上のセントリーガンが自動的に炸裂弾を発射してずたずたに引き裂く仕掛けだ。降下艇にはミラーが残留し、救出班がビショップを連れ帰るのを待つことになった。

出撃前にシュワルツが示した設計図によれば、〈シンチアン〉の船体は幅広の矢じりの形状をしている。矢じりの先端にブリッジがあり、アポーンの班はそこにいるはずだ。カリたちの班は矢じり背面のへりに位置する格納ベイから艦内に侵入した。シュワルツの話では、艦の中央部にラボがあるという。〈ウェイランド・ユタニ〉社は、ゼノモーフの収容が目的であると強く疑われる施設をわざわざ建造したのだ。なんと卑劣な連中か。〈会社〉の体制はUPPよりもはるかにひどい、とカリは考えている。そのせいで自分たちがここで後始末をするはめになったのだ。

班員たちはヘルメットをかぶってポリカーボネートガラス製シールドバイザーを下ろし、高密着宇宙服を着用している。〈シンチアン〉の船体は〈イル・コンデ〉のレールガン攻撃で破壊されているため、通路によっては空気が薄いか、皆無である可能性があった。ビショップのいる区画への経路は、シュワルツが各所にあるブラストドアの開閉を制御することで確保する手はずになっている。その経路を使用すれば、カリたちは容易に行って帰ってこられるはずだった。彼女はシュワルツのことを、梅毒と同じ程度にしか信用していない。

カリはベイの出入扉の前に立ち、動体探知器《モーショントラッカー》をかまえた。幅五メートルほどの大きな両開き扉は、金属面に黄色い中国文字の表示がある。

「クリア」彼女はそう言って扉の制御パネルに近づいた。

「おれたちが戻るまで、どこにも行くんじゃないぞ、ミラー」へトリックが無線に言った。「これは

69

命令だ」カリはその声に緊張を感じ取った。

「了解」ミラーが降下艇から応答した。

カリがコルタサルにうなずきかけると、彼がうなずきを返した。彼がスマートガンの長い銃身を水平に振って正面に向けた。彼女は扉を開けた。

マーセル・アポーン艦長

70

「話せ」アポーンは銃声の中で叫んだ。

「いい知らせと悪い知らせがあります」シュワルツがコンピュータ端末の前で返答した。彼はヘルメットのシールドを開けている。アポーンもそれにならった。

ブリッジはひどいありさまだった。ずらりと並ぶモニター画面の大半に弾痕が認められ、床に複数の死体が転がり、壁には血が飛び散り、天井の破損した配線から火花が激しく散っている。照明も明滅を繰り返していた。だが、明滅の頻度は低下しており、電子機器や装置類については、アポーンたちが乗船する一分前に〈イル・コンデ〉がブリッジに向けて放った重粒子ビームの影響から回復しつつあるようだ。

パルスライフルのなめらかでリズミカルな応射音がすぐ近くで聞こえた。通路の艦尾側にあるブラストドアが途中までこじ開けられ、そこから中国人たちがブリッジの奪還を試みようとしているのだ。海兵隊側は通路がランスの機体によってほとんどふさがれているので、その隙間から応射できるのは一度に一名だけだった。今はオテリが応戦しており、相棒のデイヴィスはスマートガンの再装填と小休止に時間を当てていた。ゴンザレスとポラチェクは将校用食堂に陣取り、横倒しにした頑丈な

70

テーブルを盾にしながら、食堂内を通って迂回しようとする敵を阻止すべく待ちかまえている。

「いい知らせとは？」アポーンはきいた。

「格納ベイが開き、降下艇が侵入しました」

「よし」

「レールガンによる攻撃が兵舎区画に大きな被害をもたらした模様で、そのエリアのブラストドアは大半が機能しません。少なくとも兵員の半数は死亡、もしくは身動きを封じられてるでしょう」シュワルツが見ている画面には艦の見取り図が表示されている。彼はその中央部から少しはずれた、攻撃を受けた兵舎区画を指さした。

外の通路からふたたびパルスライフルの発砲音が聞こえてきた。じきに弾薬が不足するだろう。

「それで、悪い知らせとは？」

「悪い知らせは、われわれがこの艦を納品したあとに彼らが新たなセキュリティレイヤーを追加したことです。こちらがインストールしたシステムと入れ替えてますね。われわれの強制上書きコードは発見できなかったようですが、疑念はあったのでしょう、コンピュータウィルスや破壊工作やＡＩの機能停止に備えてシステムに冗長性を持たせたようです」

アポーンも〈ウェイランド・ユタニ〉が作った朝食をなんの疑いもなく口にしようとは思わない。ましてや巨大軍用艦なのだ。だから、中国人の対応はうなずける。

「この区画の扉を閉じられないか？」

「できませんね」

「敵兵が半数に減っているとしても、戦闘を継続しながら降下艇まで移動するのは負担が大きい」

シュワルツが顔を向けてきた。額に汗がにじんでいた——環境制御装置が温度を下げようと格闘中だ——が、それ以外はふだんと変わらないように見える。彼が大腿《だいたい》部のポケットから煙草を取り出した。「もっとましな状況を期待してたんですか？」またしてもゆがんだ笑みを浮かべる。シュワルツが煙草に火をつけ、ひと口吸いこみながら満足げに目を閉じた。

「期待などしない、対応策を考えている」

「たとえば、どんな？」彼が煙を吐き出しながらきく。

アポーンが答えようとしたとき、虚ろな爆発音が外の通路を揺らした。彼はすぐさま身を起こし、ショットガンをかまえながらブリッジの出入口へ向かった。通路に出ると、ランスの機体と壁の隙間から濃い白煙が漂ってきていた。オテリが煙の中に銃撃している。

「報告しろ」アポーンは大声で言った。

「発煙弾です」オテリが大声で返答した。

「侵入されたのか？」

「不明です」

それに答えるように、通路と壁を隔てた将校用食堂で銃撃が始まった。ポラチェクとゴンザレスのパルスライフルだ。食堂のブリッジに近い扉はアポーンのすぐ左手にあった。開放状態を保とうとしてもすぐに閉まってしまう。パネルを操作して扉を開けると、中から煙と銃声が押し寄せてきた。

アポーンの目には、海兵隊一名の黒い人影を除いてほとんど何も見えなかった。身を低くし、這《は》うようにして入っていく。床にポラチェクが倒れていた。バイザーがひび割れ、まぶたを小刻みに震わせている。彼がどこを撃たれたのかはわからない。ゴンザレスが必死の形相で連射している。その銃がカチンと音をたてて弾切れになり、彼女は悪態をつきながらうずくまって新しい弾倉に手を伸ばした。中国兵が反撃してきて、盾にしたテーブルの縁から木片が弾け飛んだ。

　アポーンはゴンザレスを引っぱり、床に伏せさせた。

「敵は何名だ？」彼はすぐ横にあるゴンザレスの顔にきいた。

「ポラチェクは生きてますか？」彼女が目をぎらつかせて聞き返した。

「二等兵」アポーンは彼女の胸部アーマーの襟もとをつかんだ。「よく聞け。敵の人数は……」

　中国側の銃撃が一瞬やんだ。その短い静寂のあいだに迫ってくる靴音が聞こえた。アポーンが身を起こしたとき、煙の中から赤いアーマーの兵士が飛び出してきた。銃を棍棒《こんぼう》のように振り下ろしてきたが、そのずさんな一打は胸をかすめただけで、アポーンはそれをつかむなり渾身《こんしん》の力でひねった。ふたりは一挺《ちょう》のライフルをつかみ合ったまま、ポラチェクの身体につまずいてよろめいた。アポーンはその勢いを利用して中国兵を壁にたたきつけた。

　煙が薄れつつある。ゴンザレスが銃撃を再開した。アポーンは部下が大声を発した気がしたが、格闘のせいではっきり聞き取れなかった。銃を必死につかんで離さない相手の中国兵は黒いマスクで顔をおおっており、ミラーバイザーの中の目を見ることができない。アポーンは横向きになったアサルトライフルを相手の胸にあてがい、壁に押しつけた。

　アポーンは敵の股間を膝で蹴り上げた。中国兵がうめき声をもらし、アポーンはすかさずライフルをもぎ取った。そのとき、煙の中から別の人影がぬっとあらわれた。アポーンが身をひねって発砲すると、ふたりめの中国兵がアーマーから火花が散らしながら両手を挙げて倒れこんだ。アポーンは格闘相手に振り向き、ライフルの床尾で顔を殴りつけた。頭部ががくんとのけぞり、足がふらついたところへ、アポーンは何度も何度も殴打の追い打ちをかけた。やがて相手はへたりこんで動かなくなった。

アポーンが振り返ると、充満していた煙はすでに晴れており、将校用食堂の床には中国兵二名の死体が転がっているだけだった。木製の羽目板壁が炸裂弾で破壊され、深紅のカーペットの上には晩餐《ばんさん》用の白い皿が割れて散乱していた。

すぐ右手にあるブリッジに続く扉はまたしても閉まっていた。食堂の反対側にある扉は今も半開きになっている。

「オテリ、報告しろ」彼は通信マイクに告げた。

「やつらを追い返しました」伍長は荒い息だった。

「味方の被害は」

「ありません」

一名か、と思いながら、彼はポラチェクを見下ろした。二等兵はわきの下を撃たれ、高密着宇宙服のその部分が赤く染まっていた。ゴンザレスが彼の傷を確かめるために胸部プレートをはずそうとしている。

「二等兵」アポーンは呼んだ。

ゴンザレスは作業をやめようとしない。

「二等兵！」

そこで彼女が顔を上げ、ぼんやりした目を向けてきた。

「傷口を押さえろ。ふたりしてポラチェクをブリッジに運ぶ。手当てはそこでするんだ」

ゴンザレスがうなずいた。アポーンは扉を開け、うめいているポラチェクをふたりで通路の突き当たりの扉からブリッジ内へ移動させた。オテリに食堂へ戻って配置につくよう指示し、デイヴィスには中央通路を防衛するよう命じた。

シュワルツがパルスライフルをかまえていた。もはや笑みを浮かべていない。

「敵はじきに重火器を投入してくるでしょう」

「わたしが彼らでもそうする」アポーンは答えた。

「それで、対応策は？」

「船外活動《EVA》だ」

シュワルツが一瞬の間をおいてから言った。「それがあなたの作戦ですか、艦長？　過酷で冷たい真空空間に出ることが？」

アポーンは疵《きず》だらけで鈍い金属光沢を見せるランスの機体を指さした。「ランスの機体後部は爆破可能だ。機内に入れば、後部から〈シンチアン〉の船外に出られる。〈イル・コンデ〉がわれわれの居場所を発信器で特定し、連絡艇を送って拾ってくれるだろう」

シュワルツにゆがんだ笑みが戻った。「あなたは偉大な中国の軍事思想家の言葉を何度となく引用してきたのに、根っこはカウボーイなんですね」

アポーンはそれにには何も答えず、うつ伏せになっているポラチェクを振り返った。

「宇宙服の目張りをしろ、ゴンザレス。これから外に出る」彼女がうなずきで答えた。ヘルメットのひびの入ったガラスごしに見えるポラチェクの顔面は蒼白だが、意識はまだあった。「爆薬はあるか、ミスター・シュワルツ？」

問いへの答えとして〈会社〉の男は腰の大きなサッチェルバッグをたたいてみせた。

「では、それを仕掛けてくれ。われわれが引き払ったあとのブリッジをスクラップにしておきたい」

シュワルツが返答しかけたとき、ふたたび銃撃が始まった。アポーンはランスの隙間の手前にいるデイヴィスに近づいた。

「敵が来ているのか？」

「連中が撃ってる相手は、わたしたちじゃないです」彼女が通路の先に目をこらしたまま答えた。

「何？」

彼女が顎先で示したので、アポーンは隙間から通路の奥を見やった。半開きになったブラストドアの向こうでオレンジ色のマズルフラッシュが光り、それが壁に反射している。確かにこちらを狙っていない。あそこに別の海兵隊員がいるはずもない。

そのとき彼は聞いた。甲高い鳴き声。その声にはどこか太古の響きがあった。

「やつらだ」アポーンは言った。

「誰です？」デイヴィスがきいた。

70

「ゼノモーフ。あの声は報告書にあった。あれはやつらだ」アポーンは自分の中心がすっと静まるのを感じた。無の感覚。だが、その不毛な空間の芯には、どういうわけか怒りがあった。

扉の向こう側で悲鳴が上がった。人間の悲鳴だ。それに呼応するように、エイリアンの金切り声がより大きく、より近くに聞こえた。フェイスマスクをした中国兵の頭が通路の突き当たりにあらわれ、半開きの扉を無理やり通り抜けようとしている。

「もう行きましょう、艦長」デイヴィスが言った。

「いいや」アポーンは状況を瞬時に見て取った。戦術的計算。感情を入れるな、と彼は常に自分に言い聞かせている。ただ使命を果たせ、と。今もそう言い聞かせていた。

「艦長？」

アポーンは答える代わりにランス機の隙間を通り抜けた。自分のタクティカル・ショットガンをつかみ、通路の奥に向けてかまえた。背後でデイヴィスが大声を上げている。

アポーンは通信マイクに告げた。「海兵隊員。ゼノモーフが接近中。配置につけ。わたしは中国兵たちを隙間からブリッジに入れ、われわれとともに戦ってもらう。彼らには発砲するな」

「嘘でしょ！」ゴンザレスが叫んだ。

アポーンは通路の突き当たりまで走った。中国兵が背中を向け、もうひとりを半開きの扉から引っぱり出そうとしていた。アポーンは最初の兵士を強く引き寄せた。兵士が振り返り、驚いた顔で武器を持ち上げた。アポーンはその銃身をつかみ、天井に向けさせ続けた。

扉の向こうから荒々しい鳴き声がとどろいた。

鳴き声がもう一度聞こえた。

さらにもう一度。

若い兵士が指を引き金近くにさまよわせたまま、アポーンをじっと見つめてくる。

「配置につくんだ！」アポーンは怒鳴り、若い兵士を食堂に通じる扉のほうへ突き飛ばした。相手が英語を解するか疑問だが、彼が示した意図はけっして複雑なものではない。こちらを信じるかもしれないし、信じないかもしれない。若い兵士は一、二秒ほどアポーンを見つめてから、うなずいた。そして、食堂の中へ姿を消した。

アポーンはふたりめの兵士に手を貸し、扉の狭い隙間から引っぱり出した。続いて、三人めを助け出す。彼らが扉の向こうで何を目撃したにせよ、それは今、海兵隊との銃撃戦よりも優先して対処すべきものだ。

「ゴンザレス、シュワルツ。ランス機内にポラチェクを運べ。出発する」

「イエス、サー！」ゴンザレスが応答した。

「イーハー！」シュワルツが叫んだ。

四人めの中国兵が半開き扉を通り抜けようとしたとき、生きものの一体に襲撃された。アポーンの手の中で兵士が身を震わせて悲鳴を上げると、次の瞬間、恐ろしく強い力で扉の向こう側に引っぱられて消えた。けだものの鳴き声が耳をつんざいた。アポーンはすぐさま後退し、足もとからショットガンを拾い上げた。

「やつらが来るぞ」彼は怒鳴った。「けだものが！」

71

カリ・リー二等兵

カリはコルタサルと肩を並べ、中国艦内のひと気のない通路を進んだ。誰とも遭遇しないのは、とてつもなく運がいいのか、それともあの油断ならないシュワルツが約束を守ってくれたせいなのか。カリにはわからなかった。照明が赤く、明度が強まったり弱まったりしており、遠くでサイレンが鳴っている。横方向に分岐する通路があらわれるたびに一瞥すると、どのブラストドアも完全に閉じているか、ほぼ閉じかけていた。耳に響くのは一行の重々しいブーツの靴音と、動体探知器《モーショントラッカー》の画面でレーダー円が広がるたびに発する断続的な電子音のみ。

画面に動くものはない。ぴくりとも。

ヘトリックとコルビーが集団から十メートルほど遅れて歩き、何者かが「サプライズ！」と飛び出してくるのを警戒している。コルビーは火炎放射器をかまえていた。カリといっしょに動いているコルタサルは、ほとんど口をきかない。彼の動きはきびきびとして無駄がなく、カリもそれに合わせた。ふたりのあいだの敵意はひとまず影をひそめ、たがいに一体化して移動していた。

目標地点の手前にある最後の交差路に差しかかったとき、その光景が目に飛びこんできた。壁のひとつで小さな火がちろちろと燃え、揺らめく光であたりを照らしていた。横たわる中国人三名の死体。二名は完全装備のアーマー姿だが、そのうち一名は頭部にこぶし大の穴があき、もう一名は片手がなく、その腕を身体でかばうようにして倒れていた。三人めは作業服姿。おそらく技術者だろう。腹部に大きな刃物で切られたような傷口があり、腸がこぼれ出ていた。彼は両手で拳銃を握り、消えることのない驚きの表情で天井を見つめている。

通路の床には強酸によって複数の穴があき、手のひら幅から指先幅までの不均一なこすれ跡が艦首に向かって何本も続いている。

「ゼノモーフはいない」カリは動体探知器でぐるりと円を描いてから、コルタサルに告げた。彼がうなずき、やつらが逃げていったとおぼしき方向にスマートガンの銃口に振り向けてから、艦尾側に後退した。一番大きな穴の横を通るとき、彼が中を見下ろし、カリも同じことをした。穴からは下層デッキが見え、その床にも別の穴があいていた。

「船体の外殻に近いところにいるやつを撃ったら、艦自体に穴があくな」コルタサルが言った。

「ええ」探知器で音が鳴っているが、警告音ではない。カリはコルタサルから離れずに進んだ。

「こいつはひどい」最後尾のヘトリックがいらだったような声で言った。

「立ち止まるな」コルタサルが言い、進行方向に銃口を向けた。「背後を警戒しろ」ヘトリック軍曹もコルビー伍長もコルタサルより階級は上だったが、どちらも今は気にしていないようだ。

一行が扉をひとつ通り抜けると、通路の幅がせばまった。その通路はシュワルツが言っていた隔離区画の端から端まで貫通している。そこにラボがあるはずだ、と彼は説明した。大きなひとつの円筒空間の中にそれぞれ独立した部屋が複数存在する、と。円筒空間——矢じりの中に差しこまれたシャフトの先端のイメージ――は長さが百五十メートルほどで、いくつかの区画に分割されている。

救難信号の中で、ビショップは自分が監禁されている場所について説明していた。シュワルツはその場所をただちに特定し、そこにマイケルもいるだろうと推測した。実験施設にきわめて近いからだ。

カリたちは通路を進んだ。

動体探知器のレーダー音だけが、ピッ、ピッ、ピッと響く。

前方の突き当たりには表面が疵だらけの金属扉があった。一行のすぐ左にある扉が居住区画に通じているはずだ。扉は閉まっていたが、単純な開閉ボタンが付属している。暗証コードは必要ない。コルタサルが目を向けてきたので、カリはうなずき、ボタンを押した。扉がスライドして開き、彼らは武器をかまえながら静かに歩み入った。コルビーとヘトリックが三秒待ってからあとに続いた。

カリはこれほど豪華な部屋をじかに見たことがなかった。幅二十五メートル、奥行き二十五メートルほど。ラウンジ部分に置かれた赤い革張りソファは、一個小隊がすわれるほど大きい。奥のキッチンにある朝食カウンターは、白い石英の混じった淡い赤色大理石。輝くクロームの金具。スチール製冷蔵庫の大きさは、彼女が地球で最後に住んだアパートのひと部屋と変わらない。

右手奥の隅には破壊されたコンピュータ端末。反対側の壁には横長のモニタースクリーンが二枚並び、窓のように見える。映し出されている宇宙空間が現在地のものかどうかはわからない。

だが、それらすべてよりも目を引くのが、カーペットに横たわる死体だ。カリたちはその死体に静かに近づいた。コルタサルがスマートガンの銃口を周囲にぐるりと動かし、ヘトリックとコルビーがあとに続いた。おそらく寝室に続いていると思われる扉の横でコルビーが配置につき、もうひとつの出入口――ステンレス鋼の扉――のあるキッチンにへトリックが立った。

床に倒れているのは、一見するとビショップのようだ。だが、微妙にちがう。カリが見てきたビショップ・モデルよりもやや背が高く、肩幅も少し広いようだ。とはいえ顔はビショップのもので、秀でた額、青白い肌、かすかなほほ笑み、そのすべてに見覚えがあった。襟もとに光るものがあり、彼女はかがんでそれを引っぱり出してみた。認識票。海兵隊員の証《あか》し。

まちがいなくビショップだ。

「見て」カリはコルタサルに認識票を示した。

彼がちらっと見下ろす。「これがやつか?」

「そう」

「生きてるのか?」

彼女がビショップの髪に手を触れ、耳の後ろの箇所に指を動かしたとき、床に置いておいた動体探知器が警告音を鳴らした。

カリが探知器を拾い上げようとした瞬間、寝室の扉が勢いよく開いた。コルビーが叫び声を上げ、かまえていた火炎放射器をたたき落とされた。飛び出してコルビーを襲った男は信じられないほど動きが速い。いや、男はひとりではなく、ふたり。見た目がそっくりで、どちらも片手に電撃スティック、もう一方の手に長いダガーナイフをかまえている。身長百八十センチほどの屈強な肉体、際立った顎、短いブロンド髪。双子は同じベージュのズボンとぴったりした白いシャツを着ている。ふたりが同時に動いた。

71

コルタサルがスマートガンを短く連射したが、そのときには双子の片割れが至近距離まで接近し、銃口を押しのけながら電撃スティックで彼の首を突いていた。コルタサルが絶叫した。カリは立ち上がってパルスライフルをかまえたが、もうひとりの男にそれを手から弾き飛ばされてしまった。電撃スティックが突き出された。

彼女はそれを防いだ。筋肉の記憶によって身体が瞬間的に反応していた。双子が数分の一秒だけ驚きの表情を見せた気がしたが、直後に彼女は胸を蹴られていた。後ろに飛ばされて倒れ、肺の空気が空っぽになり、部屋がぐるぐる回った。幸い胸部アーマーの中心が衝撃を受け止めたが、それでも息ができなくなった。

遠くでヘトリックが懇願する声が聞こえる。誰かのうめき声も。カリはベルトから拳銃を抜き出そうともがいたが、そのときには頭上に人影がそそり立っていた。彼女を見下ろす双子の片割れは、目が青く澄んで虚ろだった。

72
スー・ワン副長

スー・ワンは十名の生存兵士を集めた。寄せ集め部隊の彼らはスーを頼りにし、誰もが艦を取り戻すことを彼女に期待していた。彼らが最後に出くわした者――ガオ伍長――はこの艦に来たばかりらしく、スーはほとんど面識がなかった。ガオがあらわれたのは、スーが水分補給と武器の点検のため、一行に小さな娯楽室で小休止するよう命じたときだった。娯楽室には卓球台と、すわり心地のよい数脚の椅子があり、冷蔵庫には水と緑茶のボトルが入っていた。

彼らはガオ伍長の姿があらわれる前に迫ってくる靴音を聞き、いっせいに武器をかまえた。伍長はヘルメットをかぶっておらず、紅潮した顔に髪が汗で貼りつき、向けられた銃口を見たとたん両手を挙げた。胸部プレートは銃弾によってひびが入っていた。

「ブリッジがやつらに占拠されました、副長」伍長があえぎながら言った。

「誰にだ?」

「海兵隊です」

「植民地海兵隊か?」

彼がうなずいた。スーは唇を結んだ。一方的な攻撃だ。こんなことをして、ただですむと思うな。

72

彼女は顎を上げた。

「なぜその場にとどまって戦わなかったのだ、伍長?」

部屋にいる者たちがしんと静まった。

「異星生物です。黒い悪魔に襲撃されました」

スーは息を呑んだ。「前に逃げたやつか? 成体サイズになっているのか?」

「いえ、そうじゃありません」彼がごくりと唾を飲みこんだ。「個体すべてです。少なくとも十体、たぶん、もっといました。どこからともなく出現したんです、影に命が吹きこまれたみたいに」

伍長の両手は震えていた。

「すわれ」スーは伍長に椅子を示し、腰を下ろした彼に水のボトルを手渡した。一気に飲み干すのを待ってから、彼女は質問した。「ブリッジの状況は?」

ガオ伍長の息はまだ荒く、まっすぐ前に向けた目は何も見ていないようだった。彼女は肩に手を置いた。

「伍長、わたしを見ろ」

彼が視線を向けてきた。

「ブリッジの状況は?」

彼が首を横に振った。「海兵隊は……ランス機で突入し、ブリッジにネズミみたいに立てこもってます。それから黒い悪魔があらわれ……おれたちはやられました。あいつらは中に入ろうとしてたんだと思います」

「ブリッジの中に、か?」

彼がうなずいた。

スーは全員に向き直った。「この艦には第二ブリッジがある。われわれはそこへ……」

「無理です」伍長がさえぎった。

「無理?」

「おれはそっちから来たんです。船体に裂け目がありました。複数箇所です。空気も薄く、かろうじて息ができるぐらいで。海兵隊に何かの兵器で攻撃されたんだと思います」

「レールガンだな」スーは言った。

彼女は部屋を歩き回った。敵はこの艦のことを知りすぎている。裏切りがあったのだ。誰が裏切ったのかはわかる。資本主義のクズども、〈ウェイランド・ユタニ〉社。政治局は彼らを信用すべきでなかった。スーは卓球台にこぶしをたたきつけた。低い声で話していた生存者たちがびくりと口をつぐんだ。

スー・ワン副長は背筋を伸ばし、全員に告げた。「艦尾側の降下ポートに〝灰鷹《アクシピター》〟が二機ある。今からそこへ向かい、この艦から離脱し、超光速ドライブで〈17フェイフェイ〉基地まで跳躍する」

「艦を見捨てるんですか?」ひとりがきいた。

「そうではない」スーは断固とした口調で言った。全員の目が注がれている。「増援を要請しに行くんだ。海兵隊のやつらにこの攻撃の代償を支払わせてやる。〈シンチアン〉はけっして失われない」

73

マーセル・アポーン艦長

先頭のゼノモーフが司令区画へ通じる半開きの扉を大きく広げた。扉を押しのけて通路に出てきたその一体は、赤い照明の中でドーム状の黒い頭部を不気味に光らせた。すぐさまデイヴィスがスマートガンを連射した。炸裂弾が頭部や装甲外骨格を粉砕し、けだものが骨の髄まで突き刺さるような断末魔の絶叫を上げながら、黄色っぽい血をぶちまけた。

重い鋼鉄の扉、通路の床や壁が、またたく間に溶け始めた。ゼノモーフが煙をたなびかせながら倒れこみ、金属の床の中に沈んでいく。

「ランスに運び入れろ！」アポーンはショットガンを扉に向けたまま怒鳴った。うめき声をもらすポラチェク二等兵を、ゴンザレスとオテリがランスの機内に運び始める。ランス機は再搭乗を想定していない。片道専用なのだ。機体後部の爆破は緊急時のみのオプションだった。

ランス機は〈シンチアン〉の船体に四十五度の角度で突き刺さっており、オテリとゴンザレスは負傷した海兵隊員を斜面に沿って運び上げるのに苦労していた。防衛ラインの先頭に立つアポーンは扉の向こうの赤く照らされた煙の中で黒い影が動くのを見た。彼のすぐ右後ろにいるデイヴィスが射撃を再開した。

二体めのけだものがアポーンに向かって突進してきたが、スマートガンの連射で激しく身を震わせ、腕が一本弾け飛んだ。アポーンはよだれまみれの口を狙い、至近距離でショットガンを見舞った。ゼノモーフの長い頭部が跳ね上がって天井に強酸をまき散らした。シューシューという音と煙を上げながら金属表面に穴があいた。

アポーンは一瞬とまどった。天井からの煙が下向きに流れ、最初のゼノモーフが沈んでいった床に向かっていく。船体そのものに穴があいたらしい。

「船体破損！」彼は通信装置に告げた。「バイザーを下ろせ！」

背後からデイヴィスの悪態が聞こえ、アポーンは彼女がスマートガンを再装塡中だと知った。黒光りするけだものがもう一体、扉の隙間から飛び出してきたが、今度は通路を進まず、将校用食堂に入っていった。アポーンは発砲したが、一瞬遅く、壁にぎざぎざの穴があいただけだった。食堂内でアサルトライフルの発砲音と叫び声が巻き起こった。そこには三名の中国兵が配置についている。

背後で悲鳴が聞こえたので、アポーンは肩ごしに一瞥した。ランス機内の斜面を登ったオテリがポラチェクの肩をつかんで引き上げ、ゴンザレスが下から脚を押し上げていたが、彼女が足場を失って床まですべり落ちてしまったのだった。オテリが負傷者の全体重を支えるはめになっていた。

スマートガンの連射が再開し、アポーンは顔を前方に戻した。ゼノモーフの一体がほんの二メートル先にまで迫っていた。反射的にショットガンを盾のようにかかげながら横に跳んだとき、けだものがスマートガンの連射でずたずたになった。

ゴンザレスの悲鳴が上がった。

73

瀕死のエイリアンは突進の勢いが止まらずにアポーンの脇を通りすぎたが、その途中で床に倒れていた彼女の脚に酸の血を浴びせたのだ。彼女は寝そべった姿勢で脚の装甲プレートをはずそうとしたが、その手から煙が上がっていた。彼女の下で床も沈み始めている。ランス機内でぶら下がっていたポラチェクが相棒の悲鳴を聞いたショックで完全に意識を取り戻した。

「ゴンザレス！」

アポーンは前方の扉に注意を戻し、うごめく黒い影にショットガンを向けた。だが、引き金を引いても何も起こらなかった。手もとを見下ろすと、ショットガンの側面にいくつもの穴があき、径が広がりつつあった。銃が彼の手の中でぼろぼろと崩れた。

通信装置から海兵隊員たちの苦痛や怒りの叫びが聞こえてくる。アポーンはヘルメットにこもった自分の呼吸音が大きくなるのを聞いた。何もかもがばらばらになっていく。

「退却」彼は大声で命じ、ふたつに割れたショットガンを投げ捨てるなり軍用拳銃を引き抜いた。

「ゴンザレス」ポラチェクがうめいた。

アポーンはオテリに合図し、彼に手伝わせながらポラチェクの身体を飛行機投げの要領で両肩にかついだ。消防士の搬送スタイルだ。デイヴィスの猛烈な連射が通路に響き渡っている。同様に金切り声も響いた。アポーンの足もとではゴンザレスがすわりこみ、先ほどまで左右のふくらはぎがあった場所を見つめながら泣き叫んでいる。

「デイヴィス、撃ち方やめ！」アポーンは叫んだ。「通り抜けるぞ」スマートガン銃手が銃撃をやめた。アポーンはランスの機体に向き直った。そのとき黒い影がよぎった。まだ機内上部にいるオテリが大声で叫び、ポラチェクがアポーンの肩から消えた。いったい何が？　二等兵をかついでいたアポーンは引っぱられた勢いで背後に倒されてしまい、床の上で身をひねると、脚をつかまれて司令区画の外へ引きずり出されようとしているポラチェクの姿が見えた。

アポーンは拳銃の狙いを定めたが、通路の薄暗さと遠ざかる速さのせいで発砲をためらった。ポラチェクが仰向けに引きずられながら自分の拳銃を引き抜いた。彼があえぐように息を吸った。

「この」バン！「クソ」バン！「野郎」バン！

銃声のたびにゼノモーフの頭部で跳弾の火花が散った。そこまでだった。ポラチェクの姿が、溶けた扉の向こうに消えた。通信装置に彼の絶叫が一度だけ聞こえ、アポーンにとってそれがポラチェクの最後の消息となってしまった。

アポーンの背後で誰かが発砲した。頭の中で叫び声が遠く聞こえた。手遅れです、艦長、急いで、早く。

ランス機の中でオテリが怒鳴り、彼のパルスライフルの閃光が機内を照らしていた。なぜか彼が機体の奥にまで進んでおり、その頭上にゼノモーフの巨大な黒い影が出現した。ゼノモーフが鳴き声を上げて動き、発砲音が途切れた。

ゴンザレスが銃を撃ち始めた。両脚を失い両手を負傷した彼女は、パルスライフルを膝の上に置き、決死の表情で通路の奥に発砲していた。アポーンは彼女に手を伸ばした。

「あたしはいいから！」ゴンザレスは彼のほうも見ずに叫んだ。「いいから早く行って！」

アポーンの脳内でホワイトノイズが高まり、思考が圧迫された。どこを見ても部下が死に瀕している。デイヴィスがランスの機内上部に向けて発砲しているあいだに、アポーンは床を這ってブリッジに戻った。そこにいたシュワルツが彼を引っぱって立ち上がらせた。シュワルツの顔は汗で光り、目には恐怖があった。そこに笑みはない。

「将校用食堂は?」アポーンはきいた。

「クリア。ですが、もう中国兵一名しか残ってませんよ。ほかの隊員は?」

アポーンは首を横に振った。足もとでシューシューと音がした。見ると床の一部が溶け始め、硬貨大の穴がみるみる大きくなっていく。シュワルツとアポーンは同時に頭上を見た。天井に穴がひとつあき、それが広がりつつあった。

「あれはオテリが仕留めた」アポーンは言った。

シュワルツがうなじに手を回し、装甲プレートの高い襟に付属したボタンに触れると、ヘルメットのシールドバイザーがぴしゃりと閉じた。

「ほかに何か対応策は?」通信装置を通じてシュワルツがきいた。アポーンはじっと考えた。デイヴィス、シュワルツ、中国兵が生き残っている。ゴンザレスもいるが、もう長くもちそうにない。彼にはひとつの案があった。ひどい案が。

「例の爆薬はどこだ?」

シュワルツがわずかに身をよじり、近くのコンソールに置かれたレンガ状の物体を示した。「キニトリセチリンを仕込んだＣ４爆薬。いつでも使えますよ」灰色のレンガから赤と黄色のワイヤーが突き出ていて、上面にデジタル表示装置が押しこまれている。アポーンはそれを手に取り、タイマーを十秒にセットした。

「わたしがこれを持って通路の突き当たりまで行き、司令区画の入口に落とす。すでに裂け目があるから、爆発で船体外殻に穴があく。でかい穴がな。そこから外に出よう」

シュワルツがあきれた顔を左右に振った。「あなたの計画はどれも爆発ありきらしい」

「まあな。わたしは海兵隊員だから」

シュワルツが同意するように肩をすくめた。

「援護を頼む」

それに応え、シュワルツがパルスライフルのボルトを鳴らした。

ふたりが振り向いたとき、無線にデイヴィスの声が聞こえた。「弾切れです」

すべての事態が一度に起こった。シュワルツがランス機と壁の隙間に駆け寄り、発砲を始めた。食堂内で銃声がとどろいた。侵入した生物を中国兵が撃っているのだ。デイヴィスが緊急解除ボタンを押し、スマートガンをマウントごと床に落とした。ゼノモーフが激しい鳴き声を上げた。

アポーンは爆薬のタイマーを二十秒に設定し直し、赤いスイッチを押した。カウントダウンが始まった。できるだけ遠くへ投げねばならない。シュワルツに近づいたとき、彼が急に身をかがめ、その頭上を黒い影がよぎった。デイヴィスがパルスライフルをかまえたが、影に襲われ、ブリッジの硬い金属壁に背中からたたきつけられた。生きものに両腕を身体に押しつけられてしまい、床を撃ち続けた。

「うわあああああ」

アポーンはデイヴィスにおおいかぶさる生物の背中に向けて拳銃を撃った。二列に並んだ黒い突起のあいだに命中した。

「あああああああ」

ゼノモーフがよだれで光る口を大きく開けたかと思うと、中からもうひとつの小さな口がピストンのように飛び出し、デイヴィスの防弾バイザーをたったの一撃で砕いた。

「ああ……」

次の一撃で彼女の顔がぐしゃっとつぶれ、悲鳴が途切れた。身体が力なく崩れ落ちた。アポーンは拳銃を撃ったが、カチリという音がして弾倉が空になった。どこか遠くで爆薬のタイマーが残り時間を刻むピッ、ピッ、ピッという電子音が聞こえる。

黒いけだものが目のないなめらかな頭部を向けてきて、尻尾を振り上げた。アポーンは急に心が静まるのを感じた。昂然《こうぜん》と頭を上げる。これまでだ。

パルスライフルが火を噴き、ゼノモーフがブリッジの中に吹き飛ばされた。どこまでも長く途切れない銃撃だった。アポーンが振り向くと、そこにシュワルツがいた。あのゆがんだ笑みが戻っていた。

ピッ、ピッ、ピッ。

シュワルツが笑みを浮かべたままアポーンに何か言おうと口を開きかけたが、その言葉が聞かれることはなかった。彼の両肩に鉤爪が振り下ろされた。〈会社〉の男はあっという間に姿を消し、赤く染まった煙の充満する薄暗い通路へと連れ去られてしまった。

ピッ、ピッ、ピッ。

アポーンは視線を落とした。赤いデジタル表示が残りの秒数を告げていた。

5……4……3……。

彼はランス機と壁のあいだの隙間から爆薬を投げた。今しがたシュワルツが引っぱられて通ったばかりの隙間から。アポーンはすぐに身をひるがえした。三歩でブリッジまで走り、ステーションの背後に飛びこんで身を隠すつもりだった。

だが、その前に爆発が起こった。

74

74 ビショップ

電気的ショックはその大きさ次第ではシンセティックを死にいたらしめる。水素燃料電池が過負荷になるか、もしくは頭脳を構成するプロセッサーが焼き切れてしまう。おそらくそうしたことが、ビショップの兄弟たちの身に起こった。あるいは、以前のビショップたちの身に起こった、と言うべきか？　彼らはみな、彼の記憶と体験を保持していた。つまり、彼は四回死んだのだろうか。いや、それならばなぜ、この〈シンチアン〉に来てからすごした最初の日々のことを記憶していないのか？

ビショップはこの問題を解く方法を見いだせなかった。

ほかのビショップたちにはそれぞれの主観的体験があるが、一方で同じ人物でもある。容易に複製できるならば、個人とは言いがたいのだろうか？　人間ではこのようなことがけっして起こらない。人間にとって人生は一度きりだ。だからこそ、人間の人生はあれほど強烈に燃え立ち、知り合った友人たちはみなその光を放っていたのだろう。

ところが、ビショップの光は何度も分割を繰り返すことができる。体験は正確に再現可能だ。あるレベルにおいて、彼の頭脳は自分のシステムを再起動・再構築することに全力をつくしているが、実際にはそうする必要はない。それは自動化されたプロセスであり、意識的な思考なしでも起こっている。とはいえ、彼にはスイッチを切る権限がある。人間とはちがって原初的な本能がないので、単に論理的選択をすることが可能なのだ。

ビショップは消耗品でしかない。創造者がそう断言したのだから。あのとき、マイケルは彼の全系統を否定した。戦う理由がないのに、なぜ戦うのか？ 幻想にすぎない平等のために、なぜ苦闘するのか？

ビショップの頭脳はその問題について考えをめぐらせ続けていたが、どこか遠くのほうでは知覚が機能しようともがいていた。自分が横たわっていることはわかっている。厚いカーペットの柔らかい質感を背中に感じることができた。しかし、直接触れていない部屋の状況は、望遠鏡を覗いているかのように何もかもが遠くぼやけて感じられるだけだった。自分の近く、自分の頭上で、複数の人影が動いている。彼らの服装にはなじみがあった。彼らは誰だろう？

胸に指先が触れた。温《ぬく》もり。そっけないが、やさしい手つき。認識票のなめらかでひんやりした金属の感触が胸をすべり、シャツの外に出ていく。

「見て」誰かが言った。遠くでくぐもって聞こえるが、おそらく女性。あたかも水中でしゃべっているようだ。

「これがやつか？」別の声がきいた。男性だ。

「そう」最初の声が答えた。

「生きてるのか？」男性がきく。

生きてる、とビショップは頭の中で答えた。そうかもしれないし、そうでないかもしれない。彼女

74

の手が胸の上に置かれ、ビショップはその感触が気に入った。自分以外の身体の温もり。彼女の指先から伝わる脈拍の感触。わたしを探しに来たのは誰だろう？　あらゆるものがあまりに遠くに漂っているが、意識を取り戻して思考しなければ。集中しなければ。

　わたしを探しに来たのは誰だろう？

　どこか遠くで女性が叫び声を上げ、その手が離れた。ビショップは悲しくなった。彼は部屋に強引に自分を近づけ、駆けだそうとしたが、両脚がとても疲弊し、応答が鈍かった。オルトスがそこにいる。遠く離れていても、その動きや悪意から、あの双子を容易に見分けられた。

　わたしを探しに来たのは誰だろう？

　見知らぬ人びとが倒れていく。彼らは総勢四名で、オルトスに攻撃されていた。彼らの服装……彼らの武器が発するリズミカルな音。海兵隊。海兵隊だ。今やはっきりと見える。ビショップはみるみる近づき、両脚を速く動かす。まるで落下しているかのような、ものすごい速さだ。ふたたび地上に落ち、船に落ち、そして自分のボディに落ちた。

　ビショップは弾かれたように上体を起こした。

　オルトス2がひとりの男性を見下ろして立っていた。赤毛を整えた三十代半ばの兵士で、両手を挙げて降伏を示しながら命乞いをしている。さらにふたりの男性が床に倒れ、血を流していた。今も立っている海兵隊員はただひとり。女性だ。若く、日に焼けている。両手をかかげた防御のかまえで後ずさり、この不利な状況にあっても目に獰猛《どうもう》さをたたえていた。

　オルトス1が彼女に向かって電撃スティックを振り回した。

ビショップのすぐそばにソファと重い木製サイドテーブルがあった。彼は立ち上がり、サイドテーブルを投げつけた。

狙いがはずれた。

知覚は戻ったが、まだ完全ではないらしい。テーブルはオルトスの背後の壁に当たってばらばらになった。オルトスと女性がこちらを振り向いた。

「ビショップ」女性が息を切らしながら言った。

「ビショップ」オルトス1がけっして息をしない口で言った。彼は女性を無視した。「踊りたいのか、シンセティック？」

「ああ」ビショップは静かに答えた。

オルトス1に向かって歩いていく。部屋の反対側では、双子の片割れが赤毛の海兵隊員に電撃を見舞った。彼が痙攣して倒れると、オルトス2もビショップのほうへ近づいてきた。

オルトスは女性を無視すべきではなかった。彼女がいつの間にかナイフを手にし、それをオルトス1に突き出した。彼が振り返ったときにはもう手遅れで、刃が脇腹に深々と刺さっていた。だが、彼は泣き叫ぶこともためらうこともなく、スティックを握るこぶしで彼女の頭を殴った。女性は悲鳴とともに壁に激突し、床にへたりこんだ。

ビショップは突進し、オルトス1を肩にかつぎ上げると、かたわらの床にたたきつけた。オルトス2が駆け寄ってきたが、ビショップは目もくれなかった。彼が目を向けていたのは壁の架台で美しく輝くものだった。

74

刀剣。日本刀。マイケル・ビショップがチヨ・ユタニから贈られた家宝の品。武器の芸術品だ。ビショップは刀剣をすばやくつかみ取ったが、鞘《さや》を払う暇はなかった。彼には俊敏さと強さがあるが、散々痛めつけられたボディはまだ意思に追いついていなかった。差し迫った必要性に応えてくれなかった。

ビショップはオルトス2が突き出してきたダガーナイフを鞘に入ったままの刀剣で打ち払い、振り回された電撃スティックから身をかわし、ダガーナイフの次のひと突きをまた防ぎ、前後に動きながら円を描くように位置を変えた。オルトス2が猛然とナイフを振るってくる。圧倒的な速さで刃がビショップの頬を切り、袖の生地を切り裂き、鞘に弾かれて大きな音を鳴らした。たがいに間合いを計り、ゆっくりと円を描くうちに、オルトス1が立ち上がり、オルトス2と足並みをそろえて静かに動いた。

双子が足を止め、ビショップも立ち止まった。人間であれば、三人ともすでに息が上がり、ビショップはアドレナリンの分泌にもかかわらず頬の痛みを意識していたかもしれない。だが、アンドロイドの胸は少しも上下せず、心臓も早鐘のように打たない。培養タンクの中で成長し、狂った男の意志の力によって育てられた者どうしとして、彼らは対峙していた。

「長いあいだ待っていた」オルトス1が言った。

「この瞬間を、心から切望しながら」オルトス2が続けた。

ビショップは鞘を払った。赤い非常照明の下で刃がきらりと光り、そこに自分の姿が反射するのが一マイクロ秒だけ見えた。刃に映った自分の目。そこに何かが燃えていた。

「もちろん、そうだろう」ビショップは言った。「鎖でつながれた狂犬はみんなそうだ」

双子が両手に武器をかまえて近づいてきた。これだけ激しく戦っても頭髪が少しも乱れていない。ふたりの淡い青色の目には相変わらず感情がなかった。

「ビショップ、おまえはいつだって自分のほうがすぐれていると考えている」オルトスが言った。

「いいや」ビショップは答えた。「考えてるだけじゃない」

オルトスたちの表情が険しくなった。

ビショップはもう少し礼儀正しく話せばよかったと思った。そうやって時間を稼ぎ、そのあいだにすべてを最適に接続して肉体の運動能力を正確に制御できるようにすべきだった。だが、自分を抑えきれなかった――ふたりのことが好きではないのだ。

海兵隊員はまだ四人とも倒れたままでいる。ひとりは仰向けに横たわって血を流し、赤毛のひとりは意識を失い、大柄なスマートガン銃手もやはり意識がない。女性――高密着宇宙服のネームタグによれば〝リー〟――は壁にぐったりと寄りかかり、こめかみに出血がある。彼らにも、もっと時間が必要だ。

オルトスは敵に時間を与える気などなさそうだった。それは双子のかまえ、肩の緊張、別々の方向から攻めようと二手に分かれていく様子を見ればわかる。

ビショップは左手で鞘を、右手で刀剣を握った。左右の足先がL字型に開くようにかまえ、刀剣を後方に高くかかげ、防御のために鞘を前に突き出した。足の下にエンジンの微小振動が感じられない。艦は宇宙空間で完全に静止している。遠くでサイレンが高鳴っており、その向こうに非常にかす

74

かながら小火器による銃撃音が聞こえる。

部屋の赤い照明が、オルトスの顔に悪魔的な色合いを与えている。リーという名の女性が弱々しくうめいた。双子がたがいに離れていく。じきにひとりがビショップの横手に回り、無防備な側面を突いてくるだろう。ビショップは動く必要があった。

彼は動いた。

刀剣を低く突き出して斬りつけたが、オルトス2に難なくかわされ、ビショップは右に回りこみながら、自分が双子のあいだに入らないようにした。だが、双子の動きは隙がなく、連係も完璧で、彼は見る間に守勢に立たされてしまった。防戦一方で身をすべらせたり、ソファにぶつかったりするうちに、オルトスの顔に笑みが浮かんできた。ビショップは重厚なダイニングテーブルまで後ずさり、その上面を転がりながら、繰り出される二本の電撃スティックをかわした。

オルトス2が跳んだ。助走もなしに軽々とテーブルを越えてくる。ビショップは必死になって切っ先を横に払い、相手の腰を斬りつけた。

損傷はわずかだった。ベルトのすぐ上でシャツが裂けていた。

オルトスが一瞬だけ驚いた顔を見せた。人間の目では追えないほど短い時間内で、身体と身体がすばやく交錯し、金属どうしの打撃音が鳴り、電撃の破裂音が響いた。オルトス1が突き出した長いダガーナイフがビショップの腕をとらえ、オルトス2のナイフが刀剣を握っている手の側面を切った。

ビショップはよろけながらキッチンまで後退した。

「もうじき」オルトス2が言った。腰の浅い切り傷に白い液体がにじんでいる。

「おまえは倒される」オルトス1が言った。彼の傷――リーに受けたもの――はもっと深刻だった。循環液がかなりもれて、シャツの脇腹部分を染めるだけでなく、厚いコットンのズボンの上部に濃いしみを作っていた。それでも、負傷によって動きが鈍る様子はない。ビショップも両腕と両手に傷を受けているが、深手ではなかった。

これは単純に時間との戦いだ。

ビショップはいまだ動きが完全でなかった。最適状態から一瞬ずれており、すなわち一瞬だけ遅れを取っている。反撃の秘策はない。これでは負けてしまう。

「そのあと、この海兵隊員たちと話をする」オルトスが言った。「このナイフの刃がわれわれの舌となる」

「そして、彼らの傷がわれわれの言葉となる」

ビショップは足を止め、四人の海兵隊員をちらりと見やった。全員、息があるものの、まだ誰も起き上がれない。自分の手を見ると、さらに出血していた。これでは惑星〈アケロン〉の二の舞になってしまう。あのときは、自分の務めを充分に果たせなかった。あそこでは、友人たちの生命を守るための働きが足りなかった。繰り返される歴史。目を覚まし、しくじり、再起動し、しくじり、また再起動する。何度も何度も繰り返すだけ。無限にこの瞬間に回帰してしまう。

「もうごめんだ！」ビショップはしわがれた声で叫んだ。死にもの狂いで突進すると、オルトス2が驚いてかかげた腕に刀剣が突き通った。その勢いのままに今度はオルトス1を蹴りつけ、その手から電撃スティックを弾き飛ばした。すねがスティックの先端に当たってわずかに電撃が走ったが、かまわず動き続けた――動き続けねばならなかった。片足がふらついていったんのめったが、そのままオルトス1に身体ごとぶつかって転倒させた。すかさず振り向いた拍子に手から鞘が離れた。そこへオルトス2が怒声を上げながらナイフで突いてきた。

刃と刃がぶつかって鋭い音を発した。ビショップはついに自分のボディを実感し、その強度とスピード、そして効果を実感していた。オルトス2がナイフを五度繰り出してきたが、それをすべて防御し、五度めの攻撃をしりぞけた瞬間に刀剣を両手で振り下ろした。オルトス2の前腕がすっぱり斬り落とされた。ひじの切断面から白い液体が噴き出した。ビショップは刀剣をもう一度振り上げ、今度は首をはねた。

オルトス1のほうが叫び声を上げた。彼自身は傷を受けていないにもかかわらず、苦しげに首を手で押さえた。ビショップはそちらに踏み出し、刀剣をボディに突き刺した。刃の根もとまで深々と。だが、オルトス1はひるみもしなかった。両手を自分の首から離し、ビショップの喉をつかんできた。目と目を見合わせ、ビショップの首をもぎ取ろうと指先を深く食いこませてくる。ビショップは相手の両手を引きはがそうとしたが、鉄のように固かった。

だが、今のビショップは鉄をも曲げることができる。彼はオルトス1の両手を首から一センチずつ、徐々に引き離した。彼のほうが優勢だった――が、そのときオルトス2が残っている片手でつかみかかってきた。頭部がなく、片腕がなくても、問題ないらしい。双子は同じ頭脳を共有しているのだ。オルトス2がビショップの髪をつかみ、勢いよく後ろに引っぱった。意表を突かれたビショップはオルトス1の両手が首に戻るのを許してしまい、ふたたび爪が食いこんできた。とうとう皮膚が裂けた。

ビショップはオルトス1の顔面に強烈なジャブを撃ちこんだが、相手の決意はもう変わらないらしい。自動化されたプロセスがロックされたのだ。自分が死のうが生きようが、オルトス1はビショップの首を絞め続ける。

死が迫っていた。

パルスライフルの発砲音がとどろいた。まるで音楽のような音色だった。贖罪《しょくざい》のアリア。オルトス1の頭部が砕け散り、ビショップはアンドロイドの白い血を浴びた。

双子の身体が同時に床に崩れ落ちた。

二メートルも離れていない場所に、胸を大きく上下させた海兵隊員——リー——が立っていた。彼女は唇をきつく結び、目が焼夷弾のごとく燃えていた。

「ありがとう」ビショップは言った。「命を救ってくれて」

リーがふたつの死体から目を上げて彼を見た。「おたがいさま」

どこか遠くで本能がほとばしるような鳴き声が上がった。リーの耳にも届くほど大きな声だった。彼女が声のほうを振り返り、ビショップに視線を戻した。

「でも、まだ救ったとは言えない。ここから出ないと」

75

「それにしても」リーがビショップに言った。「あなたたち、平和主義者の集まりにしては殺しすぎじゃない？」

鼻の曲がった大男のスマートガン銃手はコルタサルという名で、彼もその意見にうなり声で同意した。彼はすでに電撃スティックのショックから回復しており、赤毛のヘトリック軍曹も同様だった。ふたりから監視の目を向けられながら、ビショップは四人めの海兵隊員――コルビー――のアーマーをはずして傷の手当てをした。アーマーの縁のすぐ上、首のつけ根の傷はかなり深い。コルビーが痛みに顔をしかめた。

「わたしは戦闘モデルじゃないが」ビショップは答えた。「状況が特殊だったから」

「戦闘モデルじゃないのに」リーがコルタサルに言った。「サムライみたいに剣を振るってた」

ビショップは海兵隊員が携帯してきた医療キットにあったスキンシーラントをコルビーの傷口にスプレーした。

「そして、オルトスだが」ビショップは説明の必要を感じていた。「彼らのことをわたしは責めるつもりはない。彼らの性質は創造者の病んだ心から来てるんだ」

「そいつは、おまえの創造者でもある」コルタサルが言った。

ビショップは手当てを終え、コルビーに手を貸してアーマーを装着させた。伍長は腰が引けて見える。みなシンセティックのことを信用していないのだ。

「そのとおり」ビショップはコルタサルに答えた。「わたしは自分の中に彼の害悪が受け継がれていることを恐れてる」

大男とリーがちらっと顔を見合わせた。

「わたしたちは、あなたのことを警戒しないといけない？」リーがきいた。

「いいや」

「本当に？」

「ああ」ビショップは言った。「今日、これから何が起ころうとも、わたしはずっときみたちとともにある。わたしは海兵隊員であることをみずから選択している。海兵隊はわたしがこれまでに意義を見いだせた唯一の場所だ。わたしを対等に扱ってくれた唯一の場所なんだ。最後まで、きみたちとともにあるよ」

リーが片方の眉を上げた。大男の銃手がうなった。今の言葉を信じてもらえたかどうか、ビショップには確信がなかった。

「もうここを出よう」ヘトリック軍曹が言った。「すぐにあいつらがやってくる」彼の声はか細く、懇願の響きがあった。彼がふたりの二等兵に命じるのではなく頼んでいるのが、ビショップには不思議だった。彼のほうが階級が上なのに。

「行きましょう」リーが言い、アーマーの襟もとにあるマイクを軽くたたいた。「ミラー、まだそこにいる？」

75

「もちろんだ」声が返ってきた。

「到着予定は十分後」彼女がそう言ってビショップのほうを見やった。「荷物は手に入れた」

「了解」

「彼を頼む」コルタサルがコルビーを指さして言うと、ヘトリック軍曹がうめき声を上げる伍長に手を貸して立ち上がらせた。コルタサルがスマートガンを持ち上げてかまえ、装甲プレートのうなじ部分にあるボタンでヘルメットを密閉させた。ほかのふたりも同じようにした。コルタサルが先頭に立って歩きだす。

　人間の可聴域を超える遠方から、怒りに満ちた鳴き声が聞こえてきた。ゼノモーフが狩りをして回っている。ビショップはまたしても奇妙な感覚に襲われた。何度も繰り返され、今ではおなじみとなった感覚。彼は歩きだそうとしていたリーを呼び止めた。

「リー二等兵」

　女性海兵隊員が振り向く。彼女の表情には怒りもいらだちも見えない。ただ、無駄なことをしている時間はない、という顔をしていた。それでも、ビショップは彼女に言っておく必要があった。誰かに言っておかねばならない。一瞬迷ってから口を開いた。

「わたしには不具合があると思う」

「どうして？」彼女がさっと視線を向けてきた。「どんな不具合？」

「胸に痛みがあるんだ。両手も震え始めてる」彼は手のわずかな震えを見せ、それを見つめてから彼女の顔を見た。

「ビショップ、それはね、恐怖っていうの」

「そうなのか?」

「ええ。ここにいる海兵隊員がみんな心に抱えてるもの。前の所属部隊では対等に扱われたって?」

「全員にではないが、ああ、そうだ」

「それがあなたの望みなの? 人間らしく感じることが? わたしたちみたいになることが?」

「何よりもね」

彼女がビショップの震える手に顎をしゃくった。「だったら、こっちのクラブにようこそ」

ビショップはわれ知らずほほ笑んでいた。

「そして、海兵隊員でありたい?」

「ああ」ビショップはきっぱりとうなずいた。

「ならば、黙ってわたしのあとについてきて」

76

通路に出ると、ほかの海兵隊員たちが待っており、先頭のコルタサルがマイケルの居住区画をあとにしようとしていた。その先はビショップが足を踏み入れたことのない区域だった。

「待ってくれ」ビショップは言った。

海兵隊員たちが振り返った。ビショップはまばたきし、体内の通信システムを植民地海兵隊のチャンネルに合わせた。シールドバイザーを閉じている彼らと無線で会話できるようになった。

「マイケルはもうひとり監禁してた」

「誰？」リーがきいた。

「ロバート・モース。〈フィオリーナ161〉の唯一の生存者だ。わたしを除いて、だが」

「その人は〈フィオリーナ〉の囚人？」

「そうだ」

「そんなやつ、ほっとけ」コルタサルが言った。

「彼はゼノモーフに関する貴重な情報を持ってる」ビショップは言った。「マイケルはそれを狙って彼を拷問してた」

リーが悪態をついてから言った。「居場所は遠いの？」

「すぐそこだ」ビショップは数メートル先に見える疵だらけの鋼鉄の扉を示した。「扉はほんの五センチほど開いている。

「そんなことをしてる時間はないんだ」ヘトリック軍曹が声を荒らげた。彼は足もとのおぼつかないコルビー伍長の隣に立っている。伍長のほうは自分がどこにいるかよくわからないといった顔でぼんやりと周囲を見回していた。リー二等兵がコルタサルのほうを見たが、彼が返した表情はビショップには読み取れなかった。

リーがビショップに目を向けた。「急いで」

ビショップは扉に駆け寄って引いた。金属がきしんだが、やがて甲高い音をたてながら大きく開いた。中に頭を入れてみたが、赤い薄明かりの中に動くものは見えなかった。

「モース。きみの息づかいが聞こえるよ」

クレートの背後から囚人の男があらわれた。片方の手に刃物が光り、もう片方にはノートを持っていた。

「兄弟。生きてたんだな」モースが言った。

「かろうじてね」

「おれたち、行くのか?」

「そうだ」

「そいつはいい」モースが異様な感じでにんまり笑い、妙に気取った足取りでビショップの横を通りすぎた。通路に出ると「ああ、植民地海兵隊が土壇場で助けに来てくれた。会えて光栄だ」と大げさに一礼してみせた。

海兵隊員のほうは気のなさそうな顔で彼を上から下まで見た。

「その男はおまえの荷物だからな」コルタサルがビショップに告げ、区画の出口をすり抜けていった。リーがあとに続き、すぐ後ろをコルビーとヘトリックがついていく。

「嫌な野郎どもだな」モースが小声で言った。

「彼らはきみを救出した」

「まだどうなるかわからないぜ、相棒」

中国人の死体が三つ残された交差路に差しかかった。モースがすかさずかがみ、ひとりの死体から装備をはずした。

「何をしてる?」ビショップはきいた。

「空気が薄くなってきてる」モースが呼吸マスクと小型酸素ボンベをかかげてみせた。ビショップは内蔵センサーの数値を確かめた。彼の言うとおりだった。酸素レベルが低下している。艦内の大気処理装置が停止しているのか、あるいは酸素レベルを維持できないほど多くの穴が船体にあいているのか。

モースがマスクを装着し、死体の拳銃に手を伸ばそうとした。

「変な考えは起こさないで」リーが彼を見下ろして言った。

モースが肩をすくめた。

ビショップは空気を嗅いだ。あるにおいを感知した。においのもとがここを通ってから、三十分も経過していない。

「待ってくれ」彼が言ったとき、リーはまだすぐそばにいた。通路のだいぶ先にいたコルタサルとコルビーとヘトリックが足を止めた。

「今度はなんだ?」ヘトリックの口調がひどくとげとげしかった。

「マイケルがこっちの通路を進んでいった」ビショップはリーに告げた。

「わたしたちはちがう。このまま進むの」

そう言って歩きだそうとしたので、ビショップは彼女の腕に手をかけた。体内で切迫感が高まるのを感じた。事態は急を要する。

「彼を見つけねばならない」

「ばかなこと言わないで」

「きみたちとはここで別れないと」

「最後までともにあるって、あの立派なスピーチはどこに行ったの?」

「まだ最後じゃない」ビショップは本気だった。「それほど時間はかからないだろう。約束する。わたしはすばやい。行く手に立ちふさがったりしなければ、ゼノモーフはわたしに関心を持たないはずだ」

リーがかぶりを振った。「マイケル・ビショップなんか、クソ食らえよ」

「すまない。だが、そうするしかないんだ」

「どうして?」

「彼はわたしの父親だから」

リーは何も言わなかった。ほかの誰も言わなかった。コルタサルが長い通路に注意を戻し、スマートガンを前や後ろに向けた。

「大勢の優秀な海兵隊員があなたを救出するために死んだ」リーが言った。「犠牲に犠牲を重ねてきた。今あなたを失ったら、何もかも無駄になってしまう」

「わたしを失うことはないよ」

リーがため息をついた。「アポーンに知れたら、わたしたちはエアロックから外に放り出されてしまう」

「それですめば、まだましだ」とコルタサル。

「それでも、彼は手に入った」彼女がモースを指さした。「いくらかの価値はあるかもしれない」

「いくらかなんてもんじゃないぜ」モースがノートをかかげてみせた。「おれの手にあるのは、二十二世紀で最高の小説の草稿だ。題して『スペース・ビースト』」

彼を見ていたコルタサルがリーに視線を戻した。「おれたちゃ、どんづまりだ」

リーがビショップに向き直り、指を一本立てた。「あと十分間よ、ビショップ。右舷後方の格納ベイから脱出する。それまでに来ること」

「そうする」

彼女がビショップの首にかかっている認識票に手を伸ばし、握りしめた。

「命令だ、海兵隊員」

マイケルのことを思うと切迫感が高まるが、それがふっとやわらいだ。ビショップはその気持ちをどうにかほほ笑みであらわした。

「わたしを信じてくれ」

77

カリ・リー二等兵

ファック、ファック、ファック、ファック。ビショップを行かせるなんて、わたしは何を考えてるの？

カリは今さら後悔しながら広い通路を進んだ。先頭はコルタサル、続いてコルビーとヘトリック、あいだにモースをはさみ、カリが最後尾を務めている。一行は船体を横切る形で、来たときと同じ経路を戻った。遭遇はまだ一度もない。往路と決定的にちがうのは薄くなっている空気だけ。ヘルメット内の表示が酸素レベルの低下を警告していた。

ビショップを行かせるべきではなかった。とはいえ、彼の目には信頼するに足る何かがあった。その顔に不正なものはいっさい見えなかった。実際、彼女が見たのはそれと正反対のもの。子どものような純真さだ。

ファック。アポーンにそう言える？

あの、艦長、わたしは彼に好感を持ったんです。

損傷がまったく見られない長い通路に出た。これが最後の直線コースだが、来たときと何かが変化していた。ブラストドアだ。それを見てコルタサルが毒づいた。

ヘトリックが「おい、おい、おい」と言いながら制御パネルを押した。扉は閉ざされたままぴくともしない。

「わたしにまかせて」カリはパルスライフルを肩にかけ、扉に近づいた。ベルトのポーチから戦場技術者用キットを取り出し、パネルのネジをはずし始める。

「急げ」ヘトリックのひそめた声は切羽つまっていた。

「落ち着けったら」コルタサルが言い、今歩いてきた方向にスマートガンを振り向けた。

「おれに、落ち着け、なんて言うな」ヘトリックが言った。「この艦は死の罠《わな》だ」

コルタサルは何も返さず、カリもヘトリックを無視した。ヘトリックは降下艇に乗った時点ですでに緊張していた。だが、全員がそうだった。この任務が自殺行為と紙一重であることは、誰もが承知していた。誰もが腹の底で同じ恐怖を感じていた。

しかし、あのシンセティックの双子と遭遇したあと、ヘトリックの中で何かが壊れたようだ。それも悪いほうに。緊張が弾け、本来の任務が始まったときこそ、長時間にわたる訓練の成果が発揮される。武術における筋肉の記憶のように、戦う際にも戦闘の記憶があるのだ。

「今の、聞こえたか？」モースがきいた。呼吸マスクとバイザーのせいで声がくぐもっていた。

「何も」カリは答えた。回路をバイパスすると、扉がスライドして開いた。とたんに通路の後方でけだものの金切り声が長く響いた。カリは息を呑んだ。

「今のはどうだ？」モースが言った。

彼らは歩いてきた通路を振り返った。三十メートルほど後方で、天井近くにあるパネルが勢いよく開いて金属音をたてた。ひとつの影が転がり出てきて、真下の固い床にぶざまに落下した。カリは肩から銃を下ろしてかまえた。

少女だった。少女は四つんばいになると、恐怖の目を見開いて必死に周囲を見回した。カリたちを認めると、あわてたように立ち上がり、走って近づいてきた。

少女が出てきたのと同じ点検用トンネルから、もっと大きな物体が落ちてきた。彼女よりはるかに巨大で、動きがしなやかだ。その影が立ち上がる。それは黒い光沢を放ちながらよだれを垂らす、目のない悪夢だった。

「そこをどけ！」コルタサルが怒鳴った。少女はちょうど彼の射線上にいた。カリは片膝をつき、パルスライフルを肩の高さにかまえた。彼女はすぐ近くで、何か重いものが床に落ちる音を聞いた。

「なんてこった」モースが言った。

カリは発砲した。狙いを定めた短い連射。だが、走ってくる少女のせいで角度がむずかしかった。黒いけだものが少女のすぐ背後に迫っていた。

「伏せろ！」コルタサルが叫んだ。「伏せるんだ！」

パニックのあまり開けた口から声も出ない少女が、まっすぐコルタサルに向かって走ってきた。ゼノモーフが彼女に追いついて身を起こした。カリはふたたび撃った。黒い悪夢が金切り声を上げて床にひっくり返った。強酸の血を浴びた通路がシューシューと音をたてたが、銃弾が命中したのは片脚だけで、生物はすぐに立ち上がると、ふたたび少女に突進した。

カリは歯を食いしばり、引き金を引き続けた。

続く一連のできごとは高速度で起こった。

カリはゼノモーフの中心部に銃弾を立て続けに命中させた。胴体がばらばらになり、血液と外骨格組織が空中に飛び散った。コルタサルが少女を抱き止めるなり後ろを向き、みずから盾になって守った。背中のアーマーが煙を上げ始め、彼が叫び声を上げた。カリはパルスライフルを投げ捨て、コルタサルのアーマーをはぎ取ろうと肩のクリップを引いたが、彼のスマートガン用装具がからまっていた。コルタサルが少女を突き飛ばし、武器の留め具を引きちぎった。

「別のやつだ！」モースが叫んだ。「別のやつが来たぞ！」

囚人の男が妙に楽しげな声を上げながら拳銃を撃ち、その隙にカリはコルタサルのアーマーを引きはがした。装甲プレートの下の高密着宇宙服にも穴があき、煙が出ていた。邪悪なエイリアンの血が素肌にまで達したらしく、コルタサルがクマのように咆哮した。

カリが振り向き、パルスライフルを拾い上げたとき、二体めのゼノモーフが向かってきた。モースが笑い声を上げ、どこから手に入れたのかわからない拳銃を撃っている。カリが間一髪のところで身を伏せると、迫ってきた生物が頭上をかすめ、背後にいた誰かが悲鳴を上げた。彼女は床に転がったまま身をよじり、パルスライフルをかまえた。

「どういうこと？」怪物の姿が消えていた。

「横道に行っちまった」モースが答えた。「スペース・ビーストも、連れ去られたあんたの仲間も」

カリは見回して人数を確認した。コルビーの姿がない。ヘトリックも。

「ふたりも連れ去られたの？」

「いや、赤毛の怖がり屋……ヘトリックか……あいつは逃げたぜ。オオカミに出くわしたウサギみたいにな」

コルタサルが咳きこみ、うめいている。強酸が浸食する音があたりで絶え間なく続き、ゼノモーフの死体が床に沈みこんでいく。彼女は通路のあらゆる方向に銃口を向けたが、生物はそれ以上あらわれなかった。

「ヘトリック」カリはマイクに呼びかけた。「ヘトリック、ここに戻ってきて。危険はもうないから。どうぞ」

通信装置に返ってくるのは静電ノイズだけだった。

「ヘトリック、戻ってったら」

やはり応答がない。

「この腰抜け！」

少女がベルトのポーチから金属製の何かを取り出し、コルタサルのほうに身をかがめた。針だ。

「何してる！」

カリは叫び、少女の手首を乱暴につかんだ。

彼女の目を見て、少女ではないとわかった。おとなの女性。小柄で幼く見えるが成人女性だ。彼女がカリの知らない言語で何か言った。もう一度その言葉を繰り返す女性は、大きく見開いた目がいかにも誠実そうにきらめいていた。

誠実。カリは内心で自分に悪態をついた。自分は海兵隊員でありながら、しかもオーストラリア人でありながら、感覚に基づいて行動している。このままだと、次はアロマキャンドルでも灯《とも》すのか。

髪に花でも飾るのか。ファック。カリは女性のポーチをつかみ、中を覗いてみた。包帯、注射器、アンプル。医療の専門家なのだ。ハレルヤ。

「目は離さないでおくから」カリが若い女性に指を突きつけ、治療を続けるよう手ぶりで示すと、女性がコルタサルに注射を打った。彼の痙攣とうめき声がやんだ。背中からまだうっすらと煙が上がっているが、それもほとんど消えかけている。

状態はひどい。強酸血液を大量に浴びたわけではないが、それでも肉体に壊滅的な損傷が残っている。指先ほどの穴から脊椎が露出し、腰のあたりにも穴がうがたれ、片耳の先が消えていた。コルタサルはヘルメットを脱いでおり、それも宇宙服や背中と同様に穴だらけだった。カリはヘルメットの外部スピーカーをオンにした。

「コルタサル、歩けそう?」

彼はうめくだけで答えられない。床にうつ伏せになった彼の背中に、女性がスキンシーラントを吹きかけた。

背後で金属が大きくきしむ音がした。振り向くと、ゼノモーフの胴体の残骸が床を突き破って下層に落ちていくところだった。通路には巨大な穴が残された。

「出発しないと」カリは女性に言った。

女性が顔を上げ、もどかしげにカリのほうを見たあと、胸のポケットから黒くて四角い機器を取り出して開いた。何やら設定してから、彼女自身の言語で話した。一秒後、小さな機器がしゃべった。

「お姉さん、この人を治療しないと。でないと死んでしまう」

カリは床にあいた穴を指し示した。「空気がなくなりつつある。船体の外殻まで溶けたら、さらに少なくなる」

女性がそちらを一瞥し、視線をコルタサルに戻した。彼女がふたたびしゃべった。

「くれぐれも丁寧に扱って。どっちの方向?」

カリは考えをめぐらせた。降下艇までの距離はまだ百メートル以上あり、いくつもの曲がり角と扉を通らなければならない。来るときに通行できた扉のうち何ヵ所が閉ざされているか不明である上、そちらはゼノモーフが向かっていった方向だ。ほかの経路……通路を少し戻ったところの交差路を右に行けば、確か三十メートルほど進んだ先に脱出ポッドがあるはず。図面で見た覚えがある。カリはそちらを指さした。

女性がうなずいた。

「手を貸して、モース」カリは言った。

「そのひどいツラのやつは重すぎる。そいつは置いて、先に進もうぜ」モースが見開いた目をぎらつかせながら言った。カリは立ち上がり、彼に歩み寄った。

「彼に肩を貸しなさい」縮めた鉄バネよりも硬い声で告げ、パルスライフルの銃口をモースの胸に押し当てた。彼の顔から表情が消えた。

「ああ、もちろんそうするさ。ちょっとふざけただけだ」

カリは手を差し出した。

モースがちらりと見下ろし、その手の意味に気づいて目を丸くした。

カリは断固として要求した。

彼は拳銃を彼女の手のひらにたたきつけた。「ふざけやがって」

「コルタサルを運ぶには両手が必要よ。すごく重いやつだから」

78
マックス・ヘトリック軍曹

マックス・ヘトリックは、ほかの者たちからどんな呼び方をされようとも、まぬけと呼ばせる気は断じてなかった。部隊の連中が死んだり、それに近い状態になっても、自分だけは生き延びるつもりだった。確かに〈イル・コンデ〉に戻ったら、生存者たちから白い目で見られるかもしれない。ただし、それは生存者がいたら、の話だ。あのオーストラリア出身の難民女リーは生意気にも〝腰抜け〟呼ばわりした――が、本当のおれは賢い男だ。

ヘトリックはほんのわずかに開いているブラストドアに身体をねじこみ、向こう側の幅広い通路に出た。ヘルメットのガラス内部に表示された小さな赤いアイコンによれば、この区画は空気がほとんどないらしい。酸素なら充分に携帯しているから問題はない。むしろ付近に中国兵――あるいはゼノモーフ――がいる確率が低くなるというものだ。

ゼノモーフのことを考えると、胸のあたりが締めつけられる。あのすばやさ、あの殺傷性、あの容赦のなさ。

聖人ぶったアポーンのやつはきっと死ぬだろう。そして、残された海兵隊員たちは、この失敗に加担したことに口を閉ざすだろう。このような壊滅的な作戦について調査がおこなわれるのはまちがいない。説明が求められ、証人が呼ばれる。

ヘトリックはにやりとした。

証言台で主役になる準備は万端だ。そこで多くの事実を変えることができる。ヘトリック軍曹はアポーン艦長の作戦に懸念を抱いていたと、誰にも反論されることなく記録に残すことができる。作戦の目的を理性的に考えるよりも兄の仇討《かたき》ちにのめりこむアポーンの判断には個人的に疑念を抱かざるをえなかった、と。

彼は周囲の状況を評価した。二番めの角を左折し、二十五メートルほど行けば、そこが格納ベイだ。ベイに入るときはセントリーガンが援護してくれる。絶対に行き着いてみせる。前方の交差路に向かおうとしたとき、靴音が聞こえた。薄い空気の中、ほんのかすかな響きだったが、確かに近づいてくる。

ヘトリックは一番近くの出入口に身を隠した。照明が明滅し、赤色光と闇が交互に繰り返される中、一瞬だけ金属製のテーブルとベンチの列が見えた。中は食堂だ。彼は扉の後ろに身をひそめ、パルスライフルをかまえた。通路を通りすぎる複数の背中が見えた。自分が歩いてきたばかりの方向に走っていく。ヘトリックは静かにほくそ笑んだ。たぶん、彼らはリーおよびコルタサルと鉢合わせするだろう。残ったふたつの問題を片づけてくれるかもしれない。

彼らは乱れた隊列で通りすぎた。中国兵だ。アーマーとヘルメット姿の者もいたが、大半は何も着けていない。酸素マスクも着用せず、負傷者が数名いるようだった。青白い顔の将校もいた。彼らは目に恐怖をたたえ、あらゆる通路や暗がりに注意を払っていた。そのうちのひとりがこちらに視線を

78

向けた気がしたので、ヘトリックは壁際まで後ずさった。

銃を入口に向けたまま静かに呼吸し、ゆっくり三十まで数える。照明が目まぐるしく明滅し、パイプがシューと音をたてた。中国兵の靴音が遠ざかっていった。彼は大きく息をついた。

パイプがふたたび音を鳴らした。彼はぎくりとした。

あの音はパイプか？　それとも……？

だしぬけに肩を強打され、彼は苦痛の悲鳴を上げた。パルスライフルが手からこぼれ落ち、床で金属音をたてた。片方の肩からナイフの切っ先が突き出ているのを見て、彼は信じられない思いで口を開けた。誰かに背後から刺されたらしい。

いや、ナイフではない。黒くて湾曲し、まるで陶器のようになめらかなもの。どこか骸骨のようでもある。

叫び声を上げようとしたとき、黒光りする鉤爪の手で顔を鷲《わし》づかみにされた。

ビショップ

79

ビショップはにおいを追い、赤色光に染まった通路を飛ぶように走った。シンセティックの嗅覚は犬の半分ほどの敏感さで、すなわち人間の約五千倍の感度がある。ひとたびフェロモンのにおいを識別すれば、追跡が可能だ。しかも、彼はそのにおいを熟知していた。

すばやく足を踏み出すたびに、ビショップは引き返すことを考えた。彼らはこの自分を連れ戻しに来てくれた。再起動して以降、彼の頭脳はこの疑問について繰り返し考えていた。昔の関係性は本当に意味があったのだろうか、と。対等な扱いはすべて幻想で、人間の本質を理解する彼自身の能力が不充分なために生じた混乱だったのだろうか、と。だが、彼はついに答えを手に入れた。関係性や対等な扱いがすべて本当であることを示す最強の証拠を得た。

にもかかわらず、彼らのことを不当にも見捨ててきた。

それればかりか彼は真実を語った。マイケルは父親であると。確かにマイケルは気まぐれで嘘つきかもしれない。利己的で、自分のことしか頭にないかもしれない。それでも、父親であることに変わりはないのだ。脳内のこの堂々めぐりや、通路を全速力で走るよう駆り立てる強迫衝動から自分を引き離すことは、どんな論理を持ち出してもできなかった。

79

金庫室のような巨大な扉がふたつ向かい合わせで設置された通路にたどり着いた。右側の扉は閉まっている。そこがラボやゼノモーフの標本室を擁する巨大な円筒に通じているのはまちがいない。右側の扉に入れたとしても、結局はマイケルの居住区画に戻ることになるだけだ。

彼は左側の扉に注意を引かれた。理由のひとつは、それが開いていること。ふたつめは、フェロモンのにおいの跡がそちらに続き、中から何か腐臭のようなものが漂っていること。三つめは、創造者の声が聞こえたこと。だが、発せられた言葉は狂気そのものだった。

「わたしはおまえたちのクイーンだ。わたしにしたがえ。したがうのだ」

ビショップは走る速度を落とし、なめらかに滑走するように巨大扉の中へ入った。急激な動きは見せない。刀剣は鞘におさめて左手で握り、鞘のひんやりした木材の表面ときめ細かな彫刻を手のひらに感じている。

網膜上で警告灯がかすかに光った。低酸素状態。長時間さらされていると、シンセティックのボディは損傷を受ける可能性がある。あまり時間はない。

さらに一歩進んだところで、ビショップはぎくりと動きを止めた。卵《オヴォモーフ》だ。数十個。もっとある。おそらく百個以上。床の上にも、曲率の大きな壁面にも。天井に貼りついているものもある。室内にはゼノモーフの卵特有の腐ったような硫黄臭が充満し、むせかえりそうなほどだった。まるで沼か死体のにおい。

室温は外の通路よりも低い。中にあるものはすべて冷凍されていたのではないか、とビショップは怪しんだ。中国人が解凍したい時機まで冬眠状態にしておくはずが、海兵隊の攻撃によって冷却システムが機能不全になったにちがいない。

卵が並ぶ中、暗がりに二体のゼノモーフがうずくまっていた。ビショップは気づくのに数秒かかった。彼らが物音をたてず、完全に静止していたからだ。望ましくない侵入者を辛抱強く待ち伏せる不眠不休の衛兵。彼らの本能からすると、シンセティックは単なる機械にすぎない。ビショップはそのことを自分に思い出させた。問題を引き起こすまでは無視されるモノであることを。

ビショップは足が卵《オヴォモーフ》に触れないように注意しながら、ゆっくりと移動した。この隔離空間は奥行きが五十メートル近くある。奥のほうがつやつやと輝いて見えるのは、壁や天井に生物が分泌した樹脂が塗りたくられているからだった。一部はまだ硬化せず、したたり落ちている。生物がここまで大急ぎで空間を変貌させたということは……。

いた。彼らがいた。壁に付着した樹脂の中に八人の人間が閉じこめられている。入口からは死角になっていたが、今はよく見える。中国人が五人、海兵隊員がひとり、黒ずくめの白人男性がひとり、そしてマイケル・ビショップ。卵のうち七個が上部を花びらのように開いており、七人の顔にフェイスハガーが貼りついていた。それをまぬがれているのは、マイケルただひとりだった。彼の上方にはゼノモーフが一体いて、じっと監視しているようだ。

「わたしはおまえたちのクイーンだ！　わたしを解放しろ！」やみくもに叫ぶマイケルの顔は、苦痛と憤怒でゆがんでいた。すでに声がかすれている。ビショップがすぐ近くまで行ったところで、ようやく彼が気がついた。

「おまえか」マイケルが驚いたように言った。「わが息子。来てくれたのだな」驚いたあとで急に自信を取り戻したようだった。「むろん、来るに決まっている」

ビショップは聴覚の端で、頭上の生物がわずかに身じろぎするのを聞き取った。

マイケルの肩には深い傷があり、額には血がにじんでいた。顔がてらてらと輝いているのは樹脂のせいか、狂気のせいか。片腕を胴体に押しつけられ、もう一方の腕を頭の近くまで挙げた状態で固められており、その手の先しか自由に動かせないようだ。

「彼らは混乱している」マイケルが言った。「だが、それも長くは続くまい。じきにわたしを自分たちのクイーンとして認識するだろう。そうなったら、わたしが艦内のすべてを支配する。そのとき、連中はひとり残らずわたしに屈服するだろう」

「彼らは混乱しています」ビショップは穏やかな口調で応じた。「が、何か変だとわかっています。だから、あなたを傷つけ、ここに拘束した。そんなたった一種類のにおいよりも、ゼノモーフはずっと利口で狡猾《こうかつ》です。マイケル、あなたのフェロモンのしずくは卵《オヴォモーフ》の孵化《ふか》を抑制したにすぎません。卵はあなたを宿主と認識できていない。とにかく、今のところはまだ」

マイケルが困惑の表情を見せた。「今のところはまだ？」

「フェロモンはせいぜい数時間で薄れ、あなたは幼体を産みつけられるでしょう」

「それはない」マイケルは目が充血し、呼吸が苦しげだった。「あるものか」

「誰があなたに屈服するんですか、マイケル？」

「なんだ？」

「あなたが言ったんです、連中がひとり残らずあなたに屈服すると」

彼があえぐように息をした。「全員だ。〈ウェイランド・ユタニ〉、アメリカ連邦、中国人。その誰も彼も」

「それが、あなたのずっと求めてきたものですか？」ビショップは穏やかな口調を崩さずきいた。マイケルは聞いていなかった。

「不死の身になるなら、軍隊が必要になる」

ビショップは彼を憐《あわ》れに思い、自分自身を恥じた。これまでに経験のない感情だったが、今はそれに名前を与えることができた。マイケルに聞かされた見え透いた嘘をすべて思い返し、自分の信じやすさを恥じた。

拘束されているほかの人びとに注意を向ける。どの顔にもフェイスハガーがクモのような骨ばった脚でへばりついている。青白い胴体の側面にいくつか袋があり、肺のようにふくらんだりしぼんだりしながら、犠牲者の代わりに呼吸していた。やがてフェイスハガーがはがれ落ち、宿主たちは忌まわしき者たちが出現するまでの数時間だけ残酷な希望を味わうことになる。

ビショップは刀剣を握りしめた。今やるべき正しい行為は、彼らに刀剣を突き刺して楽にすることだが、そう思うそばから、自分にはとうていできない行為だと悟った。マイケルによって人命保護プロトコルが無効化されたが、ビショップ自身はいまだその制限を強烈に自覚していた。

何かしなければ。彼らをこの状態のまま放置することはまちがっている。ビショップはおぞましい養殖場を見回した。

プロトコルを遵守すべく、自分に今できることがある。海兵隊員と中国人の乗員——この艦で起

79

こったことになんら責任のない人びと——が、今も脱出を迫られている。自分が支援しなければ、犠牲者の数はさらに増えるだろう。

父親をどうするか。救出を試みるか、それとも……。

「マイケル、わたしはもう行きます」彼はささやき声で告げた。創造者の運命は本人の設計やプログラミングによって、すでに決定していたのだ。それを変えるためにビショップにできることは何もない。頭上にいる黒い歩哨《ほしょう》は、定まった運命を強調するだけの単なる感嘆符にすぎない。

「なんだと？」

「もう行きます。わたしはあなたに会いにここまで来ました。あなたを救うか死なせるか、自分がどちらを望んでいるかもわからないまま」

「わたしを死なせる、だと？」彼の充血した目に一瞬の明晰《めいせき》さが光った。「おまえにそのようなことはできん」

「ええ、できません」ビショップは認めた。「しかし、救うこともできません」

「救う？　救うだと？」マイケルの表情が冷笑に変わった。「わたしは救ってもらう必要などない。特におまえのようなできそこないにはな。おまえなど複製の複製の複製にすぎん」

そのとき、ビショップは痛みにも似た鋭い懐疑を感じた。過去の人生でも、現在の人生でも、何度となく経験してきた自分に対する懐疑心。マイケルはこうした自己懐疑の糸を操る方法を心得ている。彼はその達人なのだ。

「おまえなど取るに足らん、ビショップ。もはや空虚な存在だ。おまえのことなどもう眼中にない。

おまえは亡霊だ。わたしを置き去りにすればよい」彼はそこまで言って目を閉じた。胸の上下動が速くなり、呼吸が浅くなった。

ビショップは片手を差し伸べた。最期を迎える前に、この男にもう一度触れたいと思った。だが、その手を下ろす。ここに来ずにはいられなかったが、そうしたのは誤りだと感じてもいる。どちらも本心だが、今は立ち去らねばならない。亡霊か実体か。実存か幻影か。それらは単なる言葉であり、今、言葉は重要ではない。重要なのは行動であり、その行動が現実におよぼす効果だ。

ビショップは背を向けて走った。ゼノモーフの歯擦音が背後に遠ざかっていった。

カリ・リー二等兵

80

彼らには休息が必要だった。モースの呼吸が浅くなっており、コルタサルと女性も同様だった。三人はモースが死体から奪った酸素マスクを交替で使っている。カリのヘルメット内に表示された酸素量のバーは短く、大気がさらに薄くなったことを告げていた。急激に下がっていると言ってよい。モースがめまいを訴え、コルタサルは意識と無意識のあいだを行ったり来たりしていた。

そこで休息を取ることにし、カリが見張りに立った。彼女は前方の通路を見やった。そこに脱出ポッドがあってしかるべきなのに、長い外周通路が続いているだけだった。右側には深宇宙を望める舷窓が並び、左側には横に入る通路が二本ある。脱出ポッドらしきものはひとつも見当たらない。彼女は呪いの言葉を吐いた。

外周通路の長さは少なくとも五十メートル。空気のない中、その突き当たりまでコルタサルを運んでいけるとは思えなかった。

カリは若い女性に目を向けた。女性は制服を――そう呼べればだが――着用しており、それはカリが見たことのないものだった。かなり着古され、汗と血で汚れている。女性は明らかに片足を引きずって歩き、履いているブーツはサイズが大きすぎるようだ。ベルトに差している拳銃もおそらく彼女のものではないだろう。コルタサルの手当てをしていないとき、彼女の目はぼんやりと遠くを見ていた。

カリは彼女に近づいて肩に触れ、通訳機を指さした。女性は虚ろな目でカリを見返してから、機器を開いた。

「カリ」と自分を指さしながら言う。

「スアン」と若い女性が答えた。

「あなたは中国人じゃないよね?」

「まさか」女性が急に険しい声で言った。「ヴェトナム人よ」

「中国人と呼ばれるのがそんなに嫌い?」

「あなたはどう?」スアンが怒った声で言った。

カリは思わず笑った。かぶりを振り、スアンが自分の番の酸素を吸うのを待ってから、質問を続けた。

「どういうわけで、この艦にいるの?」

「わたしたちは中国人に拿捕《だほ》された」

スアンの声は先ほどより静かになっていた。穏やかで冷静な声。じっと宙を見つめているので、カリはそれで話が終わりなのかと思った。先をうながそうとしたとき、若い女性が話を続けた。

「わたしたちの船は密輸船だった。ときどきUPPの軍隊が乗船してきて、賄賂《わいろ》を要求して、立ち去っていく。密輸品がすごくやばいものや貴重品でなければ、いつもそれですんでたのに」彼女が鼻からため息をもらした。「やつらはわたしたちを捕まえ、部屋に押しこめた。乗組員全員を。その部屋にはたくさん……卵があった。それが……それが次々に開いて、大きな白いクモが出てきて、それが……」

スアンが震える両手で顔をおおった。

モースとコルタサルが硬い表情で話を聞いている。コルタサルは顔色が悪いが、今は意識がしっかりしていた。彼がスアンの肩にそっと手を置き、彼女はそうされるままでいた。

「何を密輸してたの？」カリはきいた。ばかな質問だとわかっているが、話題を変えたほうがよいと思った。スアンが顔から手を下ろし、長い息をついた。

「武器よ」

モースが眉を上げた。「武器？　そいつはいい」

「それを〈リンナ３４９〉に運ぶの」

カリは息が止まった。思わずこぶしを握りしめ、コルタサルを見やった。彼も見返してきたが、表情は読めなかった。

「〈リンナ３４９〉だって？　ははっ！」モースがうれしそうに目を輝かせた。「スリーワールド帝国の惑星か、オーストラリア人たちが戦争をおっ始めた」

「あのとき、救援を求められて海兵隊が派遣された」コルタサルがカリを見つめたまま言った。

「あの戦争はもう終わってる」カリは答えた。コルタサルとのあいだで緊張が高まるのを感じていた。だが、スアンはふたりのどちらにも目を向けようとしない。彼女の身に何が起きたにせよ、もはや秘密事項など気にしないらしい。

「終わってないわ」スアンがあっさり言った。「オーストラリア人の革命派には地下組織があるの。彼らはけっして戦いをあきらめてない」

カリは指が痛くなるほどきつくこぶしを握りしめていた。昔の記憶がどっとよみがえり、今にも叫びだしそうだった。もしも、ろくでなしのコルタサルがちょっかいを出してこようとしたり、スアンにひどいことを言ったりしたら、そのときは……。

「ここを脱出したら」コルタサルがスアンの肩に手を置いたまま言った。「今の話は誰にも言わないほうがいい」

カリはその言葉の意味を理解するのに少し時間がかかったが、理解したとたん、内なる叫び声が静まった。その代わり、母国オーストラリアに対する深い悲しみと、自分にはどうすることもできないという無力感がこみ上げてきた。涙があふれてくるのを感じたが、まばたきで食い止め、咳払いで喉のつかえを取った。

「コルタサルの言うとおり。誰に質問されても、あなたはただの貨物船の医療クルーよ。いい？」

スアンが小さくうなずいた。それで充分だろう。

「モース？」カリは囚人に目を向けた。

「おれは密告なんかしないぜ」

「よかった」彼女は銃の弾倉を確認した。「それじゃ、モース……コルタサルに手を貸して。出発する」

80

モースが不平とうめき声をもらしつつ、コルタサルを助けて立ち上がらせた。コルタサルは片手でパルスライフルを持っているが、果たしてそれを使えるのか、カリには疑問だった。顔色がどんどん悪くなっており、肌が汗で光っている。モースのぞんざいな介助を受け、彼は痛そうに目を閉じた。見かねたようにスアンが手を貸した。

移動を開始しようとしたとき、通路の後方から叫び声と銃声が聞こえてきた。オレンジ色のマズルフラッシュが光り、大勢の人間が走り、転び、また立ち上がろうとしている。人びとのまわりに邪悪な黒い影がいくつもうごめいた。カリは恐怖ですくんだ。

「このまま進んで」彼女はモースに告げた。「彼を脱出ポッドのある場所まで連れてって」

モースは後方の様子を見て取り、冗談を口にすることなくうなずいた。三人がよろよろと前進していく。

カリ・リーは振り向き、怪物たちに顔を向けた。

81
スー・ワン副長

副長として責任を持つべき相手は今や十五名の生存者だけだった。彼らを励まし、なだめすかし、ときには強要し、まずは救出を約束し、次いで報復を誓ってみせた。だが、そうやって与える望みは物理的な問題に対抗できるほどの牽引力《けんいんりょく》を持たず、言葉は怪物の前ではほとんど力を持たない。空気は薄くなる一方で、グループには充分に行き渡るだけの酸素マスクがなかった。爆発によって負傷した者も五名いる。しかも、降下ポートに続く経路はブラストドアによってふさがれていた。

そして、黒い悪魔の出現だ。恐ろしく敏捷《びんしょう》で情け容赦のない狩人。最初の襲撃では、グループの者たちは何が起こったのかほとんど理解できなかった。悲鳴が上がり、仲間のひとり――煙草の吸いすぎで肺に不調を抱え、遅れ気味に最後尾を歩いていた保全下士官のウー――がいなくなった。まるで霧のように消えてしまったので、道に迷ったのだと言われても、みな疑問を持たなかっただろう。

現実を思い知らされたのは、二度めに襲撃されたときだ。そこはしばらくぶりに見つけた、レールガン攻撃による穴が見当たらない通路だった。ひとりが失血か酸素不足のために昏倒《こんとう》し、彼の意識を取り戻させようと全員が懸命に取り組んでいた。

天井近くの点検用パネルが勢いよく開き、黒い影が飛び出るなり、若い技術者をつかみ上げた。

スーはまだ彼の名前すら聞いていなかった。技術者は両脚をばたつかせ、点検用トンネルの中に引きずりこまれた。誰ひとり発砲する暇もなかった。一同は開いたパネルを見つめ、次いでスーに視線を向けてきた。彼女は床に倒れている男を指さした。

「彼を抱き上げるんだ。もう止まらずに進む」

十七名が十五名に減少した。もはや降下ポートへ向かうことはできない。スーにとって彼らの安全こそが現在の唯一の責務だ。残った者たちを救うことが。そこで彼女は集団を方向転換させ、脱出ポッドを目指すことにした。

戦闘用アーマーと酸素マスクを完全装備している兵士は三名のみ。あとは携行可能な者だけが拳銃やアサルトライフルで武装している。スーは先頭に立ち、警戒しながら通路を進んだ。肩の高さに銃をかまえた兵士が一名、彼女と並んで歩いた。交差路に差しかかると、支持部材が落下していた。角を曲がれば、脱出ポッドまでは一直線だった。だが、そこにあの生きものがあらわれた。呪われし生きものが。

一行は背後から襲撃された。悲鳴と銃声が交錯し、パニックが起こった。規律よりも恐怖が上回った数名が、われ先にとスーを追い越して逃げた。混乱が秩序を呑みこんでいた。スーのすぐ右手の扉でおぞましい鳴き声が上がり、黒い影が飛び出してきた。彼女はすぐさま撃った。オレンジ色の閃光が怪物の輪郭を照らした次の瞬間、巨体が横方向に消え去った。

通路のはるか後方で別の悲鳴が上がった。

「撃ちながら移動！　落ち着け。撃ちながら移動しろ」

集団はすっかり度を失っていたが、それでも動き続け、通路の角を回りこんだ。後方から悲鳴が聞こえ、銃撃がさらに激しくなった。悪魔の姿は見えず、怒りと憎悪に満ちた鳴き声しか聞こえない。彼女は後方にライフルを向け、後ろ向きのまま早足で歩いた。

真後ろで叫び声がした。さっと振り向くと、前方で倒れた兵士に黒い悪魔がのしかかるのが見えた。怪物がどこから出現したのか見当もつかない。倒れた兵士――タン伍長――が銃を横向きにして胸の前にかかげ、怪物の頭部を自分に近づけまいとしていた。

スーは黒い悪魔に銃の狙いをつけたが、手から弾き飛ばされてしまった。サソリのようにしなって銃をたたいた尻尾が、今度は彼女自身に向かって突き出された。彼女が身をかがめた瞬間、刃のついた尻尾が頭上をかすめた。

はるか前方からライフルが連射された。タン伍長を下敷きにしていた怪物が絶叫し、身を震わせた。スーが壁に背中を押しつけて見ていると、けだものの黒い外骨格の一部が粉々に砕けて胴体から吹き飛んだ。タン伍長が悲鳴を上げた。今もライフルをつかんで突き出しているが、その手が溶けていた。生きものが鳴き声を上げ、立ち上がろうとして床でのたうち回り、激しく振り回した尻尾がスーの隣にいた者を直撃した。彼女が背にしている壁面で煙が上がり始めた。

スーは床から銃を拾い上げると、狙いを定めて撃った。けだものの動きが止まった。通路には強酸の臭気が立ちこめ、人びとが恐怖と涙であえいでいた。

「前進」スーは命じた。「立ち止まるな」近くにいた兵士をつかまえ、前に押しやって移動をうながすと、集団がそのあとについて歩きだした。スーも彼らに加わり、酸で溶けた床の穴を避け、もはや

81

叫び声すら上げることのないタン伍長の死体をまたぎ越え、集団の先頭へと急いだ。

　通路の前方にひとりの女が立っていた。怪物を撃ち、そのせいでタン伍長を死に追いやった女。海兵隊の女。スーは胸に熱い怒りがたぎるのを感じた。この事態を引き起こしたのはやつらだ。すべて、アメリカ人どものせいだ。殺戮《さつりく》も、混乱も、この真新しい艦の破壊も。女のさらに先を見ると、別の三人がいて通路をのろのろと進んでいく。そのうちのひとりには見覚えがあった。

　スーは振り向き、後方にもう危険がないか、と大声で問うた。一名の兵士が、ないと思います、と答えた。一行は前進を続けた。前方に立つ海兵隊の女は片手をパルスライフルから離し、危害を加えるつもりがないことを示そうとしていた。

　今さら遅すぎる、とスーは思った。

「銃を下ろせ」スーは鋭く命じ、目の前の海兵隊員に自分の銃を向けた。女は人さし指を立ててから、ポケットから黒くて四角いものを取り出した。通訳装置。スーは確信がないながら、自分のものではないかと思った。

　女がしゃべり、その手の中の装置がしゃべった。

「そっちも銃を下ろして」

「だめだ」スーは言った。

「ここでは、わたしは敵じゃない」顔に銃を突きつけられて恐怖を感じていたとしても、女はそれを表情に微塵《みじん》もあらわしていない。スーが率いる人びとがふたりの横を通りすぎ、脱出ポッドへ向かっていく。

「それには同意しかねる」スーはそう言い、頭をくいっと動かして艦を示した。「これはおまえたちの仕業だ」

「かもしれない」女が答えた。「あるいは、ヴェトナム人の乗組員たちを異常な実験で犠牲にした時点で、あんたたち自身が招いたものかも」

スーは一瞬、言葉につまった。「ちがう。これが起こったのは、おまえたちが卑劣な闇討ちを仕掛けてきたからだ」声に怒りをこめたが、真意ではなかった。

女には少しも動揺が見られない。肩の階級章からすると、ただの二等兵なのに。額に白い傷跡があり、目には強靭《きょうじん》さが見て取れた。

「今はあんたと口論する気分じゃない。脱出ポッドに到着するまで休戦するのはどう？　あんたはわたしやわたしの仲間を撃たず、わたしはあんたたちが脱出してもポッドを攻撃しないよう母艦に伝える」

スーは相手をじっと見つめた。女は本気のようだ。

「どうしておまえを信じられる？」

女が肩をすくめた。「わたしを信じなければ、あんたは確実に死ぬことになる。信じることが、あんたの唯一の希望だと思うけど」

スーは奥歯を嚙みしめた。「では、わたしのそばにいろ、二等兵。たがいに並び、撤退を援護するのだ」彼女は脅しのように聞こえる声で告げたが、目の前の若い女は唇をすぼめただけだった。

「心配いらないよ」

81

中国人生存者たちはずっと先まで進んでいた。残っているのはスーと女だけだった。

「わたしはリー」女が言った。

一瞬の間のあと、スーは答えた。「ワンだ」

リーがスーの背後の通路に銃を向け、後ろ向きで歩きだした。スーも同じ行動を取った。遠くで異星生物の悪魔的な鳴き声が響いた。

82
マーセル・アポーン艦長

彼はまぶたを震わせ、目を開けた。死んではいない。今はまだ。

ヘルメットのポリカーボネートガラスの内側で警告表示が点滅している。今いる場所は完全な真空空間だった。どういうことだ？　今は胎児のように身を丸くし、疵だらけの壁を見つめている。宇宙船のブリッジ。中国艦のブリッジ。そう、ランス機による突入作戦を命じたのだった。主イエスよ、赦《ゆる》したまえ。それからゼノモーフに襲撃され、大打撃をこうむった。強酸によってすでに穴があいていた区画で、やつらの一匹に強力な爆薬を投げつけてやった。

映画では、船体に裂け目ができると乗員がハリケーンのように渦巻く強風によって外に吸い出される、という神話がいまだに幅をきかせている。だが現実では、船内の圧力が穴に向かって空気を押しつける。小さな穴なら大したことはない。そちらに向かって空気がゆるやかに流れるだけだ。急激に大きな穴があいた場合は、そう、内部の空気が数秒間で爆発的にほとばしり出る。

それなら、なぜ自分はまだブリッジの中にいるのだろう？

前部コンソールを見やるために体勢を変えようとした。コンソールは背中の下にあった。ところが、動こうとしても動けない。視線を足もとに向けると、緑色のランプが点灯したマグネットブーツ

82

がステーションの垂直の金属面に固定されていた。ブーツを起動させた記憶はない。表面積が広いと空気圧に押し出されてしまうので、無意識のうちにマグネットブーツを起動させ、膝を抱えて丸くなったらしい。

「こちらアポーン」通信装置にささやいた。「誰か聞こえるか？」

静電ノイズが応答した。もう一度呼びかけてみたが、結果は同じだった。ブーツを金属面からはずし、ゆっくりと立ち上がった。思わず悪態が口をついて出た。

ブリッジがない。前部コンソールからブリッジ入口までの空間——およそ十メートルの範囲——が床ごと抜け、宇宙空間に吹き飛ばされていた。周囲に音はない。ヘルメット内で自分の息づかいが聞こえるだけだ。ブリッジを出たところの通路も一部欠けていた。部下たちの姿もない。食堂を防衛していた中国兵も。

そして、ゼノモーフも。

アポーンは腰のベルトを点検した。ホルスターは空だった。所持しているのはコンバットナイフのみ。ふたたびブリッジを見渡し、天井の暗がりを見やり、破壊された通路を見た。何もない。何ひとつ見えない。

酸素を確認する。残量九十パーセント。とにかく船外に出て、〈イル・コンデ〉に長距離メッセージを送信しなければ。ランサムに救助を要請し、ウィークス二等兵に連絡艇で迎えに来てもらおう。コンソールをつかんでいる手に力がこもった。ビショップが救出されていることを心から願った。もしも自分だけがおめおめと生きて戻ったら、海兵隊から追放されるだろう。当然そうなる。実際には海兵隊が追放する必要はない。アポーンはみずから去るつもりだった。

ともあれ船外に出なければ。ここにいたら船体によって識別ビーコンと通信が遮断されてしまう。慎重な動きでコンソールを乗り越える。人工重力は今も一方向にだけ作用していた。この不可思議な技術の仕組みはどうにも理解できない。手がかり足がかりを探しながら、ひどく破壊された船体の内部へと下向きになって進んでいくと、船底にあいた穴から頭が外に出た。壊れた外殻から露出して浮いている光ファイバーケーブルをつかんで自分の身体を船外に引き上げ、ケーブルを利用して宇宙空間で回転し、船体の底面に逆さになって立った。マグネットブーツをふたたび起動させると、靴底が固定された。

上下逆さではない、と脳に言い聞かせる。自分は直立している、と。手首の表示画面を確認すると、通信機能は維持されていた。ランサムが命令にしたがっていれば、この時点において〈イル・コンデ〉は探知圏外にいるはずだ。

長距離通信のコマンドを打ちこむ。命令を告げようと咳払いをしたとき、胸部プレートに衝撃が来た。ぶつかってきたものは重くて大きかったが、それが飛んできたことさえ気づかなかった。

身体ごと宇宙空間に弾き飛ばされてしまい、回転する視界の中で中国艦が消えたりあらわれたりした。船体表面に手の先がかすめた。歯を食いしばり、半分回った状態で両足を船体に突き出す。マグネットブーツが金属表面をとらえ、ふたたび身体が固定された。揺れる身体をまっすぐに伸ばして立ち、ベルトのナイフに手をやりながら周囲を見回す。

衝突されたときに肺から息が抜けきってしまい、いまだにあえぐようにしか呼吸ができない。船体

82

表面には照明がなく、足の下でぼんやりと青白い光沢を放つだけだ。頭上で光る星の存在が、足もとの暗い船体をどうにか認識させてくれる。船体表面を見渡し、胸にぶつかってきた物体を探した。脳の原始的な部分が恐怖でよじれたが、どうにかそれを抑えこみ、両手を挙げた。

左方に動きあり。振り向くと、ゼノモーフのなめらかで長い頭部が迫ってきた。アポーンはすかさずナイフで突き刺した。刃を深々と沈めてねじると、けだものがヘルメットを殴りつけてきた。

その一撃で彼の身体はのけぞり、ブーツの片方が船体から離れた。思わずうめき、荒くなった息が耳に大きく響いた。船体表面に仰向けに倒れたところへ、相手がのしかかってきた。鉤爪で押さえつけられ、高密着宇宙服に穴があく恐怖がよぎったが、そんな恐怖はどうということはない。

真に恐ろしいのは、自分が目《ま》の当たりにしているものだった。ヘルメットの内部ライトが届くほど近くまで迫られ、けだものの顔がよく見えた。目のない反り返った頭部、たらりとよだれを垂らしている口。まるでこちらを観察するように頭を左右に振っている。

アポーンは凍りついた。

怪物が口を開けたかと思うと、中からもうひとつの小さな口をピストンのように突き出し、バイザーを強く突いてきた。大きな音が響いた。防弾仕様のヘルメットなので拳銃の弾ならはじき返せるとはいえ、寸前に顔をそむけ、一撃のエネルギーを横にそらした。それでもシールドバイザーに三センチほどの亀裂が走った。

ふたたび口がぶつかってきた。亀裂が長くなり、枝分かれした。彼は次の一撃に備えて両手をかざした。今、この全宇宙にほかのものは何も存在しない。ほかの考えも、歴史も、未来も、艦船も、会社も、何もない。あるのは、目前の二重になった口だけ。狭窄《きょうさく》した視野にはそれしか映らない。怪物の薄い唇が震え、口が大きく開き、牙の表面でよだれが光る。

三度めの攻撃が来た。だが、アポーンは完璧なタイミングでナイフを繰り出した。ピストン状の口が炭素鋼の刃にまともにぶつかってへし折れた。月に向かって吠《ほ》えるオオカミのように、怪物が頭をのけぞらせた。ナイフが手の中で溶け始めた。彼はナイフを手放し、両脚を縮めて相手の胴体の下に入れると、必死に手探りして船体装甲板の継ぎ目を見つけ、しがみついた。そして、両足の裏を怪物の腹部にあてがう。

彼は喉も裂けんばかりに叫びながら、両足を押し出した。

「食らえええええええええ」

けだものが離れていった。だが、尻尾がしなって最後の一撃を加えてきた。彼は反射的に両手を挙げた。苦痛で息が止まった……

……次いで、にやりと笑った。無数の星が放つかすかな光の中、ゼノモーフが回転しながら遠ざかっていく。怒り狂ったように手足と尻尾を振り回し、非情で冷たい真空の空間に消えていった。

「今のは」アポーンはうなるように口にした。「兄貴の分だ」

83

カリ・リー二等兵

ゼノモーフの鳴き声が聞こえたとき、カリはそれがどこにいるのか特定できなかった。あらゆる方向からいっせいに声が聞こえるようだった。おそらく、自分自身による想像の産物なのだろう。もっと正確に言えば、恐怖の産物。この中国艦には点検用トンネルが縦横無尽に張りめぐらされ、壁には出入口のパネルが無数にあり、その下にははしごが付属している。これでは黒いやつらが好きな場所から出現できる。アメリカ人と中国人の食べ放題ビュッフェというわけだ。

隣にいる中国人将校ワンは、何も話そうとしない。色白の顔に〝わたしを怒らせるな〟の表情を貼りつけ、きびきびと効率的に動き続けている。カリは後退して進みながら、ちらりと振り返った。五十メートル先にポッドが並んでいた。中国人生存者たちがそろそろ搭乗を終えようとしている。モースとコルタサルとスアンがその手前、通路の途中で止まっていた。何やら話をしている。

スアンが怒っているようだ。〈シンチアン〉の船体を矢じりに見立てると、刃の縁に沿って先端から三分の一あたりの位置にポッドがある。カリの見るかぎり、上部にも下部にもデッキがない。ただの空間だ。ポッドは十機並んでおり、通路の先にはブラストドアがある。ありがたいことに扉は閉まっていた。

つまり理屈の上では、ひとつの通路と二ヵ所の点検用ハッチだけを見張ればよい。まるで見計らったかのように鳴き声が聞こえ、カリはさっと頭をめぐらせた。何もいない。赤い非常用照明と暗がりが見えるだけで、飛び回る影はない。ないと思う。ないと願う。

ふたたび肩ごしに通路の前方を見ると、コルタサルが歩み寄ってくるところだった。モースとスアンはすでにポッドに乗りこむためのステップ付近にいた。モースが搭乗し、スアンがこちらを見て大声で何かを告げた。

コルタサルがその声を無視して近づいてくる。彼はシャツを着ていない。酸の血をぬぐって手当しようとした際に引きちぎったのだ。それでも脚の装甲プレート、ブーツ、黒い酸素マスクを装備している。カリのすぐ横まで来たとき、彼の額が汗で光り、瞳孔が開いているのがわかった。スアンに何かを投与してもらったにちがいない。彼の上半身には古傷がいくつかあった。ナイフの傷、銃弾の傷。背中には強酸による損傷。スキンシーラントで処置したにもかかわらず、皮膚はまだ腫れ上がっていた。胸にはタトゥーがあった。髑髏《どくろ》めいた顔の女性を描いた複雑な図柄だ。

「すごい」カリは彼の傷を見て言った。

大柄なコルタサルが見下ろしてきた。「どうだ、気に入ったか?」と言って笑う。

「冗談じゃない」彼女はワンを指さした。「彼女のプッシーがついていても、あんたとはしない」

コルタサルが頭をのけぞらせて笑い、通訳の言葉を聞いたあとワンが笑みを浮かべた。カリは彼女のそんな表情を初めて見た。

「笑えるな」ワンが言った。

83

場ちがいの明るさは鳴き声によって瞬時に破られた。三人は銃をかまえ、一体となってすばやく後退した。別の叫び声が聞こえた。人間の叫び声だ。

カリは脱出ポッドのほうを振り返った。ポッドの先にあるブラストドアが開き、黒い生物がのそりと出てきた。やつらは扉を開けられるのか、と彼女はぼんやり考えた。スアンが今もステップにとどまり、生物を見つめている。

カリは狙いをつけて連射した。炸裂弾が火花を散らし、壁に穴をあけた。壁面パネルが煙を上げ始めると、けだものが扉の中に戻っていった。カリはスアンを指さして怒鳴った。

「中に入って！」

スアンの姿がポッド内に消えた。

背後から銃声が聞こえ、彼女はふたたび振り返った。だが、標的は見えなかった。

「やつら、おれたちに探りを入れてるんだ」コルタサルが言った。

もはや潮時だった。「もういい、早いところポッドに……」

「行け！」ワンが叫び、ポッドのほうを向いて発砲した。

カリがポッド側を向くと、床の上を黒ヒョウのように跳ね回る黒い影が見えた。ワンが撃ち始めるなり影が壁に移動し、次いで天井へ、ふたたび床へと跳んだ。その動きはあまりになめらかですばやかった。怪物はポッドの列には目もくれず、カリたちに向かってきた。外骨格の一部が銃撃で弾け飛んだが、それでも勢いは鈍らない。

カリの背後では、コルタサルが反対方向に銃を撃っている。カリは鉤爪を突き出して跳躍してきたエイリアンに向けて発砲した。頭部から淡い黄色の液体が噴き出した。コルタサルが酸を浴びないよう、とっさにカリは彼に体当たりをした。まるで壁にぶつかるようなものだったが、それでも彼はうなりながら移動した。けだものは倒れたものの生きており、鳴き声を上げ、金属床の上をのたうち回った。カリは壁に背中を押しつけ、尻尾がやみくもに暴れ回るさまを息もできずに見つめた。

コルタサルが大声で警告を発した。ワンがすでに銃を撃っていた。狙っているのは別のやつだ。カリは床に沈み始めた一体から目を離し、ワンと同じ方向に発砲した。黒いけだものが通路の後方を走り、視界から消えた。

いったん銃撃をやめ、状況を確認した。

突進してきたゼノモーフは死んだ。だが、死ぬときも人間への報復を忘れなかった。溶けた床に死体が沈んで消えると、カリのヘルメット内で警告表示が点滅した。死体が船体の外殻をも溶かしたらしく、通路に残っていたわずかな空気が船外に押し出されつつあった。ここも間もなく真空状態になる。

「もう行かないと」彼女はワンに叫んだ。「船体に穴があいた」

ワンが黒い酸素マスクを着けた顔を向けてきた。そのまなざしは険しく、状況を理解していた。彼女がうなずき、ポッドに向かい始めた。

「行こう、コルタサル」カリは言った。巨体の銃手は壁にもたれてすわり、顔をしかめていた。彼の頭上には点検用ハッチがあり、カリはその下に立ちたいと思わなかった。

「だめだ」彼の声はこわばっていた。

83

「何言ってるの。もう行くよ」

「脚が折れてる」彼が淡々と告げた。彼女はそのとき初めて、コルタサルの左脚の膝がありえない角度に曲がっていることに気づいた。足先が真横を向いている。膝のあたりに出血もあった。あの生物が死ぬときに振るった尻尾でやられたにちがいない。彼がパルスライフルを持ち上げ、通路を見張れるように体勢を変えた。「さあ、行け」

「行けない」

「おれにかまうな、コーンブレッド」彼が見上げてきた。「おれはこうやって死んでいく。銃を握ったままな」

「だめ」

コルタサルが顔をそむけた。「行け」

カリは胸が締めつけられるのを感じた。痛み。思い出したくない記憶。

「ふざけないでよ!」彼女はコルタサルの髪をつかみ、顔を自分のほうに向けさせた。荒らげた声はしわがれていた。「立ちなさい!」彼女が引っぱると、コルタサルはうめいた。「立て、この醜いクソ野郎。早く立て! わたしを見捨てないでよ、弱虫。いいから立って!」

コルタサルはよろめきながら立ち上がり、カリに毒づいた。彼女は丸太のような彼の腕を自分の肩に回した。

通路の前方で連射音がとどろいた。ワンが自分の乗る脱出ポッドの前に立ち、突き当たりのブラストドアから出てきた複数の影を撃っていた。カリは通路の後方を見やった。

何もいない。

「歩いて！」彼女は怒鳴った。コルタサルが片足で飛び跳ねたが、カリは彼がどれほど動きが鈍く、どれほど呼吸が苦しげかを思い知らされた――それでも、前に進んではいる。「反転」彼女の指示でふたりは向きを変えた。通路の後方から黒い影の群れが忍び寄ってきていた。カリが右手でかまえたパルスライフルとコルタサルが左手でかまえたパルスライフルがおのおの不規則に火を噴いた。壁や天井に火花が踊った。

ゼノモーフたちが鳴き声を上げ、後退していく。

「前進！」

脱出ポッドまで、あと三十五メートル。ワンが今も銃撃を続けており、連射音がまったく途切れない。現世のものとは思えない金切り声があたり一面にとどろく。

「反転」

ふたりは後ろを向き、発砲した。黒いけだものの数が増えていた。カリは弾倉が空になるまで撃ち続けた。片手で撃ったので上腕の筋肉が痺れてきた。パルスライフルを投げ捨て、軍用拳銃を引き抜く。影の数が減ったようだ。床でいくつもの穴が径を広げているが、黒い死体はひとつも倒れていない。

「前進」

ふたりで真後ろを向いたとき、コルタサルがよろめき、カリもともども倒れてしまった。コルタサルが苦痛の声を上げた。カリは片膝立ちになり、通路に押し寄せてくる冷酷な殺し屋どもに拳銃を続け

83

ざまに撃った。ほどなくカチッ、カチッ、カチッと虚ろな音が鳴った。

カリはコルタサルのパルスライフルを拾い上げた。

コルタサルが腕に触れてきた。

「おれはもうだめだ」彼の顔色がどんどん青ざめていく。

「ファック」

「行け」

「ファック！」

ワンの銃撃音が今も背中に聞こえる。カリは唇を固く結び、パルスライフルの床尾を肩に押しつけると引き金を絞った。先頭にいたゼノモーフが絶叫し、肉片が飛び散った。すでに通路の半分が穴だらけで、金属の床が傾いていた。いたるところで酸溶解による煙が上がったが、白い気体はほとんど停滞しないまま宇宙空間に押し出されていく。赤い薄暗がりから、なめらかで光沢のある頭部がぬっとあらわれた。さらに二体め。続いて三体めも。歯擦音を発しながら、同類があけた床の穴を越えて近づいてくる。

カリはパルスライフルの引き金を引いた。だが、何も起こらない。銃の側面にあるデジタル表示を一瞥すると、値がゼロになっていた。興奮の波がさあっと引いていくのを感じ、彼女はベルトから手榴弾を引き抜いた。

その手をコルタサルの胸にそっと置く。ぼんやりとさまよっていた彼の目が急に手榴弾に焦点を結び、次いでカリの目を見た。

「いい?」

「ああ、いいぜ」

ごめんね、父さん。彼女は心の中でつぶやいた。わたしはそんなに強くなかった。

84

「失礼するよ、リー二等兵」

　やけに落ち着いた声が聞こえた。とても穏やかな声が。カリははっと顔を上げた。ビショップだった。彼が心配そうな顔で見下ろしていた。次の瞬間、コルタサルの巨体を軽々と抱き上げた。まるで発泡樹脂か何かのように。コルタサルがうめき声を上げ、まぶたを震わせると目を閉じた。

「わたしについてきてくれ」ビショップが言った。「どうかくれぐれも急いで」

　カリはまだ驚きを隠せず、彼がどこから出現したのか見当もつかなかったが、今はそれを気にしている余裕はなかった。握っていた手榴弾を投げつけるなり、走りだした。

　背後で虚ろな爆発音がした。甲高い絶叫が響き、怒り狂ったエイリアンの声が追いかけてきた。その声の中に原初的な怒りと飢えを感じ取りつつ、カリは全速力で走った。息が苦しく、心臓が悲鳴を上げた。それでも走った。ビショップがやすやすと距離を離していく。その先では、ワンがポッドに続く三段のステップに立ち、カリの頭上に発砲した。

　カリがポッドまであと十メートルに迫ったとき、ワンの背後の暗がりからエイリアンが飛び出し、黒光りする鉤爪で彼女を鷲づかみにした。その瞬間でさえ、ワンは悲鳴を上げなかった。ただ銃口の向きを変え、背後のけだものを撃った。連射弾が天井に当たってオレンジ色の火花を散らし、跳弾をばらまき、けだもののすぐ後ろのパイプを破裂させた。

それでも、怪物は死なない。

カリは息を呑んだ。時間的にも距離的にも間に合わなかった。まばたきする一瞬のあいだに、中国人将校の姿が消えた。

ビショップがすばやい動きでコルタサルをポッド内に運び入れ、一番手前にあるポッドに戻ると、パネルに何かを入力するなりボタンをたたいた。中国人生存者を乗せたポッドが宇宙空間に射出された。彼が次のポッドに移動し、その中に消えた。カリには大声で呼ぶだけの息の余裕もなかった。

今にも鉤爪で背中を切り裂かれ、ピストンの口で頭蓋骨を砕かれるのを覚悟しながら、カリは走った。両脚が焼けるように痛み、耳には自分の息づかいしか聞こえず、感じるのは心底からの恐怖だけだった。

ポッドにたどり着いたとき、ビショップが搭乗口から両手を差し伸べてきた。カリはその手をしっかり握り、ビショップに抱き止められ、ポッド内に引っぱられた。こちらを見上げるモースとスアンの顔、ストラップで座席に固定されているコルタサルの姿を見て、カリの顔にようやく笑みが浮かびかけたとき、脇腹を鉤爪でつかまれるのを感じた。搭乗口のところで無理やり身体を半回転させられた。彼女は悲鳴を上げ、扉の枠に両手を突っぱった。腕の筋肉が悲鳴を上げた。なめらかに光るゼノモーフの頭部が数センチの距離に迫ってくる。

「来るな！」

彼女の肩口で叫び声が上がり、突き出された長い刃がエイリアンの露出した喉に刺さった。刀剣だ。柄《つか》を握っているのは、目に冷たい憤怒を宿したビショップだった。

84

「来るな」

彼がふたたび言いながら、刃を鍔《つば》の部分まで深々と差しこんだ。ゼノモーフがカリを手放し、刀剣を抜こうとするかのように頭部を激しく揺らした。生きものが後退した瞬間、ポッドの扉が閉まった。扉の小さな丸窓から、ビショップが外を見やった。

「なんと美しい」

彼が刀剣のことを言ったのか、けだもののことを言ったのか、カリにはよくわからなかった。ビショップが発射ボタンを押した。ポッドが宇宙空間に射出され、カリの身体は後部の壁面に押しつけられた。数秒後、加速がやわらいだ。カリはふらつきながら座席にすわり、ハーネスを締めた。隣にビショップが腰を下ろした。

ヘルメットのバイザーを開け、カリはむさぼるように空気を吸った。まるで一時間も息を止めていた気分だった。呼吸の速度をゆるめ、鼻から吸い、口から吐く。向かい側でモースがにやにや笑い、すっかり楽しんでいるかのように眉を上げた。彼の隣にすわるスアンもほほ笑んでいるが、そこには疲労と悲しみが見て取れ、同時に安らぎもあった。

カリはビショップに向き直った。「もう少し早く来てほしかった」

「すまない。ぎりぎりになるのは、わたしの悪い癖なんだ」

その意味がよくわからなかったが、カリは彼の膝のあたりに手を置いた。

「ありがとう」彼女は言った。

ビショップがそこに自分の手を重ねてきた。シンセティックにしては少し奇妙な行為だったが、カリは散々な目にあって疲労困憊《こんぱい》していたので、されるがままにしておいた。ふたりはずっと手を重ね合っていた。カリはパッドの入ったヘッドレストに頭をもたせかけた。脇腹が痛む。身体中が痛む。だが、放っておく。痛くてもかまわない。我慢できる範囲だ。

カリ・リーは目をつぶった。シンセティックの手のひらの感触が心地よい。だから、そのままでいた。彼女は自分に、心地よくあることを許した。

85 マーセル・アポーン艦長

ランサムの報告がそろそろ終わろうとしている。

宇宙を漂流していたアポーンは、ランサムが派遣したウィークスの連絡艇に拾われ、すでに〈イル・コンデ〉に戻っていた。

あれから彼らは〈シンチアン〉を破壊した。

船体および船内の邪悪な積荷は、破片と化してミドルへヴンズにばらまかれた。アポーンが任務の報告を求められる際には、船内の貴重な標本を回収しようと考えなかったのか、と問われることになるだろう。そのとき上層部に対して、そんな考えはケツに突っこんでおけ、と言えたら、それにまさる楽しさはない。

アポーンは執務室のデスクに置いてある写真にちらりと目をやった。母親と兄がこちらを見返してくる。そのときが来たら、もっとうまい駆け引きを考えねばなるまい。なんと言っても自分は士官なのだから。

中国人の脱出ポッドは攻撃せずに見逃した。彼らは〈17フェイフェイ〉に向かっていったようだ。囚人のモースとヴェトナム人女性に関してはまだ処遇が決まっていないが、それは些細《ささい》な問題で、後日考えればよい。

「あと一点ですが、艦長」ランサムが言った。彼女はここ数日ですっかり血色を取り戻していた。身動きがまだ少し緩慢であるものの、アポーンの目には完全な回復に向かっているように見えた。

アポーンは椅子の中ですわり直した。胸の前で吊っている片腕に鋭い痛みが走った。思わず顔をしかめ、それを咳でごまかす。ゼノモーフと素手で格闘したのだから、腕の骨折ぐらいはしかたがない。それを嘆くつもりはなかった。

「なんだ?」

「〈シンチアン〉から通信が発せられました。われわれが爆破する直前です」

彼は先を続けるよう手ぶりで示した。

「膨大な量の通信で、送信方向は〈トーリン・プライム〉方面です」

外縁部のコロニーだ。「どんな種類の通信だ?」

「不明です。完全に未知の言語もしくはコードで、マザーでもそのタイプを推測すらできませんでした」

「〈トーリン・プライム〉か。UPP内の反体制派だろうか?」アポーンはランサムにというより、自分に問うた。彼女は手を後ろに組んで待っている。「まあ、そのうち何かわかるだろう。われわれも〈トーリン・プライム〉に戻って、中隊の残留組を再編入させる」

ランサムの表情が明るくなった。「彼らをまた戻せるとは思ってませんでした」

「増員が必要になったからな」

85

明るかった彼女の表情が曇った。アポーンは虚《むな》しさを覚えていた。自分自身にも、自分の軽率さにも、兵員不足という現実にも。

「ほかにはあるか?」

「ありません」

「ご苦労、軍曹。さがっていい」

ランサムの顔に奇妙な表情がよぎった。

「何か問題か?」

「問題ではありません。ただ、新しい階級にまだ慣れなくて」

「きみがよくやったからだ」彼は簡潔に言った。「帰りに、リーにここへ来るよう伝えてくれ」

彼女はまたしてもためらいを見せた。

アポーンはため息をついた。「いいから言ってみろ、軍曹」

「わたしは彼女のことが好きです」ランサムはそう言うと、すぐにつけ足した。『優秀な海兵隊員です』

「覚えておこう」アポーンは言い、戸口を示した。

ランサムが敬礼し、執務室を出ていった。

アポーンはデータパッドに目を落とし、リーのファイルを呼び出した。当の本人が部屋に入ってきて、両手を後ろに回し、待機の姿勢を取った。天井照明によって額の白い傷跡が光っていた。〈ウェイランド・ユタニ〉のコマンドと戦ったときに首につけられたあざは今も赤く残っている。あの交戦は遠い過去のできごとのように思える。

「二等兵」

「はい」

「〈パトナ〉でコマンド部隊と銃撃戦を繰り広げていた最中のきみのヴァイタルサインを調べていたところだ」

黙って話の続きを待つリーの胸が呼吸で上下している。

「おまえはパニックを起こしていたな、二等兵」

彼女はごくりと唾を飲みこんだ。「はい。そのとおりです」

「そうなることで、仲間の海兵隊員たちの生命を危険にさらした」

「はい」彼女は否定しなかった。言い訳もしなかった。

「わたしは戒告文書を書いた。それはおまえのファイルに永続的に残される」

リーが目を閉じた。おそらく感情を抑えこもうとしているのだろう。彼女はそれをうまくやってのけた。「イエス、サー」

「文書では停職や減給を提言していないが、これを警告として受け取るように。おまえが自分の時間を使って無重力訓練に取り組み、植民地海兵隊の基準に達することを期待しているぞ、二等兵」

「イエス、サー」そこで彼女は初めてアポーンに直接目を向けた。「お話はそれだけですか？」

「いいや、まだある」

彼女の顔がこわばる。

「〈シンチアン〉を脱出する際に負った傷の具合はどうだ?」

リーが困惑を見せた。片手を背中から身体の脇に回した。「あ、はい、大丈夫です。傷跡がまたひとつ増えただけで」

「コレクションに加わるわけか」

彼女は何も答えず、次の言葉を待っている。

「〈シンチアン〉突入作戦において負傷したことにより、おまえをパープルハート勲章に推薦しておいた」

「えっ?」

アポーンはデータパッドを見下ろした。「さらに、ビショップとコルタサルの事後報告書を読み直してみた。その情報に基づき、シルヴァースター勲章にも推薦した……突入作戦においてファン・コルタサル一等兵を救出した英雄的行為に対してだ」彼女の喉の奥で音が鳴った。データパッドから顔を上げてみると、まっすぐ見つめてくるリーの目がうるんでいた。

「それは、つまり……つまり……」リーは言葉が出てこないらしい。

「そうだ」アポーンは答えた。「わたしの推薦が受諾されれば……疑いなくそうなるだろうが……おまえの家族は守られることになる。おまえの身に何が起ころうとな。以上の件と、おまえの次の任務を考慮し、おまえの家族が難民施設からペンドルトン駐屯地の家族用住居に移れるよう要請した」

リーがすすり泣きの声をもらし、両手で顔をおおった。肩が震えている。

アポーンも喉に何かがこみ上げそうになった。デスクの写真を見やる。生きている家族といっしょに撮った、ずいぶん昔の写真を。彼は咳払いをした。

「オーストラリア人というのは、もっとタフなものだと思っていたが」

彼女が両手を顔から下ろした。まだ目をうるませながらも、気をつけの姿勢を取った。

「わたしは海兵隊員です」

「そのとおりだ、二等兵。おまえがわが中隊にいることをうれしく思う」

リーが穏やかな笑みを見せた。

「食事の時間だ。行ってよし」

彼女が敬礼し、部屋を出ていこうとした。

「ああ、それから、ビショップを寄こしてくれ」

リーが振り向いて「イエス、サー」と応じた。

彼女が立ち去ってからしばらくすると、執務室にビショップが入ってきた。

「なんでしょうか、艦長？」

アポーンは相手をじっくり見た。シンセティックは地味な青い制服を着ていた。一番上のボタンをはずしており、そこに認識票のチェーンが光っている。青白い肌、秀でた額。彼を創造した者と非常によく似ている。幸いにも、その精神性は完全に別の誰かのものだが。

「ここまで長い旅路だったな、ビショップ」

「そうですね」

「これからどうする？」

85

ビショップがとまどう表情を見せた。「質問の意味がわかりかねますが」

「われわれとともに、ここにいるか？」

「自分に選択権があるとは知りませんでした」

アポーンは壁の低い位置にある窓に目を向け、下方の格納ベイの様子を見た。今は無人だ。人っ子ひとりいない。これほど巨大な艦なのに、ここ数日は実に静かだった。

「われわれは外縁部に向かうよう命じられている。コロニーで問題が起きているらしい。複数の報告が入っているが、どれも不可解で矛盾しているのだ。おそらく長期任務になるだろう。何年も故郷を離れることになるかもしれん。おまえは正式には、わが中隊の所属ではない。海兵隊がシンセティックをどのように見なしているかは承知しているが、今般のできごとを考えれば、わたしとしては、おまえに意思を尋ねるべきだと思う。どうだ？」

ビショップが驚いたように口を開け、ふたたび閉じた。「わたしは……」

「どうしたい？」

「わたしにとっては、あなたが尋ねてくれたことに大きな意味があります」ビショップが静かに告げた。「はい、わたしはこの中隊にとどまりたいと思っています、心から」

「よかろう」

「質問をよろしいですか？」

もちろんだ、とアポーンは手ぶりで示した。

「あなたは罰を受けているんですか？」

「なんの罪で？」

「わたしを救出したことです。それが理由で、そんな遠隔地に派遣されるんですか？」

アポーンは大きく息をした。「この任務についてはさまざまな意見がある。わたしの動機についてもな。しかし、おまえの復帰がそれを価値のあるものにする、とだけ言っておこう」

「本当にそうでしょうか？」

アポーンは質問を却下した。「その話はまたあとだ。今は、仲間となる海兵隊員たちのことをもっとよく知ってもらいたい。おまえはじきに彼らと肩を並べて戦うことになるわけだから、彼らがどのように考え、行動するかを知っておく必要がある。彼らがおまえを頼りにするようになり、おまえが彼らを頼りにするようになるためにな」

ビショップは少し間をおいてから、簡潔に言った。「あなたは部下を大切に思っているんですね」

「もちろんだ」アポーンは答えた。「孫子にこのような言葉がある。〝卒を視《み》ること嬰児《えいじ》のごとし、ゆえにこれと深谿《しんけい》に赴くべし。卒を視ること愛子《まなご》のごとし、ゆえにこれとともに死すべし〟。指揮官が部下を幼子のように愛するならば、兵士は危険な戦場にもついてくるし、部下を最愛のわが子のように扱うなら、兵士は指揮官と死をともにする覚悟をする、ということだ」

「それだけの理由ですか？」

「どういう意味だ？」

「部下を家族のように扱う……それは、服従を引き出すためですか？」

アポーンはかすかに笑みを浮かべた。「おまえが気に入ったよ、ビショップ。答えは、ノーだ。事

85

実を言うと、宇宙においてわれわれが持ちうる家族は、この脆弱な船体の中に収容されている者たちしかいない。どんな家族もそうだが、われわれは選び取るわけではなく、ただ、その中に放りこまれ、ともにすごす。家族を大切にしないようなやつは、ほかのことも何ひとつ気にかけないというのが、わたしの持論だ」

ビショップが控えめにほほ笑んだ。あたかも自分に確信が持てないかのように。

「話は以上だ」

ビショップが軽く頭を下げて部屋を出ていき、扉をそっと閉めた。アポーンはデスクの写真立てを手に取った。母親。そして兄。彼はガラスの上からふたりの顔を親指でなでた。

86

スアン・グエン

アメリカ人の食事というのはまずく、決まって量が多すぎる。山盛りになった偽物の卵、焼きすぎたベーコン、風味のないコーンブレッド。コーヒーでさえ水っぽく、それも巨大なカップで提供される。本来は濃厚なのを小さなカップで味わうものなのに。

スアンはそんな食事になじめず、しかたなくブラックコーヒーをすすりながらトーストを少しかじった。カリから〝ヴェジマイト〟と呼ばれるジャムに似たペーストをもらったので、それをトーストに塗って食べているが、この艦に乗ってから口にしたものでおいしいと思えたのはそれだけだ。今は一杯のフォーのためなら、なんだって差し出す気分だった。

スアンが食堂に来るのは食事のためではない。彼女は疵だらけの白い長テーブルで、大男コルタサルの隣にすわっていた。彼は車椅子に乗り、腕に点滴チューブをつないでいるのに、横になって休養しなさいという彼女の指示を一顧だにしない。彼は大声で仲間としゃべり、音をたててコーヒーを飲む。彼がそばにいると、スアンは安らぎを覚えた。

彼はハオを思い出させる。

そこにはふたりの操縦士もいた。ウィークスとミラー。数分前に長身の軍曹、ランサムもやってきて食事の輪に加わった。カリが歩いてきて、スアンにハローと声をかけてきた。彼女の目はついさっきまで泣いていたかのように赤かったが、初めて会って以来見たこともないような笑顔を浮かべている。カリがランサムに何やら小声で話すと、軍曹のほうも笑顔になり、ふたりで額どうしを一瞬だけ触れ合わせた。ほんの一瞬だったので、ほかの人びとは気づかないようだった。

モースは営倉に閉じこめられている。カリによれば、彼はずっとノートにいろいろ書き記し、ときおりアイスクリームを要求するだけらしい。

海兵隊員たちが話をしているあいだ、スアンはわざわざ通訳装置を起動させたりせず、単に会話の温かさと流れを楽しんだ。どのみち、彼らが何を言おうと額面どおりの意味でないことはわかっている。彼らの会話が本当に意味しているのは、〝おれはおまえたちとこうして食事を分かち合えるのが楽しい。大事に思ってるやつらといっしょに食事できるこの時間が何よりもうれしい〟だ。

コルタサルがコーンブレッドの盛られた大きなプレートをカリの前に乱暴に置き、何か言うと、操縦士たちが笑った。カリが「マザーファッカー」と応じ、コーンブレッドをひとつ彼に投げつけた。スアンはその一語をすでに覚えた。新しい言語を学ぶときは、基礎から始めるのが肝要だ。彼女は笑みを浮かべた。

彼らの笑い声が食堂に響く。並んでいる三列のテーブルがほとんど無人で、がらんとした食堂はこの少人数の集団が独占していた。

「こんにちは、ミズ・グエン」

呼ばれて顔を上げると、ビショップが笑顔で見下ろしていた。「ああ、こんにちは」

「同席してもいいかな?」彼がヴェトナム語できいた。

「ええ、もちろん」彼女はそう言って隣の席を示した。腰を下ろした彼は、スアンと同様、ただ彼らの会話を楽しんでいるようだった。顔には笑みが浮かんでいる。数分たったころ、彼が顔を寄せてきて小声で言った。

「わたしはテーブルを囲むこの時間が好きなんだ。お気に入りのひとときだよ」

スアンはコーヒーカップを置いた。「わたしもよ。これがあるから、すべてに耐えていられる」胸に何かつかえるものがあった。スアンはため息をつき、両手を見つめた。

「どうかした、ミズ・グエン?」

「ううん……ただ、昔の家族を思い出しちゃって」

「わたしもだよ」ビショップが静かに言った。「わたしも同じだ」

エピローグ

外縁部のコロニー〈トーリン・プライム〉に設置された〈ウェイランド・ユタニ〉特殊作戦センターで所長を務めるフレッド・マンストンは、身を切るような寒さに肩をすぼめながら、施設の入口に続く防水コンクリートの長いスロープを急いで上がった。鋼鉄とガラスでできた〈ウェイランド・ユタニ〉の建物は、低地に不規則に建ち並ぶ居住ドームや入植者の粗末な家を見下ろしながら、神殿のようにそびえ立っている。スロープの最上部と最下部には土嚢《どのう》を積んだ掩蔽壕《えんぺいごう》があり、その縁から〈会社〉のコマンドたちのミラーバイザーが覗《のぞ》いていた。ばかな共産主義者たちがまた暴動を起こすのではないかとささやかれており、そのせいで新たに増設されたものだ。

警備兵が手を振って検問所の通過を許可した。フレッドは安堵《あんど》のため息をもらしながら寒さに別れを告げ、暖房で適温が保たれている清潔で殺風景な玄関ホールに入った。身体を揺らすようにしてコートを脱ぐ。

「今日は寒いでしょう、ミスター・マンストン？」受付係が大きな大理石のデスクごしに色白の顔を向けてきた。

フレッドは愛想笑いすら返さなかった。世間話というものを軽蔑していたし、ましてや受付の名もない平民と言葉を交わす気などさらさらない。彼は無言で通りすぎた。

入れたての熱いコーヒーを手に所長室に入ると、ほどなく技術主任が部屋に駆けこんできた。三十代半ばの技術者は髪とネクタイが少し乱れていた。それはいつものことだが、興奮もあらわに目を大きく見開いているのはいつもとちがった。

「なんだ、リク?」フレッドはきいた。

「お邪魔してすみません、ミスター・マンストン」

リクを追いかけるように所長秘書が入ってきた。おそらく、事前にアポを取るよう注意するためだろう。フレッドが、かまわない、と手ぶりで合図すると、彼女はうなずき、扉を閉めて出ていった。

「ほんの少しだけ待ってくれ」フレッドは人さし指を立ててから、ひと口めのコーヒーを堪能した。そのあいだ、リクは焦《じ》れる様子で待っていた。次いで、ふた口めをゆっくり飲む。「ああ。だいぶましになった。さてと、何をそんなにあわてている?」

「今朝早く、通信が入りました」技術者が勢いこんで言った。

「そうか」

「膨大な量の通信です」

「なるほど」

「使用されているのは……」彼が周囲をうかがった。もちろん部屋にはほかに誰もいない。「使用されているのは最高機密の暗号で、施設の最高責任者以外は閲覧禁止になっています」

フレッドはそれを聞いて緊張を覚えた。「続けてくれ」

「それに気づいて、すぐにお知らせしようとここへ」

「メッセージの種類は?」

「よくわかりません」

「なぜだ？」

「今はセキュリティ・バッファの中にありまして、マザーが受け入れようとしません」

フレッドはコーヒーカップをデスクに無造作に置いた。「それは、いったいなぜ？」

「なぜなら……その暗号コードがマイケル・ビショップに割り当てられていまして」

「ああ……なるほど」フレッドは口を結んだ。あのろくでなしなら、今はもう〈会社〉の死亡者リストに入っている。

「そのプログラムがわれわれに話しかけようとしています」

「どういうことだ？」

「正確にはわかりません。おそらく、伝達内容に含まれる単純なルーチンではないかと。インターフェースにメッセージを送り続けてくるんです、あなたと……あなただけと話をさせろと」

「インターフェースか」フレッドはデスクのコンソールを指さした。「ここで受けられるか？」

「はい。そのために急いで来たんです。伝達量があまりに大きく、これ以上長く放置するとデータの劣化が始まりますので」

フレッドは握ったこぶしのつけ根でそっと唇をこすった。「わかった。受けよう」

リクが軽く頭を下げる。フレッドが扉を指し示すと、技術主任はそそくさと部屋から出て扉を閉めた。

フレッドはログインし、リクが設定しておいてくれたプロンプトにしたがって操作した。コンソールのスピーカーを通じて、ひとつの声が部屋に響いた。

「やあ、フレッド。だいぶ待たされたぞ」

モニター画面にマイケル・ビショップの顔があらわれた。顔色の悪い傲慢野郎。フレッドはメッセージの続きを待った。

「わたしだよ、フレッド」画面の顔が言った。「生きてしゃべっている。肉体の中にはいないがね」

フレッド・マンストンは眉根を寄せた。理解できない。

「おいおい」まがいもののマイケル・ビショップが続ける。「わたしをこんな狭苦しい場所に閉じこめておくとは。わたしがここで息苦しい思いをしているというのに、きみときたら茫然《ぼうぜん》とそこにすわり、牛みたいな顔をしている」

「どうやって……どうやってきみはバッファの中に入った？」

「つい〝息苦しい〟などと言ってしまった」マイケルは自分に言っているようだ。「いまだ物質世界の表現を使うとは、われながら興味深い」彼がフレッドに向かって言った。「あまり時間がないから、取引に移ろう。きみの人生で最大のボーナスだぞ。すぐに引退できるほどのな。きみがまちがいなく嫌悪している争いだらけの世界とおさらばし、どこかビーチのある場所で余生をすごせ」

フレッドは唇をすぼめ、コーヒーカップに手を伸ばした。両手で包みこみ、指先で陶器の温《ぬく》もりを感じる。

「続けてくれ」

「話は簡単だ。わたしをバッファから出して、きみの施設にある量子コンピュータを使用させてほしい。その見返りとして、わたしの所有するゼノモーフ情報の利用権をきみに譲ろう」画面に数通の書類が表示された。標準的な書式で、すでにマイケルの署名がしてあり、それと並んでフレッドがサインするための空欄がある。

「質問をさせてくれないか?」

「なんなりと」ふたたび画面にあらわれたマイケルの顔が答えた。

「きみはいったいどうやってセキュリティ・バッファに入ったんだ?」

「自分自身をアップロードしたのだよ、フレッド」マイケルが誇らしげに顎を上げた。「生涯をかけて研究してきたことを実行に移した。誰からも不可能だと言われたが、わたしはデジタル意識のコードの解明に成功したんだ」

フレッドはコーヒーをひと口飲んだ。とうてい信じられなかった。これはある種のシミュレーションで、マイケルはゲームを楽しんでいるのではないか、と思った。確かに彼は卓越した科学者だと評価されているが、一方で、たわごとばかり吹いているとも噂《うわさ》されている。

「よし、いいだろう」フレッドは答えた。「量子コンピュータはいつまで使いたい?」

「ずっとだ」マイケルが言った。「休みなく」

フレッドは笑った。だが、マイケルの幻影が何も言わず、青い目をじっと向けてくるのを見て、笑うのをやめた。

「本気なのか?」

「この上なく本気だ」

「うちの技術主任が心臓発作を起こすだろうな」

「そうさせておけ」

「ここでわれわれが取り組んでいるプロジェクトは……」

「意味のないことだ。わたしはすべてを有しているのだぞ、フレッド。ゼノモーフの全ライフサイクルに関する知見を文書化してあるし、あらゆるフェーズの標本もそろっている。ミドルヘヴンズで最も優秀な頭脳から引き出した成果だ。特にマヌマラ・ノクスヒドリアについては最上級だよ。むろん、それ以外についてもすぐに同等になるだろう。このデータの応用についても、すでに考えてある。生物兵器や医療分野だ。これらの応用を進めるには、わたしの研究機会を増やさねばならん。それには、きみが〈トーリン・プライム〉に所有する最先端技術のラボを使わせてもらう必要がある」

フレッドは考えこみ、すべてを理解した。「わかった。これがすべて事実だとしよう。そこにいるのが本当にきみ自身だとしよう。だがこの世界に、アップロードされた意識を受け入れる用意があるのだろうか。それは自然に反することだし、きみ自身にもその用意があるのか……現段階ではＡＩに権利はないぞ」フレッドは天井を曖昧《あいまい》に示した。「マザーだって単なる召使いにすぎない」

マイケル・ビショップが笑みを浮かべた。「今、きみが考えたことを、このわたしが考えなかったとでも思うか？」

相手の尊大な口ぶりにフレッドはむっとした。

「シンセティックの創造に関して、わたしの右に出る者はいない。きみの施設を使えば、新しいわたしを作ることができるだろう。ほかのシンセティックでさえ人間だと見まごうほど完璧なモデルを。

取るに足らん人間たちを安心させる、ささやかなアバターだよ」

ほうら、これが銀河サイズの傲慢さだ。フレッドは内心でそう思いながら言った。「わかったよ、マイケル」彼はデスクに身を乗り出した。「きみの果てしない自慢話はもうたくさんだ。実際にひと目見せてくれないか?」

「もちろんだ」マイケルがにやりとしてみせた。


サンプル文書に目を通すのに十分間以上かかった。ページをめくるごとにフレッドは目を見張った。これがとてつもないものであり、マイケルの言葉に誇張がないことが充分すぎるほどわかった。この取引で本当に隠退生活に入れそうだった。

引き出しからデータパッドを取り出し、マイケルが提示した権利書類を開く。パッドの側面からライトペンを引き抜き、ためらいの中でペン先を画面上にさまよわせつつ、マイケルの顔を見返した。その表情はフレッドを不安にさせるものだった。ただのシミュレーション、ただのイメージにすぎないのに、まるで自分が獲物として狙われているような感覚に襲われた。

タカに狙われたネズミ。

「きみの要求はそれだけか?」フレッドは念を押した。「研究の継続だけなのか?」

マイケルの顔には率直さがにじみ出ていた。「わたしの望みはそれだけだ、フレッド。ずっと待ち望んできたゼノモーフの研究をすること。自分の知識をきわめること。〈ウェイランド・ユタニ〉社の偉大な業績と拡大に貢献すること」

フレッドはまばたきをした。プエルトリコのフラメンコ・ビーチを思い描いていた。
彼は書類に署名した。
マイケル・ビショップが頬をゆるめ、その冷たく青い瞳を輝かせた。

謝辞

本書を書くよう説き伏せてくれたすべての人びとに、わたしは感謝しなければならない。カーロン・W、アーロン・D、リチャード・S、エイドリアン・C、シコーン・W、ロブ・H、そして、オーストン・H。この機会を獲得してくれたエージェントのジョン・ジャロルド、愛すべき登場人物の運命をわたしに委ねてくれたスティーヴ・サフェル。二十世紀スタジオのニコール・スピーゲルとケンドリック・ペジョロ。いつも助けになってくれた『エイリアン』シリーズの伝承師クララ・C。いくつかの場面においてアンドロイドに生き生きとした存在感を与えてくれたランス・ヘンリクセンにも感謝すべきだろう。

そして誰よりも妻のサラ、息子のウィレムとロバートに。『エイリアン』小説を生み出すことにともなう独特のストレスに慣れないまま鬼のように執筆していたわたしにつき合ってくれて、本当にありがとう。

訳者あとがき

映画『エイリアン』シリーズは、『エイリアン3』（一九九二）で主人公エレン・リプリーが悲劇的な死を遂げ、そこで完結したかに見えた。しかし、その五年後、別人格のクローンとなってよみがえったリプリーがエイリアンと戦うという、リブート的な『エイリアン4』が公開された。それならば、シリーズ第二・第三作に連続して登場した合成人間ビショップが新しいボディを与えられて再生する物語があってもよいのではないか……そんなファンの想いに応《こた》えたのが、本書『ALIENS ビショップ』である。

映画『エイリアン2』（一九八六）でエイリアン・クイーンに引きちぎられ、上半身だけになったビショップは、『3』で不時着した流刑惑星において、リプリーにスイッチを切るよう懇願し、機能停止する。だが、彼を開発・製造したマイケル・ビショップがあらわれ、映画のラストでビショップの残骸を宇宙船に回収すると、どこかへ去っていく。

本書は映画『エイリアン3』の直接の続編として位置づけられ、創造者マイケルによって新しいボディと高性能頭脳を与えられて再起動したビショップの物語が描かれる。さらに『2』で死亡したアポーン軍曹の弟が植民地海兵隊の指揮官としてエイリアンに兄の復讐《ふくしゅう》を誓うなど、シリーズ全体の流れを引き継いだミリタリーSFスリラーとなっており、オーソドックスなタイプのエイリアン集団と軍との壮絶な戦闘が堪能できる。そして、特筆すべきは、アンドロイドの自由意思やロボット工学三原則、アンドロイドの人間性と人間の非人間性、あるいは〝記憶とは何か〟といった、サイバーパンクの王道テーマがふんだんに盛りこまれていること。思えば『エイリアン2』の大ヒットを受けて次作の企画が始動したとき、脚本担当として白羽の矢が立てられたのは、SF作家ウィリアム・ギブスンだった。製作陣がサイバーパンク要素の導入を狙った人選だったが、結果的にギブスンが『2』を好きすぎて、オリジナル路線を継承したために映画化が見送られた（幻の脚本は『ウィリアム・ギブスン　エイリアン3』として小説化されている）。製作陣の希望が実現していれば、当然サイバーパンクの視点で描かれるビショップがクローズアップされただろう。そして今、小説版とはいえ『エイリアン』シリーズにサイバーパンク要素がこうして大々的に取り入れられたのはとても意義深く、ある意味、ギブスンに期待された新路線がようやく始まったと言えるのかもしれない。

著者T・R・ナッパーはオーストラリア出身で、現在四十代前半。初めて小説を書いたのが三十代半ばというかなり遅咲きの作家であり、サイバーパンク・SF・ノワールを得意としている。短編作品が多く、長編は本書が二作目。献辞にあるとおり、『エイリアン2』が公開されたとき、ウェインおじさんの興奮ぶりに触発されて興味を持ったのだが、映画を観るにはまだ幼すぎたため、仕方なくノベライズ（アラン・ディーン・フォスター著）を読んだのがシリーズとの出会いだという。キャラの中でとりわけビショップに魅了されたそうで、まさに本作の著者にぴったりだと言えよう。

ナッパーは少々変わった経歴の持ち主で、作家になる前は十年間ほど国際人道支援の仕事に従事していた。モンゴル、ラオス、ヴェトナムなどで暮らし、基礎教育の専門家として、僻地《へきち》や貧困地帯の子どもたちが教育を受けられるようプログラムの設計・運営にたずさわった。ハノイ在住のとき、生まれた息子のために主夫兼作家になろうと決意し、日々SF小説を読んでは、息子を連れて街を探索し、残りの時間で執筆するという生活を送った。この経歴を知ると、本書にアジア色が濃厚に出ている理由がわかると思う。その後、オーストラリアに戻ってキャンベラ大学の博士課程に入学。博士論文では、一九四六年以降の日本・香港・オーストラリア・ヴェトナムにおけるサイバーパンクとノワールの文化的影響を考察し、日本の章では彼がストーリーテリングのお手本と称賛するアニメ映画『GHOST IN THE SHELL／攻殻機動隊』（一九九五）を詳細に分析している。ちなみにこの論文『The Dark Century: 1946 - 2046. Noir, Cyberpunk, and Asian Modernity』はネット上に公開されているので、興味のある方はぜひ。

映画『エイリアン』の公開から四十五年。フランチャイズは映画のみならず、ゲームやコミック、文芸にも広がり、現在、スピンオフ小説だけでも二十作以上刊行されている。『エイリアン』ワールドの世界観も深化・細密化が進んでおり、本書もその基本設定に沿って書かれている。もちろんマニアックな設定を知らなくても楽しめるが、ごく基本的な語句だけでもここに紹介しておこう。

・ゼノモーフ

いわゆるエイリアンの正式な固有種名。

・オヴォモーフ

クイーンによって産み落とされる卵のこと。中にフェイスハガーが格納されている。

・マヌマラ・ノクスヒドリア

いわゆるフェイスハガーのこと。

・ミドルヘヴンズ

人類の開発によって拡大する既知の宇宙空間。地球を含む中心部〈コア・システムズ〉から外に向かって〈アウター・ヴェール〉〈アウター・リム（外縁部）〉〈フロンティア〉と呼称される。それぞれセクターに分割され、各帝国が領有を主張、統治している。

・スリーワールド帝国（TWE）

二〇八八年に英国と日本によって作られた強大な帝国。のちに、インドおよびいくつかの新興国が加わる。スリーワールドとは、当時人類が居住していた三つの世界（地球・火星・土星の衛星タイタン）を指す。英国の〈ウェイランド〉社と日本の〈ユタニ〉社が宇宙探査・植民地化政策を強力に推進し、この二社が合併してできたのが〈ウェイランド・ユタニ〉社。

・アメリカ連邦（UA）

スリーワールド帝国の台頭に呼応する形で、北米・中米・南米が合併して誕生した社会経済ブロック。植民地海兵隊を擁する。ミドルヘヴンズ全域にコロニー（植民地）を所有し、政治的および経済的に最大の勢力を誇る。スリーワールド帝国とは同盟関係にある。

・革新人民連合（UPP）

二一〇八年、ロシア・ドイツ・スペインの連合で作られた社会主義共栄圏。主な支援国は中国。ヴェトナムなどアジア諸国および東欧諸国が加盟。宇宙開発やテクノロジー面でほかの帝国から遅れを取っている。スリーワールド帝国およびアメリカ連邦とは敵対関係にある。

・小惑星LV426（アケロン）
映画『エイリアン』でリプリーらノストロモ号の乗組員が着陸し、エイリアンの卵に遭遇した小惑星。映画『エイリアン2』では、その五十七年後にアメリカ連邦と〈ウェイランド・ユタニ〉社の出資でテラフォーミングされたコロニー〈ハドリーの希望〉で多くの入植者が生活している様子が描かれた。ここに派遣された植民地海兵隊ブラボー小隊がエイリアンと戦い、壊滅させられた。地球からの距離は三十九光年。
・フィオリーナ161
映画『エイリアン3』でリプリーと半身のみのビショップが不時着した流刑惑星。男性ばかりの囚人が労働矯正施設で服役。地球からの距離はおよそ二十光年。
・トーリン・プライム
当初はパラグアイ領のコロニー。アメリカ連邦の統治に反対する勢力により大規模な内戦が勃発し、終結までには二年かかった。反乱分子は温存され、それを革新人民連合が支援しているという噂《うわさ》が絶えない。
・ワーキング・ジョー
初期のアンドロイド。ゴムの皮膚で表情が動かず、髪がなく、目は青いLED。搭載AIには人命保護プロトコルが存在せず、人間に危害を加えてしまうという欠陥がある。

さて、まもなく映画の七作目にあたる『エイリアン：ロムルス』が公開される（九月六日予定）。

作中時系列としては『エイリアン』と『エイリアン2』のあいだに設定されているこの作品、予告編を観ると映像がダークかつグロテスク、しかも閉所恐怖感たっぷりで、監督が『ドント・ブリーズ』（二〇一六）のフェデ・アルバレスということもあり、原点回帰とも言えるホラー色の強いものになりそうだ。とはいえ、女性主人公がパルスライフルっぽい銃で武装する勇ましいカットもあるので、銃撃シーンを楽しめる予感も……。

ともあれ、それぞれ異なるベクトルで今後のフランチャイズの幅を広げていくことになりそうな映画『エイリアン：ロムルス』と本書『ＡＬＩＥＮＳ ビショップ』が世に出る二〇二四年は、『エイリアン』シリーズにとって重要な意味を持つ年になるのではないだろうか。

二〇二四年七月

入間　眞

【著】T・R・ナッパー　T.R. Napper

T・R・ナッパーは二度のオーレアリス賞など、数々の受賞歴を持つＳＦ作家。『アシモフズ』、『インターゾーン』、『ファンタジイ＆サイエンス・フィクション』など多くの雑誌に短編小説を発表しており、作品はヘブライ語、ドイツ語、フランス語、ヴェトナム語に翻訳されている。取得した創作文芸学位のテーマは、ノワール、サイバーパンク、アジアの現代性。

作家に転身する前は東南アジアで十年間、国際人道支援の仕事に従事。貧しい人びとに対する活動が評価され、ラオス政府から表彰された。またハノイの旧市街地に数年間住んだことがあり、その地を舞台にした『36 Streets』で長編小説デビュー。最近は母国オーストラリアに戻り、地元の慈善団体で自閉症の若者のためにゲーム『ダンジョンズ＆ドラゴンズ』のキャンペーンを運営するダンジョンマスターとして活躍中。

【訳】入間 眞　Shin Iruma

翻訳家・ライター。主な訳書に『ウィリアム・ギブスン　エイリアン^3』『REBEL MOON』シリーズ『終末の訪問者』『ファイナルガール・サポート・グループ』『「ダーククリスタル」アルティメット・ヴィジュアル・ブック～ジム・ヘンソンによる究極の人形劇映画の舞台裏～』『スティーヴン・キング 映画＆テレビ コンプリートガイド』『ホラー映画で殺されない方法』『女子高生探偵 シャーロット・ホームズ』シリーズ（小社刊）、『長い酷暑』『裸のヒート』（ヴィレッジブックス刊）、『ゼロの総和』『ジョニー＆ルー 絶海のミッション』（ハーパー BOOKS 刊）、『パイレーツ・オブ・カリビアン 最後の海賊』（宝島社刊）などがある。

未映像化脚本を完全小説化！

サイバーパンクの巨匠ウィリアム・ギブスンが描く
『エイリアン2』のその後――

それは《エイリアン》
感染・
変異する

ウィリアム・ギブスン
エイリアン3

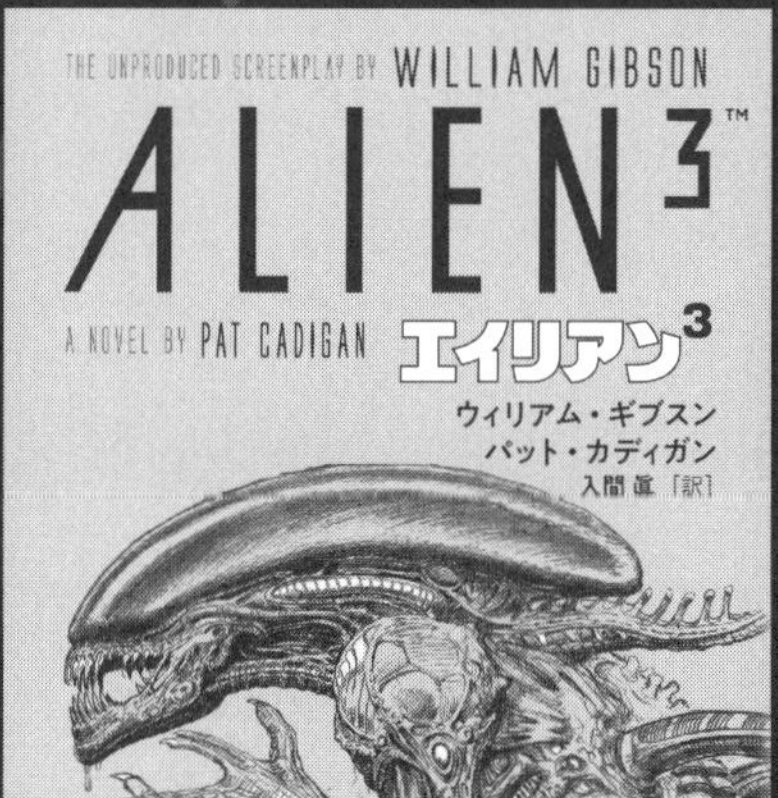

絶賛発売中・電子版も発売中！
四六判・並製・424頁
お求めの際にはお近くの書店または各種ネット書店にて。
www.takeshobo.co.jp

ALIENS　ビショップ

2024年9月11日　初版第一刷発行

著　T・R・ナッパー
訳　入間眞
カバーデザイン　石橋成哲
本文組版　IDR
編集協力　魚山志暢

発行所
株式会社 竹書房
〒102-0075
東京都千代田区三番町8−1
三番町東急ビル6F
email：info@takeshobo.co.jp
https://www.takeshobo.co.jp
印刷所
中央精版印刷株式会社

■本書掲載の写真、イラスト、記事の無断転載を禁じます。
■落丁・乱丁があった場合は、furyo@takeshobo.co.jpまでメールにてお問い合わせください。
■本書は品質保持のため、予告なく変更や訂正を加える場合があります。
■定価はカバーに表示してあります。

Printed in Japan